Kirsten Caspers

Das andere Lächeln
Babys mit Lippen-Kiefer-Gaumenspalte

In liebevollem Gedenken
an meine Mutter Christel Joschko

Für Noel Friedrich,
unseren Breitlächler,
der mich lehrte, dass es im Leben
nicht auf Perfektion ankommt
und dass manche Dinge
einfach ihre Zeit brauchen

Kirsten Caspers

Das andere Lächeln

Babys mit Lippen-Kiefer-Gaumenspalte

Ein Buch (nicht nur) für Eltern

W. Zuckschwerdt Verlag München

IV

Bildnachweis
Seiten 77, 80, 83 (oben),
91, 104, 105, 164   © Medela
alle anderen Fotos   © Kirsten Caspers
Grafiken   © W. Zuckschwerdt Verlag GmbH

Auslieferungen W. Zuckschwerdt Verlag GmbH

Brockhaus Commission	Österreich:	USA:
Verlagsauslieferung	Maudrich Verlag	Scholium International Inc.
Kreidlerstraße 9	Spitalgasse 21a	151 Cow Neck Road
D-70806 Kornwestheim	A-1097 Wien	Port Washington, NY 11050

Bibliografische Information Der Deutschen Bibliothek
Die Deutsche Bibliothek verzeichnet diese Publikation in der Deutschen Nationalbibliografie; detaillierte bibliografische Daten sind im Internet über http://dnb.ddb.de abrufbar.

Geschützte Warennamen (Warenzeichen) werden nicht immer kenntlich gemacht. Aus dem Fehlen eines solchen Hinweises kann nicht geschlossen werden, dass es sich um einen freien Warennamen handelt.

Alle Rechte, insbesondere das Recht zur Vervielfältigung und Verbreitung sowie der Übersetzung, vorbehalten. Kein Teil des Werkes darf in irgendeiner Form (durch Fotokopie, Mikrofilm oder ein anderes Verfahren) ohne schriftliche Genehmigung des Verlages reproduziert werden.

© 2008 by W. Zuckschwerdt Verlag GmbH, Industriestraße 1, 82110 Germering.
Printed in Germany by Kessler Druck + Medien, Bobingen
ISBN 978-3-88603-936-4

Inhalt

Danksagung XI
Vorwort 1
Über dieses Buch 3
Hinweis zur Terminologie 6

Lippen-Kiefer-Gaumen-Segelspalten (LKGS) – Entstehung, Einordnung und Konsequenzen 7

Was ist eine LKGS? 7

Die einzelnen Spaltformen 8
- Die einseitige (unilaterale) Variante 9
- Die doppelseitige (bilaterale) Variante 9
- Lippen- und Lippen-Kieferspalten 10
- Subkutane Lippenspalten 10
- Segel- und Gaumen-Segelspalten 10
- Submuköse Gaumenspalten 11
- „Isolierte" Spalten, Syndrom, Assoziation, Pierre-Robin-Sequenz 11

Wie werden Spalten verursacht? 12

Wie hoch ist das Vererbungsrisiko? 14

Vorbeugende Maßnahmen 14

Forschungsprojekt zur Vererbung von Lippen-Kiefer-Gaumenspalten 15

Welche Konsequenzen hat die Spaltbildung für die Entwicklung meines Kindes? 16

Die Geburt eines Spaltkindes 20

„...im falschen Film" – Plötzlich ist alles anders 22

Das muss nicht sein! Unnötige Maßnahmen 23

Diagnose: LKGS 26

Das andere Gesicht 29

„Nur" eine Gaumenspalte? 32

Willkommen, Baby! 33

VI Das andere Lächeln – Babys mit Lippen-Kiefer-Gaumenspalte

Die medizinische Versorgung 35
Überblick – Das kommt auf mein Kind zu 35
Das „Spaltteam" 37
Das Behandlungskonzept 40
Die Erstversorgung 40
- Die Gaumenplatte 42
- Wie wird die Gaumenplatte angepasst? 44
- Warum bekommt unser Baby keine Gaumenplatte? 45
- Spezielle Plattentherapien 46
- Die Erstversorgung bei Pierre-Robin-Sequenz 47
- Organultraschall 50

Die chirurgische Behandlung 50
- Die mehrzeitigen Konzepte 51
- „All in one"? – Das einzeitige Konzept 53
- Zu den verschiedenen Schnitttechniken 53

Die Primäroperationen 54
- Verschluss der Lippenspalte (Lippenplastik) 54
- Verschluss des Gaumens: Ziel und „richtiger" Zeitpunkt 56
- Segel- oder Velumplastik 57
- Hartgaumenplastik 57
- Die Nasenstegverlängerung (Columellaplastik) 57
- Frühkorrektur der Lippe 57

Die Sekundäroperationen 58
- Der Kieferspaltverschluss (Osteoplastik) 58
- Sprechunterstützende Operationen 58
- Spätkorrekturen (nach der Pubertät) 59

Die Wahl der Klinik/des Operateurs 60

Das Gehör 60
- Inwiefern kann eine LKGS das Gehör beeinträchtigen? 62
- Wie wird das Gehör meines Babys untersucht? 63
- Die Paukendrainage 65
- Geht es nicht auch ohne Paukenröhrchen? 65

Logopädie 66
- Welche genauen Auswirkungen kann eine LKGS auf die Sprache meines Kindes haben? 67

Weitere kieferorthopädische Behandlung	69
– Milchgebiss	69
– Wechselgebiss	70
Rechtliche Hilfen	71
Stillen ist mehr als Milch – die Ernährung des Babys mit Spalte	72
Können Babys mit LKGS gestillt werden?	73
– Stillmanagement für Spaltbabys	74
Stillhilfen und besondere Stillpositionen	76
– Der DanCer Hold	77
– Die Football- oder Rücklingshaltung	78
– Das Brusternährungsset	79
– Brusthütchen – Bitte nicht!	80
– Wie nachfüttern?	81
– Eine Story der kleinen Erfolge	84
– Erst-Stillen nach frühzeitiger Segelplastik	85
Wenn es nicht klappt – Trauer um die Stillbeziehung	86
„Pumpstillen" – Die Alternative	87
– Warum ist Muttermilch so wichtig?	87
– Pumpstillen – So funktioniert es	89
– Die richtige Ausrüstung – Milchpumpe und Co.	90
– Wie beginne ich mit dem Abpumpen?	92
– Die optimale Pumpsitzung	96
– Wie erhalte ich die Milchproduktion aufrecht?	97
– Ein Wort zu den Nächten	99
– Vom richtigen Umgang mit Muttermilch	101
– Müssen bereits erwärmte Milchreste verworfen werden?	102
– Mögliche Schwierigkeiten beim Pumpen	102
Ernährung mit der Flasche	104
– Der SpecialNeeds Feeder (ehemals Haberman Feeder)	105
– Unser Arzt/unsere Logopädin rät vom SpecialNeeds Feeder ab – warum?	108
– Andere (Spezial-)Sauger und Trinksysteme	109
– Säuglingsmilchnahrung	109
Ernährung nach dem Lippen- und dem Gaumenverschluss	111
– Manches klappt jetzt besser	111
– Beikost	112
– Von der Flasche zur Tasse	113
– Trinkbecher	114
Kann und soll ein Spaltkind schnullern?	114

"Kriegen wir das hin?" – Der emotionale Aspekt 118
"Überleben" – Ein Schritt nach dem anderen 119
– Reaktion statt Aktion 119

Wege in den Alltag 123
– "Suchen" – Sie werden aktiv 123
– Trauer zulassen – Fragen stellen 123
– Wir sind nicht allein! 125
– So wie Du bist! – Bonding und Akzeptanz 126

Reaktionen auf die Spaltbildung 126
– Die Geschwister 126
– Verwandte, Freunde, Bekannte 129
– Mit negativen Reaktionen umgehen 131

Was kann ich für mein Baby tun? 133

Die Eltern-Kind-Beziehung stärken 133

Grundlegende Bedürfnisse stillen 134
– Wie lässt sich dies im Alltag verwirklichen? 136

"Unter die Leute!" – Babymassage, PEKiP und Co. 139

Weitere Möglichkeiten der Förderung 140
– Die orofaziale Regulationstherapie nach Castillo Morales 141
– Logopädische Frühförderung 143
– Babyzeichen/Gebärdenunterstützte Kommunikation (GuK) 144
– Allgemeine Frühförderung 146

Der Alltag mit der Spalte – Besondere Pflegefragen 148

Mundhygiene 148
– Reinigen der Spalte 148
– Borkenbildung an der Lippe 148
– Zähnchenpflege 149

Die Gaumenplatte 149
– Handhabung/Reinigung 149
– Haftcreme oder: Die Suche nach der verlorenen Platte 150

Wenn Milch/Nahrung aus der Nase austritt 151

Schnupfen 152

Ohrprobleme 153
– Mittelohrentzündung und Paukenerguss 153
– Baden/Schwimmen nach Paukendrainage 153

Vorbereitung auf die OP	154
– Krankenhaus-Checkliste: Was muss mit zur OP?	154
– Der große Tag – Und die Nacht davor	156
OP konkret – So läuft es ab	157
– Vor der OP	157
– Der ungefähre Ablauf bei Spaltoperationen	158
– Die Narkose	158
Das frisch operierte Kind	160
– Wie lange müssen wir in der Klinik bleiben?	160
– Ernährung mit und ohne Sonde	161
– Armstulpen	162
– Schmerzen	163
– Pflege der Lippennarbe	164
– Wieder zu Hause	164
Ihre Hilfe ist gefragt!	166
Ein paar Worte an die Familie und Freunde der neuen „Spalteltern"	166
– Die erste Begegnung	166
– Bitte nicht!	168
– Ich bin für Euch da!	170
– Helfende Hände	172
– Aufmerksam bleiben!	173
Ausblick	176
Ein langer Weg ohne Abkürzung	176
Anhang	179
Nützliche Adressen	179
– Allgemein	179
– Internetadressen	179
Literatur- und Quellenverzeichnis	181
Online-Quellen	184
Stichwortverzeichnis	185

X Das andere Lächeln – Babys mit Lippen-Kiefer-Gaumenspalte

Danksagung

Mein Dank gilt allen, die direkt oder indirekt dazu beigetragen haben, dass unser mit Spalte geborener Sohn trotz eines schweren Starts sich so wundervoll entwickelt hat, und dass dieses Buch mitten im größten Familienchaos entstehen konnte:
Meinem Mann *Peter* und meinen Kindern *David, Fiona und Noel:* Es war nicht immer leicht, aber wir haben es geschafft!

Für tatkräftige Hilfe nach Noels Geburt meinen Schwiegereltern *Fritz* und *Anne Caspers*, meinem Vater *Werner Joschko* und seiner Frau *Hannelore Bensing-Joschko;* für emotionale Unterstützung vor allem den „Mädels" aus Fionas Krabbelgruppe in Düsseldorf-Rath: Eure Aktion bei *Noels* Taufe hat mir Mut gemacht! – und besonders *Sonja Mitze* für ihre Freundschaft und ihre Besuche mit kompletten Mahlzeiten, Trost und Ablenkung; *Margit Holtschlag* für ihre aufbauenden Worte zum Thema Muttermilch und *Melanie Stumpf* für ihre unschätzbaren Hinweis auf *Castillo Morales* (auch wenn sie noch nicht wusste, dass es so heißt!) – „Kleinigkeiten" wie diese haben mich wirklich aufgebaut; *Dr. Clara Benedek* für viele Informationen, ihre kompetente Begleitung zum Erstgespräch (trotz ihrer fortgeschrittenen Schwangerschaft!) und ihren entschieden geäußerten Hinweis, uns bitte noch andere Kliniken anzusehen; den Frauen im PEKiP-Kurs bei der K.E.D. in Düsseldorf, die *Noel* und mich so herzlich aufnahmen und unser erstes „Tor zurück in die Welt" waren; *Nicole Piper* für ihren fröhlichen Optimismus und den Hinweis auf den damaligen „Spaltkinder-Club" bei Urbia, heute www.lkgs.net; *Dagmar Schmiedel-Müller* für ihre unverbrüchliche Freundschaft in schwierigen Zeiten; *Gabi Seifried* für ihre Freundschaft, wertvollen Austausch sowie für viele wichtige Hinweise; *Gigi Teusen* für ihren völlig unerwarteten, unvergessenen Besuch im Aachener Marienhospital nach *Noels* erster OP; *Gerda Arns, Nicole Nagl, Petra Reich, Doreen Walter, Kirstin Wilhelmsen* für anregenden Austausch und schöne Treffen.

Was wäre dieses Buch ohne die schönen Fotos mit Spalte geborener Kinder? Auch wenn aus Platzgründen leider nur ein kleiner Teil Eingang ins Buch finden konnte, danke ich dafür herzlich *Janina Bachmann, Christine Flynn, Daniela Girotto, Marion Hinrichs, Corinna Kratochvill, Maria Kropshofer, Sandra Müller, Nicole Nagl, Enisa Ramic, Nina Timm, Doreen Walter* und ihren jeweiligen Familien!

Für's Korrekturlesen danke ich besonders herzlich *Anne Caspers* und *Gabi Seifried*.

Für fachliche Unterstützung, das Überlassen von Fotos und anderem Material, Zugang zu für mich sonst schwer erhältlichen Informationen oder auch für allgemeines Engagement in Sachen LKGS möchte ich herzlich danken: *Frau B. Kroschel-Lang, Herrn Dr. P. Lantos, Frau M. Gúoth-Gumberger* (IBCLC), *Herrn Dr. H. Reutter, Frau V. König,* der Firma Medela, *Frau C. Wolters,* für Zuspruch und Tipps und ganz besonders *Herrn Prof. Dr. Dr. H. Feifel* für sein Vorwort zu diesem Buch. Besonderer Dank gebührt natürlich den Fachleuten, die *Noel* so kompetent und einfühlsam betreut haben und z.T. noch heute betreuen: *Dr. P. Lantos, Prof. Dr. Dr. H. Feifel, J. R. Prüß, S. Pankalla, Dr. S. Joel, Dr. S. Eschweiler, S. Vluggen, E. Drescher* (IBCLC), *Dr. R. Verspohl-Schmitz,* dem Pflegeteam von der Station S2 im Marienhospital in Aachen, dem pädaudiologischen Team am Aachener Universitätsklinikum, dem Team der Frühförderstelle Heinsberg-Oberbruch, vor allem *Monika Schmitz* und *Godelieve Aben-Verheggen,* sowie unserer Logopädin *Verena Schmitz* in Mönchengladbach.

Zwar hätte ich meinem Sohn die Belastungen durch die Spaltbildung gern erspart; für die vielfältigen Erfahrungen, die ich ihretwegen machen musste und durfte, bin ich dennoch dankbar.

Vorwort

2004 stellten Kirsten und Peter Caspers ihren Sohn mit einer Lippen-Kiefer-Gaumenspalte in meiner Sprechstunde vor. Seither begleite ich die Entwicklung von Noel. Seine Mutter hat eigene Erfahrungen, emotionale Gesichtspunkte und Behandlungsmöglichkeiten in dem vorliegenden Buch niedergelegt. Gerne darf ich hierzu ein paar einleitende Gedanken äußern.

Trotz des relativ häufigen Auftretens von Lippen-Kiefer-Gaumenspalten wird diese Fehlbildung und ihre Bedeutung für die Betroffenen in der Öffentlichkeit nur eingeschränkt wahrgenommen. Dies liegt sicherlich auch an den guten Entwicklungschancen eines mit einer Spalte geborenen Kindes. Durch die Zusammenarbeit der Fachdisziplinen Mund-Kiefer-Gesichtschirurgie, Kieferorthopädie, HNO-Heilkunde, Kinderheilkunde, Zahnmedizin und Logopädie erreicht man heute in der Regel eine weitestgehende funktionelle Rehabilitation. Moderne Operationsmöglichkeiten unter Einbeziehung mikrochirurgischer Techniken führen zu kaum sichtbaren Narben und sehr ansprechenden ästhetischen Ergebnissen.

Dennoch sehen sich Eltern betroffener Kinder zunächst mit Gefühlen wie Angst, Sorge, Enttäuschung, Verzweiflung oder Überforderung konfrontiert. In dieser Situation gibt der vorliegende Ratgeber nicht nur Antworten auf Fragen hinsichtlich der Therapie, sondern hilft insbesondere, eine positive Grundhaltung in der täglichen Betreuung eines Spaltkindes zu vermitteln.

Die weit über die medizinische Behandlung hinausgehende Darstellung von Aspekten im Umgang mit Menschen mit Lippen-Kiefer-Gaumenspalten stellt eine wertvolle Lektüre für Eltern, Pflegepersonal, Hebammen, Logopäden und Ärzte dar. Daher wünsche ich dem Buch eine weite Verbreitung.

Aachen, im Januar 2008

Prof. Dr. Dr. H. Feifel
Facharzt für Mund-Kiefer-Gesichtschirurgie
Plastische Operationen

2 Das andere Lächeln – Babys mit Lippen-Kiefer-Gaumenspalte

> *It matters not*
> *what someone is born,*
> *but what they grow to be.*
>
> J. K. Rowling

Über dieses Buch

Während ich diese Zeilen schreibe, tobt um mich herum das ganz normale Chaos in Gestalt meiner 3 Kinder – meinem Ältesten *David*, 7, seiner Schwester *Fiona*, 5, und allen voran mein jüngster Sohn *Noel Friedrich*, 3, der gerade fröhlich singend mit seinen Geschwistern Fangen spielt. Da ich ihm als dem dritten Kind oft viel weniger Zeit widmen kann, als ich es gern würde, überrascht es mich immer wieder, wie gut er sich entwickelt. Er läuft, rennt und klettert wie ein Weltmeister, liebt Singen, Dreiradfahren, Bilderbücher und alles, was Räder hat, vor allem Bagger und Traktoren. Auch wenn er später zur gesprochenen Sprache fand als Gleichaltrige und seine Zunge beim Sprechen manchmal noch nicht so genau weiß, wo sie hin soll, hat er doch viel Freude an Kommunikation und gibt nicht so schnell auf, wenn ihn jemand nicht sofort versteht – ein zufriedener, pfiffiger kleiner Kerl mit einem hübschen Lächeln – Mamas ganzer Stolz!

Unser Sohn Noel, gerade geboren

Noel, 3 Jahre alt

Als er im Februar 2004 geboren wurde, konnte von Stolz allerdings keine Rede sein. Unsere vorherrschenden Gefühle waren Angst und Enttäuschung, denn *Noel* hatte eine Besonderheit mit auf die Welt gebracht: eine rechtsseitige vollständige Lippen-Kiefer-Gaumen-Segelspalte. Nachdem man uns die Diagnose mitgeteilt hatte, brach für uns zunächst eine Welt zusammen. Wir hatten vor der Geburt nichts von seiner Spalte gewusst und anfänglich eine sehr vage Vorstellung davon, was nun auf ihn und uns zukommen würde.

Zuerst war da nur der totale Schock – unser kleiner Sohn, so schien es uns, war schrecklich entstellt! Statt des perfekten winzigen Kussmundes erblickten wir nur ein riesiges Loch. Erst viel später sollte uns klar werden, dass die uns so sehr ins Auge springende Lippenspalte wesentlich weniger bedeutsam für *Noels* Entwicklung war als etwa das gespaltene Gaumensegel. Wir hatten schlichtweg keine Ahnung – woher auch? Aber was viel schlimmer war: Wir standen damit leider nicht allein.

Ein Großteil des uns betreuenden medizinischen Personals, vom Kreißsaalteam über das Pflegepersonal bis hin zu den Kinderärzten im Krankenhaus, kannte sich mit dem Behinderungsbild LKGS nicht oder nur unzureichend aus. Entsprechend widersprüchlich waren auch die Auskünfte, die wir erhielten. Obwohl wir so dringend Informationen und Hilfestellungen gebraucht hätten, verwirrten uns die höchst unterschiedlichen Ratschläge der einzelnen Ärzte nur noch mehr.

Die Eltern eines neugeborenen Spaltbabys werden, obwohl sie sich nach der Geburt im emotionalen Ausnahmezustand befinden, mit einer Vielzahl unterschiedlicher Problemstellungen hinsichtlich ihres Kindes konfrontiert. Sie müssen sich für ein Behandlungskonzept entscheiden, eine geeignete Klinik bzw. einen Operateur ihres Vertrauens finden und „nebenbei" den Alltag mit ihrem Spaltbaby, mit ihnen zunächst völlig ungewohnten Pflegemaßnahmen (z. B. die oft schwierige und langwierige Ernährung, den Umgang mit der Gaumenplatte, das fachgerechte Abpumpen von Muttermilch, besondere Mundhygiene usw.) meistern. Und das meist ohne verlässliche und verständliche Informationen, ohne konkrete Anleitung!

Da ich aus eigener Erfahrung weiß, wie anstrengend und zermürbend sich gerade die erste Zeit mit einem Spaltkind oft gestaltet, möchte ich mit diesem Buch versuchen, anderen Eltern die Hilfestellungen an die Hand zu geben, die ich im ersten Jahr mit meinem Sohn so dringend gebraucht hätte. Dabei erhebe ich keinen Anspruch auf Vollständigkeit, hoffe aber, dass ich die wichtigsten Themenbereiche, die uns Eltern unter den Nägeln brennen, abgedeckt habe. Und natürlich muss ich betonen, dass ich a) keine Medizinerin bin, sondern meine Informationen in intensiven Recherchen zusammentrug (wobei mir meine Erfahrungen als Stillberaterin der Arbeitsgemeinschaft Freier Stillgruppen sehr halfen), und b) das Buch aus meinen ganz persönlichen Erfahrungen und aus denen anderer Eltern, mit denen ich im Austausch stehe, erwachsen ist und somit trotz aller Bemühungen um eine objektive Darstellung nicht immer unvoreingenommen sein kann. Das bitte ich meine Leser vor allem in Hinsicht auf die einzelnen OP-Konzepte und Therapiemöglichkeiten zu bedenken, deren Vor- und Nachteile abzuwägen ja selbst Medizinern schwer fällt. Dafür sind die praktischen Tipps und Hinweise zu diversen alltäglichen Fragen aber auch ausnahmslos selbst erprobt und erlebt und hoffentlich hilfreich.

Es würde mich freuen, wenn das Buch nicht nur bei Eltern auf Interesse stößt, sondern insbesondere auch Vertretern aller mit LKGS in Berührung kommender Berufsgruppen, also Ärzten, Pflegepersonen, Logopäden und Erziehern, einen lebensnahen Einblick in die schwierige Situation junger Familien mit Spaltkind vermittelt und ihnen so einen sachlich und emotional kompetenteren Umgang mit den betroffenen Kindern und Familien ermöglicht.

Nachdem ich nun schon im Vorwort auf diverse Schwierigkeiten hingewiesen habe, die sich im Leben mit einem Spaltbaby ergeben können, muss ich doch eines gleich zu Beginn betonen: Spalten sind absolut reparabel! Die heutigen Behandlungskonzepte, die eine enge Zusammenarbeit aller beteiligter Disziplinen (Mund-Kiefer-Gesichtschirurgie, Kieferorthopädie, HNO-Heilkunde, Logopädie) vorsehen, ermöglichen meistens ein ästhetisch wie auch funktionell völlig zufriedenstellendes Ergebnis. Ihr Kind und Sie selbst haben zwar einen langen Weg vor sich, aber davon abgesehen wird es nach Abschluss der Therapie ein normales, glückliches und erfülltes Leben ohne weitere Beeinträchtigungen durch die Spalte führen können. Die Chancen stehen gut – nur Mut!

Erkelenz, im Januar 2008

Hinweis zur Terminologie

Da die existierenden Bezeichnungen sowohl für die einzelnen Fehlbildungen als auch für deren Träger nicht vereinheitlicht, oftmals veraltet und ungenau sind, lege ich hiermit die in diesem Buch verwendeten Begriffe fest, damit im Weiteren sofort klar wird, welche Spielart jeweils gemeint ist.

Dass die im Volksmund und auch in den Medien leider noch immer benutzten Ausdrücke „Hasenscharte" für Lippenspalten und „Wolfsrachen" für Gaumenspalten wegen ihrer abwertenden, entmenschlichenden Tendenz lieber aus dem Sprachgebrauch verschwinden sollten, ist leicht einzusehen. Was aber stattdessen sagen? Die 1967 von einer Nomenklaturkommission in Rom geprägte Bezeichnung „Lippen-Kiefer-Gaumenspalte" hat sich zwar durchgesetzt, ist aber ungenau, da sie die Spaltung des Gaumens, nicht jedoch des funktionell so wichtigen Gaumensegels benennt. Richtiger ist also der in der neueren Literatur und auch in diesem Buch gebrauchte Begriff „Lippen-Kiefer-Gaumen-Segelspalte" (kurz LKGS), der die Unterteilung in die vier anatomischen Bereiche, die bei einer Spaltbildung betroffen sein können, gut veranschaulicht. Der Einfachheit halber benutze ich das Kürzel LKGS nicht nur für die vollständige Lippen-Kiefer-Gaumen-Segelspalte, sondern auch stellvertretend für alle Spaltformen. Wird auf eine spezielle Spaltform eingegangen, geht das aus dem Text hervor.

Wo immer es Textfluss und -verständnis nicht stört, benutze ich die Bezeichnung „mit Spalte geborenes Baby"; wo eine kürzere Benennung erforderlich ist, werde ich in Ermangelung anderer, neutral empfundener Begriffe im folgenden „Spaltträger", „Spaltkind" und „Spaltbaby" verwenden. Bei Berufsbezeichnungen habe ich mich bemüht, die Verwendung von weiblichen und männlichen Formen ausgewogen zu gestalten – selbstverständlich ist auch immer das andere Geschlecht gemeint, also bei „Logopädin" auch der Logopäde und bei „Arzt" auch die Ärztin.

Lippen-Kiefer-Gaumen-Segelspalten (LKGS)

Entstehung, Einordnung und Konsequenzen

Was ist eine LKGS?

Lippen-Kiefer-Gaumen-Segelspalten (LKGS) gehören zu den kraniofazialen Dysplasien, also den Fehlbildungen des Gesichts. Neben Herzfehlern und Fehlbildungen von Armen und Beinen gehören sie zu den häufigsten angeborenen Fehlbildungen – in Europa kommt auf etwa 500 Geburten ein Baby mit Spalte. LKGS entstehen sehr früh, bereits während der 5. bis 8. Schwangerschaftswoche, genau in dem Zeitraum, in dem normalerweise die verschiedenen Gesichtswülste des Embryos aufeinander zuwachsen und miteinander verschmelzen. Diese embryonale Entwicklung kann man jedem Gesicht noch heute an den beiden „Verschmelzungslinien" unterhalb der Nase ansehen – tatsächlich sind wir alle für einen kurzen Zeitraum unseres vorgeburtlichen Lebens „Spaltkinder" gewesen!

Wird der Ablauf dieses Verschmelzungsprozesses aus irgendeinem Grund gestört, entsteht eine Spaltung der Lippe und/oder des Kiefers (5.–6. Schwangerschaftswoche), etwas später die des harten/weichen Gaumens (weicher Gaumen = Gaumensegel). Betroffen sein können alle Bereiche zusammen (Lippe, Kiefer, harter und weicher Gaumen), aber auch nur Lippe und Kiefer, nur die Lippe, oder nur der Gaumen. Wenn nur ein Bereich, also Lippe oder Gaumen, betroffen ist, spricht man von isolierten Spalten. Die Spaltung der betroffenen Bereiche wiederum kann vollständig bzw. durchgängig sein, oder auch unvollständig, d. h. Lippe oder Gaumen sind nur teilweise betroffen und nicht völlig gespalten. Unterschieden wird weiterhin zwischen einseitigen Spalten, die sowohl links- als auch rechtsseitig auftreten können (wobei links etwas häufiger ist als rechts), und doppelseitigen Spalten. Schwierig zu erkennen, da nicht ohne Weiteres von außen sichtbar, ist die von Schleimhaut bedeckte submuköse Gaumenspalte, auch „verdeckte" Spalte genannt. Dieses Phänomen des Verdecktseins findet man auch in Bezug auf die Lippe, bei der subkutanen Lippenspalte, die aber meist schnell diagnostiziert wird, da ja trotz der Haut- und Schleimhautbrücke der Lippenringmuskel nicht vereinigt ist und die Lippe „verzogen" aussieht.

Daneben gibt es noch sogenannte Mikroformen wie z. B. die Lippenkerbe oder das gespaltene Zäpfchen (uvula bifida), die keinerlei Probleme in der Funktion machen und ihre Träger gesundheitlich nicht beeinträchtigen. Auch ein nicht angelegter Zahn kann das Mikrosymptom einer Spaltbildung sein! Solche Hinweise auf eine Veranlagung zu Spalten sind für die genetische Ursachenforschung von Bedeutung, einen Krankheitswert im eigentlichen Sinne haben sie aber nicht. Von der Spaltbildung betroffen sind übrigens alle Gewebsschichten – Weichteile ebenso wie Muskeln und Knochen, wobei die einzelnen Muskelfasern nicht nur einfach unterbrochen sind, sondern sowohl beim Lippenring – als auch beim Gaumensegelmuskel an den Spalträndern auf typische Weise falsch positioniert sind, was bei der Operation behoben werden muss.

Übersicht der Bereiche, die von der Spaltbildung betroffen sein können:

- Lippe: Oberlippe einschließlich Naseneingang
- Kiefer: vordere Oberkieferleiste (auch Alveolarkamm)
- harter Gaumen: Gaumendach mit Nasenboden (= knöcherner Gaumen)
- weicher Gaumen: muskulärer Anteil des Gaumens (= Gaumensegel oder Segel bzw. lat. Velum), inkl. Zäpfchen (Uvula)

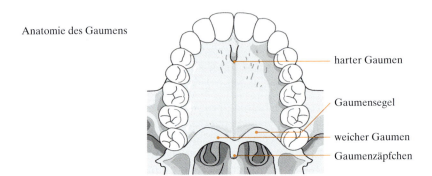

Anatomie des Gaumens

harter Gaumen

Gaumensegel

weicher Gaumen

Gaumenzäpfchen

Die einzelnen Spaltformen

Es gibt zwei grundlegende Kriterien, nach denen die verschiedenen Spaltformen unterteilt werden: einmal nach Ein- oder Doppelseitigkeit. Das zweite Kriterium ist der Zeitpunkt der Entstehung: Lippen- und Lippen-Kiefer-Spalten bilden sich zuerst, und zwar aus einer fehlenden oder wieder eingerissenen Verbindung der Nasenwülste, die den primären embryonalen Gaumen bilden. Gaumen- und Gaumen-Segelspalten entstehen etwas später durch das nicht erfolgte Zusammenwachsen der Gaumenwülste, also des sekundären embryonalen Gaumens. Diese beiden Arten, also Spaltbildungen des primären und des sekundären embryonalen Gaumens, können einzeln oder auch in Kombination auftreten. Es gibt also

a) Spalten der Lippe bzw. von Lippe und Kiefer;
b) Spalten des harten und/oder des weichen Gaumens;
c) verschiedene Kombinationen von a) und b).

So kann es z. B. durchaus sein, dass der Verschmelzungsprozess der Nasenwülste gestört war, die Gaumenwülste aber normal miteinander verwachsen konnten.

Daraus resultiert dann eine Lippenspalte oder eine Lippen-Kiefer-Spalte. Umgekehrt kann die Verschmelzung der Nasenwülste planmäßig verlaufen sein, während die Wülste des sekundären embryonalen Gaumens nicht oder nur teilweise miteinander verwachsen sind, mit dem Ergebnis einer isolierten Segel- oder Gaumen-Segelspalte. Meistens sind aber beide Wachstumsprozesse gestört, weshalb die vollständige LKGS die häufigste Spaltfehlbildung darstellt. Natürlich können die verschiedenen Kombinationen wiederum ein- oder doppelseitig sein, bis auf die immer mittig (median) liegende Segelspalte.

Die einseitige (unilaterale) Variante

Eine einseitige Spaltbildung kann auf der linken oder auf der rechten Seite entstanden sein. Sie betrifft Jungen etwas häufiger als Mädchen, wobei rechtsseitige Spalten mit ca. 30 % der Fälle seltener sind als linksseitige. Wie bei allen Spaltformen kann die einseitige Spalte verschiedene Ausprägungen haben, von einer kleinen Kerbe in der Lippe über die Lippen-Kiefer-Spalte bis hin zur vollständigen einseitigen LKGS, die übrigens die am häufigsten vorkommende Spaltfehlbildung darstellt. Hier sind dann Lippe, Kiefer, harter und weicher Gaumen betroffen. Typisch für das Erscheinungsbild von einseitigen Lippenspalten ist der langgezogene, abgeflachte Nasenflügel auf der jeweiligen Spaltseite, dessen Form sich nach dem operativen Lippenverschluss aber normalisiert, auch wenn eine leichte Asymmetrie bestehen bleibt. Diese lässt sich nach der Wachstumsphase, also ab dem Alter von ca. 16–18 Jahren, endgültig korrigieren.

Die doppelseitige (bilaterale) Variante

Auch bei den selteneren doppelseitigen Spalten (20 % der Fälle), die bei Mädchen häufiger vertreten sind als bei Jungen, können Lippe, Kiefer, Hart- und Weichgaumen in verschiedenen Kombinationen der einzelnen Bereiche betroffen sein. Die Ausprägung kann auf einer Seite schwerwiegender sein als auf der anderen, oder aber beide Seiten sind identisch. Auffallendstes Merkmal der doppelseitigen LKGS ist der in der Mitte vorstehende Zwischenkiefer (Prämaxilla) und die zu beiden Seiten hin abgeflachte Nase. Außerdem kann der Nasensteg, die Columella (also der Hautlappen zwischen den Nasenlöchern) zu kurz sein. All diese Merkmale können chirurgisch korrigiert werden, wenn auch nicht immer bei den Erstoperationen, sondern vielleicht erst im Schulalter oder nach Abschluss des Wachstums mit etwa 16 Jahren.

Lippen- und Lippen-Kieferspalten

Bei der isolierten Lippenspalte, die zwischen der 5. und 6. SSW entsteht, unterbleibt das Zusammenwachsen des mittleren Nasenwulstes und des Oberkieferwulstes. Wie alle Spaltformen kann sie ein- oder doppelseitig sein und unvollständig oder vollständig. Vollständige Lippenspalten reichen bis hinauf zu den Nasenlöchern, während bei unvollständigen Lippenspalten eine Gewebsbrücke aus Haut zwischen beiden Seiten der Spalte verläuft, die aber wenig oder gar keine Muskulatur enthält, was bedeutet, dass die Funktion des Lippenringmuskels in gleichem Ausmaß gestört ist wie bei einer vollständigen Lippenspalte.

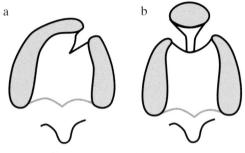

Einseitige (a) Kieferspalte und doppelseitige (b) Kieferspalte

Wenn nun auch die Verschmelzung der Oberkieferwülste mit dem Zwischenkiefer nicht erfolgt, entsteht zusätzlich zur Lippen- eine Kieferspalte, d. h. eine Spaltbildung im Oberkieferbogen, der später die Zähne tragen wird. Man spricht dann von einer Lippen-Kiefer-Spalte. Isolierte Kieferspalten gibt es nicht, sie treten immer in Verbindung mit einer Lippenspalte auf.

Subkutane Lippenspalten

Eine Spaltung der Lippe kann auch von einer äußeren Hautschicht verdeckt sein, dann spricht man von einer subkutanen oder „verdeckten" Lippenspalte. Die Gewebsschichten, die unter der Haut liegen, sind gespalten, insbesondere auch der Lippenringmuskel. Dadurch sieht die Lippe dann meist schief oder verzogen aus. Ein gespaltener Lippenringmuskel behindert alle Funktionen im Mund und sorgt für ein muskuläres Ungleichgewicht. Daher muss auch eine subkutane Lippenspalte chirurgisch korrigiert werden.

Segel- und Gaumen-Segelspalten

Die Verschmelzung der Gaumenwülste findet normalerweise in der 6.–8. SSW statt. Ist dieser Prozess gestört, entsteht eine Spalte des (harten) Gaumens und des Gaumensegels (Gaumen-Segelspalte) oder eine Segelspalte. Gaumenspalten (GS) sind je nach Breite unterschiedlich geformt und verursachen auch eine Beeinträchtigung der Nasenscheidewand (des Vomers), sodass die Nasengänge offen sind, entweder zu beiden Seiten (bei isolierten Gaumen-Segelspalten) oder, bei manchen LKGS, nur zur Spaltseite hin.

Segelspalten, die entweder isoliert oder in Verbindung mit einer Gaumenspalte auftreten, liegen immer mittig und können, wie die Spaltbildungen der anderen drei anatomischen Abschnitte, voll- oder unvollständig sein. Die Muskulatur des Segels ist dabei nicht nur gespalten, sondern setzt auch zu weit vorn an der Hinterkante des Hartgaumens an, wodurch das Segel im Vergleich zu einem nicht gespaltenen Gaumensegel verkürzt ist. Der Spaltung der Gaumensegelmuskulatur kommt sicher der größte Behinderungswert von allen Spaltmerkmalen zu, da das Segel eine wichtige Rolle bei der Lautbildung spielt und für die Belüftung des Mittelohrs zuständig ist. Darüber hinaus versetzt ein gut funktionierendes Segel das Baby in die Lage, in der Mundhöhle ein Vakuum aufzubauen, den sogenannten Saugschluss. Diese Fähigkeit ist bei einer Segelspalte ebenfalls gestört.

Gaumen(segel)spalte

Submuköse Gaumenspalten

Bei einer submukösen oder verdeckten Spalte ist die unvereinigte Segelmuskulatur von einer Schleimhautschicht bedeckt, sodass die Spaltbildung von außen nicht ohne Weiteres erkennbar ist. Das erschwert natürlich die Diagnose. Es gibt Fälle, in denen erst nach Jahren das Vorhandensein einer submukösen Gaumenspalte entdeckt wird, etwa aufgrund näselnder Sprache. Dabei hat sie ähnliche, wenn meist auch nicht ganz so gravierende Auswirkungen wie eine sichtbare Gaumenspalte. Falls also ein Baby ungeklärte Trinkschwierigkeiten hat oder ein älteres Kind Probleme mit der Bildung bestimmter Laute, kann dies ein Hinweis auf eine nicht erkannte verdeckte Spalte sein.

„Isolierte" Spalten, Syndrom, Assoziation, Pierre-Robin-Sequenz

Der Begriff „isolierte Spalte" kann zwei verschiedene Bedeutungen haben: wenn es um die Einteilung in verschiedene Spaltformen geht, bezeichnet „isoliert" den von der Spalte betroffenen anatomischen Abschnitt – eine isolierte Lippenspalte etwa bedeutet, dass Kiefer und Gaumen nicht gespalten sind. Vom genetischen Standpunkt aus gesehen liegt eine „isolierte" Spalte vor, wenn die betroffenen Patienten keine weiteren Fehlbildungen aufweisen und es in ihrer Familie keine Hinweise auf eine genetische Veranlagung zu Spalten gibt, die Spalte also „spontan" auftritt. Diese isolierte LKGS ist die häufigste Variante.

Seltener (zwischen 5–40 % aller Spaltbildungen, die Angaben darüber sind unterschiedlich) sind Spalten, die zusammen mit anderen Fehlbildungen auftreten. Dies kann im Rahmen eines Syndroms geschehen, wo die Spalte nur eine von verschiedenen körperlichen Auffälligkeiten darstellt, die alle eine gemeinsame genetische Ursache haben (diese kann chromosomal oder nicht chromosomal bedingt sein).

Es gibt aber auch typische Häufungen bestimmter Symptome, die nicht auf eine gemeinsame genetische Ursache zurückzuführen sind, dann spricht man von einer Assoziation oder einem Fehlbildungskomplex.

Ein Sonderfall unter den syndromatischen Spaltfehlbildungen ist die sogenannte Pierre-Robin-Sequenz (PRS), die mit einer Häufigkeit von ca. 1 von 8000 Geburten auftritt. Sie macht sich bemerkbar durch einen zu kleinen und zu weit hinten liegenden Unterkiefer, das Zurückfallen der Zunge in den Rachenraum und oft (aber nicht immer) eine breite, hufeisenförmige GS. Im Gegensatz zum genetisch bedingten Syndrom, wo eine bestimmte genetische Kondition verschiedene Anomalien hervorruft, handelt es sich bei einer Sequenz um eine kausale Kette von Störungen, die im Domino-Prinzip ablaufen – ein Primärdefekt verursacht einen zweiten und dieser vielleicht wiederum einen dritten Defekt.

Bei der PRS entwickelt sich aus ungeklärten Gründen der Unterkiefer des Embryos nicht ausreichend (Primärdefekt), sodass nicht genug Raum für die Zunge vorhanden ist und diese sich verlagert (Sekundäreffekt). Diese Verlagerung der Zunge verhindert nun das Zusammenwachsen des embryonalen Gaumens. Anders als Babys mit LKGS oder reiner Gaumenspalte sind PRS-Kinder vom ersten Atemzug an höchst gefährdet, da die in den Rachenraum verlagerte Zunge öfter die Atemwege verlegt. Diese obstruktiven Atempausen sind zum einen lebensbedrohlich für das Baby, zum anderen können sie, wenn sie zu lange dauern, durch den Sauerstoffmangel das Gehirn schädigen. Die PRS, obwohl selbst kein Syndrom, kann aber im Rahmen eines solchen auftreten, insbesondere des Stickler-Syndroms.

Derzeit sind über 200 unterschiedliche Syndrome bekannt, nach anderen Quellen sogar doppelt so viele, die eine Spaltfehlbildung beinhalten. Die Zuordnung zu einem Syndrom ist oft schwierig, erst einmal aufgrund der schieren Menge an Störungen; außerdem sind viele Symptome Kann-Erscheinungen, die nicht zwingend bei jeder Ausprägung eines Syndroms zu beobachten sind. Auch ist es durchaus möglich, dass eine Spaltbildung mit einer anderen Fehlbildung (etwa einem Herzfehler) kombiniert auftritt, ohne dass beides zusammenhängt.

Wie werden Spalten verursacht?

Obwohl wir ziemlich genau wissen, wann und durch welche Prozesse Spaltbildungen beim Embryo entstehen, sind die genauen Ursachen für das Auftreten einer Spalte bislang nicht bekannt. Das derzeit allgemein akzeptierte Modell für isoliert auftretende LKGS geht von einem Zusammenwirken verschiedener Faktoren aus, der sogenannten additiven Polygenie mit Schwellenwerteffekt. Das bedeutet, dass mehrere geschädigte Gene in Kombination mit ungünstigen Umwelteinflüssen die Anfälligkeit für Spalten über eine bestimmte Schwelle hinweg anheben. Ist diese Schwelle überschritten, entwickelt der Embryo eine Spaltfehlbildung. Welche Gene im Einzelnen verantwortlich sind, ist noch nicht geklärt. Auch über die genaue Rolle der möglichen spaltbegünstigenden Umweltfaktoren gibt es zum jetzigen Zeitpunkt nur Vermutungen. Verdächtigt werden u. a. ein Sauerstoff- und Vitaminmangel (insbesondere des Vitamins Folsäure), lokale Durchblutungsstörungen im Mutterleib, Mangelernährung, Überdosen der Vitamine A und E, Alkohol-, Nikotin- und Drogengebrauch, Röntgenstrahlen, virusbedingte Infektionskrankheiten und sogar die Belastung der Mutter durch Sorgen oder Lärm während der Schwangerschaft. Ganz konkret könnte das so ablaufen, dass beispielsweise ein Kind mit einer erblichen Disposition zu Spaltbildung im Mutterleib ausgerechnet in der Zeit, in der die Gaumenwülste miteinander verschmelzen (was normalerweise innerhalb nur weniger Stunden geschieht), wegen einem der oben genannten Umwelteinflüsse z. B. einen Sauerstoffmangel erlebt, der zur Spaltbildung führt.

Wesentlich seltener als die multifaktoriell vererbten Spalten sind solche, die durch ein einzelnes fehlerhaftes Gen verursacht werden. Diese monogen vererbten LKGS sind immer Teil eines Syndroms, wobei hier auch Minimal- bzw. Mikrospaltformen berücksichtigt werden, wie z. B. beim Van-der-Woude-Syndrom, wo die Ausprägung der Spaltbildung von bloßen Lippenfisteln bis zur kompletten LKGS reicht.

Eine dritte mögliche, allerdings sehr seltene Ursache von LKGS ist eine Chromosomenanomalie, d. h. beim Kind ist zuviel, zuwenig oder auch fehlerhaftes Chromosomenmaterial vorhanden. Diese Störung tritt fast immer spontan auf und existiert somit unabhängig sowohl von erblichen wie auch von umweltbedingten Faktoren.

Insgesamt lässt sich sagen, dass die Prozesse, die zu einer Spaltbildung führen, viel zu komplex sind, als dass sich für das einzelne betroffene Kind eine Aussage darüber machen ließe, wodurch in seinem speziellen Fall die Spalte hervorgerufen wurde – jedenfalls nicht beim jetzigen Stand der Forschung. Möglicherweise machen Sie als Mutter sich aber Gedanken darüber, ob Sie vielleicht durch irgendein „Fehlverhalten" an der Spalte Ihres Kindes zumindest teilweise „schuld" sind. Solche Überlegungen sind verständlich und sogar ein wichtiger Teil des Verarbeitungsprozesses – auch ich hatte (und habe) immer noch etliche Theorien parat, woran es gelegen haben könnte, dass unser Sohn mit einer LKGS geboren wurde. Vielleicht hilft es Ihnen aber, wenn Sie versuchen, sich bewusst zu machen, dass Sie die verschiedenen Faktoren, die vermutlich zur Spaltbildung Ihres Babys geführt haben, nicht kontrollieren konnten. Weder Sie noch jemand anderen trifft in irgendeiner Form Schuld.

In den ersten Lebenswochen meines Sohnes hörte ich von mehreren Ärzten den Ausdruck, seine Spalte sei einfach eine „Laune der Natur", was ich als zutiefst lakonisch und ungerecht empfand. Ich konnte mich nicht damit abfinden, dass eine so einschneidende Störung eines kleinen Lebens einfach so passiert sein sollte, und wollte unbedingt einen Schuldigen finden – und wenn ich es selbst war, auch gut, Hauptsache, ich konnte irgendjemanden für dieses schreckliche Ereignis verantwortlich machen! Es dauerte einige Zeit, bis ich akzeptieren konnte, dass es tatsächlich keinen besonderen Grund für die LKGS meines Sohnes gab. Wenn Sie sich also besser fühlen, indem Sie erst einmal sich selbst oder auch anderen die Schuld an der Spaltbildung geben, dann kosten Sie dieses Gefühl ruhig aus – das ist der beste Weg, um zu einem völlig normalen Umgang sowohl mit Ihrem Kind als auch mit der Spalte zu gelangen und sie einfach als das zufällige Ergebnis verschiedener erblicher und umweltabhängiger Faktoren anzusehen.

Wie hoch ist das Vererbungsrisiko?

Solange in einer Familie noch keine Spaltbildungen aufgetreten sind, ist das Risiko, ein Baby mit einer Spalte zu bekommen, relativ gering: es liegt bei 0,12 % für Lippenspalten oder durchgehende LKGS bzw. bei 0,05 % für isolierte Gaumenspalten. Auf 500 Geburten kommt also eine Geburt eines Babys mit irgendeiner Spaltform. Haben die Eltern bereits ein betroffenes Kind, steigen diese Raten auf etwa 5 % (Lippenspalte oder durchgehende LKGS) bzw. 3 % (isolierte Gaumenspalte). Also ist etwa jedes zwölfte Neugeborene mit betroffenem älterem Geschwisterkind auch selbst betroffen. Ein betroffener Elternteil bedeutet etwa halb so hohe Wiederholungsraten wie bei einem betroffenen Geschwisterkind und Eltern ohne Spalte. Sind beide Elternteile oder ein Elternteil und bereits ein Geschwisterkind betroffen, liegt das Wiederholungsrisiko bei 15 %, d. h. etwa jedes siebte Neugeborene in dieser Konstellation. Sind beide Eltern und bereits ein oder mehrere Geschwisterkinder betroffen, steigt das Risiko für eine erneute Spaltgeburt auf 20 % bis 50 %, d. h. etwa jedes fünfte bis zweite Neugeborene ist betroffen.

Vielleicht helfen Ihnen einige Vergleiche, um die Bedeutung der oben genannten Zahlen zu verdeutlichen:

Angenommen, Sie haben als gesunde Eltern ein betroffenes Kind bekommen. Sie haben sich mit insgesamt 10 anderen betroffenen Elternpaaren zu einer kleinen „LKGS-Krabbelgruppe" zusammengefunden. Nach einigen Jahren trifft man sich wieder und alle haben inzwischen ein zweites Kind bekommen. Es ist nun möglich, dass keines der neugeborenen Geschwisterkinder von einer Spaltbildung betroffen ist oder dass eines (oder vielleicht sogar zwei) betroffen sind. Über die genauen Risiken in Ihrer speziellen Situation und Familienkonstellation sagen diese Zahlen nicht wirklich etwas aus. Eine genetische Beratung ist in jedem Fall angebracht, wenn Sie weitere Kinder planen. Die Gewissheit auf ein gesundes Kind kann Ihnen letztlich niemand geben; abwägen müssen Sie selbst.

Vorbeugende Maßnahmen

Da das genaue Zusammenwirken der einzelnen Faktoren, die bei der Entstehung einer Spaltfehlbildung eine Rolle spielen, noch nicht bekannt ist, fällt es auch schwer, Empfehlungen zur Prävention auszusprechen. Es sind sich jedoch alle Experten einig, dass das Vitamin Folsäure eine wichtige Rolle beim biochemischen Prozess der Zellbildung des Embryos spielt und somit auch an den gestörten Wachstumsprozessen des embryonalen Gaumens beteiligt sein kann. Es wird vermutet, dass eine Folsäure-Therapie, beginnend mindestens drei Monate vor einer Schwangerschaft, in vielen Fällen Spaltbildungen vorbeugen kann. Manche Ärzte empfehlen auch die Einnahme von Vitamin B1. Das sollten Sie, wenn Sie eine (erneute) Spaltbildung befürchten, individuell mit einem Arzt Ihres Vertrauens (Gynäkologe, Humangenetiker) besprechen.

Forschungsprojekt zur Vererbung von Lippen-Kiefer-Gaumenspalten

Isolierte Lippen-Kiefer-Gaumenspalten (LKGS) treten in Mitteleuropa mit einer Häufigkeit von etwa 1:1500 Geburten auf. Aus großen Untersuchungen weiß man, dass genetische Faktoren einen entscheidenden Einfluss auf die Entstehung von LKGS haben können. Wir möchten im Rahmen eines wissenschaftlichen Projektes herausfinden, welche erblichen Faktoren bei der Entstehung isolierter LKGS eine Rolle spielen. Wir, das sind Frau Dr. Birnbaum, Herr Dr. Reutter und Frau Dr. Mangold aus dem Institut für Humangenetik des Universitätsklinikums Bonn sowie Herr PD Dr. Dr. Kramer aus der Abteilung für Mund-, Kiefer- und Gesichtschirurgie des Universitätsklinikums Göttingen. Unser Projekt wird von der Deutschen Forschungsgemeinschaft (DFG) gefördert.

Um die genetischen Hintergründe isolierter LKGS zu identifizieren, muss man zahlreiche Betroffene untersuchen. Viele haben uns bisher beim Sammeln Betroffener unterstützt – die Wolfgang-Rosenthal-Gesellschaft sowie Mund-Kiefer-Gesichtschirurgen und Kieferorthopäden aus ganz Deutschland. Mittlerweile nehmen über 600 Familien an unserer Studie teil. *Wir benötigen für unsere Untersuchungen eine geringe Menge Blut von möglichst allen Betroffenen in Ihrer Familie, ggf. auch von weiteren Angehörigen.*

Wenn Sie weitere Informationen zu unserer Studie erhalten oder daran teilnehmen möchten, kontaktieren Sie uns einfach unter folgender Adresse:

Dr. med. Stefanie Birnbaum oder Dr. med. Heiko Reutter
Institut für Humangenetik
Wilhelmstraße 31
53111 Bonn
Telefon: +49(0)2 28/2 87-2 21 66 oder 2 26 01
E-Mail: birnbaum@uni-bonn.de
reutter@uni-bonn.de

16 | Das andere Lächeln – Babys mit Lippen-Kiefer-Gaumenspalte

Die eineiigen Zwillinge Haydan (mit LKGS) und Nadyah (keine LKGS) zusammen im Bettchen.

Allgemein gilt: Alles, was auch ohne bestehendes LKGS-Risiko für die Schwangerschaft gut ist, hilft, die Gefahr einer Spaltbildung zu senken, also eine ausgewogene Ernährung mit viel frischem Obst und Gemüse, ausreichend Schlaf und Erholung, das Vermeiden von Nikotin, Alkohol und Medikamenten. Sie sollten sich körperlich gerade in den ersten Wochen nicht zu sehr verausgaben, sich selbstverständlich auch keinerlei Röntgenbestrahlung aussetzen und – leichter gesagt als getan – seelischen Belastungen nach Möglichkeit aus dem Weg gehen.

Welche Konsequenzen hat die Spaltbildung für die Entwicklung meines Kindes?

Im öffentlichen Bewusstsein erscheint eine LKGS vorrangig als ästhestisches Problem. Tatsächlich handelt es sich jedoch um eine komplexe Fehlbildung, die gerade in den ersten Lebensjahren teils schwerwiegende Auswirkungen auf die normalen Körperfunktionen haben kann.

- *Ernährung.* Die meisten Babys mit einer Gaumenspalte können nicht oder nicht voll gestillt werden und keine herkömmlichen Flaschensauger benutzen. Auch bei Verwendung geeigneter Trinkhilfsmittel (SpecialNeeds Feeder etc.) dauern die Mahlzeiten oft wesentlich länger als bei gesund geborenen Babys. Dadurch verbrennen sie entsprechend mehr Kalorien und nehmen langsamer zu. Aufgrund des fehlenden Mundschlusses schlucken Spaltkinder vermehrt Luft. Sie haben daher häufiger Blähungen und müssen öfter aufstoßen, wobei dann auch häufiger die mühsam erarbeitete Milch wieder mit hochgebracht wird. Die fehlende Trennung von Nasen- und Rachenraum bei Gaumenspalten führt außerdem häufig dazu, dass Milch aus der Nase austritt (nasaler Reflux). Die muskulären Zug-/Druckverhältnisse im Mund sind ungünstig und können alle Vorgänge rund um die Nahrungsaufnahme, auch Atmung und Schlucken, negativ beeinflussen.

  Auch nach dem Lippen- und Gaumenverschluss kann die Ernährung noch schwierig sein, da die Funktionen der ehemals gespaltenen Muskeln neu erlernt werden müssen. Einfachste Vorgänge wie Saugen müssen mühsam geübt werden; oft besteht noch eine gewisse Empfindlichkeit gegen feste und harte Speisen. Eventuell verbleibende Restlöcher (Fisteln) im Gaumen oder falsch eingeübte Schluckmuster können auch nach dem Gaumenverschluss noch dazu führen, dass flüssige Nahrung aus der Nase wieder austritt.

- *Gehör.* Normalerweise sorgt der Gaumensegelmuskel für die Belüftung des Mittelohrs, indem er beim Schlucken die Verbindungen zum Mittelohr, die sogenannten Tuben oder Eustachischen Röhren öffnet. Diese Funktion kann ein gespaltenes Gaumensegel nicht erfüllen. Durch mangelnde Belüftung entsteht ein Unterdruck im Mittelohr, es sammelt sich Sekret an und verdickt, wodurch die Gehörknöchelchen nicht mehr frei schwingen können und den auf das Trommelfell auftreffenden Schall nur noch verzerrt wiedergeben – es kommt zu einer Schallleitungsschwerhörigkeit. Zusätzlich bildet das angestaute Sekret einen hervorragenden Nährboden für Bakterien, was häufige Mittelohrentzündungen zur Folge haben kann.

  Wenn eine Schallleitungsschwerhörigkeit über lange Zeit besteht (viele Wochen oder gar Monate), kann sich die Sprachentwicklung verzögern, da die Hörbahnen in den ersten beiden Lebensjahren heranreifen. Erhält das Kind in dieser Zeit keine klaren verwertbare Reize durch äußere Lauteinflüsse, bilden sich auch keine Verknüpfungen zwischen den einzelnen Nervenbahnen. In diesem Fall wäre das Hörvermögen des Kindes dauerhaft geschädigt, da die Anlage dieser Verknüpfungen nicht mehr nachgeholt werden kann. Eine gestörte Hörbahnreifung wiederum wird Probleme bei der Unterscheidung sprachlicher Laute zur Folge haben. Daher ist eine frühzeitige Überwachung des Gehörs für alle Babys mit einer Fehlbildung des Segels von größter Wichtigkeit.

- *Sprache.* Auch wenn die Versorgung der Mittelohrproblematik optimal läuft, kann es zu Beeinträchtigungen der Sprachentwicklung kommen, und zwar zu einer Störung des Sprachklangs (Phonation) und der Lautbildung (Artikulation). Die für LKGS typische Sprachklangstörung ist die Hypernasalität, auch „offenes Näseln" genannt. Da bei Gaumenspalten die Muskulatur des Gaumensegels oft verkürzt und nicht richtig ausgebildet ist, ist bei manchen Kindern auch nach der Operation noch kein ausreichender Abschluss von Mund- und Nasenraum möglich, wodurch ein zu großer Resonanzraum entsteht. Bei allen Lauten entweicht zu viel Luft durch die Nase, die Sprache klingt nasal und gedämpft. Diese nasale Luftflucht führt auch zu Artikulationsstörungen, da ihretwegen nicht der nötige Druck aufgebaut werden kann, um die Explosiv- und Reibungslaute fehlerfrei zu bilden.

    Häufig neigen Spaltkinder in diesem Fall zu Kompensationsversuchen, indem sie die Aussprache an benachbarte Stellen im Rachen- und Kehlkopfraum verlagern. Das operativ vereinigte Gaumensegel ist oft nicht in der Lage, das für flüssiges Sprechen notwendige schnelle Heben und Senken auszuführen. Ob und in welchem Maß ein Kind solche Störungen entwickelt, hängt zu einem großen Teil vom Ergebnis der für den Spaltverschluss notwendigen Primäroperationen ab. Viele Kinder sind auch ohne gezieltes Training in der Lage, völlig normal und verständlich zu sprechen, andere brauchen eine mehr oder weniger intensive logopädische Unterstützung, die aber fast immer zum Erfolg führt, d. h. Ihrem Kind bis zur Einschulung eine unauffällige Sprache ermöglicht.

- *Zähne und Oberkiefer.* Die Entwicklung der Milchzähne bei Spaltkindern ist zeitlich nicht verzögert, auch die Reihenfolge, in der die Zähnchen durchbrechen, unterscheidet sich nicht vom Zahndurchbruch bei Kindern ohne LKGS. Im Spaltbereich ist der seitliche Schneidezahn manchmal nicht angelegt oder aber doppelt vorhanden. Bei manchen Spaltarten kann er verdreht sein. Insbesondere bei doppelseitigen Spalten können Zähne fehlen. Fehlende Zahnanlagen im Milchgebiss müssen nicht bedeuten, dass der bleibende Zahn an derselben Stelle auch nicht angelegt ist; andererseits kann ein Milchzahn zwar vorhanden sein, der entsprechende bleibende Zahn aber nicht. Abweichungen von der normalen Bisslage, sogenannte Fehlbisse (Dysgnathien) sind häufig. Verursacht werden sie von der Lücke im Kieferbogen, durch ungünstige muskuläre Verhältnisse im Mund aufgrund der gestörten Funktionen von Gaumensegel und Zunge, aber auch durch die Operationsnarben. Das Wachstum des Oberkiefers ist oft extrem gestört, da die Narbenzüge durch die operativen Eingriffe das natürliche Kiefer- und Mittelgesichtswachstum beeinträchtigen können.

- *Aussehen.* Die ästhetischen Auswirkungen einer Lippenspalte spielen dank der modernen Operationstechniken heute sicher keine so große Rolle mehr wie früher. Die ohnehin sehr unauffälligen Narben, die nach der OP zunächst noch als dünne rötliche Linien sichtbar sind, verblassen mit der Zeit immer mehr und werden schließlich kaum noch wahrgenommen.

Anders sieht es mit dem Erscheinungsbild der Nase aus. Bei einseitigen Spalten wird der spaltseitige Nasenflügel auch nach dem Lippenverschluss und der Bildung des Nasenbodens immer noch etwas abgeflacht und minimal verzogen erscheinen, was sich mit dem weiteren Wachstum des Kindes eher noch stärker ausprägt; das spaltseitige Nasenloch hat keine längs-, sondern eine querovale Form. Bei doppelten Spalten ist die Nase, bedingt durch den zu kurzen Nasensteg, auf beiden Seiten noch ziemlich flach. Auch diese spaltbedingten Merkmale lassen sich korrigieren, allerdings jedoch nicht mit den Primäroperationen, sondern, wie bei der Nasenstegverlängerung (oder Columellaplastik) vor Schuleintritt. Die vollständige Nasenkorrektur erfolgt sogar erst nach Abschluss des Wachstums, um narbenbedingte Veränderungen am Nasenskelett zu vermeiden.

Noel, geboren mit rechtsseitiger LKGS, genießt den Sommerurlaub.

– *Psychosoziale Auswirkungen.* Anders als noch in den 1970er Jahren können die Eltern heute ihre Kinder zu allen chirurgischen Eingriffen begleiten und müssen nach den OPs keine tage- oder wochenlange Trennung mehr in Kauf nehmen, wodurch schwere Entwicklungsstörungen durch solche traumatischen Ereignisse inzwischen der Vergangenheit angehören. Bis zum Abschluss der Behandlung können mit Spalte geborene Kinder aber noch ein auffälliges Äußeres haben und erleben vielleicht negative Reaktionen darauf. Hier sind Sie als Eltern gefordert, Ihrem Kind ein gutes Selbstbewusstsein zu vermitteln und negative Erlebnisse aufzufangen.

Die Geburt eines Spaltkindes

Wenn ein Kind mit einer Fehlbildung geboren wird, ist das für die Eltern ein traumatisches Ereignis. Sie müssen sich von dem in ihrer Vorstellung perfekten Wunschkind verabschieden und sich auf eine gänzlich neue, unerwartete Situation einstellen, was an sich schon eine schwierige Aufgabe ist und durch die auf den meisten Entbindungsstationen immer noch mangelhafte Informationslage nicht leichter wird. Trotz der relativen Häufigkeit von LKGS sind viele Hebammen und Ärzte nicht mit dem Behinderungsbild vertraut, es ist meistens kein gedrucktes Informationsmaterial für die geschockten Eltern zur Hand und oft hat das Krankenhauspersonal genug damit zu tun, seine eigene Betroffenheit über die Spalte zu überwinden, als dass es in der Lage wäre, den Eltern, wenn schon nicht mit handfesten Auskünften, so doch zumindest emotional beizustehen.

So erschöpft sich die Hilfe für die Eltern oft in spärlichen, betont sachlichen Auskünften seitens der Ärzte und in gut gemeinten, in ihrer Hilflosigkeit jedoch nicht wirklich weiterbringenden Trostversuchen der Pflegekräfte. Konkrete Hilfen gibt es kaum; mit der Einweisung in die nächstgelegene Kinderklinik hat das Kreißsaalteam seine Schuldigkeit getan. Diese Maßnahme erfolgt meist auch dann, wenn es neben der Spalte keine Indikation für eine Weiterbehandlung gibt. Ein gesund geborenes Spaltkind gilt zunächst einmal als krank, als gefährdet, ja gar als behindert, ohne dass den Eltern das Ausmaß bzw. die Art der Beeinträchtigung näher erläutert wird.

Kein Wunder also, dass sich viele Eltern schlecht betreut, alleingelassen und von der Situation überfordert fühlen. Sie müssen den äußeren Defekt ihres Kindes verarbeiten – eine gespaltene Lippe kann je nach Ausprägung sehr ungewohnt und auch erschreckend aussehen, vor allem, wenn bei einer doppelten Spalte der Zwischenkiefer stark vorsteht – und sie ahnen, dass es Probleme mit der Ernährung ihres Kindes geben könnte. Über mögliche weitere Konsequenzen der Spaltbildung (Hör- und Sprachstörungen, Zahnfehlstellungen etc.) wie auch über den langen Behandlungsweg werden sie zumeist nicht aufgeklärt, zum einen sicher deshalb, weil die Erstdiagnose durch die auf der Entbindungsstation diensttuenden Kinderärzte gestellt wird – die das bei Spalten übliche Behandlungskonzept gar nicht im Detail kennen. Zum anderen scheint beim medizinischen Personal das Bedürfnis zu bestehen, die Eltern des Spaltbabys zu „beschützen", ihnen nicht zuviel auf einmal zuzumuten. Und das ist ja auch durchaus sinnvoll! Das Aufnahmevermögen der noch unter Schock stehenden Eltern ist begrenzt, nur langsam wird ihnen klar, was ihr Kind da mit auf die Welt gebracht hat und welche Schwierigkeiten auf sie zukommen. Dennoch benötigen sie Informationen – wie sonst können sie mit der Verarbeitung des Ereignisses beginnen oder, noch viel wichtiger, die sich bald stellenden Fragen zur weiteren Behandlung entscheiden? Ich weiß noch gut, wie frustrierend es war, dass uns direkt nach der Geburt unseres Sohnes niemand geordnet und grundlegend über Spalten, ihre Ursache und Bedeutung informiert hat – und für eigene Recherchen hatten wir zunächst weder genug Zeit noch einen ausreichend klaren Kopf.

Umfassend aufgeklärt wurden wir erst nach einer vollen Woche, und zwar durch den Kieferorthopäden, der ja eigentlich „nur" für das Anpassen einer Gaumenplatte zuständig war, der aber im Gegensatz zu den meisten Ärzten unsere Ängste ernst und sich viel Zeit für das Gespräch nahm – ein Glücksfall! Ohne ihn hätten wir wohl noch länger mit unseren diffusen Sorgen leben müssen. Sicher ist es nicht ratsam, die Eltern gleich zu Beginn mit allen denkbaren Problemen zu konfrontieren, die eine Spaltbildung mitbringen kann, aber nicht muss. Es hilft ihnen aber auch nicht weiter, wenn die Spalte bagatellisiert, vielleicht euphemistisch als „Kratzer" o. ä. bezeichnet wird – und auch die allgegenwärtige Versicherung, dass „man da später nichts mehr davon" sehe, ist für die Eltern in ihrer momentanen Lage ein eher schwacher Trost, denn hier und jetzt haben sie ein Baby mit einer sehr sichtbaren Spalte. Ihnen klingt vielleicht das hässliche Wort „Hasenscharte" in den Ohren und sie wissen ganz einfach nicht, wie es jetzt konkret weitergehen soll mit ihrem Kind. Was Not tut, ist für den Fall einer Spaltgeburt geschultes Personal in den Kreißsälen, das die Eltern von Anfang an sachlich korrekt und einfühlsam betreut. Gut wäre auch das Vorhandensein eines Infoheftes, worin die wichtigsten Informationen über LKGS kurz zusammengefasst sind und wo die Eltern in einem ruhigeren Augenblick nachlesen können, was sie zuerst im emotionalen Ausnahmezustand vielleicht nicht aufnehmen konnten. Erhältlich sind entsprechende Broschüren über die Wolfgang-Rosenthal-Gesellschaft, Adresse siehe Anhang.

Trotz des Informationsmangels in vielen Krankenhäusern gelingt es manchen Eltern aber auch überraschend gut, die Spaltbildung ihres Neugeborenen zu verarbeiten. Oft sind das diejenigen, die schon in der Schwangerschaft von der Spalte erfahren hatten. Sie haben die Schockphase bereits hinter sich, waren in der Lage, sich in Ruhe über medizinische und praktische Aspekte zu informieren und können nun ihre ganze Kraft dem Kind zuwenden. Sie haben weniger Probleme damit, eine Bindung zum Baby aufzubauen und freunden sich in der Regel auch schneller mit dem Aussehen des Babys an – sehr oft fällt die Äußerung, dass sie sich die Spalte „viel schlimmer vorgestellt" hatten, als sie dann tatsächlich war. Offenbar wird die Geburt eines Spaltkindes sehr unterschiedlich bewertet, je nachdem, ob die Fehlbildung vorher bekannt war oder nicht. Beide Szenarien möchte ich im Folgenden kurz andeuten. Natürlich gibt es auch von der Spalte überraschte Eltern, die sich sehr schnell in die neue Situation hineinfinden, was dann sicher ein Indiz dafür ist, dass das Team der Entbindungsstation seine Sache gut gemacht hat. Leider scheinen aber die negativen Erfahrungen bei der überraschenden Spaltgeburt noch zu überwiegen.

„...im falschen Film" – Plötzlich ist alles anders

Eine Geburt, egal unter welchen Umständen sie stattfindet, ist immer ein einschneidendes Erlebnis im Leben von jungen Eltern, besonders aber in dem der Mutter. Nach den zuletzt endlos scheinenden 40 Wochen der Schwangerschaft, den Anstrengungen der Wehen und vielleicht auch den Sorgen, ob wohl alles gut gehen wird, wird die Mutter nun endlich ihr neugeborenes Baby im Arm halten. Plötzlich ist sie nicht mehr allein, wird es nie mehr sein, wird sich auf immer und ewig für diesen jetzt noch so winzigen Menschen verantwortlich fühlen. Sie freut sich aufs Stillen, denkt an kommende schlaflose Nächte, volle Windeln und erste Worte. Auch bei einem zweiten oder weiteren Kindern, wo sie schon weiß, was da auf sie zukommt, überwiegt das Staunen über das neue Leben, die Freude auf ein völlig neues Menschenleben! Vielleicht ist sie noch etwas mitgenommen von der Geburt, vielleicht muss noch ein Dammschnitt genäht werden, aber der Moment der ersten Begegnung ist nun zum Greifen nahe!

Pascal, einseitige LKGS, erholt sich von den Strapazen der Geburt.

Und dann – Filmriss! Irgendetwas stimmt nicht, Gemurmel vom Personal, der Vater guckt verwirrt, es dauert endlos, bis ihr das Baby in den Arm gelegt wird, wenn das überhaupt geschieht. Die Frage drängt aus der Tiefe nach oben und muss ausgesprochen werden – „Ist es gesund?" Wenn das Elternpaar Glück hat, folgt jetzt die Auskunft „Lippen-Kiefer-Gaumenspalte". Was ist das? Was bedeutet das? Und nun sehen die Eltern ihr Baby und sein so ganz anderes Gesicht zum ersten Mal. Da ist nicht nur die geteilte Oberlippe: Ein Nasenflügel ist vielleicht stark verzogen, oder der Zwischenkiefer steht weit vor – die herkömmlichen Proportionen stimmen nicht, es fällt schwer, das Baby auf den ersten Blick süß zu finden, obwohl sehr viele Eltern berichten, dass die ausdrucksstarken Augen ihres Spaltkindes sie von Anfang an gefangen nahmen, und unzählige Fragen stürmen auf sie ein: Wie geht es weiter? Ist das reparabel? Wird es ein normales Leben führen können? Werde ich in der Lage sein, es zu stillen? Woher kommt das? Ist unser Kind behindert? Alle Pläne, die für das Baby gemacht wurden, scheinen nun hinfällig zu sein, alles ist wie „eingefroren", es gibt nur die schreckliche Gegenwart, die zu akzeptieren schwer fällt, und dahinter eine ungewisse, mit Ängsten besetzte Zukunft. Wir hatten uns das doch ganz anders vorgestellt, das kann nicht sein, Moment mal, wir sind hier im falschen Film! Wir sollten doch ein gesundes Kind kriegen!

In diesem Gefühlswirrwarr helfen nur klare, einfache Auskünfte, an denen sich die Eltern festhalten können. „Ihr Kind hat eine LKGS, das ist operabel, die erste Zeit wird sicher nicht einfach, vor allem was die Ernährung angeht, und der Behandlungsweg ist lang, aber erfolgreich." Mehr muss gar nicht gesagt werden, und das sind auch tatsächlich die wesentlichen Punkte! Details haben Zeit. Gänzlich unangebracht ist die Bemerkung, dass es viel „schlimmere Sachen" gebe – das ist zwar korrekt, nimmt aber die Eltern in der Verarbeitung dieses für sie subjektiv als schwerer Schlag, als „am schlimmsten" empfundenen Ereignisses überhaupt nicht ernst. Auch wenn die Behandlung der LKGS erfolgversprechend ist, wird für eine zunächst ziemlich lange Zeit eben nicht „alles gut" sein, müssen die Eltern gemeinsam mit ihrem Kind so einiges an Schwierigkeiten überwinden. Um dazu in der Lage zu sein, ist es sehr wichtig, den Schrecken der neuen Situation auch auszuleben, sich kurzzeitig dem Schock, ein fehlgebildetes Kind geboren zu haben, hinzugeben und die Wut und Enttäuschung über dieses Kind zu fühlen, anstatt sie zu verdrängen. Nur so ist gewährleistet, dass die Eltern ihr Baby langfristig ganz so, wie es ist – mit Spalte – annehmen und lieben können, dass sie nach einer Phase der Trauer langsam in das Gefühl hineinwachsen, doch im „richtigen Film" gelandet zu sein.

Das muss nicht sein! Unnötige Maßnahmen

Der Schlüssel zu einer gelungenen Beziehung zwischen Eltern und Kind, insbesondere natürlich der Mutter-Kind-Bindung, ist das sogenannte Bonding. Dachte man früher noch, dass diese Prägung von Mutter und Kind aufeinander nur in der Zeit unmittelbar nach der Geburt stattfinden könne und dass danach die sensible Phase vorbei sei, hat sich heute die Erkenntnis durchgesetzt, dass das Bonding eher ein fortlaufender Prozess ist, an dem beide Seiten ständig arbeiten – was bedeutet, dass auch „Verpasstes" noch nachgeholt werden kann. Ein Glück für Spaltkinder und ihre Mütter, denn in vielen Kliniken ist es immer noch gängige Praxis, dass ein mit Spalte geborenes Kind, auch wenn es ansonsten gesund ist, automatisch in die nächstgelegene Kinderklinik überwiesen wird, selbst wenn das eine Trennung von der Mutter erfordert. Dabei ist ein Spaltbaby in den allermeisten Fällen (Ausnahmen sind z. B. Babys mit Pierre-Robin-Sequenz) nicht akut gefährdet! Daher sollte eine Trennung von Mutter und Kind, wenn es irgendwie geht, vermieden werden, damit die beiden sich in Ruhe aneinander gewöhnen können. Die Erfahrung zeigt, dass Mutter-Kind-Paare, die sich direkt nach der Geburt ausreichend „beschnuppern" und innigen Haut-zu-Haut-Kontakt genießen konnten, in den ersten Monaten eine stabilere Beziehung zueinander haben als solche, bei denen diese allererste Bondingphase nicht möglich war. Auch kommen die „Bonding-Mütter" besser mit den psychosozialen und konkreten Auswirkungen der Spaltbildung zurecht.

Das schwerwiegendste Argument für die Verlegung in eine Kinderklinik, dem man sich als Elternteil auch kaum entziehen kann, will man sich nicht dem Vorwurf der Verantwortungslosigkeit aussetzen, ist das mögliche Vorhandensein weiterer Fehlbildungen, etwa der inneren Organe, insbesondere des Gehirns und Herzens, wie sie bei manchen Syndromen vorkommen. Um dies auszuschließen, wird in vielen Kliniken z. B. routinemäßig ein Ultraschall des Herzens und der anderen Organe vorgenommen. Da es sich dabei aber tatsächlich, sofern das Baby unauffällig ist, um eine reine Vorsichtsmaßnahme handelt, sehe ich keinen Grund, warum diese Untersuchungen nicht auch ambulant durchgeführt werden können, wenn eine Mitaufnahme der Mutter in der Kinderklinik nicht möglich ist. Von den oben erwähnten Untersuchungen einmal abgesehen, braucht ein LKGS-Baby keine Kinderklinik. Ebenso wenig benötigt es eine Magensonde, wie sie in vielen Krankenhäusern jedem Spaltbaby vorbeugend verpasst wird – oft noch bevor überhaupt versucht wurde, es oral zu ernähren! Dabei können fast alle Spaltkinder sehr wohl alleine trinken, vorausgesetzt, die richtigen Sauger sind vorhanden, etwa ein Gaumenspaltsauger von NUK oder Nip (vor dem Anpassen der Gaumenplatte) und vor allem der SpecialNeeds Feeder (ehemals Haberman Feeder) von Medela. Dieser ist oft erst nach Anpassen der Gaumenplatte sinnvoll nutzbar. Manche LKGS-Babys können auch mit herkömmlichen Saugern trinken, einige wenige sogar gestillt werden, wenngleich wahrscheinlich nur teilweise und mit entsprechendem Stillmanagement (siehe Kapitel Stillen).

Was auch zumindest im deutschsprachigen Raum kaum bekannt ist: Säuglinge mit isolierter Lippen- oder mit Lippen-Kiefer-Spalte können fast immer voll und ohne größere Probleme gestillt werden, denn das eigentliche Stillhindernis bei LKGS ist die Gaumensegelspalte, die den Babys das Aufbauen eines Saugvakuums (Saugschluss) erschwert bis unmöglich macht. Zwar ist heute bekannt, dass der Saugschluss dem Baby vorrangig dazu dient, die Brustwarze im Mund korrekt zu positionieren, damit es dann mit melkenden Bewegungen den Unterkiefer gegen die Milchseen drücken und diese mit Hilfe der Zunge ausstreichen kann. Das bedeutet, dass das Baby die Brust nicht wirklich leer „saugt", sondern sie vielmehr ausmelkt, und das ist theoretisch auch Babys mit Segelspalte möglich. In der Praxis ist es jedoch sehr schwer für das Baby, ohne den Saugschluss genug vom Brustgewebe zu erfassen, um die Milchseen effizient leeren zu können. Meistens verliert es die Brustwarze, bevor es überhaupt mit dem Melken beginnen kann, und lässt frustriert von der Brust ab. Selbst wenn das Erfassen der Brustwarze gelingt, kann das Baby sie ohne Saugschluss nicht in die zum Ausmelken benötigte, langgezogene Form bringen.

Abhilfe schafft in einigen Fällen der sogenannte DanCer Hold (siehe Kapitel Stillen) und auch das Experimentieren mit verschiedenen Stillhaltungen kann dem Baby helfen. Aber selbst wenn in den meisten Fällen einer vollständigen LKGS das Stillen nicht möglich ist, stellt das Trinken aus der Flasche mit den geeigneten Hilfsmitteln, also den Spezialsaugern und vor allem der Gaumenplatte, die nicht umsonst auch oft als Trinkplatte bezeichnet wird, fast nie ein Problem dar. Wenn Ihr neugeborenes Spaltkind also eine Magensonde erhalten soll, scheuen Sie sich nicht, nach dem genauen Grund dafür zu fragen und zu bitten, dass Ihr Kind zunächst die Chance bekommt, mit spaltgeeigneten Saugern selbst zu trinken. Lassen Sie sich auch bei einer kompletten LKGS oder einer isolierten Gaumenspalte nicht so leicht vom Stillen abbringen, wenn Sie gerne stillen möchten. Vielleicht gehört Ihr Baby ja zu denen, die es lernen, deshalb sollten Sie es zumindest versuchen – und nicht zu enttäuscht sein, wenn es nicht klappt. Das Baby kann in jedem Fall Ihre abgepumpte Muttermilch aus der Flasche trinken und erhält so die für ein Spaltkind wegen der erhöhten Gefahr, an Entzündungen des Mittelohrs zu erkranken, besonders wertvollen Immunglobuline.

Wenn das neugeborene Spaltbaby selbstständig trinken darf, wird die Mutter/der Vater zumeist eindringlich davor gewarnt, dass es sich sehr leicht verschlucken und dadurch Milch in die Lunge aspirieren kann. Dies verunsichert die Eltern natürlich sehr und lässt sie ihre Nervosität beim Füttern auf ihr Baby übertragen – keine gute Voraussetzung für eine entspannte Nahrungsaufnahme. Dabei sind Entspannung und Geduld das A und O, wenn es um die Ernährung eines Spaltbabys geht. Tatsächlich ist die Gefahr der Aspiration sehr gering. Bei Verwendung des NUK-Gaumenspaltssaugers, der ungelocht geliefert wird, genügt es, das Trinkloch auf der der Spalte gegenüberliegenden Seite anzubringen, sodass die Milch sofort in die richtige Richtung fließt, eine Maßnahme, die bei doppelseitigen Spalten leider nicht greift. Dann aber konsequent auf eine aufrechte Fütterhaltung achten! Wenn das Baby bereits eine Gaumenplatte bekommen hat, erfüllt diese dieselbe Funktion.

Optimal wäre es also, wenn in der Entbindungsklinik schon die verschiedenen Spezialsauger vorhanden sind, damit das Spaltbaby sofort und ohne das überflüssige Legen einer Magensonde selbst trinken kann, ohne dass es von der Mutter getrennt werden muss. Das kann von Anfang an mit Hilfe des NUK-Gaumenspaltsaugers geschehen oder mit jedem herkömmlichen Sauger, falls das Baby damit zurechtkommt, was aber eher selten der Fall ist. Der behandelnde Kinderarzt sollte nun nach Rücksprache mit den Eltern einen Termin in einer Klinik mit Mund-Kiefer-Gesichtschirurgie zwecks eines Beratungsgesprächs vereinbaren. In der Kieferklinik wird es dann in aller Regel einen spalterfahrenen Kieferorthopäden geben, der dem Baby eine Gaumenplatte anpasst, die ihm zum einen das Trinken erleichtert, vor allem aber die Zungenlage reguliert und das Wachstum der Kieferbögen schon lange vor den nötigen Operationen in eine günstige Form lenkt. Immerhin hat sich die Zunge des Fötus fast 10 Monate lang reflektorisch in der Spalte eingelagert, diese verbreitert und eine unnatürliche Lage eingenommen.

Es gibt allerdings auch Behandlungskonzepte, die ohne Gaumenplatten arbeiten, obwohl sich diese wegen der zahlreichen positiven Effekte fürs Kind in den meisten Spaltzentren durchgesetzt haben. Sollte es an Ihrer Klinik nicht üblich sein, dass Spaltbabys eine Gaumenplatte erhalten, fragen Sie in jedem Fall nach, warum dies so gehandhabt wird – und entscheiden Sie sich, falls Sie die Argumente nicht überzeugend finden, gegebenenfalls ruhig lieber für ein anderes Krankenhaus. Sobald sich abzeichnet, dass das Baby zum selbstständigen Trinken in der Lage ist, können Mutter und Kind entlassen und die routinemäßigen Untersuchungen auf eventuelle weitere Fehlbildungen ambulant in einer Kinderklinik durchgeführt werden. Falls diese positiv ausfallen sollten, muss selbstverständlich neu überlegt werden, welche Maßnahmen nötig sind. Ansonsten braucht ein gesund geborenes Spaltbaby aber keine Intensivbetreuung und keine Sondenernährung, sondern, auf den Punkt gebracht, einen erfahrenen Kieferorthopäden, eine kompetente Stillberaterin, einen spaltgeeigneten Sauger und ausgiebige Nähe zu seinen Eltern. Wenn das Baby eventuell aus anderen Gründen (weitere Fehlbildungen, Neugeborenengelbsucht etc.) in eine Kinderklinik verlegt werden muss, sollte es auf jeden Fall ein Krankenhaus mit angeschlossener Kieferklinik sein, damit die nötige Weiterbehandlung dort erfolgen kann und nicht noch eine Verlegung nötig ist. Die Mutter benötigt keine gut gemeinten Ratschläge und auch kein Mitleid, sondern viel Ruhe zum Schmusen mit ihrem Baby, bei Stillwunsch eine gute Milchpumpe und jemanden, der ihr einfach nur zuhört, wenn sie sich ihre Ängste und ihre Trauer von der Seele reden will.

Diagnose: LKGS

Die Schwangerenvorsorge in Deutschland sieht insgesamt drei Ultraschalluntersuchungen vor. Bei der zweiten, die zwischen der 19. und 22. SSW durchgeführt wird, sucht der Gynäkologe nach Fehlbildungen des Fötus. Allerdings werden dabei nur 30 % aller Fehlbildungen überhaupt entdeckt. Ob eine LKGS pränatal erkannt wird, hängt in hohem Maß von der Qualität des Ultraschallgeräts, der Lage des Babys im Uterus und von der Erfahrung des behandelnden Arztes ab. Am ehesten wird noch eine Lippen-Kiefer-Spalte diagnostiziert, wobei doppelseitige Spalten wegen des vorstehenden Zwischenkiefers ziemlich zuverlässig erkannt werden können. Reine Gaumen-Segelspalten sind nur sehr schwer zu erkennen, da hier die Zunge des Babys den Blick auf den Gaumen verdeckt. Wenn daher aufgrund des Ultraschallbefundes der Verdacht auf eine Spaltbildung besteht, ist damit noch nicht klar, ob es sich um eine reine Lippen- oder Lippen-Kiefer-Spalte handelt oder ob der Gaumen auch betroffen ist und ob die Spalte durchgehend oder unvollständig ist.

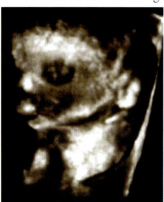

In der 23. Schwangerschaftswoche ist eine doppelte LKGS hier gut zu erkennen.

Trotzdem oder vielleicht auch gerade deswegen reagieren die Eltern zunächst natürlich geschockt – zum einen sind sie erschrocken, dass eine vermeintliche Routineuntersuchung den Traum vom gesunden Kind so jäh zerstört. Den Zustand der emotionalen und ganz praktischen Orientierungslosigkeit, den „überraschte" Spalteltern direkt nach der Geburt durchmachen, erleben die vorher informierten Eltern bereits im Vorfeld. Zum anderen machen sie sich Sorgen über das genaue Ausmaß der Spaltbildung und ob diese möglicherweise in Zusammenhang mit einem Syndrom steht. Die normalerweise als eine Zeit der (positiven) Spannung und Vorfreude erlebte Schwangerschaft wird überschattet von der Angst, was da wohl auf sie zukommen wird, weshalb viele Mütter erzählen, dass sie den Rest ihrer Schwangerschaft nun nicht mehr uneingeschränkt genießen konnten. Dennoch sind die meisten Eltern dankbar, wenn sie schon vor der Geburt Kenntnis von der Spaltbildung hatten. Denn wenn der erste Schrecken erst einmal abgeklungen ist, wird ihnen die große Chance bewusst, die sich ihnen nun bietet: Ganz ohne Zeitdruck und noch nicht von den täglichen Anforderungen der Elternschaft in Anspruch genommen, können sie sich in Ruhe über Spaltbildungen informieren.

Sie haben die Möglichkeit, nach Ressourcen im Internet (hilfreiche www-Adressen finden Sie auch im Anhang dieses Buches) und nach Literatur zu suchen (obwohl diese, Fachartikel und -bücher ausgenommen, bisher nur spärlich vorliegt). Sie können sich mit der Selbsthilfevereinigung für Lippen-Gaumen-Fehlbildungen, der Wolfgang-Rosenthal-Gesellschaft (WRG) in Verbindung setzen, wo man Sie sowohl telefonisch als auch in Form verschiedener Broschüren umfassend informieren und Ihnen auf Wunsch eine Kontaktperson in ihrer Region oder die Adressen anderer betroffener Familien nennen wird. Diesen Austausch mit Eltern, die schon in der gleichen Situation waren, halte ich für überaus wichtig, denn da es in Deutschland keine systematische psychologische Betreuung für Eltern von Spaltbabys gibt, müssen andere Möglichkeiten gefunden werden, die widerstreitenden Gefühle rund um das Baby und seine Fehlbildung zu verarbeiten. Wer wäre da besser geeignet als jemand, der diesen Abschnitt des Wegs bereits zurückgelegt hat? Auch für die unzähligen praktischen Fragen zur Spalte sind andere Eltern die besten Ansprechpartner. Die Begegnung mit älteren Spaltkindern zeigt den Eltern eindrucksvoll, dass die LKGS ihres Kindes es nicht daran hindern wird, sich völlig altersgemäß zu entwickeln, und kann so Balsam für die Seele einer besorgten Schwangeren sein!

Der größte Vorteil aber, den vorher informierte Eltern gegenüber den überraschten haben, besteht in der Entscheidungsgewalt, über die sie verfügen. Ob sie und ihr Kind einen guten oder nicht so gelungenen gemeinsamen Start haben werden, liegt zu einem großen Teil in ihrer Hand. So kann die Wahl der Geburtsklinik schon in Hinblick auf die Spalte erfolgen: Die Mutter kann sich etwa dafür entscheiden, in einem Krankenhaus mit angeschlossener Kieferklinik zu entbinden, sodass sie und ihr Baby für die Erstversorgung nicht in eine andere Klinik verlegt werden müssen. Da sie die Bedürfnisse eines LKGS-Babys kennen, können sie dem Personal der Entbindungsstation gegenüber selbstbewusst auftreten und von vornherein klarstellen, dass ihr Kind nicht automatisch eine Magensonde erhalten und nur wegen der Spalte in die Neonatologie einer Kinderklinik verlegt werden wird. Auch eine ambulante oder eine Hausgeburt ist möglich, sofern keine weiteren Fehlbildungen vorhanden sind. Vorausgesetzt, Sie haben sich bereits einen Gaumenspaltsauger und einen SpecialNeeds Feeder besorgt, wird das Trinken des Babys zu Hause bestimmt gut klappen – und sollte das nicht der Fall sein, können Sie immer noch ins Krankenhaus gehen. Im Idealfall sollte auch schon vor der Entbindung Kontakt zu einem Kieferorthopäden aufgenommen werden, damit dieser direkt nach der Geburt die Gaumenplatte anfertigen kann. Da er das Spaltkind meist über eine sehr lange Zeit hinweg begleitet, würde es sich anbieten, wenn es der Kieferorthopäde des Spaltteams ist, dem Sie die chirurgische Behandlung Ihres Kindes anvertrauen möchten. Die beste Vorgehensweise wäre daher, sich während der Schwangerschaft verschiedene Kliniken bzw. Spaltzentren anzusehen, sich schon vor der Geburt für eines zu entscheiden und dann, falls möglich, in derselben Klinik zu entbinden oder sie nach der Geburt (in einem anderen Krankenhaus) ambulant zur Erstversorgung aufzusuchen. Sinnvoll wäre auch, sich schon in der Schwangerschaft eine Stillberaterin zu suchen, welche die Mutter beim eventuellen Stillen und der Handhabung der nötigen Stillhilfsmittel (Milchpumpe, Brusternährungsset usw.), aber auch beim Erlernen alternativer Ernährungsformen, wie etwa dem „Pumpstillen" oder dem Fingerfeeding, unterstützen kann.

Checkliste für angehende „Spalteltern" – diese Fragen sollten vor der Geburt im Krankenhaus abgeklärt werden:

- Hat das Personal Erfahrung mit Lippen-Kiefer-Gaumenspalten? Existiert auf der Station ein verbindlicher Standard für die Versorgung von Babys mit Spalte?
- Werden Mutter und Kind sofort nach der Geburt getrennt oder besteht die Möglichkeit des ungestörten Kennenlernens/Bondings?
- Welche Untersuchungen werden nach der Geburt am Kind durchgeführt – und ist dazu eine Trennung von Mutter und Kind vorgesehen?
- Kann das Baby, vorausgesetzt, es hat keine weiteren Erkrankungen/Fehlbildungen neben der Spalte, bei der Mutter auf der Wöchnerinnenstation bleiben?
- Wie steht es mit der Ernährung – wird routinemäßig eine Magensonde gelegt oder darf das Baby selbstständig zu trinken versuchen?
- Gibt es auf der Station eventuell Hebammen oder Stillberaterinnen, die Erfahrung mit der Ernährung bei Spalten oder generell mit saugschwachen Neugeborenen haben und bei den Stillversuchen und/oder beim Abpumpen unterstützen können?
- Sind gute Milchpumpen, vielleicht sogar mit Doppelpumpset, und Special-Needs Feeder (ehemals bekannt als Haberman Feeder) sowie andere Trink- und Stillhilfsmittel vorhanden – und natürlich im Umgang damit geschultes Personal?
- Wie und wann wird Kontakt zum Kieferorthopäden und MKG-Chirurgen aufgenommen zwecks Anpassen der Gaumenplatte bzw. Besprechung des Behandlungsplans?

Ein letzter, nicht zu unterschätzender positiver Aspekt der pränatal diagnostizierten LKGS ist der Umstand, dass die Verwandten und Freunde der Eltern wie auch das gesamte Umfeld der Familie (Nachbarn, Arbeitskollegen etc.) schon vorher über die Spaltbildung informiert werden können, und zwar in angemessenerer Form als dies normalerweise in dem üblichen Gefühls- und tatsächlichen Chaos nach der Geburt eines besonderen Babys möglich ist. Die Eltern können die Nachricht erst einmal in Ruhe verdauen und dann, mit den nötigen Informationen ausgestattet, allen anderen das Wichtigste sachlich mitteilen. Noch bevor jemand ihnen die offenbar unvermeidbare „Hasenscharte" an den Kopf wirft, haben sie die Möglichkeit, die korrekten Begriffe einzuführen und die Auswirkungen einer LKGS zu erklären, sodass die Spalte von den Menschen in ihrer Umwelt weder bagatellisiert, „Ist doch nur eine rein kosmetische Sache!", noch dramatisiert, „Den könnt ihr ja nirgendwo zeigen!", werden kann.

Bei einer überraschenden Spaltgeburt empfinden viele Eltern gerade diese Aufgabe der Aufklärung als eine der wesentlichen Belastungen, wie *Thomas Uhlemann* in seiner Untersuchung „Stigma und Normalität" feststellt: „In vielen Fällen standen die zutiefst getroffenen und gekränkten Eltern also vor der Aufgabe, den Verwandten eine Diagnose vermitteln zu müssen, die für sie selbst in dieser Zeit immer noch unbegreiflich war." Diese Situation können Sie umgehen, wenn Sie eine Person Ihres Vertrauens, vielleicht eine gute Freundin, die nicht so direkt betroffen ist wie eine Verwandte und daher eher die nötige Distanz mitbringt, quasi zum „Botschafter" ernennen: Sie oder er übernimmt die Aufgabe, dem Freundes- und Bekanntenkreis, vielleicht sogar der entfernteren Familie, von der Spaltbildung des Babys zu berichten und zumindest grob zu erklären, was das bedeutet. Auf diese Weise haben alle genug Zeit, sich an den Gedanken zu gewöhnen, dass das neue Baby mit einer Besonderheit geboren werden wird (bzw. geboren wurde) – und dass die Eltern daher ihre tatkräftige, aber auch seelische Unterstützung benötigen!

Das andere Gesicht

Ihnen ist beim Lesen dieses Buches vermutlich schon klargeworden, dass die offene Lippe Ihres neugeborenen Babys, die Sie vielleicht sehr verstört hat, Ihr Kind wesentlich weniger beeinträchtigt als die Spaltung des Gaumens. Wenn es Ihnen so geht wie damals mir bei unserem Sohn, wird die Lippenspalte in Ihren Gedanken aber trotzdem einen sehr großen Raum einnehmen und viele Fragen aufwerfen. Das ist völlig verständlich, denn schließlich haben Sie nicht erwartet, dass Ihr Baby so anders aussehen würde, und werden jetzt eine ganze Weile, meist mindestens ein halbes Jahr, mit ihrem Baby und seinem besonderen Gesicht zusammenleben. Sie müssen mitleidigen und neugierigen Blicken standhalten und immer wieder dieselben Fragen beantworten, werden leider bestimmt auch Vorurteilen begegnen und möglicherweise sogar das Ziel von Anfeindungen sein. Vor allem aber müssen Sie

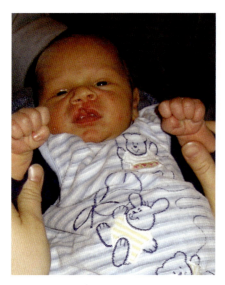

Pierre Maurice (mit unvollständiger Lippenspalte)

mit Ihrer eigenen Verletzung zurechtkommen: Ein neugeborenes Kind wird von der Mutter zunächst noch wesentlich mehr als ein Teil ihrer selbst empfunden und nicht als Individuum, genauso wie auch das Baby noch kein Selbstgefühl im eigentlichen Sinne hat; es nimmt sich wahr als Teil der Mutter, im Rahmen einer psychischen Bindung, die sich besonders im engen körperlichen Kontakt beim Stillen konkret und physisch manifestiert. Durch diese Symbiose von Mutter und Kind wird die optimale Betreuung des Babys sichergestellt; sie bilden eine Einheit, aus der sich zunächst keiner von beiden lösen möchte. Dieses mehr oder weniger starke Empfinden des Einsseins mit dem Baby kann aber auch zur Folge haben, dass die Mutter eines fehlgebildeten Kindes sich zunächst für die Fehlbildung verantwortlich fühlt, und genauso davon betroffen ist wie das Kind selbst. Das gerade erst abgenabelte Baby, das sie unbewusst als „Erweiterung" ihres eigenen Körpers ansieht, ist „verletzt", und genauso ist auch sie in ihrem Selbstgefühl verletzt.

Der Wunsch nach Symbiose, nach Wiedervereinigung mit dem Kind steht der Kränkung gegenüber, die durch das nicht perfekte Äußere verursacht wird, und kann so sehr ambivalente Gefühle bei der Mutter (und natürlich auch beim Vater) hervorrufen; und selbst wenn sie die Gefühle von Angst und sogar Ablehnung überwinden kann und aktiv versucht, die normale symbiotische Mutter-Kind-Beziehung aufzubauen, wird ihr das eventuell durch das Fehlen der Stillbeziehung erschwert, sodass sie beim Aufbau der Bindung noch mehr auf die optische Ebene angewiesen ist. Es kommt also darauf an, sich mit dem ungewohnten Aussehen des Spaltbabys vertraut zu machen.

Viele Mütter haben mir berichtet, dass die gespaltene Lippe ihres Babys sie überhaupt nicht gestört hat, dass es für sie von Anfang an das schönste Baby der Welt war. Für andere (und dazu gehörte ich selbst auch) ist es nicht so einfach, ihr Kind zu akzeptieren. Die Liebe zu meinem mit Spalte geborenen Sohn wollte sich zunächst einfach nicht einstellen. Sein Anblick erschreckte mich auch noch nach Tagen jedes Mal von Neuem und ich war froh, dass er so „pflegeleicht" war und ich ihn zwischen den langwierigen Mahlzeiten wenigstens in seiner Wiege liegen lassen konnte – und ihn nicht ansehen musste. Was natürlich wiederum Schuldgefühle hervorrief, „Wie kann ich eine gute Mutter sein, wenn ich mein Kind nicht einmal anschauen kann?", die es mir dann noch schwerer machten, einen Zugang zu ihm zu finden. Als mir bewusst wurde, in welchem Teufelskreis der Ambivalenz mein Sohn und ich gefangen waren, begann ich aktiv damit, mich ihm anzunähern, zunächst ohne sein Gesicht anzusehen: Ich legte ihn mir auf den Bauch, Haut an Haut, hielt ihn beim Füttern an meiner nackten Brust, auch wenn er nicht daraus trinken konnte, und trug ihn den Tag über (manchmal bis auf die Windel nackt) im Tragetuch, wobei sein Gesicht die meiste Zeit im Tuch verborgen war. Die Stimulationen durch den Körperkontakt vermittelten mir schließlich ein Gefühl für mein Kind, und nach etwa acht Wochen konnte ich auch schon mal sein Gesicht ansehen, ohne sofort in Tränen auszubrechen oder mir ein Baby ohne Spalte zu wünschen. Das klingt nach einer recht langen Zeit – und das war es auch – aber nun war ich in der Lage, jede Einzelheit seines so fremd wirkenden Gesichtes zu betrachten und den z. T. recht irrationalen Fragen nachzuspüren, die schon seit Längerem in mir herumgeisterten, und sie ein für allemal aus dem Weg räumen. Eine dieser Fragen betraf z. B. das subjektive Empfinden der Fehlbildung, in anderen Worten: Tut den Babys ihre Spalte weh? In den Augen von Medizinern sicher eine eher „dumme" Frage, da mir von ärztlicher Seite (unaufgefordert) niemand etwas dazu gesagt hatte, aber sie beschäftigte mich und wurde mir auch von etlichen Verwandten gestellt. Die Antwort lautet: Nein, natürlich nicht – eine LKGS ist keine offene Wunde und verursacht ihrem Träger keinerlei Schmerzen, stellt sie für das Baby doch den Urzustand dar, den es gar nicht anders kennt. Überhaupt kann die Geburt eines Spaltkindes für die Eltern ein Trauma sein – während sie das Baby selbst eigentlich nur insofern belastet, als dass es vielleicht ohne Not von seinen Eltern getrennt wird und, wenn es keine geeigneten Trinkhilfen hat, sich bei der Nahrungsaufnahme sehr abmühen muss.

Das Baby weiß nichts von seiner Spalte, es ist sich seines Andersseins und Anders-Aussehens noch nicht bewusst und lächelt seine Bezugspersonen ebenso an wie gesunde Babys – was eine andere irrationale Angst meinerseits, nämlich ob mein Sohn imstande wäre zu lächeln, aus der Welt schaffte. Tatsächlich fand ich schon bald sein sehr breites Lächeln, wobei er sein Lippengewebe auf der Spaltseite fast vollkommen „wegklappen" konnte, ganz besonders attraktiv – und war, wie viele Eltern, beinahe ein bisschen traurig, als er diese Fähigkeit nach der Lippenplastik eingebüßt hatte und ich mich nun erst wieder an seinen neuen kleinen Mund gewöhnen musste!

„Anders" sind die Gesichter von Spaltkindern aber nicht nur vor dem Lippenverschluss aufgrund ihrer offenen Lippe. Egal wie gut das Operationsergebnis ist: Eine unmerkliche Narbe wird immer bleiben, und auch die Symmetrie der Nase kann selbst nach Korrekturoperationen noch unvollkommen sein. An diesen Gedanken müssen die Eltern sich gewöhnen – so wie später ihr Kind. Und auch darüber grübele ich manchmal nach: Ist das Gesicht, das ich vor mir sehe, dasselbe, das „eigentlich" für meinen Sohn „geplant" war? Ist sein Gesichtsausdruck nach dem chirurgischen Spaltverschluss eben der, den er gehabt hätte, wenn seine Gesichtswülste während der Embryonalphase ganz normal zusammengewachsen wären, oder doch, wie minimal auch immer, eben „anders"? Auf solche Fragen wird man keine Antwort bekommen, auch wenn sie sich dennoch von Zeit zu Zeit aufdrängen. Sie sind der Teil der ambivalenten Gefühle direkt nach der Geburt, der uns Eltern von Spaltkindern wohl zeitlebens erhalten bleiben wird und der uns daran erinnert, wie leicht Pläne durchkreuzt werden können. Während wir unsere Kinder auf ihrem Behandlungsweg begleiten, lernen wir aber auch, dass eine kleine Abweichung vom Plan gemeistert werden kann – und dass auch und gerade ein nicht perfektes Gesicht schön und liebenswert ist.

In einer Zeit, in der ein vollkommenes Äußeres ohne Falten oder sichtbare Narben offenbar immer wichtiger wird, scheint mir dies die Lektion zu sein, die wir aus den lächelnden Gesichtern unserer mit Spalte geborenen Kinder lernen können.

„Nur" eine Gaumenspalte?

In den ersten Wochen nach der Geburt meines Sohnes habe ich oft gedacht: „Wenn es doch wenigstens nur eine Gaumenspalte wäre!" Funktional und praktisch gesehen hätte das nicht allzu viel Unterschied gemacht, schließlich ist bei einer LKGS die Gaumenspalte mitsamt ihren funktionellen Einschränkungen das weitaus größere Problem. Aber eine offene Lippe zieht nun einmal viele Blicke auf sich, und das ist für die Eltern oft schwer auszuhalten. Eine isolierte Gaumenspalte ist zwar nicht auf den ersten Blick zu erkennen und erspart den Eltern so den Spießrutenlauf vorbei an neugierigen und mitleidigen Augen. Doch gerade weil eine Gaumenspalte nicht unmittelbar ins Blickfeld rückt, kann es zu Problemen kommen – das beginnt manchmal schon direkt nach der Geburt. Ein Baby mit einer Lippenspalte oder vollständigen LKGS bekommt in jedem Fall direkt nach der Geburt eine Diagnose; ob diese dann korrekt oder vollständig ist, sei dahingestellt, aber zumindest wissen alle Bescheid, dass etwas „los" ist, dass das Baby in irgendeiner Form Hilfe benötigen wird.

Eine isolierte Gaumen- oder Gaumensegelspalte fällt oft direkt nach der Geburt erst einmal nicht auf. Und auch heute noch gibt es Fälle, in denen bei der ersten Untersuchung durch den Kinderarzt eine Spalte des Gaumens oder des Gaumensegels nicht entdeckt wird; unter Umständen wird erst dann noch einmal genauer nachgeschaut, wenn das Neugeborene Trinkprobleme hat. Beim Sohn einer befreundeten Mutter wurde dessen Segelspalte zwar entdeckt, von der Kinderärztin aber vage als „Lücke im Mund" bezeichnet, die nicht behandelt werden müsse. Einer anderen Mutter wurde vom Kinderarzt versichert, die Gaumenspalte würde von selbst zuwachsen. Und das sind leider keine Einzelfälle; immer wieder berichten mir Eltern von ähnlichen Erlebnissen in der Geburtsklinik.

Angesichts solcher ärztlicher Inkompetenz wundert es nicht, dass es der Familie im häuslichen Umfeld auch nicht besser ergeht. Der Begriff „Gaumenspalte" sagt den meisten Verwandten und Freunden nichts. Während die Mutter sich damit abmüht, ihr Baby zu ernähren, das weder problemlos stillen noch aus herkömmlichen Flaschensaugern trinken kann, halten sie die Panik für unbegründet und fragen sich, was mit dem Baby denn eigentlich los ist, man „sieht doch nichts"! Und warum muss es zum Hörtest, was soll das mit den Paukenröhrchen, was hat das mit den Ohren zu tun, es ist doch „nur" der Gaumen! Anders als bei einer Lippenspalte müssen die Eltern eines Babys mit reiner Gaumenspalte viel öfter erklären und die nötigen Eingriffe und Therapien rechtfertigen, was auf Dauer ebenso belastend sein kann wie die Schaulustigen beim Baby mit offener Lippe. Hier ist noch viel Aufklärung nötig – und Geduld und Beharrlichkeit auf Seiten der Eltern.

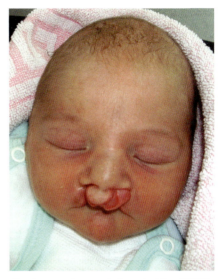

Corvin, neugeboren mit doppelseitiger LKGS, schläft den Geburtsstress weg.

Lassen Sie sich nicht mit schwammigen Auskünften abspeisen, wenn Sie das Gefühl haben, dass Ihr Kinderarzt im Grunde auch ratlos ist. Holen Sie sich eine zweite Meinung ein – Sie haben das Recht auf eine vernünftige Diagnose und darauf, dass diese Diagnose dann auch ernst genommen wird. Auch wenn es anstrengend ist: Erklären Sie Ihren Verwandten, Ihren Bekannten, was es mit einer Gaumenspalte auf sich hat, formulieren Sie Ihre Ängste und Sorgen, geben Sie dieses Buch oder andere Infobroschüren weiter.

Willkommen, Baby!

Verständlicherweise nimmt die Spalte oft einen großen Raum ein – im Leben und in den Gedanken der Eltern, aber auch rein optisch im Gesicht des Kindes. Allzu leicht wird darüber vergessen, dass die Mutter kein medizinisches Problem, sondern ein Baby geboren hat, ein winziges Neugeborenes, das seine Bedürfnisse nach Nahrung, Wärme, Körperkontakt genauso befriedigt bekommen will wie Babys ohne Spalte und das ebenso, wenn nicht noch mehr, auf die bedingungslose Liebe seiner Eltern angewiesen ist.

Bei vielen Eltern stellt sich diese Liebe auch mehr oder weniger sofort ein, doch nicht selten fällt es ihnen schwer, ihr so ganz anders aussehendes Kind lieb zu haben und anzunehmen. Um es klarzustellen: Das ist normal! Ein fehlgebildetes Kind geboren zu haben, stellt für die Mutter eine Verletzung dar, vor allem wenn die Fehlbildung so augenfällig ist wie bei einer Lippenspalte. Für die Eltern ist ihr Baby zunächst entstellt, weshalb sie oft die erste Operation förmlich herbeisehnen, damit es zumindest äußerlich unauffällig aussieht.

Eine andere, vor allem bei Vätern verbreitete Reaktion auf ihr neugeborenes LKGS-Kind ist die Konzentration auf die technisch-medizinische Komponente. Da die Mutter ja ohnehin mit der Betreuung, vor allem der zeitintensiven Ernährung des Säuglings ausgelastet ist, übernimmt der Vater die Recherche, sammelt Informationen zum chirurgischen Spaltverschluss und anderen Fragen, vernachlässigt aber u. U. die Beziehung zu seinem Kind. Auch diese Art der Flucht vor zuviel Bindung ist normal und wird sich irgendwann normalisieren.

Sie sollten aber, ihren Gefühlen von Trauer, Enttäuschung oder sogar Wut zum Trotz, auch und gerade in der allerersten Zeit aktiv und bewusst versuchen, das Staunen über den neuen kleinen Menschen zuzulassen und nicht nur auf die Spalte zu schauen. Die magische erste Zeit ist schließlich viel zu kostbar, um sie nicht so gut es geht zu genießen! Nicht lange wird das Baby so winzig sein und so unvergleichlich duften wie in den ersten Wochen, deren besonderer Zauber später nie mehr nachgeholt werden kann. Es tut mir heute sehr leid, wie schnell die ersten Lebenswochen meines Sohnes an mir vorübergezogen sind und in denen ich mich, wenn ich mich nicht gerade meiner Traurigkeit überließ, vorrangig mit Milchpumpen und Operationskonzepten befasste, anstatt mich einfach nur über mein Baby zu freuen.

Dabei gibt es Wege aus diesem dunklen Tal, die ganz leicht hin zum Baby führen! Ausgiebiger Hautkontakt tut Mutter und Kind gut, gerade wenn Stillen nicht möglich ist. Das Tragen im Tuch, Babymassage, Schmusen in Schaukelstuhl oder Hängematte, all das hilft, eine gute Bindung zum Kind aufzubauen und zu festigen. Sobald Ihnen das gelungen ist, laden Sie Ihre Familie und Ihr Freunde ein, sich mit Ihnen zusammen zu freuen! Wenn jeder etwas mitbringt, muss das gar nicht viel Arbeit machen, und Sie werden überrascht sein, wie viel positives Feedback Sie bekommen werden und wie gut es Ihnen tun wird, Ihr Baby stolz und selbstbewusst vorzustellen. Eine Geburtsanzeige, selbstverständlich mit Foto, ist auch eine gute Möglichkeit, sich selbst und der Umwelt bewusst zu machen, dass Sie die Herausforderung durch dieses besondere Kind annehmen und meistern werden. Vielleicht wollen Sie ja, wie wir es getan haben, eine große Tauffeier veranstalten. Gehen Sie bewusst in die Welt hinaus mit Ihrem Kind, zum Babyschwimmen, zum PEKiP-Kurs (Prager-Eltern-Kind-Programm) – was Sie tun, ist im Grunde egal, Hauptsache, Sie versuchen bewusst, sich dem Kind zuzuwenden und sich und Ihre Familie für die neue Situation zu öffnen. So wird die Spaltbildung schnell in den Hintergrund treten und die Sicht freigeben auf Ihr wunderschönes, einzigartiges Baby!

Die medizinische Versorgung

Überblick – Das kommt auf mein Kind zu

Dieses Kapitel möchte ich mit einer Bemerkung beginnen, die ich nach der Geburt meines Sohnes sehr häufig zu hören bekam: „Seien Sie froh, dass es nur eine LKGS ist!" Ich empfand das zunächst nur als schwachen Trost, ja sogar als zynisch, denn es half uns auch nicht dabei, die schwierige Situation zu bewältigen. Mit der Zeit wurde mir jedoch klar, dass es stimmt! Eine Spalte ist eine nahezu vollständig therapierbare Fehlbildung. Wenn alles nach Plan verläuft, sind nach Beendigung der Wachstumsphase alle funktionellen und ästhetischen Störungen durch die Spalte weitestgehend behoben. Allerdings verlangt die Therapie sowohl vom Kind wie auch von den Eltern eine Riesenportion Geduld und Durchhaltevermögen: Ihr Kind wird, je nach Art und Ausprägung der Spalte, in den ersten beiden Lebensjahren wahrscheinlich ca. zwei bis sechs Operationen vor sich haben, bei denen Lippe (im 3. bis 6. Lebensmonat) und Gaumen (Segel im 3. bis 18. Lebensmonat, harter Gaumen im 3. bis 48. Lebensmonat) verschlossen werden, dann wahrscheinlich noch den Verschluss der Kieferspalte im Schulalter. Falls das Kind große Probleme mit der Funktion des Gaumensegels haben sollte, die nicht durch eine logopädische Therapie in den Griff zu bekommen sind, sollte über eine sprechunterstützende OP nachgedacht werden, z. B. die Velopharyngoplastik. Danach ist vielleicht noch eine Korrektur der Lippe und/oder des Naseneingangs (5.–6. Lebensjahr) und am Nasenskelett (16.–18. Jahr) angezeigt. Solche Korrekturen sind aber längst nicht bei jedem Spaltkind erforderlich und ergeben sich aus der individuellen Spaltform und dem bisherigen Verlauf der Therapie. Neben den sogenannten mehrzeitigen OP-Konzepten, dabei werden die verschiedenen Bereiche der Spalte einzeln in mehreren OPs verschlossen, gibt es auch chirurgische Konzepte, die einen einzeitigen Verschluss der LKGS vorsehen, wo also Lippe und Gaumen zusammen in einer Operation verschlossen werden, meist im Alter von etwa drei Monaten (im deutschsprachigen Raum als Basler Konzept bekannt geworden).

Wenn bei Ihrem Kind auch der harte Gaumen betroffen ist, wird es bis zum Gaumenverschluss eine Gaumenplatte tragen, die vom Kieferorthopäden angepasst und regelmäßig kontrolliert werden muss. Da bei Gaumenspalten die Belüftung des Mittelohrs nicht ausreichend gewährleistet ist, sollten Kinder mit Gaumenspalte von Geburt an regelmäßig dem HNO-Arzt bzw. dem Pädaudiologen vorgestellt werden. Er überwacht das Hörvermögen und entscheidet, ob Ihr Kind vielleicht Paukenröhrchen braucht, welche die Belüftung im Mittelohr verbessern.

Einmal wöchentlich können Sie mit Ihrem Kind zur Castillo-Morales-Therapie gehen, welche den Gesamtmuskeltonus und insbesondere die Mundringmuskulatur des Babys stimuliert, was zu einer besseren Ausbildung derselben führt und somit auch dem Operateur seine Arbeit beim Vereinigen der Muskelstränge in der Lippe erleichtert und durch die allgemeine Verbesserung der Muskelspannung auch die für den Trinkvorgang wichtigen Muskelfunktionen unterstützt. Insbesondere Babys mit Pierre-Robin-Sequenz profitieren enorm von einer Castillo-Morales-Therapie da bei ihnen durch entsprechendes Training eine natürliche Zungenlage unterstützt wird.

Nach den Primäroperationen (Lippen- und Gaumenplastik) sollte die Entwicklung der Zähne und des Kiefers überwacht werden. Die eigentliche Phase der kieferorthopädischen Behandlung, die nahezu jedes Spaltkind braucht, beginnt manchmal schon im Milchgebiss (ab dem 3. Lebensjahr), spätestens aber mit ca. acht Jahren, und dauert bis zur Pubertät oder länger, wobei Phasen der aktiven Behandlung und der Retention, d.h. die jeweilige Apparatur wird zur Sicherung des bisherigen Behandlungserfolgs weitergetragen, sich abwechseln.

Einmal jährlich besuchen Sie und Ihr Kind die Spaltsprechstunde Ihrer Klinik, damit die Chirurgen das Wachstum der operierten Bereiche überprüfen können.

Mit etwa 18 Monaten sollte außerdem der erste Kontakt zu einer Logopädin stattfinden, um eventuelle Sprachstörungen frühzeitig zu erkennen und gegebenenfalls zu behandeln.

Stellen Sie sich darauf ein, in der ersten Zeit viele auf die Spalte bezogene Termine wahrnehmen zu müssen. Das kann das Familienleben zwar belasten, wird aber nach den ersten Operationen auch weniger. Ein Spaltbaby braucht eine engmaschige medizinische Betreuung, und es liegt in Ihrer Verantwortung, die verschiedenen Arzttermine auch wahrzunehmen! Nur so ist der langfristige Erfolg der Behandlung gewährleistet.

Falls Sie sich von diesem langen Rattenschwanz von Behandlungsschritten nun wie erschlagen fühlen und sich fragen, wie Sie und Ihr winziges, hilfloses Baby das alles bewältigen sollen, machen Sie sich bewusst, dass es sich um viele kleine Schritte handelt, von denen Sie langsam einen nach dem anderen tun, bis Sie schließlich gemeinsam am Ziel ankommen. Sie müssen nicht alles auf einmal bewältigen, und Sie werden viele Helfer haben, die Ihnen den Weg zeigen und Sie unterstützen. Auch wenn es für Sie zunächst vielleicht nicht so aussieht: Sie schaffen das! Nach und nach werden Sie, genau wie Ihr Kind, in die Situation hineinwachsen und akzeptieren, dass es eben ein wenig öfter zum Arzt gehen muss als andere Kinder und ein paar Krankenhausaufenthalte vor sich hat. Ich möchte hier nicht den Fehler machen, über den ich mich bei Anderen stets ärgere, indem ich die Behandlung einer LKGS verharmlose mit der Begründung, es gebe ja noch „Schlimmeres". Ich gehe davon aus, dass für alle Eltern mit einem kranken, behinderten oder fehlgebildeten Kind ihre jeweilige Situation sehr belastend ist. Aber aus eigener Erfahrung weiß ich, dass vieles, was uns beim Anblick eines kleinen Spaltbabys Angst macht – etwa der Gedanke, dass so ein winziger Mensch mehrere Vollnarkosen und Operationen über sich ergehen lassen muss, mit Schmerzen, deren Ursprung er nicht einmal versteht – aus der Entfernung wesentlich bedrohlicher wirkt als aus der Nähe. Konzentrieren Sie sich auf das, was jeweils konkret vor Ihnen liegt, dann werden Sie und Ihr Baby die medizinischen Aspekte der Spalte mit Bravour meistern!

Das „Spaltteam"

Versuche, LKGS chirurgisch zu behandeln, gab es schon vor 2000 Jahren, wie Quellen aus China oder der römischen Kaiserzeit belegen, wobei man sich aber auf das Zusammennähen der beiden Lippenseiten beschränkte, eine Vorgehensweise, an der sich bis ins 19. Jahrhundert hinein wenig änderte. Erst mit der Entwicklung der modernen Medizin bekamen Spaltträger eine echte Chance. Als Begründer der interdisziplinären Spalttherapie im deutschen Sprachraum kann *Prof. Dr. Wolfgang Rosenthal* (1882–1971) angesehen werden, der über seine Tätigkeit als Gesichtschirurg während des zweiten Weltkriegs zur Spaltchirurgie fand und in den 1940er Jahren auf Schloss Thallwitz bei Leipzig sein Behandlungszentrum für Spalten gründete, das erste seiner Art in Europa. *Rosenthal* war auch einer der ersten Ärzte, welche die Zusammenarbeit von Chirurgen, Sprachlehrern, Kieferorthopäden und HNO-Ärzten forderten, um so ein optimales Behandlungsergebnis zu erreichen.

Aus diesem Anspruch sind die heutigen Spaltzentren hervorgegangen, die es mittlerweile in ganz Deutschland an jeder größeren Klinik der Mund-Kiefer-Gesichtschirurgie (MKG) gibt. Sie sollen die Zusammenarbeit aller an der Diagnose und Behandlung beteiligten Disziplinen gewährleisten. Zu diesem interdisziplinären „Spaltteam" gehören optimalerweise:

- *Der Mund-Kiefer-Gesichts-Chirurg.* Er stellt zunächst die erste umfassende Diagnose und sollte die Eltern über alle funktionellen Störungen, die von der Spaltbildung hervorgerufen werden können, informieren. Er erläutert den an der Klinik üblichen Behandlungsplan und stimmt diesen auf die individuelle Situation des Kindes ab. Vor den von ihm durchgeführten Operationen erklärt er den Eltern in einem ausführlichen Beratungsgespräch, was genau beim Eingriff geschehen wird und wie die Rahmenbedingungen des Klinikaufenthalts aussehen werden. Nach Abschluss der Erstoperationen (Lippen- und Gaumenverschluss) überprüft er einmal jährlich, meist im Geburtsmonat des Kindes, die Entwicklung der operierten Bereiche und berät die Eltern, sobald ihr Kind das entsprechende Alter erreicht hat, hinsichtlich nötiger weiterer Eingriffe oder möglicher Korrekturoperationen.

- *Der Kieferorthopäde.* Anders als die Chirurgen, deren Hauptarbeit meist erst ab dem 3.–6. Lebensmonat des Kindes beginnt, ist der Kieferorthopäde oft schon zu Beginn eine Schlüsselfigur für das Gedeihen des Kindes, da die von ihm angefertigte Mund-Nasen-Trennplatte (auch Gaumen- oder Trinkplatte genannt) bei den meisten Spaltkindern wesentlich zur Erleichterung der Ernährung beitragen kann – auch wenn die Hauptaufgaben der Platte die Steuerung des Kieferwachstums und die Regulierung der Zungenlage sind. In vielen Fällen ist er der erste Arzt, der Sie nach der Geburt genauer über Spaltbildungen informiert und den weiteren Ablauf erklärt. Bis zur Hartgaumenplastik wird der Kieferorthopäde auch der Vertreter des Spaltteams sein, dem Sie am häufigsten begegnen, da die Gaumenplatte alle 3–6 Wochen kontrolliert und ausgeschliffen bzw. dem schnellen Wachstum des Babys angepasst werden muss. Er überwacht nach der Gaumenplastik regelmäßig die Entwicklung des Kiefers und das Auftreten möglicher Zahnfehlstellungen und bestimmt später den Beginn der eigentlichen kieferorthopädischen Behandlung. Manchmal erfolgt dies schon im Milchgebiss, spätestens aber im Wechselgebiss, und er wird Ihr Kind wahrscheinlich bis ins frühe Erwachsenenalter hinein begleiten.

- *Der HNO-Arzt/Pädaudiologe.* Wenn die Koordination in Ihrem Spaltzentrum sehr gut ist, werden Sie mit Ihrem Kind auch bald nach der Geburt einen Termin bei einem spalterfahrenen HNO-Arzt, oder noch besser, einem Pädaudiologen (Spezialist für die Entwicklung des Hörsinns und das kindliche Gehör im Allgemeinen) erhalten. Das ist bei LKGS-Kindern oder Babys mit isolierter Gaumenspalte sehr wichtig, da sie wegen der fehlenden Belüftung des Mittelohrs (aufgrund des gespaltenen Gaumensegels) schon in den ersten Wochen und Monaten eine Schallleitungsschwerhörigkeit entwickeln können. Die Gehörspezialisten führen Hörtests durch, prüfen, ob Paukenergüsse – Flüssigkeitsansammlungen im Trommelfell – vorliegen, entscheiden, ob und wann eventuell Paukenröhrchen vonnöten sind und legen diese auch ein, meist bei einer der Primäroperationen. Falls Ihr Baby mit Gaumenspalte an Ihrer Klinik nicht automatisch einem HNO-Arzt vorgestellt wird, suchen Sie unverzüglich einen solchen auf, sobald Sie wieder zu Hause sind, damit von Geburt an das Gehör Ihres Kindes überwacht wird. Da die Hörbahnreifung in den ersten beiden Lebensjahren stattfindet und danach weitgehend abgeschlossen ist, kann auf diesem Gebiet Versäumtes später kaum nachgeholt werden.

- *Die Logopädin.* In vielen Spaltzentren gibt es inzwischen auch eine festangestellte Logopädin, welche die Eltern von Geburt des Spaltbabys an mitbetreut. Da die Entwicklung von Sprache schon lange vor dem eigentlichen Sprechen beginnt, kann sie die Eltern von Anfang an für die besonderen Bedürfnisse ihres Kindes sensibilisieren und sie darüber informieren, wie sie schon im Säuglingsalter die Sprachentwicklung positiv beeinflussen können. Da sie sich nicht mit der konkreten medizinischen Versorgung der Spalte befassen muss, ist sie oft (in Ermangelung einer regelrechten psychologischen Betreuung) auch Ansprechpartnerin für allgemeinere Fragen und Sorgen der Eltern. Nutzen Sie das – meist ist die Logopädin oder der Logopäde aufgrund ihres intensiveren Kontakts zu betroffenen Eltern sehr viel besser dazu in der Lage als die Ärzte, Ihnen die organisatorischen Fragen rund um die OP im Detail zu beantworten.

– *Die Still- und Laktationsberaterin.* In sehr wenigen Zentren gibt es sie, dabei wäre sie eigentlich für das Neugeborene zunächst die wichtigste Helferin, denn obwohl das Trinken bei den meisten Spaltkindern und das Stillen bei einigen gut gelingen kann, ist dazu doch gerade in den ersten Lebenstagen und -wochen eine gute Anleitung unerlässlich. Die Stillberaterin kennt viele Hilfen und Tricks, die manchen Kindern mit Spalten das zumindest teilweise Stillen ermöglichen oder erleichtern können; sie kann Sie in Hinblick auf das Abpumpen von Muttermilch beraten und unterstützen und Ihnen helfen, die beste Ernährungsform für Ihr Kind zu finden. Auch hier gilt: Wenn es in Ihrer Klinik keine Stillberaterin gibt, nehmen Sie unbedingt aus eigener Initiative Kontakt auf. Adressen von Stillberaterinnen finden Sie über die Arbeitsgemeinschaft Freier Stillgruppen (AFS) oder den Bund Deutscher Laktationsberaterinnen (BDL), siehe Anhang. Zwar ist es nicht ganz einfach, eine Beraterin zu finden, die schon mit LKGS-Kindern gearbeitet hat, aber auch eine Beraterin ohne entsprechenden Hintergrund kann Ihnen behilflich sein, etwa beim Beschaffen von Informationen und dem Ausprobieren verschiedener Stilltechniken, oder sie kann möglicherweise auch den Kontakt zu einer spalterfahrenen Kollegin herstellen.

Falls Ihr Kind noch weitere Fehlbildungen hat, ist es sicher sinnvoll, auch einen Humangenetiker hinzuzuziehen, der die Ärzte bei der manchmal schwierigen Diagnostik unterstützt, um möglichst schnell festzustellen, ob die LKGS vielleicht im Zusammenhang mit einer übergeordneten Gesundheitsstörung (Syndrom) aufgetreten ist.

Die Idee des Spaltzentrums, wo Spezialisten sich der LKGS im „team approach" annehmen, wird an jeder Klinik anders umgesetzt. Wie gut die Zusammenarbeit der einzelnen Disziplinen tatsächlich funktioniert, darüber sagt die Bezeichnung „Spaltzentrum" allein noch nicht viel aus. An manchen Kliniken mag das lediglich bedeuten, dass sich alle LKGS-nahen Fachrichtungen unter einem Dach befinden, aber im Grunde kein besonderer Austausch zwischen ihnen stattfindet. Andere Zentren streben dagegen eine wirkliche multidisziplinäre Zusammenarbeit an, was z. B. daran deutlich wird, dass bei der regelmäßig stattfindenden Spaltsprechstunde stets mindestens ein Vertreter jeder Disziplin anwesend ist, um den Eltern und erwachsenen Betroffenen Rede und Antwort zu stehen, und dass auf die Vorbereitung auf die Operationen und auf die Nachsorge (Ernährung nach OP, Narbenpflege, Sprachtraining) genauso viel Wert gelegt wird wie auf die Eingriffe selbst.

Eine interdisziplinäre Therapie setzt aber nicht zwingend die Betreuung durch ein Spaltzentrum voraus. Vielleicht arbeitet die Ihnen empfohlene Chirurgin an einer kleineren Klinik oder führt ihre eigene Praxis. Auch dann kann und muss das Spaltbaby umfassend durch Spezialisten betreut werden, und die Eltern sind stärker gefordert, was das Einhalten und Koordinieren von Terminen angeht, und sie müssen dann auch verstärkt darauf achten, dass der Informationsfluss zwischen den Ärzten stimmt. Bestehen Sie daher unbedingt darauf, dass Sie nach jedem operativen Eingriff und jeder Kontrolluntersuchung ein Exemplar des entsprechenden Arztberichts für Ihre persönlichen Unterlagen erhalten. Nur so können Sie bei der langen Zeit, über die sich die Behandlung erstreckt, den Überblick über die einzelnen Behandlungsschritte Ihres Kindes behalten und haben jederzeit detaillierte Informationen über Zeitpunkt und Art der Eingriffe verfügbar – was wichtig ist, wenn Sie z. B. die Klinik oder den Arzt wechseln möchten.

In jedem Fall aber sollten Sie als Eltern sich eine gewisse Grundkompetenz über LKGS aneignen, um die jeweiligen Behandlungsschritte nachvollziehen und befürworten oder gegebenenfalls auch ablehnen zu können – denn vergessen Sie nicht: Der Behandlungsweg einer Spalte ist keine unwandelbare Größe, sondern vielmehr ein Kompromiss, innerhalb dessen Grenzen die einzelnen Schwerpunkte unterschiedlich gewichtet werden können, und da haben Sie durchaus ein Wörtchen mitzureden. Einen Königsweg gibt es nicht, und was für das eine Kind richtig ist, mag für das nächste völlig falsch sein. Daher nenne ich zuletzt den wichtigsten Mitarbeiter des Spaltteams:

- Sie selbst – als der ausgewiesene Experte für Ihr Kind, befugt, im Rahmen der Möglichkeiten die endgültige Entscheidung über alle Behandlungsschritte zu treffen!

Das Behandlungskonzept

Allgemeine Übersicht der üblichen Behandlungsschritte bei LKGS

Die einzelnen Spaltzentren im deutschsprachigen Raum führen die jeweiligen Eingriffe zu teils ähnlichen, teils sehr unterschiedlichen Zeitpunkten durch. Die Tabelle führt alle denkbaren Maßnahmen auf – was nicht heißen soll, dass jedes Kind alle Behandlungsschritte braucht – und zeigt die Spannweite der zeitlichen Unterschiede.

Die Erstversorgung

Als „Erstversorgung" bezeichnet man die kurz nach der Geburt erfolgenden, meist nicht operativen Maßnahmen, die dem Baby eine möglichst normale Funktion der von der Spalte betroffenen Körperbereiche ermöglichen, also eine weitgehend nor-

Alter	Nötige bzw. mögliche Maßnahmen
Direkt nach Geburt	Kieferorthopädische (Kfo) Frühbehandlung, also Anpassen der Gaumenplatte (wird üblicherweise bis zum Hartgaumenverschluss getragen), Still- bzw. Ernährungsberatung, Hörscreening, Erstvorstellung bei der Logopädin zwecks Überwachung normaler Trink- und Schluckfunktionen, ggf. myofunktionelle Therapie
Ab Geburt	Orofaziale Regulationstherapie nach Castillo Morales
3–8 Monate	Lippenverschluss, Versorgung mit Paukenröhrchen
3–12 Monate	Verschluss der Segelspalte
12 Monate bis 5 Jahre	Verschluss der Hartgaumenspalte
6–18 Monate	Einzeitiger Verschluss von Segel- und Hartgaumenspalte
3–6 Monate	Einzeitiger Verschluss von Lippe, Kiefer und Gaumen (Basler Konzept)
Ab 18 Monaten	Erst- bzw. Wiedervorstellung bei der Logopädin; logopädische Frühförderung; allgemeine Frühfördermaßnahmen
Ab ca. 30 Monaten	Kfo-Behandlung im Milchgebiss
Ab ca. 3 Jahren	Sprachtherapie
Ab 5 Jahren	Velopharyngoplastik; evtl. Frühkorrektur von Lippe und knorpeliger Nase; bei doppelten Spalten evtl. Nasenstegverlängerung (Columellaplastik)
Ab 8 Jahren	Kfo-Behandlung im Wechselgebiss
8–12 Jahre	Kieferspalt-Osteoplastik
Ab 16 Jahren	Nasenkorrektur; ev. Lippenkorrektur; in seltenen Fällen: operative Vorverlagerung des Oberkiefers (Umstellungsosteotomie)
Regelmäßig ab der Geburt	Überwachung des Gehörs

male Atmung und Ernährung und eine günstigere physiologische Ausgangslage zur Bildung sprachlicher Laute. Das wird bei allen Spaltbildungen, bei denen der harte Gaumen mitbetroffen ist, durch das Anpassen einer Gaumenplatte erreicht. Außerdem sollte ebenfalls bald nach der Geburt eine Untersuchung der inneren Organe, vor allem des Herzens und des Gehirns, erfolgen, um mögliche weitere Fehlbildungen im Rahmen einer syndromalen Erkrankung auszuschließen – wobei vielleicht erwähnt werden sollte, dass die Diagnose eines Syndroms schwierig ist und bei weniger schwerwiegenden Krankheitsbildern manchmal erst Monate nach der Geburt gestellt wird.

Die Gaumenplatte

Schon um die Jahrhundertwende wurden plattenähnliche Geräte benutzt, um den Gaumen neugeborener Spaltkinder abzudecken, mit dem hauptsächlichen Ziel, ihnen die Ernährung zu erleichtern, und das auch offensichtlich mit Erfolg. Das Konzept der heutigen Gaumenplatten hat vorrangig ganz andere Ziele, wie ihre vielfältigen Bezeichnungen als Obturator, Mund-Nasen-Trennplatte, Zungenfunktionsregulationsplatte oder Wachstumsregulator verdeutlichen:

Gaumenplatte

Gaumenplatte für doppelseitige Spalte

Auch in den Monaten vor den verschiedenen chirurgischen Maßnahmen zum Spaltverschluss (also vor den Operationen von Lippe und Gaumen) soll dem Baby durch die kieferorthopädische Frühbehandlung eine weitestgehend normale Funktion aller von der Spalte betroffenen Bereiche ermöglicht werden. Außerdem trägt sie durch Ausnutzen des natürlichen Wachstums zu einer Verschmälerung der Spalte bei.

Hauptziele der Plattentherapie sind im Einzelnen:

– Regulierung der Zungenlage: Bei Babys mit Gaumenspalte hat sich die Zunge seit der Wachstumshemmung im Gaumenbereich zu Beginn der Schwangerschaft reflektorisch in die Spalte eingelagert, also eine unnatürliche Position eingenommen und dadurch die Spalte auch noch verbreitert. Die Gaumenplatte als künstliches Gaumendach hält die Zunge aus der Spalte heraus, sodass sich die Zungenlage normalisieren kann. Das ist wichtig für die muskulären Zug- und Druckverhältnisse im Mund, die bei ungünstiger Zungenlage zu weiteren Kieferfehlstellungen führen können, aber auch für einen optimalen Bewegungsablauf beim Trinkvorgang, was wiederum die spätere Sprachentwicklung positiv beeinflusst.

– Steuerung des Oberkieferwachstums: Bei einseitigen Spalten wachsen die beiden gespaltenen Teile des Oberkieferbogens nicht in der natürlichen Halbkreisform aufeinander zu – eine Störung, die vermutlich durch die ungünstige Zungenlage oder durch Mangel an Gewebe im Spaltbereich verursacht wird. Das Tragen der Gaumenplatte hilft, die Richtung des Kieferwachstums so zu steuern, dass eine runde Bogenform entsteht.

– Reduzierung der Spaltbreite: Da die gespaltenen Oberkiefersegmente quasi an der vorgegebenen Form der Platte „entlangwachsen", d. h. in die durch Ausschleifen hohlgelegten Stellen der Platte hineinwachsen, wird dadurch nicht nur ein optimaler Kieferbogen gestaltet, sondern auch eine Verschmälerung der Spaltbreite erzielt. Das erleichtert dem Operateur einen möglichst spannungsfreien Verschluss der Lippe.

Die immer noch verbreitete Bezeichnung „Trinkplatte" wird diesen für ein so unscheinbares Gerät ja nahezu spektakulären therapeutischen Effekten natürlich überhaupt nicht gerecht, weshalb er von ärztlicher Seite oft belächelt wird mit dem Hinweis, die Erleichterung der Ernährung sei ja eigentlich „nur ein Nebeneffekt" der Platte. Als Mutter eines betroffenen Kindes kann ich da nur sagen: Richtig, aber was für einer! Die Platte erreicht zunächst einmal eine provisorische Trennung von Mund- und Nasenhöhle, was dem Baby ermöglicht bzw. erleichtert, gleichzeitig zu trinken und zu atmen. Auch das Einwirken des Babykiefers auf Brustwarze oder Sauger wird durch die Platte erleichtert, da sie die Lücke im Oberkieferbogen überbrückt und zudem der Zunge ein künstliches Gaumendach bietet, gegen welches sie Brustwarze oder Sauger pressen kann. Dadurch wird ein Stillen oft überhaupt erst möglich und der Trinkvorgang wesentlich effektiver! Wenn das Baby die Platte trägt, fließt die Milch nicht nur beim Trinken sofort in die gewünschte Richtung (und nicht in die Nase), sondern auch wieder hochgebrachte Milch nimmt den üblichen Weg durch den Mund, auch wenn ab und zu trotzdem ein Rinnsal aus der Nase „gespuckt" wird.

Allerdings muss betont werden, dass die Platte nicht als eine Art „Dichtungsring" für den Gaumen fungiert, wie es leider immer noch vielfach in der Fachliteratur zu Still- und Pflegefragen fälschlicherweise behauptet wird. Die Platte dichtet zwar die Spalte im Hartgaumen ab. Die Fehlfunktion des Gaumensegels kann sie nicht beheben und ermöglicht dem Baby kein normales Saugvakuum, also auch kein Saugen! Was sie sehr wohl möglich macht, ist ein physiologischeres, also den „normalen" Gegebenheiten ohne Spalte näherkommendes Trinkmuster: Das Baby kann mit der Zunge Brustwarze oder Sauger gegen die Platte drücken und ausmelken. Das Problem des fehlenden Ansaugens der Brustwarze löst die Gaumenplatte leider nicht, da muss die Mutter versuchen, das Baby zu unterstützen, etwa mit dem DanCer Hold (siehe Kapitel Stillen).

Einseitige LKGS und weniger ausgeprägte doppelte Spalten werden mit sogenannten passiven Gaumenplatten versorgt, die das natürliche schnelle Kieferwachstum in den ersten Lebensmonaten ausnutzen, indem sie es passiv, also ohne zusätzliche anregende Elemente wie Schrauben o. ä., in die hohlgelegten Stellen der Platte lenken.

Die Gaumenplatte, die in etwa so aussieht wie eine herkömmliche „lose" Zahnspange, nur ohne Drähte, wird vom Baby rund um die Uhr, auch nachts, getragen. Die Platte „hält" im Mund allein durch eine gute Passform und Adhäsion, eine durch eine dünne Speichelschicht zwischen Platte und Kieferleisten entstehende Saugwirkung; außerdem lernt das Baby in den meisten Fällen schnell, die Platte mit der Zunge festzuhalten. Eine gut angepasste Platte muss daher nicht mit Haftcreme oder

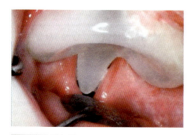

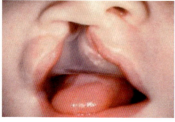

Gaumenplatte im Mund des Babys

-pulver im Mund befestigt werden. Das ist auch besser für das Training der Zunge: Wenn die Platte im Mund mobil ist, also bewegt werden kann, wird das Baby mit der Zunge daran spielen. Für Kinder mit einer Hartgaumenspalte ist dieses Zungentraining ein wichtiger Beitrag zur frühen Sprachförderung. Da die Zungenfertigkeit der Babys schnell zunimmt, kann es aber außerhalb der eigenen vier Wände doch Sinn machen, die Gaumenplatte mit Haftcreme zu fixieren, damit sie nicht unbemerkt verlorengeht.

Während der Plattenbehandlung muss der Kieferorthopäde in regelmäßigen Abständen (etwa alle vier bis acht Wochen) den Sitz der Platte kontrollieren. Durch gezieltes Ausschleifen der Platte kann er die Wachstumsrichtung der gespaltenen Oberkiefer-Anteile günstig beeinflussen. Weil das Baby so schnell wächst, wird es wahrscheinlich im ersten Lebenshalbjahr zwei bis drei Platten benötigen; nach der Lippenplastik muss in jedem Fall eine neue Platte angefertigt werden.

Wenn die ersten Milchzähne durchbrechen, kann die Gaumenplatte trotzdem weiter getragen werden – es wird einfach an der Stelle, wo das Zähnchen kommt, ein entsprechendes Loch in die Platte gebohrt.

Wie wird die Gaumenplatte angepasst?

Wenn vom „Anpassen" der Gaumenplatte gesprochen wird, erschreckt Sie das vielleicht – leider erhalten viele Schwangere und Eltern vom Gynäkologen oder Kinderarzt die falsche Auskunft, die Platte müsse unter Vollnarkose angepasst werden. Tatsächlich ist das Herstellen einer Gaumenplatte für den erfahrenen Kieferorthopäden Routine und für das Baby nicht belastend, es braucht weder eine Narkose noch ein Beruhigungsmittel.

Hergestellt wird die Platte aus einem speziellen Kunststoff auf einem Gipsmodell des Oberkiefers Ihres Kindes. Um dieses Modell anzufertigen, ist eine Abformung des Oberkiefers nötig. Dazu wird eine geschmacklose Abformmasse, meist auf Silikonbasis, in einen Baby-Abdrucklöffel gefüllt. Vorher muss der Kieferorthopäde natürlich prüfen, ob der Löffel passt. Das Baby kann bei der Abdrucknahme auf Ihrem Schoß liegen bleiben; der Behandler setzt sich so daneben, dass der Kopf des Babys auf seinen Oberschenkeln gebettet werden kann. Auf diese Weise kann er den Löffel mit der Abformmasse bequem in den Mund einbringen und gleichzeitig mit dem Andrücken des Löffels auch den Kopf des Babys fixieren. Der Abdruck tut dem Baby nicht weh, aber der starke Druck und das Festgehaltenwerden an sich sind ihm nicht unbedingt angenehm, sodass es sich vielleicht lautstark beschwert – ein gutes Zeichen, denn wenn es schreien kann, bekommt es auch genug Luft! Da für Säuglinge eine schnell fest werdende Masse benutzt wird, dauert die Abformung nicht länger als höchstens eine Minute. Da manche Babys auf den Fremdkörper im Mund mit einem Würgereiz reagieren, kann es Sinn machen, wenn das Baby vor der Abdrucknahme nüchtern ist. Mein Sohn hat seine Abformungen immer ohne Probleme hinter sich gebracht, beim ersten Mal, im Alter von fünf Tagen, sogar völlig ohne Protest, mit staunend aufgerissenen Augen angesichts der seltsamen Vorgänge!

Nach der Abformung wird ein Plattenrohling hergestellt; dies kann ein oder zwei Tage dauern. Die Platte wird Ihrem Baby dann noch durch etwaiges gezieltes Ausschleifen genau angepasst und von nun an rund um die Uhr getragen. Meist gewöhnen sich die Babys schnell an ihr neues „Gerät".

Eine gutsitzende Platte sollte keine Druckstellen in der Mundschleimhaut verursachen. Wenn das Baby beim Trinken schreit und Sie einen weißlichen Fleck in der Schleimhaut sehen, könnte das eine Druckstelle sein – in diesem Fall sollten Sie die Kieferklinik bzw. Ihren Kieferorthopäden aufsuchen. Viele weiße Flecken, deren Oberfläche sich wegwischen lässt und die dann eventuell bluten, deuten eher auf Soorbefall hin und müssen mit einem Antipilzmittel behandelt werden.

Warum bekommt unser Baby keine Gaumenplatte?

Gaumenplatten sind nur sinnvoll für Babys mit vollständigen, ein- oder doppelseitigen Lippen-Kiefer-Gaumen-Segelspalten sowie bei Gaumen-Segelspalten. Wenn Ihr Kind eine isolierte Segelspalte hat oder eine Lippenspalte, braucht es keine Platte.

Nicht alle Experten halten die Plattentherapie für sinnvoll, weshalb manche Spaltzentren auf sie verzichten. Obwohl die Argumente der Plattenbefürworter logisch nachvollziehbar und die positiven Auswirkungen oft direkt für die Eltern erkennbar sind, argumentieren manche Gegner damit, dass laut ihren Untersuchungen neben den konkreten Folgen für die Ernährung aber kein eindeutiger Vorteil für das bleibende Gebiss nachzuweisen wäre; andere bestätigen zwar die verbesserte Stellung der Kiefersegmente durch die Platte, sind aber der Meinung, dass dies durch andere Maßnahmen (z. B. eine operative Heftung der Lippe nach der Geburt und vor dem eigentlichen Lippenverschluss) ebenso gut erreicht werden könne. Das Problem ist, dass sehr viele Faktoren an der Entwicklung des Gebisses bei LKGS beteiligt sind und man zur objektiven Beurteilung einer Therapie vergleichbare Daten braucht. Bei dem derzeit noch von Klinik zu Klinik sehr unterschiedlichen Vorgehen ist aber gerade dieser Datenvergleich schwierig, da es nur wenige kontrollierte Langzeitstudien zur kieferorthopädischen Frühbehandlung mit der Gaumenplatte gibt. Bei manchen lässt außerdem der Studienaufbau durchaus auch verschiedene Interpretationen der Ergebnisse zu. Ein ganz praktisches Argument gegen die Säuglingsplatte ist oft der angebliche Aufwand, der die Platte für die Eltern bedeute und der in keinem Zusammenhang zur Wirkung stehe. Dagegen sprechen jedoch Untersuchungen, die ausdrücklich auf den günstigen psychologischen Effekt der Platte auf die Eltern hinweisen: Die Gaumenplatte gibt den Eltern Gelegenheit, aktiv und direkt an der Behandlung ihres Kindes mitzuwirken. Das gibt ihnen ein Gefühl der Kontrolle zurück und hilft ihnen, die schwierige Situation zu bewältigen. „Aufwendig" ist der Umgang mit der Platte wirklich nicht, die nötigen Handgriffe sind einem schon nach wenigen Tagen völlig vertraut. Sie macht den Alltag mit der Spalte leichter, nicht schwerer. Viele positive Auswirkungen der Gaumenplatte konnten außerdem zweifelsfrei nachgewiesen werden:

- Indem die Zunge aus der Spalte herausgehalten wird, richten sich die Gaumenfortsätze nach unten hin auf, wodurch sich die Spalte verschmälert.
- Durch die Verschmälerung der Gaumenspalte sind die Narbenzüge nach der OP (und daraus entstehende Störungen des Wachstums) geringer – das verringert auch das Risiko für spätere Korrekturoperationen.
- Bei Ultraschalluntersuchungen zeigten Neugeborene mit einseitiger LKGS unrhythmische Zungenbewegungen, die nach Einsetzen einer Gaumenplatte gleichmäßiger wurden, d. h. die Zungenkoordination verbesserte sich.
- Mit Hilfe der Platte wird eine bessere Kieferbogenform geschaffen; nach dem Lippenverschluss zeigten Babys, die eine Platte getragen hatten, eine geringere Verengung des Kieferbogens als Babys ohne Platte.

Die Gaumenplatte erleichtert dem Baby also nicht nur in den meisten Fällen die Nahrungsaufnahme, sondern trägt wesentlich dazu bei, möglichst harmonische Verhältnisse im Mund ihres Babys zu schaffen. An den meisten Behandlungszentren ist daher die prächirurgische kieferorthopädische Behandlung mit der Gaumenplatte ein fester Bestandteil des Behandlungskonzepts. Sollte das an Ihrer Klinik nicht der Fall sein, scheuen Sie sich nicht, nach dem Grund dafür zu fragen. Nur wenn Sie die Argumente Ihres Teams gegen eine Plattenbehandlung kennen und nachvollziehen, können Sie entscheiden, ob das Konzept ohne Platte für Sie und Ihr Kind infrage kommt oder nicht.

Spezielle Plattentherapien

In bestimmten Fällen müssen sogenannte „aktive" Elemente (Schrauben) in die Gaumenplatte eingearbeitet werden, z. B. um bei doppelseitigen Spalten mehr Platz für die Einstellung des oft vorstehenden Zwischenkiefers zu schaffen. Die Schraube in solchen aktiven Platten wird in regelmäßigen Zeitabständen um eine bestimmte Position weitergedreht, bis genug Platz vorhanden ist.

Bei sehr ausgeprägten doppelseitigen Spalten, insbesondere wenn der Zwischenkiefer weit vorsteht, kann u. U. die sogenannte Latham-Apparatur zum Einsatz kommen, eine Gaumenplatte, die mit Stiften fest im Gaumen verankert und über einen Zeitraum von vier bis sechs Wochen getragen wird. Damit wird der Zwischenkiefer vor dem Lippenverschluß so in Position gebracht, dass auf beiden Seiten eine spannungsfreie Vereinigung möglich ist.

Die Erstversorgung bei Pierre-Robin-Sequenz

Wenn bei Ihrem Baby eine Pierre-Robin-Sequenz festgestellt wird, muss die Erstversorgung ein wenig umfangreicher ausfallen, denn diese Störung kann in den ersten Wochen lebensbedrohlich für Ihr Kind sein, wenn es nicht angemessen versorgt wird.

Die Pierre-Robin-Sequenz (PRS) wurde benannt nach dem französischen Kinderarzt gleichen Namens, der 1823 erstmals einen Zusammenhang von kleinem Unterkiefer und Atemproblemen bei Neugeborenen beschrieb. PRS ist an drei typischen Merkmalen zu erkennen (die Fachleute sprechen von „Symptomen-Trias"):

- ein rückverlagerter, kleiner Unterkiefer (Mikrogenie)
- Zurückfallen der Zunge in den Rachenraum (Glossoptose)
- in 60–80 % der Fälle eine u-förmige Gaumenspalte

Die Bezeichnung Pierre-Robin-Syndrom, unter der dieser Fehlbildungskomplex auch bekannt ist, stimmt strenggenommen nicht, denn es handelt sich bei den Störungen nicht um verschiedene Symptome, die auf eine gemeinsame Ursache zurückgehen, sondern um eine Ereigniskette: Ein zu kleiner Unterkiefer führt zur Verlagerung der Zunge, die dann das Zusammenwachsen der Gaumenwülste behindert und so eine Gaumenspalte entstehen lässt. Darum ist die Gaumenspalte bei PRS auch eher u-förmig, quasi als „Abdruck" der Zunge, die sich in die Gaumenwülste gelegt hat – „normale" Gaumenspalten sind eher v-förmig.

Edin, geboren mit Pierre-Robin-Sequenz, genießt Mamas Nähe.

Säuglinge mit PRS erleben häufig Blockaden der Atemwege. Die Gründe dafür sind: Zunächst ist durch den zu kleinen Unterkiefer auch der Mundboden verkürzt. Das stört die Funktion eines bestimmten Muskels, des Musculus genioglossus, der normalerweise die Zunge nach vorn und nach unten zieht. Die Zunge fällt also nach hinten. Da die Gaumenspalte bei PRS-Babys auch noch geringfügig breiter ist als bei Gaumenspalten ohne PRS, ragt die zurückfallende Zunge dann weit in den Nasen-Rachen-Raum hinein. Das führt zu einer Blockade der Atemwege und zu häufigen obstruktiven Atempausen, in denen das Baby nicht mit Sauerstoff versorgt wird. In schweren Fällen können daher schon direkt nach der Geburt lebensrettende Maßnahmen erforderlich sein.

Zur Erstversorgung einer PRS gibt es drei verschiedene Möglichkeiten, die oft auch miteinander kombiniert werden:

1. Pflegerische Sofortmaßnahmen (konsequente Bauchlagerung, Intensivüberwachung, Intubation)
2. Operative Verfahren (Anheftung der Zunge an die Unterlippe, Knochendistraktion, Unterkiefer-Drahtextension)
3. Kieferorthopädische Maßnahmen (Versorgung mit einer speziellen Atmungsgaumenplatte)

Nach der Diagnose PRS wird erst einmal versucht, mit Hilfe der Schwerkraft den Unterkiefer und die Zunge nach vorn zu holen, indem das Baby konsequent auf dem Bauch gelagert wird; außerdem wird es an den Monitor angeschlossen, damit die Sauerstoffsättigung überwacht werden kann. Reichen diese Maßnahmen nicht aus, um die Atmung des Kindes sicherzustellen, wird ein nasopharyngealer Tubus eingeführt, also ein durch die Nase in den Rachen führender Schlauch, damit das Baby beatmet werden kann. Ein Luftröhrenschnitt wird nur im äußersten Notfall und bei sehr schwerwiegenden Fällen gemacht – er ist für kleine Babys sehr riskant, und außerdem kann das Baby dann nur noch über die Sonde ernährt werden.

Es gibt verschiedene operative Verfahren zur Behandlung der Atemwegsverlegung. Eine davon ist die Zungen-Lippen-Adhäsion (Glossopexie). Dabei wird ein Schleimhautlappen von der Unterseite der Zunge gelöst und an der Unterlippe festgenäht, oder die Zunge wird mit Hilfe eines speziellen Drahts am Unterkiefer befestigt – so kann sie nicht nach hinten fallen. Eine andere Methode ist die Drahtextension. Dabei wird der Unterkiefer des Babys mit Draht umschlungen, nach außen geführt und dann an einem Extensionsgerät befestigt, das mit ca. 100 g Gewicht am Unterkiefer „zieht". Auf diese Weise soll sich der Unterkiefer nach vorn entwickeln, und mit ihm auch der Ansatz der Zungenmuskulatur. Nach zwei bis drei Wochen soll so die Verlegung der Atemwege behoben sein.

Alle bisher beschriebenen Behandlungsmethoden haben einige große Nachteile gemeinsam: Sie machen eine normale Ernährung des Babys schwer oder sogar unmöglich, setzen einen langen Krankenhausaufenthalt nach der Geburt voraus und sind sowohl für das Baby als auch für die Eltern sehr belastend. Schließlich möchten Sie Ihr Baby so schnell wie möglich mit nach Hause nehmen, es ohne Probleme mit der Flasche füttern können und trotzdem sicher sein, dass es nicht in Atemnot gerät!

In sehr vielen Fällen kann das inzwischen mit einer kieferorthopädischen Behandlung erreicht werden. Das Baby bekommt baldmöglichst nach der Geburt eine spezielle Gaumenplatte angepasst, bekannt geworden als sogenannte „Tübinger Atmungsgaumenplatte". Im Gegensatz zu herkömmlichen Gaumenplatten, deren „Segelfortsatz" (das kleine, zäpfchenartige Hinterteil der Platte) kurz hinter dem harten Gaumen endet, verfügt die PRS-Platte über einen sehr langen, nach unten gebogenen Fortsatz (Sporn), der die Zunge nach unten und vorn drückt und so die Atemwege freihält. Gleichzeitig regt sie das Wachstum des Unterkiefers an und kann so auch die eigentliche Ursache der Atemprobleme positiv beeinflussen. Zusätzlich nutzt die Platte auch die übrigen positiven Auswirkungen der „normalen" Gaumenplatte: Sie bewirkt eine Verschmälerung der Gaumenspalte und trennt Mund- und Nasenhöhle – damit ist eine Nasenatmung und gleichzeitiges Trinken und Atmen möglich. Das Baby braucht keine Sondenernährung, sondern kann mit einer geeigneten Flasche (Haberman bzw. SpecialNeeds Feeder) selbstständig trinken. Sobald das Baby die Platte akzeptiert und die Eltern damit umgehen können, darf es nach Hause. Um ganz sicher zu gehen, dass das Baby keine Atempausen erlebt, werden Babys mit PRS in den ersten Lebensmonaten auch zu Hause mit einem Monitor überwacht, während sie schlafen. Meist entwickelt sich der Kiefer nach wenigen Monaten so weit nach vorn, dass die Zunge nicht mehr nach hinten fällt (der Verschluss der Gaumenspalte wirkt sich ebenfalls günstig aus), sodass auf eine nächtliche Überwachung der Sauerstoffwerte verzichtet werden kann.

30 % aller PRS-Fälle treten im Zusammenhang mit dem Stickler-Syndrom auf. Bei dieser Bindegewebsstörung handelt es sich um eines der häufigsten chromosomal bedingten Syndrome überhaupt, auch wenn es bei milder Ausprägung oft nicht erkannt wird. Typische Auswirkungen des Stickler-Syndroms sind vor allem Augenprobleme wie starke Kurzsichtigkeit, Hornhautverkrümmung und grauer Star, in seltenen Fällen Netzhautablösung und Glaukome. Störungen der Knochen und Gelenke, z. B. Arthritis oder Verkrümmungen der Wirbelsäule, treten auch auf; gelegentlich wird ein Mitralklappen-Prolaps beobachtet, ein an sich harmloser Herzfehler, der wie andere leichte Herzfehler vor operati-

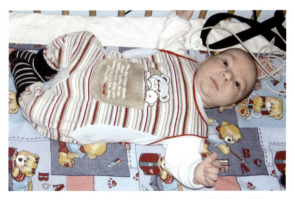

Mit PRS geborene Babys schlafen im ersten Halbjahr sicherer mit Monitor.

ven Eingriffen eine vorbeugende Behandlung mit Antibiotika notwendig macht (Endokarditis-Prophylaxe). Wenn Ihr Baby PRS hat, sollten Sie also einen Augenarzt und einen Humangenetiker aufsuchen und auch das Herz per Ultraschall untersuchen lassen, sobald es in Bezug auf Atmung und Ernährung stabil ist. Stickler kann in den meisten Fällen durch einen Bluttest nachgewiesen werden.

Organultraschall

In manchen Fällen ist eine Spalte Teil eines übergeordneten Syndroms. Das ist oft sofort nach der Geburt an weiteren äußerlichen Fehlbildungen zu erkennen, z. B. fehlgebildete Füße oder Ohrmuscheln. Manchmal hat ein Baby mit Spalte aber auch Fehlbildungen der inneren Organe. Deswegen sollte bei jedem mit Spalte geborenen Baby vorsichtshalber ein umfassender Organultraschall gemacht werden, um weitere Fehlbildungen an Gehirn, Herz oder Nieren auszuschließen. Insbesondere ein Herzultraschall (Echokardiographie) ist von großer Wichtigkeit. Manche Kinder haben geringfügige Herzfehler, die zwar nie einer Operation bedürfen, die jedoch vor den Spalt-OPs bekannt sein sollten, damit eine sogenannte Endokarditis-Prophylaxe durchgeführt werden kann. Bei operativen Eingriffen können Keime in die Blutbahn gelangen und sich im Bereich des Herzens ansiedeln. Durch größere, aber auch durch kleine, an sich harmlose Herzfehler wie einen geringfügigen offenen Ductus botalli oder kleine Löcher in den Herzkammerwänden können sich im Herzen Turbulenzen bilden, die wiederum zu kleinen Gerinnseln führen. Durch diese breiten sich die Keime dann aus und verursachen eine Entzündung des Herzens, eine Endokarditis. Um dies zu verhindern, müssen die Kinder vor Operationen ein Antibiotikum erhalten.

Die chirurgische Behandlung

Der wichtigste Bestandteil der Therapie bei LKGS sind natürlich die Operationen. Leider existiert bis heute kein einheitliches Behandlungskonzept. Nicht nur von Land zu Land gibt es große Unterschiede, ein Spaltkind in den Vereinigten Staaten wird völlig anders versorgt als eines in Europa, und in Österreich geht man anders vor als in Deutschland, sogar von Klinik zu Klinik sieht das Behandlungsschema für Kinder mit Spalten zum Teil sehr unterschiedlich aus. Vor allem über den richtigen Zeitpunkt für die einzelnen Operationen herrscht überhaupt keine Einigkeit. Das liegt hauptsächlich daran, dass es bei LKGS so schwierig ist, die bessere oder schlechtere Wirksamkeit der verschiedenen Konzepte nachzuweisen. So viele verschiedene Faktoren wirken sich auf die Entwicklung einer Spalte aus, dass kontrollierte Langzeitstudien nur schwer durchzuführen sind. Zur Zeit gibt es nämlich kaum objektive Methoden, um festzustellen, ob beispielsweise Wachstumsstörungen von Kiefer und Gaumen auf die Fehlbildung selbst, auf die Narbenbildung nach Operationen, auf falsches Zusammenwirken der Mundmuskulatur oder auf fehlende oder unzureichende kieferorthopädische Behandlung zurückgehen, oder vielleicht auf eine beliebige Kombination aus diesen Faktoren. Aus diesem Grund findet sich in den Leitlinien der Deutschen Gesellschaft für Mund-Kiefer-Gesichtschirurgie bei den Empfehlungen für LKGS-Operationen auch lediglich der Hinweis, Lippenspalten solle man bis zum 6. Lebensmonat verschließen, Spalten des Gaumens „so früh wie möglich und so spät wie nötig". So ist zu erklären, dass jedes Spaltzentrum mehr oder weniger auf die eigenen Erfahrungen und die daraus erwachsende Intuition der Chirurgen und Kieferorthopäden baut und die einzelnen Bausteine der Therapie unterschiedlich gewichtet. Dank existierender Langzeitstudien herrscht jedoch über den groben Ablauf der Behandlung weitgehend Einigkeit, spielen sich die Unterschiede alle innerhalb eines gewissen Rahmens ab.

Dennoch sind diese kleineren oder größeren Unterschiede für uns Eltern leider sehr verwirrend. Für jedes Konzept gibt es gute Argumente, von denen wir manche nachvollziehen können und manche nicht. Natürlich wollen wir die modernste und bestmögliche Behandlung für unser Kind – aber erprobte Methoden erscheinen uns vielleicht sicherer. Egal, wie sehr Sie nachgrübeln und über verschiedene Konzepte recherchieren: Es wird Ihnen nicht gelingen, sich in ein paar Wochen das Wissen und die Erfahrung eines Kieferchirurgen anzueignen. Trotzdem müssen Sie für Ihr Kind entscheiden, wo, wann, wie und von wem es operiert werden soll. Einen Weg aus diesem Dilemma gibt es nicht. Sie können nur versuchen, sich so gut wie möglich schlau zu machen, ein paar Spaltzentren in Ihrer Region (oder, etwa aufgrund einer persönlichen Empfehlung, auch ein weiter entfernt gelegenes) ansehen, mit den behandelnden Ärzten reden und dann mehr oder weniger aufgrund Ihrer Intuition entscheiden – und hoffen, dass diese richtig war. Die Erfahrung zeigt, dass es vorteilhaft ist, möglichst alle Operationen „aus einer Hand" zu bekommen, also beim einmal gewählten Konzept und Operateur zu bleiben, sodass die erforderlichen Maßnahmen optimal ineinandergreifen können. Wenn Sie allerdings nach einiger Zeit das Gefühl haben, dass Ihr Kind an einer Klinik doch nicht optimal aufgehoben ist oder kein Vertrauen mehr in die Entscheidungen Ihres Arztes haben, zögern Sie nicht, eine zweite Meinung einzuholen und ggf. auch die Klinik zu wechseln.

Die mehrzeitigen Konzepte

Die meisten der im deutschsprachigen Raum üblichen Behandlungskonzepte sehen einen mehrzeitigen Verschluss der Spalte vor. Damit ist gemeint, dass die verschiedenen Spaltabschnitte (Lippe, harter Gaumen, Gaumensegel und Kiefer) nacheinander zu bestimmten, oft von Klinik zu Klinik unterschiedlichen Zeitpunkten operiert werden. Meistens wird zuerst die Lippe verschlossen (und der Nasenboden gebildet), im Alter von drei bis sechs Monaten – das Baby sollte zum Zeitpunkt des Eingriffs mindestens 5 kg wiegen; danach das Gaumensegel und zum Schluss der Hartgaumen, oder auch Gaumensegel und Hartgaumen gemeinsam in einer OP. Die

Kieferspalte wird erst im Schulalter mit Knochen aus der Hüfte verschlossen. Manche Konzepte bevorzugen den Verschluss „von innen nach außen". Dabei werden zuerst Segel, Hartgaumen, Nasenscheidewand und Kiefer verschlossen und in einer späteren Operation dann die Lippe, da sich laut Befürwortern so die muskulären Verhältnisse im Mund besser und früher etablieren könnten und Mittelgesicht und Oberkiefer stabiler seien.

Kontrovers ist vor allem der optimale Zeitpunkt für den Verschluss der Gaumenspalte. Einerseits ist es für die Sprachentwicklung Ihres Kindes wichtig, dass es so bald wie möglich ein normal funktionierendes Gaumensegel hat, damit es frühzeitig die zum Sprechen notwendigen Muskelbewegungen einüben kann. Je später es dazu in der Lage ist, desto schwieriger wird es ihm fallen, das Segel effizient zu bewegen. Das Verschließen des Hartgaumens ist außerdem wichtig, um die Nasenatmung und eine normale Zungenlage zu ermöglichen. Aus funktioneller Sicht spricht also einiges dafür, die Störungen durch die Spalte möglichst bald zu beseitigen. Andererseits sind sich viele Experten darüber einig, dass ein zu früher Verschluss des Gaumens wegen der entstehenden Narbenzüge im Gewebe dazu führen kann, dass Oberkiefer und Mittelgesicht nicht richtig wachsen. Das zeigt sich auch an der Oberkieferentwicklung von unoperierten Erwachsenen mit Spalte: das Wachstum ihres Oberkiefers ist kaum beeinträchtigt. Daher wurden noch bis vor wenigen Jahren harter Gaumen und Gaumensegel sehr spät, im Alter von zweieinhalb bis fünf Jahren operiert. Andere Studien geben mögliche Hinweise darauf, dass ein früherer Verschluss des Gaumens das Kieferwachstum nicht oder nur wenig beeinflusst.

Ein sinnvoller Kompromiss wäre ein gemäßigt früher Segelverschluss mit 12 Monaten, um die Sprachentwicklung nicht zu beeinträchtigen, und ein verzögerter Hartgaumenverschluss mit frühestens drei Jahren. Tatsächlich haben die meisten Spaltzentren aber den Operationszeitpunkt für den Gaumen immer mehr nach vorn verlegt, hauptsächlich um den Kindern möglichst früh eine normale körperliche und soziale Entwicklung zu ermöglichen. Üblich ist inzwischen für den Gaumen- und/oder den Gaumensegelverschluss zumeist ein Zeitpunkt zwischen dem 3. und 18. Lebensmonat. Den wirklich optimalen Zeitpunkt gibt es aber nicht – er ist immer ein Kompromiss zwischen möglichst altersgerechter Sprachentwicklung und möglichst geringen Wachstumsstörungen bzw. ungestörtem Kieferwachstum.

Unterschieden wird zwischen Primär- und Sekundäroperationen. Primär nennt man alle Eingriffe an bisher unbehandelten Spaltabschnitten. Sie sollen erreichen, dass bei Ihrem Kind bis zum Schuleintritt alle funktionalen und ästhetischen Störungen durch die Spalte so weit wie möglich behoben sind. Die Sekundäroperationen finden nach dem 6. Lebensjahr statt und behandeln nach und nach zum jeweils günstigen Zeitpunkt die verbliebenen Abweichungen (Kieferspalte, Nase, unzureichende Gaumensegelfunktion).

„All in one"? – Das einzeitige Konzept

Neben den mehrzeitigen Konzepten gibt es seit Anfang der 1990er Jahre auch die Vorgehensweise, alle von der Spalte betroffenen Abschnitte in einer einzigen OP noch im Babyalter zu verschließen. Mit dem griffigen Slogan „All in one" umschreibt das Spaltzentrum am Kantonsspital in Basel, wo das Konzept von *Dr. Klaus Honigmann* eingeführt wurde, die Vorteile. Bessere Sprachentwicklung durch den frühen kompletten Spaltverschluss, keine Traumatisierung beim Kind durch viele Klinikaufenthalte und vor allem: Das Kind sei nach der einmaligen OP gesund, die Eltern müssten nicht in ständiger Erwartung des nächsten Eingriffs leben. Diese Aussicht klingt für Eltern natürlich verlockend. Das sogenannte Basler Konzept des einzeitigen Verschlusses wird aber in Fachkreisen durchaus kritisch gesehen. Zwar ist eine frühe Herstellung möglichst normaler Verhältnisse in allen Spaltbereichen positiv, da das Kind so von Anfang an unter günstigen Bedingungen trinken, schlucken, atmen und lautieren lernen kann. Möglichen Fehlfunktionen kann so optimal vorgebeugt werden. Allerdings gibt es zahlreiche Hinweise aus den langjährigen Erfahrungen der modernen Spaltchirurgie, dass (zu) früh gesetzte Narben im Spaltbereich zu Wachstumsstörungen von Kiefer und Mittelgesicht führen. Verlässliche Aussagen über die Wirksamkeit eines Konzepts lassen sich erst nach Abschluss des Wachstums, mit 17–18 Jahren machen. Solche Daten, die im Rahmen einer kontrollierten Langzeitstudie die Ergebnisse des Konzepts in Hinblick auf alle operierten Bereiche darstellen, liegen über den sogenannten einzeitigen Verschluss derzeit noch nicht vor. Zudem muss betont werden, dass auch bei einzeitigem Vorgehen in vielen Fällen durchaus weitere Eingriffe und eventuell Korrekturoperationen vorgenommen werden müssen, die chirurgische Behandlung also eben doch nicht nur aus einem einzigen Eingriff besteht.

Zu den verschiedenen Schnitttechniken

Für den Verschluss der Lippe, des harten Gaumens und des Gaumensegels haben sich im Laufe der Zeit verschiedene Schnitttechniken entwickelt, um Haut, Schleimhäute und Muskeln optimal zu vereinigen. Welche Technik bei Ihrem Kind zum Einsatz kommt, hängt von verschiedenen Faktoren ab – von der Art und Ausprägung der Spalte, dem jeweiligen Behandlungskonzept bzw. dem Operationszeitpunkt und nicht zuletzt auch von den Erfahrungen und Vorlieben des jeweiligen Chirurgen. Oft werden auch verschiedene Schnittverfahren miteinander kombiniert. Jede der heute gebräuchlichen Techniken hat im bestimmten Fall ihre Berechtigung und alle führen zu guten Ergebnissen. Die äußerlich sichtbaren Narben an der Lippe sind je nach Methode unterschiedlich geformt, verblassen jedoch mit der Zeit. Die korrekte Vereinigung der gespaltenen Muskelbereiche erfolgt in jedem Fall, unabhängig von der gewählten Schnitttechnik. Wenn Sie genauer wissen wollen, welche Technik bei Ihrem Kind angewendet werden soll und warum, fragen Sie Ihren Chirurgen danach und lassen Sie sich die einzelnen Schritte erklären. Vielleicht hat er auch

Fotos von Kindern, die anhand derselben Technik operiert wurden, sodass Sie sich einen ungefähren Eindruck machen können.

Die Primäroperationen

Verschluss der Lippenspalte (Lippenplastik)

Vorrangiges Ziel der Lippenplastik ist es, Ihrem Baby zu einem normalen, ansprechenden Äußeren zu verhelfen – zu einer möglichst symmetrisch geformten Oberlippe und einem möglichst wenig verformten Naseneingang, aber auch zu einer optimalen Funktion der Lippenmuskulatur, um Laute korrekt formen und auch mimische Feinheiten ausdrücken zu können. Tatsächlich lassen sich gerade im Gesichtsbereich die beiden Aspekte „Funktion" und „Form" bzw. Aussehen gar nicht voneinander trennen; das eine bedingt das andere. Die fehlerhaften Muskelansätze im Spaltbereich sorgen für ein Ungleichgewicht der muskulären Kräfte, was sich nicht nur ungünstig auf das weitere Wachstum der Kieferbögen auswirkt, sondern auch die asymmetrische Form der Nase noch weiter verstärkt.

Der Lippenverschluss ist also nicht nur ein „Zusammennähen" der gespaltenen Lippe. Der Chirurg muss alle gespaltenen Anteile genau rekonstruieren, indem er die Lippe mehrschichtig verschließt: Schleimhäute, den aus unzähligen Muskelfasern bestehenden Lippenringmuskel und die äußere Haut; gleichzeitig wird auch der Nasenboden gebildet. Dadurch erhält auch der abgeflachte Nasenflügel auf der Spaltseite eine günstigere Form.

Der Verschluss einer doppelseitigen Spalte ist eine noch größere Herausforderung als der einer einseitigen. Problematisch ist dabei vor allem, dass das Mittelstück der oberen Lippe, das Prolabium, keine oder nur sehr wenige Muskelfasern enthält, sodass auf Muskulatur aus den seitlichen Teilen der Lippe zurückgegriffen werden muss, damit der Lippenringmuskel durchgängig verläuft. Würde der Lippenringmuskel nicht vollständig vereinigt, bliebe die Oberlippe in der Mitte unbeweglich und sähe aufgrund der fehlenden Muskelspannung „schlaff" aus und breiter als der Rest der Oberlippe.

Je nach Schnitttechnik hat die zurückbleibende Narbe eine gewellte, blitzförmige oder gerade Form (bei doppelten Lippenspalten eher Y-förmig). Diese Narbe ist direkt nach der OP zunächst geschwollen und während der ersten Wochen und Monate noch gerötet, verblasst aber im Laufe der Zeit immer mehr. Sobald die Narbe vollständig abgeheilt ist, können Sie durch regelmäßiges Auftragen eines speziellen Gels auf Silikonbasis das leicht erhabene Narbengewebe oft abflachen. An den meisten Spaltzentren wird die Lippenplastik im Alter zwischen drei und sechs Monaten bzw. ab einem Gewicht von mindestens 5 kg durchgeführt. Begründet wird dies damit, dass Babys meistens um den 6. Monat herum damit beginnen, die sogenannten Lippenlaute („m", „b" und „p") zu formen und spätestens dann die Lippe anatomisch korrekt vereinigt sein sollte.

Die Lippenplastik ist üblicherweise die erste OP beim Baby mit Spalte – zum einen, weil damit zuerst einmal die äußere Auffälligkeit verschwindet, was den Eltern das Leben sehr erleichtern kann; aber auch, weil laut vieler Experten die Herstellung eines vollständigen Lippenringmuskels und die daraus folgende Normalisierung der Muskelkräfte einen positiven Einfluss auf die Wachstumsrichtung der gespaltenen Kieferleisten haben soll, die sich dann ebenfalls normaler entwickeln können. Manche Chirurgen verschließen allerdings erst die innere Fehlbildung (Hartgaumen, Segel, Kiefer und Nasenscheidewand), um so zunächst die statischen Verhältnisse im Mund zu verbessern. Dadurch entstehe ein stabileres Widerlager gegen den Narbenzug nach der Lippenvereinigung, was wiederum Wachstumsstörungen verhindern oder verringern könne.

Bei bestimmten OP-Techniken kann die Oberlippe auf der Spaltseite zunächst verkürzt sein und sich erst durch die funktionelle Beanspruchung allmählich zu ihrem endgültigen Aussehen verlängern. Andere Methoden planen wiederum einen „Gewebeüberschuss" ein, damit zu einem späteren Zeitpunkt, wenn aufgrund von Wachstum oder für Korrektureingriffe zusätzliches Gewebe gebraucht wird, dieses auch vorhanden ist. Was im Fall Ihres Babys geplant ist und warum, wird Ihr Chirurg Ihnen erläutern.

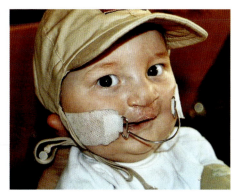

Eliseis frisch operierte Lippe wird mit einem Drahtbügel geschützt.

Leonie, 8 Wochen, geboren mit einer subkutanen Lippenspalte. Auch ein unter der Haut gespaltener Lippenringmuskel muss chirurgisch vereinigt werden, damit er richtig funktionieren kann.

Bei sehr breiten doppelseitigen Spalten werden die Lippenteile manchmal durch eine vorläufige Lippenheftung angenähert, bevor einige Wochen später der endgültige operative Verschluss durchgeführt wird.

Wenn Ihr Baby eine isolierte Lippenspalte hat, braucht es nach der Lippenplastik keine weiteren Operationen mehr.

Verschluss des Gaumens: Ziel und „richtiger" Zeitpunkt

Durch den Verschluss der beiden Bereiche des Gaumens (Hartgaumen und Weichgaumen bzw. Gaumensegel) sollen im Inneren des Mundes möglichst normale Verhältnisse geschaffen werden:

- Trennung von Mund- und Nasenhöhle durch die Konstruktion eines durchgängigen Gaumendachs
- Endgültige Stabilisierung der Zunge
- Konstruktion der Muskelschlinge im gespaltenen Gaumensegel, damit dieses zur Rachenhinterwand abschließen und durch seinen Muskelzug auch die Verbindungsröhren zum Mittelohr (die Eustachischen Röhren) öffnen kann.

Mit diesen Maßnahmen sind die Funktionsstörungen im Mundbereich weitestgehend behoben – theoretisch. Allerdings können nach der Hartgaumenplastik Restlöcher auftreten, bevorzugt im vorderen Drittel des Gaumens, wo die verschiedenen Schleimhautlappen zusammentreffen und stark unter Spannung stehen. Es kann einige Zeit dauern, bis die Gaumensegelmuskulatur ihre natürlichen Funktionen angemessen ausführen kann – und so lange hat Ihr Kind dann auch noch Probleme mit der Belüftung des Mittelohrs. Falsche oder behelfsmäßige Bewegungsmuster von Zunge und Segel können die korrekte Bildung von Sprachlauten beeinträchtigen, daher braucht Ihr Kind vielleicht nach der Gaumenplastik eine logopädische Behandlung.

Der Gaumenverschluss kann zweizeitig erfolgen, d. h. zuerst wird das Gaumensegel vereinigt, da ein funktionsfähiges Segel die wichtigste Voraussetzung für eine normale Sprachentwicklung ist. Die OP-Zeitpunkte dafür liegen zwischen dem 6. bis zum 18. Lebensmonat. Der Hartgaumen wird dann in einer zweiten Operation verschlossen, die üblichen Zeitpunkte dafür liegen zwischen dem 2. und 5. Lebensjahr. Befürworter der späten OP-Zeitpunkte argumentieren damit, dass durch die Narbenbildung bei (zu) frühen Eingriffen das Wachstum des Mittelgesichtes erheblich gestört wird. Außerdem verschmälert sich die Gaumenspalte im ersten Lebensjahr durch das Tragen einer Gaumenplatte und das Verdrängen der Zunge aus der Spalte: Die Gaumenhälften wachsen quasi aufeinander zu, sodass für die OP viel weniger Gewebe bewegt werden muss. Das führt natürlich auch zu einem kleineren Vernarbungsbereich. Wenn der Gaumen zu früh verschlossen wird, verschenkt man diesen natürlichen Wachstumsvorteil. Andererseits muss auch die Sprachentwicklung des Kindes berücksichtigt werden, und die kann sich umso normaler entwickeln, je früher Gaumen und Segel rekonstruiert sind. Viele Spaltzentren verschließen inzwischen Hartgaumen und Segel in einer OP (einzeitig) zu Beginn oder in der Mitte des zweiten Lebensjahres, manche sogar noch früher. Befürworter der einzeitigen Gaumenplastik haben auch ein starkes Argument, nämlich dass auf diese Art nicht in vorvernarbtem Gewebe gearbeitet werden muss und die endgültigen Narben dadurch kleiner ausfallen.

Segel- oder Velumplastik

Bei einer Gaumensegelspalte ist nicht nur die Muskelschlinge gespalten. Die Muskulatur setzt außerdem falsch am hinteren Rand des harten Gaumens an, wodurch das Segel zu kurz ist. Ziel der Segelplastik ist es, die gespaltenen Teile der Segelmuskulatur zu einer vollständigen Muskelschlinge zu vereinigen und durch die Verlagerung der Muskulatur nach hinten das Segel zu verlängern. So soll ein dichter Abschluss des Segels zur Rachenhinterwand ermöglicht und die Segelmuskulatur in die Lage versetzt werden, die Verbindungen zum Mittelohr zu öffnen.

Bei der Operation werden beide Hälften des Segels an den Spalträndern eingeschnitten und zur Mitte hin verlagert. Dann wird, genau wie bei der Lippenplastik, mehrschichtig verschlossen (erst die nasenseitige Schleimhaut, danach die Muskelfaserbündel und dann die mundseitige Schleimhaut), indem der Chirurg die einzelnen Gewebsschichten möglichst spannungsfrei mittig vernäht.

Hartgaumenplastik

Ziel der Hartgaumenplastik ist ein vollständiger Verschluss der knöchernen Gaumenspalte. Diese wird allerdings nicht mit Knochenmaterial, sondern weichteilig verschlossen, d. h. es wird Schleimhaut in Form von sogenannten Stiel- oder Brückenlappen von den Gaumenrändern abgelöst, zur Mitte hin gezogen und vernäht. Das Einbringen von Knochenmaterial ist nicht erforderlich.

Die Nasenstegverlängerung (Columellaplastik)

Der Nasensteg (auch Columella, „Säulchen", genannt) ist das Knorpelstück unterhalb der Nasenspitze. Bei doppelten Spalten ist er fast immer zu kurz. Dadurch wird die Nasenspitze nach hinten gezogen und die seitlichen Nasenknorpel verformt, die Nase sieht sehr flach und breit aus. Der Nasensteg wird im Vor- oder Grundschulalter verlängert, mit Hilfe von Gewebe aus der Oberlippe oder aus dem Naseneingangsbereich. So können sich Nasenspitze und Nasenknorpel besser aufrichten. Eine endgültige Korrektur der Nase bzw. des Nasenskeletts kann aber erst nach Abschluss des Wachstums, mit frühestens 16 Jahren durchgeführt werden.

Frühkorrektur der Lippe

In manchen Fällen ist das Ergebnis der Lippenplastik nicht optimal. Wirklich erkennbar ist das aber frühestens zwei Jahre nach der Operation – bis dahin kann sich die Muskulatur, die an den Spalträndern zunächst nicht gut ausgebildet ist, durch die normale Funktion der Oberlippe noch mehr aufbauen und das Aussehen der Lippe verbessern. Bleibt trotzdem eine deutliche Asymmetrie oder ein ungleichmäßiger Übergang von Lippenweiß zu Lippenrot, kann schon mit fünf oder sechs Jahren eine erste Lippenkorrektur durchgeführt werden. Allerdings sollte man bedenken, dass jede neue OP in bereits operiertem (und vernarbtem) Gewebe stattfindet. Es kann daher sinnvoller sein, mit einer Korrektur der Lippe bis zum Abschluss des Wachstums zu warten, da erst dann die Wahrscheinlichkeit am größten ist, ein bleibendes gutes Ergebnis zu erzielen. Entscheidend für das Gelingen einer frühen Korrektur ist natürlich auch die „Tiefe" des Eingriffs – es macht schon einen Unterschied, ob nur „kosmetisch" die sichtbare Narbe korrigiert werden soll oder ob eine bessere Rekonstruktion des Lippenringmuskels erforderlich ist, also auch die Funktion der Lippe verbessert werden soll. Wenn z. B. ein unvollständiger Lippenschluss vorliegt, ist eine frühe Korrektur unumgänglich.

Die Sekundäroperationen

Der Kieferspaltverschluss (Osteoplastik)

Ziel dieser Operation ist es, einen vollständig knöchernen Kieferkamm zu schaffen, indem die knöcherne Lücke im Kiefer mit körpereigenem Knochen aufgefüllt wird. Meistens wird dazu eine weiche Knochenart (Spongiosa) aus der Hüfte entnommen. Dadurch werden die Kiefersegmente stabiler und der Nasenflügel auf der Spaltseite wird durch den knöchernen Unterbau besser unterstützt. Die Zähne direkt am Spaltrand können mit Hilfe einer Zahnspange in diesen neuen Knochen in der ehemaligen Spalte bewegt werden. Die Lücke durch den meist fehlenden seitlichen Schneidezahn wird so geschlossen. Die meisten Zentren führen diesen Eingriff um das 8. bis 12. Lebensjahr herum durch, auf jeden Fall aber vor Durchbruch der Eckzähne. Zur Entnahme des Knochens ist ein kleiner Schnitt am seitlichen Beckenkamm nötig, der den Kindern in der Regel kaum Beschwerden verursacht und schnell verheilt.

Sprechunterstützende Operationen

Die meisten Kinder mit einer Spalte des Gaumensegels können nach der operativen Vereinigung des Segels und eventuellem logopädischem Training einen guten Abschluss von Mund- und Rachenraum herstellen. Manchmal funktioniert das Gaumensegel aber nicht, wie es soll. Das kann mehrere Ursachen haben:

– Das Gaumensegel ist zu kurz. Entweder, weil bei der Segelplastik nicht genug Muskelmasse und/oder Schleimhaut vorhanden war, um es ausreichend lang nachzubilden, oder weil es womöglich schon von Geburt an verkürzt war (das kann übrigens auch bei Kindern ohne Spaltbildung der Fall sein).
– Die Ringmuskelschlinge des Segels wurde bei der OP nicht oder fehlerhaft vereinigt, weshalb es sich nicht nach hinten oben anheben kann.
– Das Gaumensegel trägt aufgrund vorheriger Operationen großflächige, dicke Narben, was seine Beweglichkeit stark einschränkt.

In diesen Fällen spricht man von einer velopharyngealen Insuffizienz, also einem ungenügenden Abschluss des Segels von Mund- und Nasenhöhle. Dadurch entsteht beim Sprechen ein größerer Resonanzraum, das Kind spricht stark durch die Nase (offenes Näseln oder Hypernasalität). Kann dieses Problem durch eine logopädische Behandlung nicht behoben werden, muss das Spaltteam in Absprache mit der behandelnden Logopädin erwägen, ob eine sprechunterstützende Operation notwendig ist, die sogenannte Velopharyngoplastik. Bei diesem Eingriff wird ein Schleimhautlappen aus der hinteren Rachenwand auf das Gaumensegel genäht, um so den Abstand zwischen Segel und Rachenwand zu verkleinern. Es besteht allerdings das kleine Risiko, dass diese Schleimhautbrücke durch Vernarbung die Beweglichkeit des Segels noch mehr einschränkt, anstatt sie zu verbessern.

Die OP allein verbessert aber Sprachklang und Aussprache noch nicht, sondern nur die anatomischen Voraussetzungen dafür. Eine logopädische Behandlung im Anschluss an die Operation ist unbedingt nötig, damit das Kind mit den veränderten Gegebenheiten im Mund umzugehen lernt.

Eine andere Möglichkeit zur Verbesserung der Segelfunktion ist die sogenannte Levatorunterstützungsplastik. Dabei werden Stränge eines bestimmten Muskels aus der Halswirbelmuskulatur verschoben und im Gaumensegel zu einem Ringmuskel vereinigt, der den eigentlichen Gaumensegelmuskel unterstützt. Das Segel wird durch den neuen Muskel nach hinten gezogen, außerdem verläuft der Muskel durch die seitlichen Rachenwände und sorgt so für eine Verengung des Rachenraumes.

Spätkorrekturen (nach der Pubertät)

Eine abschließende Korrektur der knorpeligen und knöchernen Anteile der Nase (Septorhinoplastik) ist fast immer nötig. Zum einen kann sich eine nach den Erst-OPs gute Nasenform mit fortschreitendem Wachstum wieder ins Negative verändern, zum anderen kann es auch zu Beeinträchtigungen der Nasenatmung kommen, etwa durch eine schiefe Nasenscheidewand. Beides kann nach Abschluss des Wachstums korrigiert werden.

In seltenen Fällen kommt es trotz kieferorthopädischer Behandlung, wahrscheinlich aufgrund von Narbenzügen durch den Gaumenverschluss, zu einer Wachstumsstörung des Oberkiefers, der dann im Verhältnis zum Unterkiefer zu weit hinten liegt. Das beeinträchtigt nicht nur das harmonische Profil des Betroffenen, sondern führt auch zu funktionellen Problemen durch den Fehlbiss. Dann muss die Oberkieferrücklage chirurgisch korrigiert werden. Bei der sogenannten Umstellungsosteotomie wird der zahntragende Oberkieferbogen oberhalb der Zahnwurzeln vom Knochengerüst abgetrennt und dann in anatomisch korrekter Position mittels spezieller Platten und Schrauben wieder mit ihm verbunden. Eine kieferorthopädische Vor- und Nachbehandlung ist für den Erfolg der Operation zwingend erforderlich.

Die Wahl der Klinik/des Operateurs

Vermutlich hat man Ihnen nach der Geburt Ihres Kindes bzw. nach der Ultraschall-Diagnose der Spaltbildung eine Klinik in Ihrer Region für die chirurgische Behandlung empfohlen. Die Therapie einer LKGS ist allerdings komplex und setzt die Zusammenarbeit der verschiedenen Fachrichtungen wie auch große Erfahrung seitens der Chirurgen voraus. Das „Krankenhaus um die Ecke" ist da womöglich nicht immer die erste Wahl, auch wenn es offiziell Spaltbehandlungen durchführt. Sie sollten also nicht einfach die erstbeste Klinik aufsuchen, sondern sich umfassend darüber informieren, welche Kliniken es im Umkreis gibt.

Am besten aufgehoben ist Ihr Kind an einer Klinik mit einem interdisziplinären Spaltzentrum, wo die Mund-Kiefer-Gesichtschirurgen Hand in Hand mit Kieferorthopäden, Pädaudiologen und Logopäden zusammenarbeiten.

Suchen Sie sich zwei oder drei Kliniken heraus und machen Sie einen Termin für die Spaltsprechstunde, die von den Spaltzentren regelmäßig angeboten wird und wo im Idealfall ein Arzt aus jeder für die Spalte wichtigen Disziplin als Ansprechpartner zur Verfügung steht. Zu weit weg darf die Klinik natürlich nicht sein, da Sie ja öfter dorthin fahren müssen, allerdings sollten ein paar Kilometer mehr sicher kein Ausschlusskriterium sein, wenn Ihnen eine Klinik zusagt.

Das Problem ist nur: Wie können Sie beurteilen, ob eine Klinik die richtige für Sie und Ihr Kind ist? Am besten, indem Sie gut vorbereitet zum Erstgespräch gehen, sich den hausinternen Ablauf erklären lassen und eigene Fragen stellen. Eine kleine Liste mit sinnvollen Fragen als Entscheidungshilfe, zusammengestellt von Eltern betroffener Kinder, finden Sie auf der nächsten Seite.

Selbstverständlich sollten Sie die diese Liste nur als Anregung auffassen bzw. als Gelegenheit für die Ärzte, die Gepflogenheiten an der Klinik gründlich mit Ihnen durchzusprechen. Eine gute Entscheidungshilfe kann auch der Kontakt zu anderen Eltern sein, deren Kinder an der jeweiligen Klinik operiert wurden.

Das Gehör

Das menschliche Ohr wird in drei größere Bereiche unterteilt: Außenohr, Mittelohr und Innenohr (siehe Abbildung S. 62). Das Außenohr fängt die Schallwellen ein und leitet sie über den Ohrkanal zum Trommelfell, das zu schwingen beginnt. Diese Schwingung überträgt sich auf das luftgefüllte Mittelohr, wo die drei Gehörknöchelchen (Hammer, Amboss und Steigbügel) die Schwingung verstärken und ins Innenohr weiterleiten, zur Hörschnecke (Cochlea). Die mit Flüssigkeit gefüllte Schnecke enthält das eigentliche Hörorgan. In ihrem Inneren werden die mechanischen

Spickzettel für das Erstgespräch – das sollten Sie den Chirurgen fragen:

- Wie häufig werden an der Klinik Menschen mit LKGS operiert (Anzahl OPs/Jahr)
- und wie oft der spezielle Eingriff, der für mein Kind geplant ist? (Mindestens 20 solcher Eingriffe pro Jahr sollten es schon sein, damit eine entsprechende Routine beim OP-Team gewährleistet ist.)
- Arbeiten Chirurg, Kieferorthopäde, HNO-Arzt, Logopäde und eventuell Still-/Ernährungsberaterin als Team zusammen?
- Wer operiert – der Chefarzt persönlich oder gibt es mehrere (Ober-)Ärzte?
- Wie oft hat der Arzt, der mein Kind operieren wird, diesen speziellen Eingriff schon durchgeführt?
- Gibt es Adressen von Eltern/Patienten, die ich kontaktieren kann?
- Nach welchem Konzept wird operiert? Und warum genau nach diesem?
- Wird in der Klinik mikrochirurgisch (unter dem Mikroskop) operiert? Warum bzw. warum nicht?
- Wie sieht die Narkose aus – gibt es eine umfassende Vorsorge? Wie wird vor dem Eingriff die Operationsfähigkeit festgestellt – wird eventuell ein Blutbild erstellt oder nicht? Warum? Wie wird die Narkose eingeleitet, per Infusion oder mit Maske/Gas?
- Dürfen Eltern bei der Narkoseeinleitung dabei sein und auch wieder, sobald das Kind im Aufwachraum ist?
- Ist es üblich, dass das Kind nach dem Eingriff zunächst auf die Intensivstation verlegt wird – und kann die Mutter dann (auch über Nacht) bei ihm bleiben?
- Wie sind die Bedingungen auf der Station: Wird die Mutter mit aufgenommen und dürfen die Eltern rund um die Uhr beim Kind sein? Gibt es ein Mutter-Kind-Zimmer (Rooming-In) oder wenigstens ein separates Elternzimmer? Bekommen Mutter und Kind ein Einzel- oder Mehrbettzimmer? Welche Schlafgelegenheit steht für die Mutter zur Verfügung (richtiges Bett, Klappliege, ...)? Ist ein Kühlschrank zum Aufbewahren abgepumpter Muttermilch vorhanden und hat die Mutter rund um die Uhr freien Zugriff darauf?
- Wie wird die Schmerztherapie gehandhabt?
- Wie wird das Kind nach der OP ernährt (Sonde/oral)? Begründung?
- Werden Armstulpen oder sonstige Fixationen verwendet?
- Welchen Stellenwert hat die Nachsorge? Werden die Eltern nach der OP angeleitet, was die Ernährung des genesenden Kindes angeht?
- Wie lange sind die Wartezeiten auf einen OP-Termin?
- Werden schnell Ersatztermine vergeben, wenn das Kind zum vereinbarten OP-Termin erkrankt?
- Wie oft kommt man nach der OP zur Kontrolle in die Sprechstunde?

(mit freundlicher Erlaubnis frei nach einer von Eltern zusammengetragenen Liste bei www.lkgs.net)

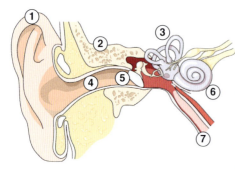

1 = Außenohr, 2 = Mittelohr, 3 = Innenohr,
4 = Gehörgang, 5 = Trommelfell,
6 = Cochlea (Hörschnecke),
7 = Eustachische Röhre

Schwingungen in elektrische Impulse umgewandelt und über den Hörnerv zum Gehirn weitergeleitet. Da das Mittelohr nach innen und außen von Membranen begrenzt wird, ist es auf regelmäßige Luftzufuhr angewiesen. Die Belüftung erfolgt durch die Eustachischen Röhren. Sie verbinden das Mittelohr mit dem Nasen-Rachen-Raum. Die Eustachischen Röhren sind mit der Gaumensegelmuskulatur verbunden. Bei jedem Schlucken (etwa 1200-mal pro Tag!) öffnet die Segelmuskulatur die Eustachischen Röhren, wodurch Luft ins Mittelohr (in die Paukenhöhle) gelangt und für den nötigen Druckausgleich sorgt – denn damit das Trommelfell schwingen kann, muss im Mittelohr der gleiche Luftdruck herrschen wie im äußeren Gehörgang.

Inwiefern kann eine LKGS das Gehör beeinträchtigen?

Bei Babys mit einer Gaumensegelspalte ist die Belüftungsfunktion gestört. Da die Muskulatur des Segels mittig gespalten ist, kann sie die Eustachischen Röhren nicht öffnen. Daher findet kein Druckausgleich statt, es entsteht ein Unterdruck. Dieser Unterdruck behindert das Trommelfell beim Schwingen. Der Körper versucht nun, diesen störenden Unterdruck auszugleichen, indem die Mittelohrschleimhaut flüssiges Sekret absondert. Damit wird der Unterdruck zwar beseitigt, aber durch die mangelnde Belüftung dickt das Sekret immer mehr an, und das Trommelfell kann nun noch weniger schwingen. Die Schallwellen aus dem Außenohr können nicht mehr effizient weitergeleitet werden – alle Geräusche kommen nur noch gedämpft in der Hörschnecke an. Es ist eine Schallleitungsschwerhörigkeit entstanden. Das bedeutet nicht, dass Ihr Kind gar nichts mehr hört; aber auch wenn ein Paukenerguss nur eine leichte Mittelohrschwerhörigkeit verursacht, können seine Auswirkungen doch gravierend sein: gerade während der ersten beiden Lebensjahre reifen die Hörbahnen heran.

Wann genau ein Baby differenziert zu hören beginnt, also die einzelnen Laute (Phoneme) unterscheiden kann, ist noch unklar; es gibt jedoch Hinweise darauf, dass das erste Lebensjahr eine sogenannte „kritische Phase" im Spracherwerb darstellt. Hat es in dieser Zeit nicht ausreichend Gelegenheit, den speziellen Rhythmus der Muttersprache kennenzulernen, fällt ihm später die intuitive „Segmentierung", also die Aufteilung von Sprache in Silben und einzelne Laute, schwer.

Eine weitere Gefahr des Paukenergusses: Das im Mittelohr angesammelte Sekret ist stark eiweiß- und zuckerhaltig und bietet somit Bakterien einen optimalen Nährboden. Häufige Mittelohrentzündungen sind die Folge. Diese sind nicht nur schmerzhaft, sondern können, wenn sie chronisch werden, auch bleibende Hörschäden verursachen. Diese Gefahr der wiederkehrenden Mittelohrentzündungen ist bei einem einmaligen, kurzzeitig bestehenden Paukenerguss gering.

Bei Babys mit einer Gaumensegelspalte bleibt jedoch die Ursache des Paukenergusses bis zum Verschluss des Segels bestehen – oft sogar lange darüber hinaus, weil die Muskulatur ihre natürlichen Funktionen erst noch trainieren muss. Außerdem gelingt es auch beim besten OP-Ergebnis nicht, die einzelnen Muskelfasern der Segelmuskulatur so zu verbinden, dass alles zu 100 % genauso funktionsfähig ist wie ein von Geburt an intaktes Segel. Wenn also ein Baby mit Spalte immer wieder Paukenergüsse hat, muss von außen für eine ausreichende Belüftung des Mittelohrs gesorgt werden. Dazu wird ein kleiner Schnitt ins Trommelfell gemacht und sogenannte Paukenröhrchen eingelegt, welche Luft in die Paukenhöhle lassen und durch die Sekret ablaufen kann (siehe unten, Paukendrainage).

Wie wird das Gehör meines Babys untersucht?

Wenn Ihr Baby eine Gaumenspalte hat, sollte schon bald nach der Geburt sein Gehör untersucht werden, am besten von einem Pädaudiologen. Zur Verfügung stehen zwei objektive Hörtests, die auch schon bei Säuglingen Hinweise auf eine mögliche Schwerhörigkeit geben können:

- OAEs (Otoakustische Emissionen). Dieser auch als „Neugeborenen-Hörscreening" bekannte Test nutzt eine Besonderheit der Haarzellen im Innenohr: Sie ziehen sich nach einer Stimulation durch Schall zusammen und senden eine Art Echo wieder zurück. Um dieses Echo, eben die vom Ohr selbst erzeugten Emissionen, zu messen, wird eine Messsonde in das Ohr des Babys gesteckt. Ein kleiner Lautsprecher in der Sonde gibt einen Klickton von sich, der das Trommelfell zum Schwingen bringt und so den üblichen Weg über die Gehörknöchelchen ins Innenohr nimmt, zur Hörschnecke. Die Haarzellen im Inneren der Schnecke leiten das Signal dann an den Hörnerv weiter. Gleichzeitig ziehen sich die äußeren Haarzellen aber auch zusammen und erzeugen so selbst einen sehr leisen Ton, der den umgekehrten Weg zurück durchs Mittelohr in den äußeren Gehörgang nimmt. Dort wird diese „Antwort" des Innenohrs von einem Mikrofon in der Sonde aufgenommen.

Zwar testen die OAEs genaugenommen die Reaktion des Innenohrs, aber da die vom Ohr erzeugten Emissionen ja durch das Mittelohr weitergeleitet werden, bedeutet ein positiver OAE-Test, dass nicht nur das Innenohr, sondern auch die Schallleitung des Mittelohrs gut funktioniert. Kommen also Töne zurück, ist alles in Ordnung. Können jedoch keine OAEs abgeleitet werden, liegt die Ursache dafür entweder im Innenohr oder im Mittelohr. Darüber gibt der Test keine Auskunft, also muss dann zur genaueren Bestimmung des Problems ein anderer Test gemacht werden – denn auch wenn bei einer Gaumenspalte höchstwahrscheinlich „nur" eine Schallleitungsschwerhörigkeit vorliegt, muss zweifelsfrei abgeklärt werden, ob beim Baby nicht zusätzlich zur Spaltbildung eine Innenohrschwerhörigkeit vorliegt. Vorteil des otoakustischen Emissionstests: Er erfordert keinerlei Mitarbeit oder gar eine Narkose des Babys.

- BERA (Abkürzung für „Brainstem Electric Response Audiometry"/Hirnstamm-Audiometrie). Alle akustischen Informationen, die über das Mittelohr in der Hörschnecke ankommen, werden dort in elektrische Signale umgewandelt und an den Hirnstamm weitergeleitet. Die Verarbeitung im Hirnstamm erfolgt durch bestimmte Nervenzellen, die dabei ihre elektrischen Spannungen (Potenziale) verändern. Diese Veränderungen, die sogenannten Hirnstammpotenziale, lassen sich auf der Kopfhaut nachweisen. Um sie zu messen, werden Elektroden auf der Stirn oder hinter jedem Ohr des Babys angeklebt und mit dem Messgerät verbunden. Über einen Kopfhörer oder Ohrstöpsel sendet der Arzt dann Klicktöne in verschiedenen Lautstärken in die Ohren. Bei jedem Ton, den das Kind tatsächlich hört, zeichnet das Messgerät die Hirnstammpotenziale als Kurve auf. Am Aussehen dieser Kurve kann der Audiologe die Hörschwelle Ihres Kindes bestimmen und auch ablesen, ob es hohe oder niedrige Frequenzen besser hört. Mit Hilfe der BERA kann also auch eine Innenohrschwerhörigkeit festgestellt werden. Für Ihr Baby ist die Untersuchung in keiner Weise belastend, allerdings muss sie im Schlaf durchgeführt werden. Die ganz normalen elektrischen Signale, die das Gehirn des Babys aussendet, wenn es sich bewegt oder lautiert, würden sonst die Messung stören. In vielen Kliniken wird die BERA deshalb z. B. während des Mittagsschläfchens durchgeführt. Vermutlich bekommt Ihr Kind noch wach die Elektroden „verpasst" (sie stören gerade kleine Babys nach dem Ankleben gar nicht) und Sie werden aufgefordert, es nach dem Trinken und ggf. der Gabe eines leichten Beruhigungsmittels in den Schlaf zu wiegen oder es im Kinderwagen herumzufahren, bis es schläft. Dann erst werden die Elektroden an den Computer angeschlossen und die eigentliche Messung durchgeführt. Die Messung an sich dauert etwa eine halbe Stunde, Sie sollten für den Termin aber deutlich mehr Zeit mitbringen, da die meisten Babys ja nun mal nicht „auf Kommando" einschlafen. Meistens ist das aber überhaupt kein Problem. Mein einjähriger Sohn wurde bei seiner BERA, als er ohnehin müde war, noch zusätzlich sediert, schlief beim Spazierengehen auf den Klinikfluren ein und schlief nicht nur während der Messung, sondern noch zwei Stunden darüber hinaus. Falls Ihr Baby sich gar nicht auf diese Prozedur einlassen kann, muss die BERA während einer Vollnarkose durchgeführt werden. Sollte dies nötig sein, kann diese Untersuchung vielleicht mit einer der Spalt-OPs gekoppelt werden, um eine zusätzliche Vollnarkose nur für den Hörtest zu vermeiden.

Die Paukendrainage

Fast alle Babys und Kleinkinder mit einer Gaumensegelspalte haben eine Tubenbelüftungsstörung und daher oft und immer wieder Paukenergüsse (also Flüssigkeit in der Paukenhöhle). Solange das Segel noch nicht operativ vereinigt ist oder trotz OP seine Funktion noch nicht optimal erfüllen kann, muss eine Paukendrainage durchgeführt werden. Dabei wird ein kleiner Schnitt ins Trommelfell gemacht (Paracentese) und die dort befindliche Flüssigkeit abgesaugt. In diesen Schnitt

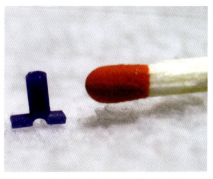

Dauerpaukenröhrchen („T-Röhrchen")

werden dann kleine Röhrchen (Durchmesser ca. 1,5 mm) eingesetzt. Diese sind entweder aus Metall und werden nach ca. 6–12 Monaten von selbst wieder abgestoßen, oder sogenannte Dauer- oder T-Röhrchen aus Kunststoff, die theoretisch operativ wieder entfernt werden müssen, sich in der Praxis aber auch oft von selbst wieder verabschieden, vor allem bei starker Ohrenschmalzproduktion. Die Röhrchen sorgen für den nötigen Druckausgleich im Mittelohr und lassen bei einer Mittelohrentzündung entstehendes Sekret sofort nach außen abfließen.

Um eine eigene Narkose für die Paukendrainage zu umgehen, wird sie an den meisten Kliniken während der Lippenplastik durchgeführt. Bei manchen Kindern hat sich das Thema damit erledigt, andere haben trotz eingelegter Röhrchen noch mit Ohrentzündungen zu kämpfen. Nach der Segel-OP brauchen manche Kinder keine Belüftungshilfe mehr, ein großer Prozentsatz benötigt jedoch oft das gesamte Kleinkind- und sogar Schulalter hindurch Paukenröhrchen. In der Regel wächst sich dieses Problem aber im Jugendalter aus, wenn die Eustachischen Röhren ihre endgültige Länge erreicht haben.

Geht es nicht auch ohne Paukenröhrchen?

Leider erhalten Eltern u. a. auch von manchen Sprachtherapeuten die zweifelhafte Empfehlung, bei eindeutig bestehenden Belüftungsschwierigkeiten des Mittelohrs trotzdem zunächst auf Paukenröhrchen zu verzichten, da der Körper sonst die Fähigkeit verliere, selbst für seine Belüftung zu sorgen. Eine solche Behauptung entbehrt allerdings jeder wissenschaftlichen Grundlage. Die Belüftung des Mittelohrs geschieht durch den Muskelzug des Gaumensegels, also rein mechanisch. Ist dieser Gaumensegelmuskel noch nicht vereinigt, oder muss er sich nach der OP erst durch das tägliche Training noch aufbauen, kann diese mechanische Bewegung (noch) nicht angemessen ausgeführt werden. Ist das Segel hingegen vereinigt bzw. ausreichend trainiert, sorgt der Muskelzug auch für Belüftung, egal, ob noch Paukenröhrchen im Mittelohr liegen oder nicht. Da gerade im Kleinkindalter gutes Hören so wichtig ist, sollten bei wiederkehrenden Paukenergüssen in jedem Fall Paukenröhrchen gelegt werden. Damit wird nicht nur eine altersgemäße Sprachentwicklung sichergestellt, sondern sie schützen Ihr Baby auch vor einer chronischen Ohrentzündung (Cholesteatom), einer ehemals häufig auftretenden Komplikation (mit schwerwiegenden Folgen bis hin zur dauerhaften Schwerhörigkeit), die seit der Verbreitung von Paukenröhrchen immer seltener geworden ist.

Logopädie

Die logopädische Therapie ist ein wichtiger Baustein der interdisziplinären Behandlung einer LKGS. Obwohl die Operationen und kieferorthopädischen Maßnahmen weitgehend normale anatomische Verhältnisse im Mund des Kindes geschaffen haben, kann es trotzdem zu Veränderungen beim Sprechen kommen. Das liegt zum einen daran, dass bei Babys mit Spalte schon Monate vor der Geburt ein Ungleichgewicht der muskulären Kräfte im gesamten Mund- und Gesichtsbereich vorliegt. Dieses Ungleichgewicht bleibt häufig auch nach den Operationen noch bestehen, etwa weil die gespaltenen Muskeln nicht korrekt, d. h. ihrem eigentlichen Verlauf folgend, vereinigt wurden, oder weil sie erst nach einer „Trainingsphase" in der Lage sind, ihre natürlichen Funktionen in ausreichendem Maß zu übernehmen. Eine falsche Zungenlage, die aufgrund der Gaumenspalte entstanden ist, bleibt oft aus Gewohnheit – das Kind kennt ja keine andere! Auch Zahnfehlstellungen können die Aussprache bestimmter Laute behindern.

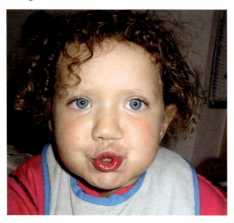

Julia übt „sch"...

Die zweite Ursache für Sprechauffälligkeiten hat mit den Folgen der operativen Eingriffe selbst zu tun: Jeder Eingriff im wachsenden Gewebe hinterlässt nun einmal kleinere oder größere Narben. Aufgrund solcher Narbenbildung kann die Beweglichkeit der Oberlippe und vor allem des Gaumensegels eingeschränkt sein.

Die Auffälligkeiten, die auf diese Weise durch die LKGS-Fehlbildung verursacht werden, betreffen vor allem die Aussprache und den Sprachklang. Auf den Beginn des Sprechens hat die Spalte keinen direkten Einfluss – allerdings einen indirekten, nämlich durch die oft fehlerhafte Belüftung des Mittelohrs. Hat Ihr Kind unter häufigen Mittelohrinfekten und unter Paukenergüssen zu leiden, führt dies zu einer zeitweiligen Beeinträchtigung des Gehörs, und das kann dann auch einen verzögerten

Beginn des aktiven Sprechens zur Folge haben. Außerdem hören die Kinder aufgrund der Flüssigkeit im Mittelohr alle Klänge verzerrt und ungenau und geben das Gehörte dann genauso verzerrt wieder. Aus diesem Grund muss das Gehör Ihres Kindes von Anfang an engmaschig überwacht werden.

Welche genauen Auswirkungen kann eine LKGS auf die Sprache meines Kindes haben?

- Probleme mit den Lippenlauten. War die Lippe von der Spaltbildung betroffen, ist oft die Beweglichkeit der Oberlippe eingeschränkt. Die Laute „p", „b" und „m" hören sich daher oft fast gleich an (das Kind sagt „Böhre" statt „Möhre"); auch „sch", „o" und „u" werden mit den Lippen gebildet und können Ihrem Kind Schwierigkeiten machen. Laute, bei denen die Zähne Kontakt zur Unterlippe haben („f" und „w") klingen falsch.

- Näseln. Viele mit einer Gaumenspalte geborene Kinder sprechen zu stark durch die Nase. Sie können keinen ausreichenden Abschluss zwischen Mund- und Nasenhöhle herstellen, etwa weil ihr Gaumensegel zu kurz ist, oder weil der Gaumensegelmuskel nicht korrekt vereinigt wurde, oder auch weil das Segel durch die Operationen vernarbt und daher unbeweglich ist. Diese Unfähigkeit, die Nasenhöhle zur Rachenhinterwand hin abzudichten, nennt man velopharyngeale Insuffizienz (VPI). Durch den fehlenden Rachenabschluss verstärkt sich beim Bilden von Lauten der Schall in der Nasenhöhle (die Nasenresonanz), die Sprache klingt nasal.

- Nasaler Durchschlag. Im Deutschen gibt es nur drei Laute, bei denen während des Sprechens Luft aus der Nase entweicht, nämlich bei den Nasallauten „m", „n" und „ng". Bei allen anderen Lauten darf eigentlich keine Luft aus der Nase austreten, dafür sorgt das Gaumensegel, das die Nasenhöhle zum Mundraum abdichtet. Arbeitet das Segel nicht richtig, wird bei bestimmten Lauten hörbar Luft durch die Nase gepresst. Besonders auffällig ist dieser nasale Durchschlag bei den Plosivlauten („p", „b", „t", „d", „k" und „g") und den Reibungslauten „f", „s", „sch" und „ch". Ein Restloch im Bereich des harten Gaumens kann ebenfalls einen nasalen Durchschlag zur Folge haben bzw. ihn verstärken.

- Nasale Turbulenz. Wenn das Gaumensegel die Nasenhöhle fast vollständig abschließt und nur eine sehr kleine Öffnung übrig lässt, kann durch Turbulenzen (Verwirbelungen) des Luftstroms bei bestimmten Lauten („g", „k", „t", „sch") ein unerwünschtes Reibegeräusch entstehen.

- Zu wenig oraler Druck. Für die sogenannten Plosivlaute, z. B. „p" und „t", muss im Mund ein bestimmter Druck erzeugt werden. Durch die unzureichende Funktion des Gaumensegels geht aber zu viel Luft durch die Nase verloren, der nötige Druck kann nicht aufgebaut werden. Anstatt mit hohem Druck durch die Lippen tritt die Luft dann unwillkürlich aus der Nase aus und „p", „b", „t" und „d" klingen eher wie die Nasallaute „m" und „n" und sind kaum voneinander zu unterscheiden.

– Rückverlagerung von Lauten. Die Zunge besitzt die Tendenz, sich reflektorisch an Störstellen im Mund anzulagern. Bei Kindern mit einer Gaumenspalte lag die Zunge während der gesamten Schwangerschaft im Spaltbereich. Dadurch kann sie auch nach der Gaumen-OP noch eine rückverlagerte Position haben. Die Folge: die Zunge spricht manche Laute nicht an der eigentlich dafür vorgesehenen Position im Mund aus, sondern verlagert sie nach hinten. So wird aus einem „t", das eigentlich vorn im Mund gesprochen wird, ein „k" (statt „Auto" sagt das Kind „Auko"). Laute, die ohnehin hinten im Mund gebildet werden, z. B. „g" und „k", werden noch weiter nach hinten verlagert, in den Rachen. Dort entsteht durch kurzes Zusammenpressen der Stimmbänder ein Knacklaut, der sogenannte Glottisverschluss, mit dem das Kind „g" und „k" ersetzt. Mit Hilfe solcher „kompensatorischen Lautersetzungen" versucht das Kind mehr oder weniger bewusst, diejenigen Laute zu vermeiden, die ihm erfahrungsgemäß besonders schwerfallen.

– Mimische Mitbewegungen. Manche Kinder machen automatisch beim Sprechen von Lauten, die sie als schwierig empfinden, „Hilfsbewegungen" mit ihrer Gesichtsmuskulatur: sie rümpfen die Nase, runzeln die Stirn, verziehen den Mund oder spannen die Halsmuskulatur an. Auf diese Weise versuchen sie unbewusst, den zu großen Resonanzraum, den das ungenügend funktionierende Segel verursacht, zu verkleinern, was aber nicht gelingt.

Bitte erschrecken Sie nicht angesichts dieser Vielzahl möglicher Störungen. Ihr Kind kann eine oder mehrere dieser Sprechauffälligkeiten entwickeln – genauso gut kann es aber auch sein, dass es kaum Probleme mit der Sprache bekommt. Sie sollten sich also nicht verrückt machen, aber andererseits auch wachsam bleiben und auf Anzeichen einer möglichen Störung achten. Je früher Sie dann etwas unternehmen, d. h. Kontakt zu einer Logopädin aufnehmen, desto größer ist die Wahrscheinlichkeit, dass größere Probleme gar nicht erst auftreten und falsche Sprechmuster sich nicht einschleifen können. Warten Sie also nicht, bis es zu spät ist! Schon Zwei- oder Dreijährige können gut bei einer Sprachtherapie mitarbeiten. Ob wirklich eine Therapie nötig ist, sollte erst nach einer ausführlichen Untersuchung und Diagnosestellung entschieden werden. Allerdings ist die Beurteilung der tatsächlichen Fehlfunktionen schwie-

Noel, 3, bei seiner Logopädiestunde

rig und bedarf manchmal, zusätzlich zur subjektiven Einschätzung durch einen Logopäden, auch bestimmter objektiver Messverfahren. Diese können meist nicht bei einer niedergelassenen Logopädin durchgeführt werden, sondern werden z. B. von einem Pädaudiologen vorgenommen. Auch die Spaltteams vieler Universitätskliniken bieten inzwischen eine solche Diagnostik an. Insbesondere wenn entschieden werden soll, ob bei Ihrem Kind eventuell ein sprechunterstützender chirurgischer Eingriff durchgeführt werden soll (eine Velopharyngoplastik), ist eine umfassende sprachtherapeutische Diagnostik sehr wichtig.

Im Rahmen der Therapie wird die Logopädin dann je nach Alter und individueller Auffälligkeit versuchen, das Zusammenspiel der einzelnen Sprechwerkzeuge Ihres Kindes zu koordinieren und das muskuläre Gleichgewicht im Mund zu unterstützen.

Hauptziele der logopädischen Behandlung sind:
- Erreichen einer Luftstromlenkung durch den Mund (nicht durch die Nase)
- Aktivierung des Gaumensegels
- Verbesserung der Zungenbeweglichkeit
- Verbesserung der Zungen-Ruhelage
- Verbesserung der Lippenbeweglichkeit
- Förderung der Selbstwahrnehmung des Kindes beim Bilden von Lauten
- Förderung des Gehörs

Weitere kieferorthopädische Behandlung

Nach dem Verschluss des Hartgaumens benötigt Ihr Kind keine Gaumenplatte mehr. Die Spalte wurde weichteilig verschlossen, d. h. mit Schleimhaut überzogen, sodass nun ein durchgehendes Gaumengewölbe existiert. Die gespaltenen Oberkiefersegmente haben sich einander angenähert und eine harmonischere Form erreicht. Die kieferorthopädische Frühbehandlung ist nun abgeschlossen.

Oberkieferdehnplatte

Milchgebiss

Bei vielen mit Spalte geborenen Kleinkindern ist die Verzahnung nicht optimal. Viele haben auf der Spaltseite einen Kreuzbiss, d.h. die unteren Zähne stehen im Verhältnis zu den oberen zu weit außen und übergreifen sie – eigentlich müsste es umgekehrt sein. Um einen solchen Kreuzbiss zu korrigieren und das Wachstum des Oberkiefers weiter zu fördern, bekommt Ihr Kind dann vielleicht eine herausnehmbare Oberkieferdehnplatte, in die eine Schraube eingearbeitet ist. Durch regelmäßiges Weiterdrehen der Schraube wird der Oberkiefer langsam gedehnt. Wenn die bleibenden Zähne durchbrechen, finden sie bessere Bedingungen im Oberkiefer vor als ohne vorherige Dehnung, die spätere kieferorthopädische Behandlung im bleibenden Gebiss wird erleichtert. Fehlstellungen einzelner Zähne werden im Milchgebiss noch nicht behandelt.

Aufgrund der Annahme, dass sehr kleine Kinder nicht zur erforderlichen aktiven Mitarbeit in der Lage seien, wird die kieferorthopädische Behandlung oft erst im frühen Wechselgebiss (also im Grundschulalter) begonnen. Tatsächlich akzeptieren aber oft gerade die Kleinsten die Behandlung mit einer herausnehmbaren Zahnspange ohne Probleme und legen nach einer kurzen Eingewöhnungszeit eine erstaunliche Tragemoral an den Tag. Es kann allerdings im Einzelfall schwierig sein, Ihre Krankenkasse davon zu überzeugen, dass eine kieferorthopädische Therapie beim Kleinkind erfolgversprechend ist. Auch wenn Ihr Kind noch keine aktive Therapie erhält, sollten Sie es trotzdem regelmäßig der Kieferorthopädin zur Kontrolle vorstellen.

Wechselgebiss

Auch im Wechselgebiss ist eine regelmäßige Kontrolle und eventuelle Behandlung durch den Kieferorthopäden wichtig. Oft muss die Stellung der Schneidezähne korrigiert werden. Die Förderung des Oberkieferwachstums (mithilfe herausnehmbarer Oberkieferplatten, im späten Wechselgebiss auch mit festsitzenden Apparaturen) bleibt auch weiterhin ein wichtiges Ziel. Bei doppelten Spalten kann es nötig sein, auch die Stellung des Zwischenkiefers zu korrigieren. Da meist um das 6. bis 8. Lebensjahr die Kieferspalte verschlossen wird, muss der Oberkieferzahnbogen bis zu diesem Eingriff optimal ausgeformt sein – nach der Operation ist es schwieriger, die Kiefersegmente zu bewegen. Bestehen bei Ihrem Kind noch Fehlfunktionen von Zunge oder Lippe, ist eine Zusammenarbeit mit der Logopädin anzuraten. Nur wenn Ihr Kind eine normale Muskelfunktionen im Mundbereich hat, kann die Kfo-Behandlung erfolgreich sein.

Das genaue Behandlungsziel im späten Wechsel- und im bleibenden Gebiss muss für jedes Kind individuell definiert werden, aufgrund einer ausführlichen Befunderhebung durch Ihren Kieferorthopäden. Die Behandlung ist komplex und dauert in jedem Fall bis zum Abschluss des Wachstums, manchmal länger. Je konsequenter und zuverlässiger Sie und Ihr Kind bei der Therapie mitarbeiten, desto wahrscheinlicher ist ein dauerhaft gutes Ergebnis.

Rechtliche Hilfen

Die behandelnden Ärzte Ihres Spaltteams haben Sie sicher schon darauf hingewiesen, dass für Kinder mit einer Lippen-Gaumen-Fehlbildung beim zuständigen Versorgungsamt ein Schwerbehindertenausweis beantragt werden kann. Vielleicht haben Sie darauf zunächst ablehnend reagiert, „Mein Kind ist doch nicht behindert!". Es geht jedoch beim Schwerbehindertenausweis (SBA) nicht darum, Ihr Kind zu stigmatisieren oder in eine bestimmte „Ecke" zu stellen. Er ermöglicht Ihnen lediglich, als Ausgleich für die finanzielle Mehrbelastung durch die Spalte Ihres Kindes (Fahrtkosten zu Kliniken und zu Fachärzten, Kosten für Therapien, Ausgaben für Hilfsmittel wie z. B. SpecialNeeds Feeder oder Milchpumpe, wenn die Krankenkasse diese nicht erstattet) bestimmte steuerliche Vorteile geltend zu machen, wie z. B. einen Behindertenpauschbetrag und die Anrechnung besonderer Belastungen bei der Einkommensteuer. In einigen Bundesländern gibt es mit SBA ein spezielles Landeserziehungsgeld ab dem 3. Lebensjahr.

Stillen ist mehr als Milch – Die Ernährung des Babys mit Spalte

Das Aufnehmen von Nahrung ist das größte und wichtigste Grundbedürfnis eines Neugeborenen, und die Natur hat einiges dafür getan, dass es vom Beginn seines Lebens an dazu in der Lage ist, sich dieses Bedürfnis zu erfüllen. Immer wieder fasziniert uns die Zielstrebigkeit, mit der ein soeben geborener kleiner Mensch auf dem Bauch seiner Mutter in Richtung Brust „robbt", von ihrem Geruch geführt, und sich dann entschlossen an der Brustwarze festsaugt. Auch kleine Spaltbabys haben diesen Saugreflex. Aufgrund ihrer besonderen anatomischen Verhältnisse können sie jedoch Schwierigkeiten haben, die mit dem Saugreflex verbundenen Trinkbewegungen korrekt auszuführen.

Auf den folgenden Seiten werde ich Ihnen die Grundlagen des Stillmanagements bei Säuglingen mit Spalte erläutern und Ihnen zahlreiche Erfahrungen und konkrete Hilfen zum Stillen vorstellen und auch versuchen, Ihnen aufzuzeigen, wie Sie dies alles in Ihren normalen Alltag integrieren können. Dieses Kapitel ersetzt jedoch auf gar keinen Fall den persönlichen Kontakt mit einer Still-/Laktationsberaterin. Die alleinige Kenntnis von bestimmten hilfreichen Stillpositionen etwa hat so gut wie keinen Wert, wenn niemand da ist, der sie einem zeigen kann und beim Ausprobieren unterstützt, der das Kind von Angesicht zu Angesicht sieht und hört und es ganz individuell bei seinen Trinkbemühungen unterstützen kann. Welche Hilfen sinnvoll sind, hängt zum größten Teil von der speziellen Situation ab, und davon muss sich die Stillberaterin ein eigenes Bild machen, bevor sie Sie optimal unterstützen kann.

Nehmen Sie daher in jedem Fall Kontakt zu einer Still-/Laktationsberaterin auf, damit Sie mit ihr zusammen den richtigen Weg für Ihr Baby finden – und machen Sie sich bewusst, dass Sie zwar von ihr keine Wunder erwarten dürfen (wie ein nach dem ersten Treffen plötzlich vollstillendes Baby!), dafür aber eine einfühlsame Begleitung auf einer Reise, deren Verlauf und Ziel sich nicht genau vorhersagen lassen. Niemand weiß, ob Sie Ihr Kind mit oder ohne Hilfsmittel teilweise (oder vielleicht sogar irgendwann voll!) werden stillen können, ob Sie es über längere Zeit hinweg mit abgepumpter Muttermilch ernähren können oder ob Sie leider doch auf Flaschennahrung angewiesen sein werden. Sicher ist nur: Sie werden ankommen. Mit einem gut ernährten und altersgemäß entwickelten Baby!

Können Babys mit LKGS gestillt werden?

Generell lässt sich sagen: Bei reinen Lippen- und Lippen-Kiefer-Spalten stellt das Stillen kein Problem dar. Bei allen Spaltformen aber, die eine Spaltung des weichen Gaumens beinhalten, gelingt ein volles Stillen ohne Einsatz von Hilfsmitteln nur schwer oder gar nicht. Das liegt daran, dass das Gaumensegel normalerweise für den Aufbau des Saugvakuums zuständig ist. Zwar „saugt" ein Baby eigentlich nicht, jedenfalls nicht ausschließlich – mit Sog allein lässt sich eine Brust nicht effektiv leeren. Das Baby ist viel aktiver: Es presst mit dem Unterkiefer die Brustwarze gegen das Gaumendach. Dann streicht es mit wellenförmigen Bewegungen von Zunge und Unterkiefer die Milch aus: Mit den Kieferbewegungen drückt es die Milch aus den Milchseen in die Warze, mit der Zunge streicht es die Milch aus der Warze in den hinteren Gaumenbereich, und schließlich schluckt es. Von aktivem Saugen keine Spur.

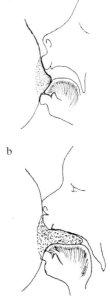

Was hat es dann aber mit dem sogenannten „Saugvakuum" auf sich? Fakt ist, das Baby dichtet mit dem Gaumensegel die Mundhöhle ab, sodass ein Unterdruck entsteht. Dieser Unterdruck, das Saugvakuum, hat vier wichtige Aufgaben:

- Durch das Vakuum wird die Brustwarze fest im Mund angesaugt und gut positioniert, sodass die Voraussetzung für die Ausstreichbewegung der Zunge gegeben ist.
- Das weiche Brustwarzengewebe hat die Tendenz, immer in die Ruheform zurückzukehren. Der Sog des Vakuums sorgt dafür, dass die Brustwarze im Mund ihre langgezogene „Saugerform" behält. Das Milchreservoir des SpecialNeeds Feeders ist dieser Form nachempfunden.
- Das feste Ansaugen der Brustwarze ist bei der Mutter ein Schlüsselreiz für das Auslösen des Milchspendereflexes, der die Milch in der Brust „freigibt". Ohne Milchspendereflex kann das Baby sich noch so sehr anstrengen, kann die Brust noch so prall gefüllt sein – die Milch wird nicht fließen. Zwar spielen beim Auslösen des Reflexes noch andere Reize eine Rolle, das Baby sehen, riechen, hören, das Bearbeiten der Warze, aber das Ansaugen ist wesentlich.
- Der Milchspendereflex, durch dessen Auslösung die Milchseen die Milch nach vorn freigeben, wird vermutlich durch das Saugvakuum unterstützt, sodass die Milch weiter nach vorn in die Warze gezogen wird.

a: Baby wird an die Brust angelegt; b: durch Saugvakuum geformte Brustwarze im Mund

Die Saugwirkung des Vakuums unterstützt also das Baby beim Entleeren der Brust. Aber es „saugt" nicht – es positioniert die Brustwarze, melkt und schluckt in einer perfekt koordinierten Bewegung von Kiefer und Zunge.

Theoretisch kann also auch ein Spaltbaby das Trinken an der Brust lernen. Aber da es kein Vakuum aufbauen kann, fällt es ihm sehr schwer bis unmöglich,

- die Brustwarze richtig in den Mund zu nehmen und festzuhalten,
- die Brustwarze in der richtigen langgezogenen Form zu halten, damit es trinken kann; das weiche Gewebe wird im Mund immer wieder rund und flutscht weg, und da ein Baby mit einer Gaumensegelspalte sie nicht richtig langziehen kann, kann es, wenn überhaupt, die Brust nur vornan bearbeiten, sodass es (wenn überhaupt) nur die wässrige Vordermilch, nicht die fettreiche Hintermilch ergattert,
- bei seiner Mutter den Milchspendereflex auszulösen, sodass die Milch frei fließen kann,
- den Milchfluss zusätzlich zum Milchspendereflex zu unterstützen und zu verstärken.

Die anatomischen Voraussetzungen machen es also nahezu unmöglich, ein Baby mit einer Gaumensegelspalte von Anfang an so zu stillen, dass es effektiv trinkt und seine Kalorien komplett während der Zeit an Ihrer Brust zu sich nimmt. Hilfsmittel wie spezielle Stillpositionen, die Gaumenplatte oder das Brusternährungsset werden Ihnen vermutlich auch kein volles Stillen bei unvereinigtem Gaumensegel ermöglichen. Mit viel Ausdauer könnte es Ihnen aber gelingen, mit der Zeit zumindest teilweise ein wenig zu stillen, nach der Gaumensegel-OP vielleicht sogar voll. Solche Fälle gibt es durchaus, wenngleich selten. Mütter mit einem ausgeprägten Milchspendereflex und Milchfluss haben es dabei leichter.

Stillmanagement für Spaltbabys

Wenn Ihr Baby eine reine Lippenspalte oder eine Lippen-Kiefer-Spalte hat, können Sie sich auf eine völlig normale Stillzeit freuen! Aufgrund des intakten Gaumensegels wird Ihr Baby keine Probleme haben, ein Saugvakuum aufzubauen. Die Spaltung der Lippe ist dabei für den Saugschluss unerheblich, denn das weiche und flexible Brustgewebe passt sich der Lippenform optimal an.

Hat Ihr Kind eine vollständige, ein- oder doppelseitige LKGS oder eine isolierte Gaumenspalte, wird es wahrscheinlich schwierig. Ganz zu Anfang wird es sicher nicht in der Lage sein, Ihre Brust zu leeren – wenn es überhaupt etwas herausbekommt. Daher ist es wichtig, dass Sie unmittelbar nach der Diagnose eine gute Milchpumpe erhalten. Da die Milchproduktion nur durch regelmäßiges Leeren der Brüste in Gang kommt und aufrechterhalten wird, müssen Sie auch regelmäßig abpumpen, und zwar genauso oft, wie Ihr Baby an der Brust trinken würde, und in einem ähnlichen Rhythmus, also in den ersten Wochen ungefähr 6- bis 10-mal täglich, mit Abständen von ca. 2–4 Stunden, später etwas seltener. Die abgepumpte Milch können Sie ihrem Baby nach den Stillversuchen mit einem geeigneten Trinksystem geben, eventuelle Überschüsse für den späteren Gebrauch einfrieren. Wichtig ist, dass Sie Ihr Kind möglichst frühzeitig anlegen! Direkt nach der Geburt ist der Saugreflex am stärksten ausgeprägt, und das Baby gewöhnt sich schon mal an Gefühl und Geruch Ihres Busens. Ausgelöst durch den Haut-zu-Haut-Kontakt wird außerdem Oxytocin ausgeschüttet, das Hormon, das für das Auslösen des Milchspendereflexes, der die Milch fließen lässt, verantwortlich ist.

Da es für Ihr Baby schwierig ist, selbst den Milchflussreflex auszulösen, können Sie ihm helfen, indem sie vor dem Anlegenversuch kurzzeitig abpumpen, bis die Milch fließt. Solange ihm noch keine Gaumenplatte angepasst wurde, sollte es in aufrechter Position zu trinken versuchen, damit die Milch bzw. zu dieser Zeit noch das Kolostrum nicht in die Gaumenspalte läuft und es sich nicht verschluckt. Am besten setzen Sie sich Ihr Baby mit leicht gespreizten Beinen auf Ihren Oberschenkel (Hoppe-Reiter-Sitz) und stützen seinen Rücken ab. Nach dem Anlegen wird es nötig sein, abgepumptes Kolostrum mit einer geeigneten Methode nachzufüttern.

So gehen Sie nun bei jeder Mahlzeit vor: Milchspendereflex künstlich durch kurzes Pumpen oder durch eine Brustmassage auslösen; Baby anlegen; vorher abgepumpte und erwärmte Milch nachfüttern. Natürlich dürfen Sie auch weiterhin das regelmäßige Abpumpen, auch nachts mindestens einmal, nicht vergessen. Wenn möglich, sollten Sie neben den regelmäßigen Abpumpzeiten auch jeweils direkt nach den Mahlzeiten abpumpen, denn vermutlich hat Ihr noch ungeübtes Baby, wenn überhaupt, nur die wässerigere Vordermilch getrunken, bevor es ermüdete. Damit es gut zunimmt, braucht es aber gerade die kalorienreiche Hintermilch. Diese können Sie abpumpen und bis zum nächsten Nachfüttern im Kühlschrank aufbewahren, oder aber auch einfrieren.

Sobald das Baby eine Gaumenplatte trägt, können Sie es in jeder beliebigen Position anlegen. Auch bei Kindern ohne Spaltfehlbildung ist es manchmal schwierig festzustellen, ob das Baby tatsächlich trinkt oder ob es nur nuckelt. Achten Sie deshalb bei den Stillversuchen darauf, ob Ihr Baby schluckt – das ist das sicherste Zeichen dafür, dass es tatsächlich Milch erhält. Den Schluckvorgang kann man fast besser hören als sehen: das Baby macht dabei ein leises, gehauchtes „kah, kah, kah". Ist das nicht der Fall, geben Sie nicht sofort auf – mit dem Nachfüttern wird Ihr Baby satt und mit den nötigen Kalorien versorgt. Es wird kräftiger, es trainiert, sofern Sie regelmäßig versuchen, es anzulegen, seine Mundmuskulatur und ist möglicherweise nach einigen Wochen in der Lage dazu, Ihre Brust auszumelken. Bis es dazu in der Lage ist, müssen Sie natürlich das regelmäßige Abpumpen beibehalten – und auch darüber hinaus, denn so effizient wie ein gesundes Baby wird ein Säugling mit Segelspalte auch unter günstigsten Umständen die Brust nicht leeren können. Einen natürlichen biologischen Vorteil hat Ihr Baby, wenn Sie einen starken Milchfluss haben – dieser ist bei Müttern nämlich sehr unterschiedlich ausgeprägt.

Die meisten neugeborenen Babys möchten – entgegen der leider immer noch durch die Köpfe geisternden Mär des 4-Stunden-Rhythmus – im Durchschnitt 8- bis 12-mal innerhalb von 24 Stunden gestillt werden, meistens im Abstand von ca. zwei bis drei Stunden. Ein Spaltbaby ist da keine Ausnahme! Da die Mahlzeiten bei Ihnen samt Vorbereitung, eigentlichem Anlegen und Nachfüttern wesentlich länger dauern werden als beim normalen Stillen, und Sie ja genauso oft, wie das Baby trinkt, abpumpen sollten, um die Milchbildung aufrechtzuerhalten, und zudem noch nach jedem Abpumpen das Pumpzubehör und die zum Nachfüttern benutzten Utensilien (Brusternährungsset, Spritze oder Flasche und Sauger) reinigen müssen, sollten Sie sich darauf einstellen, in den ersten Wochen und sogar Monaten fast rund um die Uhr mit der Ernährung Ihres Babys beschäftigt zu sein.

Manche Stillberaterinnen und auch Kinderärzte halten es für ratsam, die Gewichtszunahme des Babys zu überwachen. Wenn es Ihnen ein Gefühl der Sicherheit gibt, dann tun Sie das ruhig! Lassen Sie sich aber auf keinen Fall zu sogenannten „Wiegeproben" vor und nach jedem Stillen überreden, um die aufgenommene Milchmenge zu ermitteln! Die Ernährung eines Spaltbabys ist auch so anstrengend und zeitaufwendig genug, sodass Sie auf diese quälende Prozedur mit meist ohnehin ungenauem Ergebnis getrost verzichten können. Ein- bis zweimal wöchentlich zu wiegen, wird sicher ausreichend sein. Solange Ihr Baby 5–6 nasse Windeln pro Tag und regelmäßigen Stuhlgang hat, können Sie sicher sein, dass es genug Nahrung erhält. Falls Sie sich nicht sicher sind, ob die Wegwerfwindel Ihres Babys wirklich nass ist, legen Sie sie auf eine Küchenwaage und wiegen hinterher eine leere Windel, dann haben Sie den Vergleich! Regelmäßiger Stuhlgang bedeutet bei Neugeborenen, dass sie täglich, meistens sogar mehrmals täglich die Windel volldrücken, auch wenn nicht mehr als ein kleiner Fleck darin landet. Nach vier bis sechs Wochen ist aber auch seltenerer Stuhlgang normal, manche voll muttermilchernährte Babys haben dann sogar nur einmal in der Woche oder noch seltener Stuhlgang. Die körpereigenen Substanzen in der Muttermilch werden nämlich bei vielen Babys so vollständig verwertet, dass sie eben nicht häufig Abfallprodukte ihrer Nahrung ausscheiden müssen. Es gibt übrigens Studien, nach deren Ergebnis Spaltkinder generell etwas langsamer zunehmen als Babys ohne Spalte, und zwar unabhängig von der gewählten Ernährungsform.

Stillhilfen und besondere Stillpositionen

Wenn Sie sich zu dem Versuch entschlossen haben, Ihr Baby mit LKGS, Segel- oder Gaumen-Segelspalte zu stillen, werden Ihnen schon bald nach den ersten Stillversuchen die speziellen Probleme Ihres Babys deutlich werden: das unzureichende Erfassen und Positionieren der Brustwarze. Helfen Sie Ihrem Baby, indem Sie den Milchflussreflex vor dem Stillen manuell auslösen, indem Sie entweder eine Brust kurz „anpumpen" oder von Hand etwas Milch ausstreichen. Sie können auch unter Zuhilfenahme eines Brusternährungssets stillen oder dem Baby beim Stillen Milch mit einer Spritze oder dem Fingerfeeder (einer Spritze mit weichem Ernährungsaufsatz) von der Seite eingeben. So ist es eher motiviert, auch vor dem Einsetzen Ihres Milchflusses an der Brust zu „arbeiten". Auch eine Brustmassage oder eine warme Dusche kann sich positiv auf den Milchflussreflex auswirken. Entsprechende Techniken zeigt Ihnen die Hebamme oder Stillberaterin. Bei der weitaus größeren Schwierigkeit, dem Positionieren der Brustwarze im Mund, kann das Experimentieren mit verschiedenen Stillhaltungen und -griffen hilfreich sein (siehe unten). Wenn Ihr Baby eine Gaumenplatte trägt, bitten Sie Ihren Kieferorthopäden, die Unterseite der Platte etwas aufzurauen – so kann das Baby die glitschige Brustwarze leichter „in den Griff kriegen". Aber Vorsicht: Eine zu raue Platte kann leicht zu wunden Brustwarzen führen. Tragen Sie bei Verwendung einer angerauten Platte daher nach dem Stillen etwas Lanolinsalbe auf die Brustwarzen auf, um ein Wundwerden von vornherein zu vermeiden.

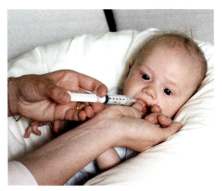

Fingerfeeding

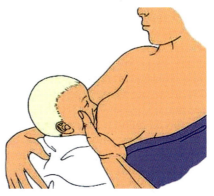

DanCer Hold

Der DanCer Hold

Da ein Baby mit gespaltenem Gaumensegel sich nicht wie gesunde Babys mit Hilfe des Saugvakuums an Ihrer Brustwarze „andocken" kann, müssen Sie ihm dabei helfen, die Brustwarze zu erfassen und vor allem erfasst zu halten. Beobachten Sie einmal ein Baby ohne Spalte beim Stillen: Fest an die Brust gesaugt, presst es seine Wangen unwillkürlich an die Brust, während es den Unterkiefer gegen die Milchseen drückt. Um Kindern mit fehlendem oder ungenügendem Saugvakuum eben diese optimale Stillhaltung zu ermöglichen, entwickelte *Sarah Danner,* Direktorin der Lactation Clinic in Cleveland, gemeinsam mit *Prof. Edward Cerutti* den nach ihnen beiden benannten DanCer Hold. Er hilft dem Baby dabei, Kinn und Unterkiefer zu halten, und führt die Wangenmuskulatur enger bzw. „satter" an die Brust, wodurch die Brustwarze nicht mehr so leicht wegrutschen kann. Und so geht's:

– Setzen Sie sich Ihr Baby am besten aufrecht mit gespreizten Beinen auf einen Ihrer Oberschenkel (sozusagen im „Hoppe-Reiter-Sitz"). Die aufrechte Haltung verbessert unwillkürlich die Muskelspannuung Ihres Babys. Wenn Ihnen das zu

viel „Turnerei" ist, können Sie den DanCer Hold natürlich auch bei der normalen Wiegeposition (Baby liegt in Ihrem Arm) anwenden, allerdings klappt es meiner Erfahrung nach aufrecht meistens besser.
- Wenn Sie dem Baby die Brust reichen, stützen Sie sie von unten mit einer Hand ab, wobei Daumen und Zeigefinger ein U bilden.
- Lassen Sie nun Ihre Hand ein wenig nach vorne gleiten, sodass die Brust nur noch von den „unteren" Fingern gehalten wird; Daumen und Zeigefinger sollten jetzt nicht mehr auf der Brust, sondern zu beiden Seiten an den Wangenmuskeln des Babys liegen und diese so dicht wie möglich an das Brustgewebe heranführen.
- Der untere Teil des von den Fingern gebildeten U unterstützt zusätzlich das Kinn des Babys bei seinen Melkbewegungen und hilft ihm, den Mund geschlossen und die Brustwarze gut erfasst zu halten.
- Sie können nun jede Melkbewegung des Babys aktiv unterstützen, indem Sie mit der Hand sanften Druck nach oben hin ausüben.

Lassen Sie sich diesen Griff auf jeden Fall von Ihrer Still- und Laktationsberaterin zeigen. Wenn Sie und ihr Baby mit dem DanCer Hold gut zurechtkommen, sollten Sie es konsequent und möglichst oft auf diese Weise anlegen, auch wenn es tatsächlich nur wenig Muttermilch erhält. Vielleicht schaffen Sie es sogar, vor dem Anlegen durch kurzzeitiges Abpumpen oder durch Ausstreichen selbst den Milchspendereflex auszulösen, dann hat Ihr Baby es leichter und einen zusätzlichen Anreiz, es mit der Brust zu probieren. Je öfter Sie das Anlegen mit dem DanCer Hold üben, desto größer ist die Chance, dass Ihr Baby durch seine immer kräftiger werdende Mundmuskulatur nach einigen Wochen vielleicht trotz des fehlenden Vakuums die Brustwarze selbstständig im Mund behalten und die Brust zumindest teilweise effektiv leeren kann!

Versuchen Sie auch, sich und Ihrem Baby die Schwerkraft zunutze zu machen! Eine weitere, das Positionieren der Brustwarze erleichternde Stillposition ist die sogenannte Football-Haltung (auch Rückengriff oder Rücklingshaltung):

Die Football- oder Rücklingshaltung

- Platzieren Sie ein paar Kissen oder am besten ein Stillkissen (bei Bedarf doppelt zusammengelegt) seitlich neben sich auf dem Sofa oder im Bett.
- Legen Sie nun Ihr Kind mit dem Rücken darauf, sodass es sie anschaut; seine Füße zeigen nach hinten (an Ihnen vorbei), seine Hüfte liegt an Ihrer Hüfte, und eine Ihrer Hände ruht unter seinem Kopf.
- Beugen Sie sich dann nach vorne, sodass Ihre Brust über dem Mund Ihres Kindes hängt; schon allein durch die Schwerkraft wird die Brustwarze nun in eine für das Baby günstige Position gebracht, sie „drängt" sich quasi in den Mund hinein und schließt auch gut mit der Wangenmuskulatur ab.

– Die nach vorn gebeugte Haltung begünstigt (wiederum durch die Schwerkraft) auch Ihren Milchfluss.

Das Problematische an dieser Stillhaltung: sie ist für die Mutter alles andere als bequem, was sich natürlich wieder negativ auf den Milchfluss auswirken kann, und führt auf Dauer zu ziemlichen Rückenschmerzen. Versuchen Sie daher nach der Stillsitzung, Ihre Rückenmuskulatur bewusst zu entspannen – etwa durch sanftes Hopsen auf dem Gymnastikball, das macht vielleicht auch Ihrem Baby Spaß!

Das Brusternährungsset

Ein unverzichtbares Hilfsmittel bei Stillversuchen mit einem Gaumenspaltkind ist das sogenannte Brusternährungsset, hergestellt von der Firma Medela. Es handelt sich dabei um eine flache Flasche mit Ventil und zwei sehr dünnen Plastikschläuchen, die sich die Mutter auf der Brust festklebt, wobei jeder Schlauch an der Brustwarze endet. Die mit Milch gefüllte Flasche hängt sie sich um den Hals. Wenn das Baby nun an der Brust zu trinken versucht, nimmt es zusammen mit der Brustwarze auch das Schlauchende in den Mund. Aufgrund der Schwerkraft fließt nun die Milch aus der Flasche in seinen Mund. Durch einfaches Pressen der Flasche mit der Hand kann man zudem die Fließgeschwindigkeit der Milch erhöhen. Die Vorteile liegen auf der Hand: zunächst einmal lernt das Spaltbaby mit Hilfe des Brusternährungssets, dass die Brust sich nicht nur gut anfühlt und verführerisch riecht, sondern dass sie etwas mit Nahrung, mit süßer Milch zu tun hat – und wird seine Bemühungen, mit ihr etwas anfangen zu können, verstärken. Da Spaltkinder wegen des gestörten Saugvakuums meist nicht in der Lage sind, durch Ansaugen den Milchflussreflex auszulösen, hält die Milch aus dem Brusternährungsset sie lange genug bei Laune, sodass sie nuckeln, bis eventuell die Muttermilch aus der Brust fließt. Auch wenn das Baby nicht wirklich Milch aus der Brust trinkt, wird es doch für seine anstrengenden Kiefer- und Zungenbewegungen mit Nahrung belohnt und wird beides fortan miteinander verbinden; und das Training der Gesichtsmuskeln wird diese mit der Zeit so stärken, dass es u. U. bald tatsächlich an der Brust ernährt werden kann – also allmählich immer weniger Milch aus dem Set und immer mehr aus der Brust trinkt. Soweit zumindest die Theorie – denn auch mit dem Set wird die Schwierigkeit des Ansaugens und In-Form-Haltens der Brustwarze nicht gelöst.

Zum Anlegen gehört daher viel Geduld und Experimentieren, damit Babymund und Brust einigermaßen engen Kontakt haben. Klappt das, kann das Stillen mit dem Set für Ihr Baby durchaus eine Dauerlösung sein! Es erhält seine Nahrung an Ihrer Brust und führt dabei die typischen, für die Entwicklung der Mundmuskulatur so wichtigen Bewegungen aus – wie beim „richtigen" Stillen! Auch das Gefühl kommt dem echten Stillen sehr nahe. Ich habe meinen Sohn auch ab und zu, wenn wir beide entspannt genug dazu waren, mit dem Brusternährungsset gefüttert und dabei die besondere Nähe zwischen uns, den Hautkontakt, die sanfte Stimulation der Brust-

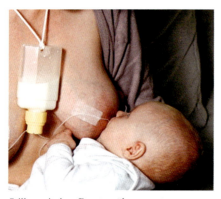

Stillen mit dem Brusternährungsset

warzen (die den Milchfluss zusätzlich anregt) und seine schmatzenden Geräusche sehr genossen. In diesen Momenten war es fast, als hätte ich ein ganz normales Baby ohne Fehlbildung – eine Empfindung, die es mir sehr erleichtert hat, ihn nach anfänglicher großer Ablehnung schließlich doch anzunehmen und seine Besonderheit zu akzeptieren.

Das Brusternährungsset ist allerdings auch kein Zaubermittel, das jedes Spaltbaby befähigt, an der Brust zu trinken, und seine Handhabung muss schon ein bisschen geübt werden. Auch hier gilt: Lassen Sie sich den Umgang damit am besten von Ihrer Stillberaterin erklären und bei den ersten Versuchen helfen. Und so geht es:

- Hängen Sie sich einfach die Flasche um den Hals und achten Sie beim Einstellen der Schnurlänge darauf, dass die Unterkante des Fläschchens auf gleicher Höhe mit Ihrer Brustwarze ist.
- Klemmen Sie vorher die Schläuche in die dafür vorgesehenen Rillen der Verschlusskappe, damit nicht schon Milch hinausläuft, bevor Sie Ihr Baby angelegt haben.
- Dann kleben Sie einen der Schläuche mit dem beiliegenden hautschonenden Klebeband auf Ihrer Brust fest, am besten so, dass das Band knapp in den Warzenhof hineinragt, aber nicht zu sehr, da das Baby ja nach Möglichkeit einen Großteil des Warzenhofs mit seinem Mund erfassen soll, damit es die Milchseen gut erreichen kann. Der andere Schlauch wird nicht benutzt, er wird für die Belüftung des Sets offen gelassen.
- Das Ende des Schlauchs sollte dabei etwa 1–2 cm über die Warzenspitze hinausragen.
- Leider können zappelnde Babyarme nur allzu leicht die sorgsam angeklebten Schläuche wieder abreißen, weshalb Sie sich gerade bei den ersten Versuchen das Baby von einer zweiten Person anreichen lassen sollten.

Brusthütchen – Bitte nicht!

Sobald sich herausstellt, dass Ihr Neugeborenes Probleme mit dem Saugvakuum oder mit dem Erfassen der Brustwarze hat, wird Ihnen vielleicht von den Schwestern auf der Säuglingsstation geraten, es doch mal mit Brusthütchen zu versuchen. Ein solcher Rat entspringt wohl eher dem Bedürfnis, Ihnen irgendwie helfen zu wollen, als dass er auf tatsächlichen guten Erfahrungen beruht. Schon bei Stillpaaren ohne jede Schwierigkeit sind Stillhütchen überflüssig und im schlimmsten Fall schädlich, da die Brust sich mit Stillhütchen wesentlich schlechter ausmelken lässt und den wertvollen Haut-zu-Haut-Kontakt verhindert. Einem Baby mit Gaumenspalte, das ja keinen Sog aufbauen kann und auf ein effektives Ausmelken der Brust angewiesen ist, geht mit dem Brusthütchen auch noch die letzte Chance auf ein erfolgreiches Stillerlebnis verloren. Auf den ersten Blick wirkt es, als helfe das Brusthütchen, da die Mutter das über die Brustwarze gestülpte Hütchen einfach in den Mund des Babys halten kann, was mit der Brustwarze allein eben nicht so einfach geht. Das Baby macht dann natürlich Trinkbewegungen und es sieht oberflächlich betrachtet so aus, als könne es mit dem Hütchen die Warze erfassen. Das ist aber tatsächlich eher nicht der Fall. Ob Ihr Baby wirklich trinkt, sagen Ihnen die leisen Schluckgeräusche.

Wie nachfüttern?

Auch wenn Sie und Ihr Baby eine Möglichkeit gefunden haben, das Problem der aus dem Mund wegrutschenden Brust in den Griff zu bekommen, werden Sie zumindest in den ersten Wochen und meist auch darüber hinaus nicht um das Nachfüttern herumkommen, da kaum ein LKGS-Baby seinen vollen Kalorienbedarf an der Brust decken kann und oft einen Großteil der aufgenommenen Energie durch die anstrengenden, weil nicht durch ein Saugvakuum unterstützten Melkbewegungen schon wieder verbrennt. Wenn Sie mit dem Brusternährungsset stillen und das Baby gut damit zurechtkommt, sprich das Fläschchen leert, müssen Sie gar nicht zufüttern; dann praktizieren Sie ja bereits das Zufüttern an der Brust. Erhält es nur kleine Mengen über das Brusternährungsset, ist es besser nachzufüttern. Dazu bieten sich mehrere Möglichkeiten an:

– *Fingerfeeding.* Hierzu füllen Sie die Milch in eine große Spritze, am besten mit einem Ernährungsaufsatz aus weichem Plastik, Fingerfeeder genannt. Es geht aber auch mit einer normalen Spritze, nur müssen Sie dann eher aufpassen, das Baby nicht mit der harten Spitze zu verletzen. Geben Sie damit dem auf Ihren angewinkelten Knien halb aufrecht liegenden Baby die Milch von der Seite ein, während es am Zeigefinger Ihrer anderen Hand nuckelt. Halten Sie die „Nuckelhand" mit der Handfläche nach oben, das ist für Sie bequemer und die meisten Babys scheinen auf diese Art am liebsten am Finger zu nuckeln; außerdem stimulieren Sie mit diesem sanften Druck am Gaumen die Muskulatur. Vorsicht: drücken Sie nie zuviel Milch auf einmal in den Mund, den sonst könnte die Milch den Rachenraum überfluten. Warten Sie zunächst nach einer „Probeportion" darauf, wann Ihr Baby zu schlucken beginnt, und experimentieren Sie ein wenig, bis Sie beide Ihren optimalen Rhythmus gefunden haben. Die Vorteile dieser Methode sind einmal der direkte Kontakt mit warmem menschlichem Gewebe beim Nuckeln; außerdem können Sie den Milchfluss aus der Spritze direkt kontrollieren und sich auf den Rhythmus des Babys einstellen: Bewegt es den Kiefer, drücken Sie auf die Spritze; macht es eine Pause, pausieren Sie ebenso. Zwar erarbeitet sich das Baby die Milch nicht wirklich selbst, aber grundsätzlich sind die Muskelbewegungen die gleichen wie beim Stillen und trainieren die Mundmuskulatur. Nachteil: Besonders praktisch und alltagstauglich ist das Fingerfeeding nicht. Da auch in eine große Spritze nur 20 ml Flüssigkeit passen, müssen Sie das Füttern oft unterbrechen, um Milch nachzufüllen. Auch kann es öfter passieren, dass etwas danebengeht, was ich gerade bei mühsam abgepumpter Muttermilch mehr als ärgerlich finde – der Milchertrag beim Abpumpen ist leider zumeist nicht ganz so groß wie beim echten direkten Stillen, weshalb schon ein wenig mit der Milch gehaushaltet werden muss. Der Fingerfeeder ist übrigens erhältlich bei Medela, wird aber nur an Fachpersonal abgegeben, also fragen Sie am besten Ihre Hebamme oder Stillberaterin danach.

- *Füttern mit dem Becher.* Hierzu füllen Sie einen kleinen, möglichst weichen und flexiblen Becher (eigens dafür gedachte Becher gibt es im Handel, ein Eierbecher oder der halbhohe Deckel einer Babyflasche tun es aber auch) zur Hälfte mit Milch und halten diesen Ihrem in halb aufrechter Lage in ihrem Schoß (Wiegehaltung) liegenden Baby vorsichtig an den Mund, und zwar auf die Unterlippe, die Sie mit dem Becher ein wenig umstülpen. Bitte keine Milch in den Mund hineinfließen lassen – das Baby wird, sobald es Zungenkontakt mit der Milch hat, wie ein kleines Kätzchen mit der Zunge die Milch „aufschlecken"! Mit etwas Übung gelingt das erstaunlich gut. Allerdings findet beim „Bechern" kein umfassendes Training der Mundmuskulatur statt. Dafür besteht aber auch nicht die Gefahr der „Saugverwirrung". Dieser in Verbindung mit Spaltbabys nicht ganz treffende Begriff meint, dass das Baby beim Bechern, anders als bei der Flasche, kein vom Brusttrinken stark abweichendes Bewegungsmuster erlernt, also nicht „trinkverwirrt" wird. Wenn sich Ihr Baby bei seinen Stillversuchen stark verausgabt, ist diese kraftschonende Alternative vielleicht genau das richtige.

- *Mit dem Löffel.* Die Löffelfütterung hat die gleichen Vor- und Nachteile wie das Bechern: sie ist eine die Energiereserven des Babys schonende Füttermethode, die aber die Mundmuskulatur des Babys nicht beansprucht. Manche Mütter, denen bei der Becherfütterung zu viel „danebenging", kamen mit dem Löffel sehr gut zurecht. Besonders gut eignen sich die „Flexy"©-Löffel von Dr. Boehm. Sie sind aus einem weichen und flexiblen Elastomer-Kunststoff hergestellt und können beim Schlucken im Mund des Babys bleiben. Das weiche Material kann zudem nicht so leicht den Mundraum verletzen, falls der Löffel einmal in die Gaumenspalte geraten sollte. Ein herkömmlicher Plastiklöffel tut es zur Not auch.

- *Mit einem herkömmlichen Sauger.* Manche Eltern benutzen zum Füttern Ihres Spaltbabys einfach einen handelsüblichen Trinksauger, in den sie ein größeres Loch hineingeschnitten haben. Wenn es Ihnen mit dem Stillen ernst ist, sollten Sie das lieber nicht tun. Obwohl bei einem vergrößerten Loch die Milch fast schon von selbst in den Mund des Babys fließt, gewöhnt es sich beim Trinken ein völlig anderes Bewegungsmuster an, als es beim Stillen nötig ist. Zudem zwängt ein solcher Sauger die Zunge in eine passive, unnatürliche Lage auf dem Mundboden, und ein Training der Muskulatur (wichtig für die spätere Sprachentwicklung) ist nicht gegeben.

- *Mit dem SpecialNeeds Feeder* (ehemals Haberman Feeder). Damit gestaltet sich das (Nach-)Füttern von Babys mit Gaumenspalte am einfachsten. Es geht keine Milch verloren (jedenfalls nicht bei richtiger Handhabung) und nahezu jedes Spaltkind lernt in kürzester Zeit, daraus zu trinken. Zudem erlaubt der Haberman dem Baby, genau die gleichen Bewegungen von Zunge und Unterkiefer auszuführen wie beim Stillen, es kann also seine Muskulatur mit dem natürlichen Bewegungsablauf trainieren.

Füttern mit dem Becher

Max trinkt mit dem SpecialNeeds Feeder.

- *Mit dem SoftCup.* Der SoftCup von Medela ist eine Kombination aus SpecialNeeds Feeder und Löffel: Wie der Feeder hat der SoftCup ein Milchreservoir aus Silikon, das einmal gefüllt wird und dann beim Trinken automatisch nachgefüllt wird; nur mündet das Reservoir hier in eine weiche, löffelähnliche Mulde, die dem Baby an die Lippen gelegt werden kann. Vorteil: Es muss nicht ständig neue Milch auf den Löffel befördert werden, das Trinkgefäss kann wie bei der Flaschenfütterung am Mund des Babys verbleiben. Das ist angenehmer für das Kind, da es spürt, dass es „weitergeht" und keine frustrierenden Fütterpausen erdulden muss, außerdem geht fast keine Milch daneben. Wie das Löffeln und Bechern trainiert der SoftCup jedoch nicht die Mundmuskulatur, schont aber die Kräfte eines von Stillversuchen erschöpften Babys und ist hervorragend zum Füttern vor dem Anpassen der Gaumenplatte geeignet, wie auch zur Ernährung des frisch operierten Babys, sofern es keine Sonde erhält oder es (nach der Lippenplastik) noch keine neue Gaumenplatte erhalten hat.

Nachgefüttert wird idealerweise Ihre eigene abgepumpte Milch. Falls Sie (noch) nicht genug Milch abpumpen können, um den Bedarf Ihres Babys zu decken, füttern Sie am besten eine normale „Pre"-Milchnahrung zu, bis Ihnen eine ausreichende Menge an Muttermilch zur Verfügung steht. Es steht allerdings fest, dass auch die beste Milchpumpe nicht so effizient die Brust leert wie ein echtes Baby, weshalb die Milchproduktion bei reinem Abpumpen oft deutlich niedriger ausfallen kann als beim direkten Stillen. In diesem Fall müssen Sie regelmäßig (z. B. ein Fläschchen pro Tag) Säuglingsmilchnahrung zufüttern, um die Differenz zwischen Bedarf und das durch Pumpen zur Verfügung stehende Angebot auszugleichen.

Eine Story der kleinen Erfolge

Der Versuch, ein Baby mit einer (Lippen-)Gaumenspalte zu stillen, ist eine ungeheure Anstrengung sowohl für die Mutter wie für das Kind. Die eigentlich natürlichste Sache der Welt, die Ernährung eines Babys mit Muttermilch, wird zur schwierigen und oft unlösbaren Aufgabe. Zwar haben auch gesund geborene Babys oft mit Anfangsschwierigkeiten zu kämpfen, aber sobald das Stillpaar sich einmal aufeinander eingespielt hat, ist die Ernährung nicht mehr als eine wundervolle Nebensache. Für die stillende/pumpende Mutter eines LKGS-Babys bedeutet das Stillen vor allem Stress: Welche Stillhaltung ist die beste, wie schaffe ich es, dass es die Brustwarze im Mund behält, hat es (genug) getrunken, wann schläft es endlich, damit ich abpumpen kann ... Diese Fragen beschäftigen sie, und sie verbringt den ganzen Tag mit anlegen, nachfüttern, abpumpen, Muttermilch einfrieren und aufwärmen, Flaschen/Sauger/Brusternährungsset reinigen und sterilisieren, in einem unendlichen Kreislauf, in dem keine Zeit für Pausen oder auch nur für Hausarbeit ist. Der Haushalt liegt brach, eingekauft hat sie seit Tagen nichts mehr, die Geschwister werden vernachlässigt und das Einhalten der nicht seltenen Termine beim Kieferorthopäden, HNO- oder Kinderarzt ist eine logistische Meisterleistung, die der rund um die Uhr pumpenden Mutter die Entscheidung abverlangt, entweder pünktlich mit brüllendem Kind, schmerzenden Brüsten und in milchbekleckerten Klamotten beim Arzt zu erscheinen oder aber zu spät, dafür aber mit leer gepumptem Busen, halbwegs sattem Baby und einigermaßen vorzeigbarem Äußerem. Zudem sitzt sie bei jedem „Ausflug" in die Welt jenseits der Wohnung wie auf heißen Kohlen, da sie ja pünktlich abpumpen muss, wenn sie keine Verringerung ihres Milchangebots in Kauf nehmen will – und ein Spaltbaby „draußen" ohne die erforderlichen Hilfsmittel (wie etwa einem Dutzend Kissen zum Erreichen der optimalen Stillposition) anzulegen, ist ein Abenteuer, auf das sie sich lieber gar nicht erst einlässt!

Fazit dieses wirklich nur geringfügig ironisch überzeichneten Absatzes: Die große Aufgabe, ein Spaltbaby zu stillen, manifestiert sich in unendlich vielen kleinen Herausforderungen. Es gilt, sich immer wieder aufzuraffen (etwa wenn frau sich nachts um zwei an die elektrische Milchpumpe setzt, um die Muttermilch abzupumpen, die das Baby zuvor in einer 60 Minuten dauernden Stillsitzung nicht selbst herausbekommen hat), und echte Erfolgserlebnisse sind dünn gesät. Wenn Sie Pech haben, dann spielt sich Ihr Stilldrama vor den Augen skeptischer Verwandter/Freunde ab, die am Sinn Ihres Unterfangens zweifeln. Haben Sie Glück, stehen

Familie und Freunde hinter Ihnen und engagierte Fachleute Ihnen zur Seite und Sie erfahren sowohl ideelle als auch praktische Unterstützung.

Allerdings habe ich selbst erlebt, dass auch ein Zuviel an Ermutigung kontraproduktiv sein kann, etwa wenn die Mutter den kontinuierlichen Zuspruch der Fachpersonen, die es ja „wissen müssen", zunehmend als Druck empfindet und die Diskrepanz zwischen dem, was offensichtlich gehen müsste, und ihren vielleicht (bisher) nur spärlichen Stillerfolgen als persönliches Versagen deutet.

Bedenken Sie daher, dass das Stillen eines Kindes mit einer Fehlbildung des Gaumens äußerst schwierig, ja in vielen Fällen unmöglich ist. Jeder noch so kleine Fortschritt, jeder winzige Tropfen Muttermilch, den das Baby sich erobert, ist ein Triumph des Stillpaars über anatomische Gegebenheiten und sollte auch entsprechend gewürdigt werden! Erwarten Sie keine zu großen Erfolge in zu kurzer Zeit. Sie werden selbst feststellen, dass Ihr Baby (wie auch Sie selbst) empfindlich auf Leistungsdruck reagiert und dass das Stillen unter solchen Voraussetzungen überhaupt nicht klappen wird. In diesem Fall ist das (entspannte) Füttern mit der Flasche allemal die bessere Lösung, zumal Sie ja trotzdem weiter abpumpen können, damit das Baby nicht auf Ihre Milch zu verzichten braucht.

Ob sie es mit dem Stillen probieren wollen oder nicht, ist Ihre ganz persönliche Entscheidung – die Sie übrigens auch jederzeit überdenken können. Tun Sie, was Ihnen für die ganz spezielle Situation Ihres Babys und Ihrer Familie das Beste erscheint, unabhängig von dem, was Ärzte, Stillberaterin, Familie oder Freunde davon halten. Wenn Ihr Kind in akzeptabler Zeit seine Nahrung zu sich nehmen kann, es an Gewicht zunimmt und Sie beide mit der Ernährungsform zufrieden sind, dann ist genau das Ihre individuelle Erfolgsstory!

Erst-Stillen nach frühzeitiger Segelplastik

Einige der gängigen Behandlungskonzepte sehen einen frühzeitigen Verschluss der Gaumensegelspalte vor, etwa im Alter von sechs oder sogar drei Monaten. In diesem Fall kann u. U. ein erster Stillbeginn nach der OP erfolgreich sein, auch wenn das Stillen vorher nicht gelungen war, wie aus eindrucksvollen Berichten betroffener Mütter hervorgeht. Voraussetzung hierzu ist eine bestehende Milchproduktion, d. h. die Mutter muss also seit der Geburt kontinuierlich abgepumpt haben, eine vorausgehende Ernährung des Babys mit Muttermilch, damit es an ihren Geschmack gewöhnt ist, und das Baby sollte von Geburt an regelmäßig angelegt und am besten mit Hilfe des Brusternährungssets „gestillt" worden sein, sodass ihm die Trinksituation an der Brust vertraut ist. Da es nach der Weichgaumenplastik imstande sein sollte, ein Saugvakuum aufzubauen, gelingt es ihm nun nach einiger Übung vielleicht besser, die Brustwarze im Mund zu behalten und ganz normal zu trinken. Auch hier sollten Sie ihm Zeit und Ruhe zum Ausprobieren lassen.

So wunderbar Ihnen der Gedanke erscheinen mag, dass Ihr Baby vielleicht wider Erwarten doch noch gestillt werden könnte, wenn es sich zu einem eher früheren Zeitpunkt der Weichgaumenplastik unterzieht: Lassen Sie sich trotzdem nicht dazu hinreißen, von diesen Erwägungen Ihre Entscheidung für ein Behandlungskonzept abhängig zu machen. Der „richtige" Zeitpunkt für den Gaumenverschluss ist eine Gratwanderung zwischen verschiedenen therapeutischen Zielen, insbesondere zwischen einer normalen Sprachentwicklung einerseits und einem ungestörten Kiefer- und Mittelgesichtswachstum andererseits. Die Entscheidung für einen OP-Zeitpunkt ist für viele Jahre im voraus bedeutsam und zieht weitere therapeutische Konsequenzen nach sich, weshalb der Wunsch zu stillen nicht das ausschlaggebende Kriterium dafür sein sollte, zumal Sie Ihrem Spaltbaby ja auch ohne direktes Stillen Ihre Milch mit allen immunologischen Vorteilen geben können.

Wenn Sie sich für einen frühzeitigen Verschluss des Gaumens entscheiden, dann nur deshalb, weil Sie aus medizinischen Gründen von diesem Konzept überzeugt sind und Sie der Einschätzung Ihres Spaltteams vertrauen.

Wenn es nicht klappt – Trauer um die Stillbeziehung

Wenn das Stillen eines Babys mit Gaumenspalte nicht gelingt, ist das immer eine emotionale Belastung für die Mutter – oft sehr viel schwerer, als die Umwelt ihr das zugestehen möchte. Möglicherweise haben Sie alles versucht: Mit verschiedenen Stillpositionen und Hilfsmitteln experimentiert, sich von einer Stillberaterin helfen lassen, mit viel Geduld Ihr Kind immer wieder angelegt, nur um irgendwann einsehen zu müssen, dass all Ihre Bemühungen fruchtlos waren. Sie fühlen sich vielleicht schuldig oder zweifeln gar an Ihren Fähigkeiten als Mutter, weil Sie es „nicht einmal" schaffen, Ihr Kind mit Ihrem Körper zu ernähren, und sind wütend, dass ausgerechnet Ihnen die Erfahrung einer erfüllten Stillbeziehung verwehrt sein soll. Da sich im allgemeinen erst einige Wochen nach der Geburt zeigt, ob ein Stillen Erfolg hat oder nicht, erleben Sie vielleicht ähnliche Gefühle der Ablehnung und Enttäuschung wie zu Beginn, als Sie den optischen „Mangel" verarbeiten mussten. Diese Gefühle sind völlig normal und Teil des Trauerprozesses, der Ihnen dabei helfen wird, auch diese Situation in Ihre Alltagswirklichkeit zu integrieren. Sie dürfen traurig sein! Die Stillbeziehung ist ein wesentlicher, von der Evolution mit starken Reizen besetzter Bestandteil der Mutter-Kind-Bindung und Sie haben ein Recht, darum zu trauern. Lassen Sie sich nicht einreden, es sei die Hauptsache, dass das Kind überhaupt trinkt und gedeiht – auch wenn Sie vielleicht später von selbst zu dieser Erkenntnis gelangen. Vergessen Sie eins bitte nicht: Dass Sie Ihr mit Spalte geborenes Baby nicht stillen können, ist NICHT Ihre Schuld! Denken Sie nicht, dass es vielleicht doch geklappt hätte, wenn Sie sich nur „mehr Mühe gegeben" hätten. Es liegt einzig an den anatomischen Gegebenheiten, und obwohl es durchaus vereinzelte Fälle gibt, in denen Babys mit gespaltenem Gaumensegel an der Brust trinken können, bleibt ein (Voll-) Stillerfolg bei Weichgaumenspalte doch die ganz große Ausnahme.

Sie können trotzdem abpumpen und Ihr Kind so mit Ihrer wertvollen Milch ernähren. Und auch ohne dass Ihr Baby tatsächlich an Ihrer Brust trinkt, können Sie eine liebevolle und authentische Bonding-Erfahrung haben. Gönnen Sie sich und Ihrem Baby so viel Körperkontakt wie möglich, lassen Sie es nackt auf Ihrem nackten Bauch liegen, damit es dieselbe basale Stimulation erhält wie Stillbabys während der Mahlzeiten. Gehen Sie besonders zuverlässig auf seine Bedürfnisse ein und füttern Sie es, so oft es danach verlangt – und gestalten Sie die Mahlzeiten wie Stillmahlzeiten, indem Sie öfter die „Trinkseite" wechseln und Ihr Baby beim Füttern vielleicht trotzdem an Ihrer nackten Brust halten. Wenn Sie pumpstillen, riecht es auch Ihre Milch, anstatt sie nur zu schmecken. Stillen ist sehr viel mehr als „nur" Milch. Ein Kind zu stillen bedeutet vor allem, es zu nähren, grundlegende Bedürfnisse nach Körperkontakt, liebevoller Zuwendung und Geborgenheit zu erfüllen. Solange Sie das nicht vergessen, wird Ihr mit Spalte geborenes Baby auch ohne das Trinken an der Brust gedeihen und sich zu einem gesunden und glücklichen Kind entwickeln.

„Pumpstillen" – Die Alternative

Auch wenn für Sie und Ihr Baby das direkte Stillen an der Brust nicht möglich ist, muss es nicht auf Ihre Milch und alle Vorteile dieser genau auf seine Bedürfnisse zugeschnittenen Nahrung verzichten. Sie können es über einen kürzeren oder auch längeren Zeitraum hinweg komplett mit abgepumpter Muttermilch ernähren. Pumpstillen bedeutet, dass Ihr Baby die gleiche Nahrung in den gleichen Zeitabständen erhält wie beim Stillen, nur eben nicht „direkt" aus der Brust, sondern über den Umweg aus der Flasche. Für Sie selbst heißt das konkret, dass Sie genauso oft Milch abpumpen müssen, wie Ihr Baby trinkt – denn nur durch das regelmäßige und vollständige Entleeren kann Ihre Brust die Mengen an Milch bilden, die Ihr Baby braucht. Sie gaukeln Ihrem Körper durch das regelmäßige Abpumpen quasi vor, dass ein Baby an Ihrer Brust saugt. Obwohl es mit einigem Aufwand verbunden ist: sowohl für Ihr mit Spalte geborenes Baby wie auch für sich selbst können Sie, sofern das direkte Stillen nicht möglich ist, gar nichts Besseres tun, als es mit Ihrer abgepumpten Milch zu ernähren. Mehr noch als gesund geborene Säuglinge profitiert es von den zahlreichen ernährungsphysiologischen Vorteilen der Muttermilch.

Warum ist Muttermilch so wichtig?

Menschliche Milch ist eine äußerst komplexe Flüssigkeit. Ihre einzigartige Zusammensetzung aus Nährstoffen und bioaktiven Substanzen ist genau auf die Bedürfnisse menschlicher Babys abgestimmt. Egal, wie vollmundig die Hersteller künstlicher Säuglingsnahrung anpreisen, ihre Produkte seien immer mehr der Muttermilch angenähert – an die „Wunderdroge" Muttermilch können sie nicht auch nur annähernd heranreichen, nur ein paar Beispiele:

- *Muttermilch macht schlau.* Der hohe Gehalt an Laktose (Milchzucker) in der Muttermilch fördert die Gehirnentwicklung des Babys. Studien zeigen einen direkten Zusammenhang zwischen dem Laktosegehalt der Milch einer Spezies und der durchschnittlichen Hirngröße. Die speziellen langkettigen, mehrfach ungesättigten Fettsäuren sowie bestimmte Proteine in der Muttermilch sind ebenfalls maßgeblich an einer optimalen Gehirnentwicklung beteiligt.
- *Muttermilch ist gut verträglich.* Die Proteine (Eiweiße) in Muttermilch haben eine besonders verträgliche Struktur, die den Darm nicht reizt und für eine gute Verdauung sorgt.
- *Muttermilch nährt perfekt.* Alle Nährstoffe, die das Baby braucht, sind in der Muttermilch in genau der richtigen Menge enthalten. Überfütterung ist nicht möglich, es darf so viel davon bekommen, wie es möchte.

Muttermilch hat aber auch ein paar ganz spezielle Vorteile für Babys mit Spalte:

- *Muttermilch hält gesund.* Bis jetzt wurden 37 verschiedene Immunfaktoren in menschlicher Milch gefunden: sie enthält Immunglobuline, die Bakterien und Viren an sich binden und unschädlich machen; antibakterielle Enzyme, die das Baby vor Erregern wie E. coli und Staphylokokken schützen; weiße Blutkörperchen und T-Zellen, die Erreger aktiv angreifen und bereits erkrankte Zellen bekämpfen. Diese ausgeklügelte Immunabwehr schützt das Baby vor Infektionen. Ein Segen für Spaltbabys, die häufig an Mittelohrentzündungen erkranken! Auch Durchfälle und Erkrankungen der oberen Atemwege sind seltener bei muttermilchernährten Kindern. Damit sinkt auch das Risiko, dass ein OP-Termin wegen Krankheit verschoben werden muss.
- *Muttermilch reizt die Schleimhäute nicht.* Sie enthält nur körpereigene Stoffe, das kommt einem Spaltbaby, bei dem durch den offenen Gaumen öfter Milch in die Nase gelangt, besonders zugute. Milchreste in den Nasengängen werden von der Schleimhaut einfach resorbiert, während sich Reste von Säuglingsnahrung dort ablagern können. Wenn das Baby sich einmal heftig verschluckt und Milch in die Lunge gelangt, ist das bei Muttermilch nicht ganz so schlimm, da sie auch die Lungenbläschen nicht reizt.
- *Muttermilch erleichtert die Stunden vor einer OP.* Normalerweise darf Ihr Kind vor einer Operation mindestens vier Stunden lang keine Milch zu sich nehmen, diese Empfehlung wird auch immer noch für Muttermilch ausgesprochen. Neuere Untersuchungen zeigen aber: Muttermilch wird so schnell verdaut, dass sie ohne erhöhtes Risiko bis zu drei bis zwei Stunden vor der Narkoseeinleitung gegeben werden darf, Ihr Kind muss also nicht so lange hungern.
- *Muttermilch fördert die Wundheilung nach einer Operation und hilft, Ihr Kind vor Komplikationen wie einer postoperativen Infektion zu schützen.* Da sie außerdem

so gut bekömmlich ist, gibt es kaum etwas Besseres für ein Baby nach einer OP – die bei der Narkose verwendeten Medikamente können leicht zu Übelkeit führen.
- *Muttermilch macht glücklich – und zwar die Mutter!* Wenn Sie Milch produzieren, haben Sie große Mengen der beiden „Milchhormone" im Blut: Prolaktin, das für die Milchbildung verantwortlich ist, wirkt außerdem als natürliches Beruhigungsmittel und macht Sie ausgeglichener; Oxytocin, für den Milchspendereflex zuständig und auch als „Hormon der Liebe" bekannt, fördert die Bindung zu Ihrem Kind – was bei einem mit Spalte geborenen Baby besonders wichtig ist.

Pumpstillen – So funktioniert es

Das Abpumpen von Muttermilch ist normalerweise ein Vorgang, der sich im Rahmen einer schon bestehenden Stillbeziehung abspielt, z. B. wenn die Mutter abends wieder einmal ohne das Baby ausgehen und dafür eine kleine Menge Milch zum Füttern durch den Vater oder Babysitter parat haben möchte. Das Pumpstillen unterscheidet sich von solchen herkömmlichen Pump-Situationen vor allem in zwei Punkten:

- Beim Pumpstillen findet kein direktes Stillen des Babys an der Brust statt. Es erhält die abgepumpte Milch ausschließlich aus der Flasche; es sei denn, Sie versuchen, Ihr zunächst pumpgestilltes Baby an die Brust zu gewöhnen, etwa mit Hilfe des Brusternährungssets.
- Das Abpumpen ist keine nur ausnahmsweise erfolgende Maßnahme und auch keine Übergangslösung, sondern die einzige Möglichkeit für das pumpgestillte Baby, Muttermilch zu erhalten, und erfolgt über einen langen Zeitraum hinweg, oft über Wochen oder Monate.

Das pumpgestillte Baby ist also paradoxerweise ein mit Muttermilch ernährtes Flaschenkind. Konkret bedeutet das, dass die Mutter mit Hilfe des mechanischen Reizes durch eine Milchpumpe ihrem Körper vorgaukelt, ein gesundes Baby zu ernähren. Sie pumpt in einem möglichst authentischen Rhythmus regelmäßig ihre Milch ab, sodass die nach der Geburt und den damit verbundenen Hormonauschüttungen ausgelöste Milchbildung aufrechterhalten wird. Hier die Grundlagen des Pumpstillens im Überblick:

- Gepumpt wird mindestens 6- bis 8-mal am Tag, davon einmal nachts, und zwar in Abständen von höchstens 2–4 Stunden, mit einer etwas längeren Nachtpause von ca. sechs Stunden. Das entspricht in etwa dem normalen Rhythmus eines gesunden Stillbabys.
- Die Dauer der einzelnen Pumpsitzungen hängt von der Milchpumpe ab und davon, ob ein- oder doppelseitig gepumpt wird. Beim einseitigen Pumpen kann das Leeren der Brüste bis zu 40 Minuten dauern, beim gleichzeitigen Abpum-

pen beider Seiten etwa 25 Minuten. Das doppelseitige Pumpen regt die Milchbildung stärker an.
- Damit die Milchbildung auf einem konstanten Niveau bleibt, die Milch also nicht „zurückgeht", ist das Einhalten der nächtlichen Pumpsitzung von größter Wichtigkeit!
- In der allerersten Zeit, wenn das Baby noch nicht so viel trinkt, ist oft ein Milchüberschuss vorhanden. Er bildet eine gute Reserve für plötzliche Wachstumsschübe, wenn das Baby auf einmal mehr Milch trinken will. Also am besten gleich zu Beginn so viel „rausholen" wie möglich und für magere Zeiten einfrieren!
- Wenn Sie wegen eines Wachstumsschubs Ihres Babys mehr Milch benötigen, können Sie die Milchmenge durch häufigeres Abpumpen steigern: also nicht mehr alle 3–4 Stunden pumpen, sondern alle anderthalb bis zwei Stunden, und das am besten über zwei Tage hinweg – das regt Ihre Brust an, mehr Milch zu bilden, bis wieder genug für den gesteigerten Appetit des Babys vorhanden ist.

Die richtige Ausrüstung – Milchpumpe und Co.

Um Muttermilch zu gewinnen, gibt es drei verschiedene Möglichkeiten: das Ausstreichen von Hand, die Handpumpe und die elektrische Milchpumpe. Obwohl manche Mütter mit praktischen Einhand-Pumpen (z. B. von Avent oder Medela) gute Erfahrungen gemacht und mit ihrer Hilfe ihr Baby über Monate pumpgestillt haben, hat sich bei den meisten doch die elektrische Pumpe bewährt, da sie einem eben einiges an Muskelkraft spart und auch die Möglichkeit des doppelseitigen Abpumpens bietet, was viel Zeit spart und die Milchbildung besonders gut stimuliert. Doch Vorsicht – hier gibt es große Unterschiede in der Qualität! Am besten verwenden Sie eine sogenannte Intervallpumpe, die den natürlichen Saugrhythmus des Babys mit Saugen – Entspannen (beim Baby Schlucken) – Saugen durch ein intermittierendes Kolbensystem nachahmt. Günstig wäre es auch, wenn die Pumpe das doppelseitige Abpumpen ermöglicht. Die meisten mir bekannten Pumpstill-Mütter haben mit einer Medela-Pumpe gearbeitet (ich selbst auch), zumeist mit den Modellen „Classic" oder „Symphony®", oder mit Pumpen der Firma Ameda. Diese professionellen Pumpen, die auch in vielen Krankenhäusern verwendet werden, sind robust, arbeiten relativ leise und pumpen vor allem sehr effizient. Da sie zu teuer für die eigene Anschaffung sind, leiht man sie am besten in der Apotheke aus. Lassen Sie sich von Ihrem Kinderarzt oder einem Arzt Ihres Spaltteams ein Rezept ausstellen – bei Stillproblemen haben Sie Anspruch darauf! Falls Sie unsicher sind, welche Pumpe die richtige für Sie ist, fragen Sie Ihre Laktationsberaterin und lassen Sie sich auf jeden Fall den korrekten Umgang mit der Pumpe zeigen – obwohl man eigentlich nicht viel falsch machen kann. Wichtig ist nur: Vergewissern Sie sich vor dem Abpumpen, ob die Saugstärke auf die kleinste Stufe eingestellt ist, damit Sie das empfindliche Brustdrüsengewebe nicht durch ein zu starkes Vakuum verletzen. Das gilt aber nur für den jeweiligen Anfang der Stillsession: Wenn die Brust einmal von der Pumpe „angesaugt" ist, können Sie die Saugstärke langsam erhöhen, natürlich nur soweit, wie es Ihnen angenehm ist.

Nachteil der großen elektrischen Pumpen: Sie sind eigentlich nur stationär zu gebrauchen, sprich zu Hause. Zum regelmäßigen Mitnehmen auf Ausflüge sind sie zu schwer und sperrig und auch eigentlich nicht dazu gedacht. Da Sie aber alle 3–4 Stunden pumpen müssen, sind Sie nun entweder darauf angewiesen, Ihre Wohnung für einen längeren Zeitraum nicht zu verlassen, oder Sie legen sich noch eine Alternativ-Pumpe für unterwegs zu. Es gibt zu diesem Zweck kleinere elektrische Pumpen, die mit Akkus betrieben werden können oder einen Adapter für den Zigarettenanzünder Ihres Autos haben. Manche Frauen kommen damit gut zurecht. Ich persönlich finde die Saugleistung dieser Pumpen nicht zufriedenstellend, was daran liegen kann, dass ich einen eher schwach ausgeprägten Milchfluss habe, und bin unterwegs viel besser mit einer Handpumpe zurechtgekommen – so war ich auch völlig flexibel und nicht auf eine wie auch immer geartete Stromquelle angewiesen. Wenn Sie also relativ viel unterwegs sein werden mit Ihrem Baby, lohnt es sich, eine Handpumpe für Ausflüge anzuschaffen. Selbst wenn Sie dann unterwegs mit dieser einen etwas geringeren Milchertrag haben als zu Hause mit der elektrischen, geben Sie Ihrem Körper so doch das Signal, weiter Milch zu bilden, und darauf kommt es ja im Wesentlichen an.

Elektrische Milchpumpe mit Doppel-Pumpset

Zur Milchpumpe selbst gehört noch das Pumpset, also die Flasche, in die Sie die Milch hineinpumpen, die auf die Brust gelegten Brusthaube, der Schlauchanschluss und das Ventil, durch welches die Muttermilch in die Flasche geleitet wird. Um das Pumpstillen so effizient und alltagstauglich wie möglich zu machen, sollten Sie auf jeden Fall doppelseitig, also an beiden Brüsten gleichzeitig, abpumpen. Das spart nicht nur Zeit (bis zu einer halben Stunde pro Sitzung!) und Nerven, sondern regt auch die Milchbildung viel stärker an als das Pumpen mit dem Einzelset. Beim doppelten Abpumpen benötigen Sie natürlich zwei identische Sets und den speziellen doppelten Schlauch. Falls Sie eine Medela-Pumpe verwenden, achten Sie immer darauf, niemals die blauen, für das doppelseitige Abpumpen gedachten Schlauchanschlüsse in Verbindung mit einem Einzelpumpset zu benutzen. Die Pumpe würde in diesem Fall ein viel zu hohes Vakuum erzeugen und könnte Ihre Brust verletzen! Also beim einseitigen Pumpen immer den weißen bzw. durchsichtigen Anschluss nehmen!

Ein Einzel-Pumpset können Sie in manchen Apotheken mit ausleihen, die Doppel-Pumpsets müssen Sie meist selbst dazukaufen. Da Sie die Sets ja vermutlich über viele Monate hinweg täglich benutzen, stellt sich die Frage, ob es nicht ohnehin sinnvoll ist, diese selbst zu besitzen, und vielleicht sogar jeweils zwei, damit Sie trotzdem pumpen können, wenn ein Set gerade in der Spülmaschine oder im Sterilisator ist. Die Anschaffung eines solchen halte ich für sehr sinnvoll, denn mindestens einmal täglich müssen die Pumpsets, Schläuche, aber auch die Sauger und Flaschen Ihres Babys (und gegebenenfalls das Brusternährungsset) sterilisiert werden, und da kann das Hantieren mit Kochtopf und heißem Wasser auf Dauer etwas umständlich sein. Mit dem Dampfsterilisator geht es einfach und energiesparend – und am Ende der Babyzeit kann man ihn prima weiterverkaufen.

Zu guter Letzt müssen Sie sich überlegen, wie Sie die abgepumpte Milch aufbewahren wollen. Es empfiehlt sich, immer einen kleinen Vorrat von 3–6 Portionen im Kühlschrank stehen zu haben, geordnet nach Zeitpunkt des Abpumpens, wobei Sie natürlich die „älteste" Milch immer zuerst geben. Ein paar Portionen für den Notfall, falls Ihnen mal versehentlich eine Flasche umkippt oder für plötzliche Wachstumsschübe, können mindestens 6 Monate in der Tiefkühltruhe aufbewahrt werden. Zum Aufbewahren können Sie z. B. die Flaschen benutzen, aus denen Sie auch füttern. Dann müssen Sie nach dem Erwärmen (im Flaschenwärmer oder im Wasserbad) nur noch den Sauger aufschrauben und können loslegen. Es eignen sich dazu sowohl Glas- als auch Plastikflaschen oder auch spezielle vorsterilisierte Plastikbeutel (z. B. von Avent oder Playtex), die gerade für das Einfrieren von Muttermilch besonders praktisch sind. Beim Auftauen unter fließendem Wasser können Sie sie etwas durchkneten, so taut die Milch schneller auf. Beim Verwenden der Beutel benötigen Sie dann noch Clips zum Verschließen der Tüten (gibt's im Drogeriemarkt).

Für den Transport gekühlter oder bereits aufgewärmter Muttermilch eignen sich die herkömmlichen Isolierbehälter aus dem Babyfachgeschäft nicht, denn sie isolieren kaum – und die meisten Babys bevorzugen ihre Milch wirklich schön warm. Manche Mütter haben ihre Säuglinge aber auch erfolgreich daran gewöhnt, Muttermilch in Zimmertemperatur zu trinken. Benutzen Sie lieber eine Thermoskanne, die sie dann aber ausschließlich für Ihre Milch verwenden; nach jedem Gebrauch besonders gründlich reinigen sowie vor jedem Gebrauch mit kochendem Wasser ausspülen, da die Kanne sich nicht sterilisieren lässt. Wenn Sie die unterwegs abgepumpte Milch nicht sofort füttern wollen, sollten Sie sich eine kleine Kühltasche mit zwei guten Kühlelementen zulegen, um die Milch darin geschützt von einem Kühlschrank zum nächsten transportieren zu können. Auch hier gilt: Dauert die Aufbewahrungszeit länger als zwei Stunden, sollten Sie die Milch dann baldmöglichst verfüttern.

Wie beginne ich mit dem Abpumpen?

Sobald sich bei Ihrem mit Gaumenspalte geborenen Baby abzeichnet, dass es beim Stillen Probleme haben wird – und das wird meist schon bei den ersten Stillversuchen deutlich, wenn das Baby die Brustwarze nicht erfassen kann oder bei den Trinkbemühungen laut schmatzende Geräusche macht, was auf ein fehlendes Vakuum hindeutet – sollten Sie mit dem Abpumpen beginnen, also idealerweise noch im

Krankenhaus bzw. sobald wie möglich nach der Geburt. Dieser Schritt bedeutet übrigens nicht automatisch, dass Sie das Stillen abschreiben! Wie schon gesagt, gibt es durchaus Spaltkinder, die es schaffen, aber sie brauchen Unterstützung, vor allem in Form einer ausreichenden Milchmenge ihrer Mutter, und die kann sie zunächst nur mit Hilfe der Pumpe aufbauen.

Üblicherweise sind auf der Entbindungsstation gute elektrische Milchpumpen (meist von Medela) vorhanden und das Personal kann Ihnen die wirklich kinderleichte Handhabung zeigen. Meist gibt es dort nur Einzel-Pumpsets zum einseitigen Abpumpen. Damit wird im Wechsel je einige Minuten an jeder Brust gepumpt. Da die Stimulation beim Abpumpen nicht dieselbe und daher auch nicht so effektiv ist wie die eines Babys, soll durch dieses Schema mit häufigem Wechseln der Pumpseite der Milchflussreflex besser ausgenutzt werden, da bei vielen Frauen ein neuerliches „Anpumpen" den Milchspendereflex jedes Mal wieder neu auslöst und der schon etwas geleerten Brust nochmal einen kurzzeitig stärkeren Milchfluss beschert. Die jeweils kurzen Pumpphasen abwechselnd an jeder Brust bringen also mehr Milchertrag, als wenn nur einmal 15 Minuten lang an jeder Brust gepumpt wird. Nach meiner eigenen Erfahrung dauert es je nach der individuellen Stärke des Milchflusses mindestens 30 bis 40 Minuten, bis die Brust mit Einzel-Pumpset effektiv geleert ist. Nicht zuletzt schont ein häufiger Seitenwechsel das empfindliche Brustwarzengewebe.

Für volles Pumpstillen empfiehlt sich aber in jedem Fall ein Doppel-Pumpset, mit dem Sie an beiden Brüsten gleichzeitig doppelseitig abpumpen können. Das geht nicht nur schneller (20–30 Minuten, die genaue Dauer ist wiederum bei jeder Frau unterschiedlich), sondern es regt auch die Milchbildung viel stärker an, da es das Stillen von Zwillingen simuliert – und auch deren Bedarf.

Gleich nach der Geburt und in den allerersten Tagen werden Sie nur winzige Mengen des sogenannten Kolostrums (Vormilch) abpumpen können. Das ist normal – auch direkt gestillte Babys erhalten nur geringe Mengen dieser genau auf die Bedürfnisse von Neugeborenen abgestimmten, besonders nahrhaften und an Immunglobulinen reichen Spezialmilch. Da es schwierig sein kann, die wenigen, sich an der Flaschenwand sammelnden Tropfen zu füttern, und zudem eine beträchtliche Menge des nahrhaften Milchfetts an den Wänden der Flasche haften bleibt, geben Sie am besten etwas abgekochtes Wasser dazu und vermengen beides. Das so „gestreckte" Kolostrum lässt sich leichter in Flasche oder Brusternährungsset oder, wenn es gar nicht anders geht, in die Magensonde, füllen und das Baby bekommt den gesamten Fettgehalt des Kolostrums – und noch ein wenig Flüssigkeit dazu! Sobald nach etwa drei Tagen die reife Frauenmilch einschießt (bei pumpstillenden Müttern kann das aufgrund der weniger effektiven Bruststimulation durch die Pumpe auch erst nach fünf oder mehr Tagen der Fall sein), ernten Sie auch etwas größere Mengen an Milch, die Sie leicht umfüllen und füttern können. Die Menge lässt sich bei regelmäßigem Pumpen innerhalb nur einer Woche von anfänglichen 5–20 ml auf 50–100 und mehr

94 | Das andere Lächeln – Babys mit Lippen-Kiefer-Gaumenspalte

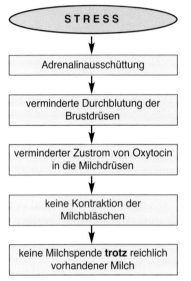

Störungskette des Milchspendereflexes bei Stress

steigern. Es kann aber auch sein, dass Sie in den ersten Tagen trotz regelmäßigen Pumpens keinen einzigen Tropfen Milch sehen. Auch das ist normal – viele Frauen sprechen auf die mechanische Stimulation durch die elektrische Pumpe einfach nicht gut an. Bei mir tröpfelte erst volle fünf Tage nach der Entbindung die erste Milch in die Flasche, obwohl ich sechs Stunden nach der Geburt mit dem Abpumpen begonnen hatte.

Dabei stellt meist nicht das Entleeren der Brust ein Problem dar, sondern das Auslösen des Milchspendereflexes (Oxytocinreflex). Dieser setzt normalerweise ein, nachdem ein gesundes Baby einige Minuten lang an der Brust gesaugt hat: Die Mutter spürt oft ein typisches Kribbeln und die Milch beginnt zu fließen – das wird auch daran deutlich, dass das Baby nun zu schlucken beginnt. Manche Mütter fangen schon an zu tropfen, sobald das Baby (oder sogar ein fremdes Baby!) schreit – andere reagieren auf die noch ungewohnte Stillsituation verkrampft, woraufhin der Reflex prompt ausbleibt. Das komplexe hormonelle Zusammenspiel, das für die Steuerung der Milchbildung und des Milchflusses verantwortlich ist, kann nur allzu leicht durch Erschöpfung und psychischen Stress durcheinandergeraten, es sollte Sie also nicht verwundern, wenn Ihr Milchflussreflex Sie bei der emotionalen Berg- und Talfahrt nach der Diagnose LKGS im Stich lässt. Folgende Maßnahmen können dabei helfen, den Milchspendereflex auszulösen:

- Entspannung ist das A und O beim Pumpen! Versuchen Sie, dabei eine möglichst entspannte Körperhaltung einzunehmen (die Sitzgelegenheit sollte natürlich bequem für Sie sein), und sich mental bewusst zu entspannen – auch wenn's schwerfällt, die Gesamtsituation zu verdrängen. Ein gemütlicher Platz zum Pumpen und Ihre Lieblingsmusik im Hintergrund können helfen.

- Wärme wirkt sich positiv auf den Milchflussreflex aus. Wärmen Sie Ihre Brust vor dem Pumpen mit einem angewärmten Tuch oder Kirschkernkissen oder, falls Sie eine haben, mit einer Rotlichtlampe. Letzteres ist auch bei wunden Brustwarzen empfehlenswert – aber bestrahlen Sie die Brust nicht zu lange, fünf Minuten sind ausreichend! Am effektivsten wäre eine warme Dusche, allerdings werden Sie es wohl nur selten schaffen, dafür die Zeit zu finden.

- Sehr anregend ist eine sanfte Brustmassage vor der Pumpsitzung: dazu massieren Sie mit kreisförmigen Bewegungen von außen zur Brustwarze hin, jede Brust etwa 3–5 Minuten lang. Wenn Sie danach den Oberkörper nach vorn beugen und die Brüste leicht schütteln, kann schon etwas Milch in die Milchseen fließen und so leichter abgepumpt werden.

- Halten Sie sich beim Abpumpen so nah wie möglich beim Baby auf, betrachten Sie es und atmen Sie seinen Duft ein. Setzen Sie sich direkt neben die Wiege oder wo immer sie ihr Baby für kurze Zeit ablegen oder neben eine zweite Person, die Ihr Baby hält. Falls Sie nicht bei Ihrem Baby sein können, betrachten Sie beim Pumpen ein Foto Ihres Kindes.

- Falls eine zweite Person Ihnen das Füttern abnehmen kann, Ihr Partner oder auch eine Krankenschwester, setzen Sie sich neben sie und pumpen Sie ab, während das Baby trinkt! Die leisen Schmatz- und Schluckgeräusche sind genau das, was eine stillende Mutter hört.

- Pumpen Sie möglichst immer am einmal gewählten Ort ab. Ihr Unterbewusstsein wird diesen Platz schon bald mit dem Abpumpen und dem Auslösen des Milchspendereflexes in Verbindung setzen.

- Pumpen Sie doppelseitig ab.

- Versuchen Sie, beim Abpumpen an etwas anderes zu denken! Allzu große Konzentration auf den Milchflussreflex ist eher hinderlich. Unterhalten Sie sich nebenher, lesen Sie ein Buch oder singen Sie Ihrem Baby ein Lied vor. Oft fließt die Milch plötzlich ganz von selbst, sobald Sie abgelenkt sind! Wenn es bei mir aber auch gar nicht fließen wollte, habe ich den Fernseher angestellt ... und es floss!

Nach etwa drei Wochen sollten Sie eine gute Milchproduktion haben, sofern Sie regelmäßig mindestens 6- bis 8-mal täglich pumpen (davon einmal nachts), und die Prozesse und Besonderheiten Ihrer persönlichen Milchbildung schon ganz gut kennen. Bleiben Sie nun am Ball und werden Sie nicht nachlässig! Sobald Sie die festen Pumpzeiten vernachlässigen, die Pumpabstände aus Bequemlichkeit immer wieder nach hinten verschieben und nachts der Versuchung, einfach nach dem Füttern wieder ins Bett zu gehen bzw. liegenzubleiben, nachgeben, wird sich das auf Ihre Milchmenge auswirken: Ihr Körper geht dann davon aus, dass das Baby, dessen Saugbedürfnis Sie ja mit der Pumpe simulieren, nun weniger Milch braucht und „fährt" die Produktion quasi zurück. Seltenere Stimulation und selteneres Entleeren der Brust lassen die Milchmenge sehr schnell weniger werden.

Obwohl Pumpabstände von 2 bis 3 Stunden dem natürlichen Rhythmus eines Neugeborenen entsprechen, schaffen Sie es womöglich nicht, neben der Betreuung Ihres Babys auch noch so oft abzupumpen. Dann schlagen sie ruhig eine Stunde drauf – viele Mütter kommen gut mit einem 4-Stunden-Abstand zurecht, haben genug Milch und auch keine Probleme mit zu voller Brust. Vielleicht gehören Sie ja dazu! Länger als vier Stunden sollten Sie aber nicht pausieren (Ausnahme: die Nachtpause, die auch mal sechs Stunden dauern darf), und bei den meisten Frauen scheint ohnehin der 3-Stunden-Rhythmus optimal für die Milchbildung zu sein – wobei sich natürlich die Zeiten immer einmal etwas nach vorne oder hinten verschieben können, was bei einem Stillbaby auch normal ist.

Die optimale Pumpsitzung

Überlegen Sie sich vor dem ersten häuslichen Abpumpen gut, wo Sie die Pumpe platzieren! Je nachdem, wie lange Sie pumpstillen wollen, werden Sie an diesem Ort viele Stunden verbringen, denn es empfiehlt sich, bei dem einmal dafür gewählten Platz zu bleiben. Das wird Ihnen auf lange Sicht beim Auslösen des Milchspendereflexes helfen. Ihr Pump-Plätzchen sollte für Sie bequem sein, etwa ein gemütlicher Sessel oder ein Schaukelstuhl oder Ihr Sofa – je nachdem, wo Sie sich wohlfühlen und wo Sie entspannt sitzen können. Die Pumpe sollte möglichst nah neben Ihnen stehen, zum einen wegen der nicht allzu langen Schläuche, zum anderen aber, damit Sie das Gerät bequem und ohne Verrenkungen ein- und ausschalten bzw. den Pumpstärke-Regler einstellen können. Am besten aufgehoben ist sie auf einer ebenen, festen Fläche, etwa dem Boden oder einem stabilen Tisch. Denken Sie daran, dass Sie einen Stromanschluss in nächster Nähe oder ein Verlängerungskabel benötigen. Bevor Sie anfangen, waschen Sie sich gründlich die Hände! Die Brustwarzen sollten Sie aber nicht jedes Mal vorher abwaschen, auch nicht mir klarem Wasser – das trocknet auf Dauer nur das empfindliche Drüsengewebe aus und kann Wundwerden oder sogar Schrundenbildung zur Folge haben.

Und nun geht es los: Verbinden Sie den Endschlauch des Doppel-Pumpsets mit dem Saugschlauch der Milchpumpe. Stellen Sie den Saugstärkeregler an der Pumpe auf die niedrigste Stufe und schalten Sie die Milchpumpe ein. Der Kolben im Inneren der Pumpe wird nun beginnen, sich rhythmisch zu heben und zu senken und so ein Vakuum zu erzeugen. Falls Sie zu wunden Brustwarzen neigen, empfiehlt es sich, die Brustwarzen vor dem Pumpen dünn mit Lanolinsalbe einzureiben. Das macht sie geschmeidiger und schützt das zarte Gewebe vor der mechanischen Belastung durch die Saugtätigkeit der Pumpe. Sobald Sie beide Brusthauben auf die Brüste aufgesetzt haben, wobei Sie mit jeweils einer Hand ein Pumpset festhalten, werden Sie einen regelmäßigen Sog spüren. Achten Sie unbedingt darauf, die Hauben mittig über die Brüste zu halten! Die Brustwarzen müssen genau in die Mitte des Pumprohres gezogen werden, sonst kann es zu Verletzungen kommen.

Auch wenn Sie die Saugstärke zunächst auf die Minimalstufe eingestellt haben, kann die Stärke des Sogs Sie anfänglich überraschen! Schon nach wenigen Minuten hat sich das Drüsengewebe aber darauf eingestellt und Sie werden das Ansaugen nicht mehr als unangenehm empfinden. Jetzt können Sie die Pumpstärke höher einstellen, aber nur, soweit es Ihnen wirklich angenehm ist. Nach den ersten „vornan" angesammelten Tröpfchen wird eine Zeitlang erst einmal keine Milch kommen, bis nach ein bis fünf Minuten (bei manchen Frauen auch erst nach längerer Zeit) der Milchspendereflex ausgelöst wurde. Er kündigt sich oft mit einem sanften bis sehr starken Kribbeln an (muss aber nicht) und lässt die Milch nun kräftig fließen. Nach einiger Zeit (10 bis 20 Minuten) wird der Milchfluss schwächer. Viele Frauen erleben, wenn sie nun weiterpumpen, einen nochmaligen Milchspendereflex, allerdings ist dieser dann weniger stark als der erste, und der Milchfluss klingt auch schneller wieder ab. Sobald keine oder nur noch spärliche Tröpfchen Muttermilch fließen, ist die Pumpsitzung beendet. Nehmen Sie die Pumpsets ab und stellen Sie sie vorsichtig an einem sicheren Ort ab (sie kippen ziemlich leicht um und dann ist der Ertrag für eine ganze Mahlzeit verloren!) und schalten Sie die Pumpe aus. Stellen Sie den Saugstärkeregler sicherheitshalber sofort wieder auf die schwächste Stufe ein, für den Fall, dass Sie einmal vergessen sollten, dies vor Beginn der Pumpsitzung zu tun.

Anfangs finden viele Mütter das doppelte Abpumpen unbequem, da sie währenddessen je ein Pumpset mit einer Hand festhalten müssen und so keine freie Hand haben. Das ist aber höchstens zu Beginn nötig, solange Sie die Technik noch nicht beherrschen. Sobald Sie etwas Routine haben, können Sie z. B. ein Set mit der Hand festhalten und das andere unter dem dazugehörigen Arm festklemmen. So können Sie mit der anderen Hand ein Buch oder ein Getränk festhalten.

Sobald Sie fertig sind, sollten Sie die abgepumpte Milch sofort im Kühlschrank lagern oder einfrieren, falls sie nicht sofort gefüttert werden soll. Letzter Schritt: Reinigen Sie die Pumpsets mit heißem Wasser und einem milden Spülmittel oder im oberen Korb der Spülmaschine, vorausgesetzt, Sie können Sie zwischen zwei Pumpzeiten laufen lassen, sodass die Sets bis zur nächsten Sitzung wieder einsatzbereit sind. Setzen Sie sie nach der Reinigung sofort wieder zusammen! Sobald es wieder Zeit zum Abpumpen ist, werden Sie froh sein, das schon vorher getan zu haben, denn so können Sie sich ohne Verzögerung an die Pumpe setzen. Und alles, was die Entspannung fördert, dient der Menge und auch der Qualität Ihrer Milch!

Wie erhalte ich die Milchproduktion aufrecht?

Um also die Milchbildung auf dem einmal erreichten Niveau zu halten bzw. bei Bedarf zu steigern, empfiehlt es sich, ein Pump-Tagebuch zu führen, in welchem Sie täglich die abgepumpten und gefütterten Mengen mit der jeweiligen Tageszeit eintragen. Was für das direkte Stillen völlig kontraproduktiv wäre (bei einem gesunden Stillkind ist es absolut unnötig, die genauen Trinkmengen zu kennen, und stört eher das Vertrauen der Mutter in die Stillbeziehung) ist das A und O des Pumpstillens: Nur durch genaue Kontrolle behalten Sie den Überblick und gehen nicht das Risiko ein, dass Ihre Milch allmählich unbemerkt zurückgeht – was den Anfang vom Ende des Pumpstillens bedeuten würde. Außerdem motiviert es ungemein, wenn es Ihnen gelingt, die einmal erreichte Menge sogar noch zu übertreffen! Allerdings müssen Sie dabei auch die jeweilige Tageszeit beachten: Die erste Sitzung am Morgen ist meist die ertragreichste, manche Mütter pumpen dann fast doppelt so viel ab wie zu den übrigen Pumpzeiten – diese erste Sitzung dürfen Sie also nicht als Maßstab nehmen. Ich konnte zu Spitzenzeiten morgens fast 350 ml Milch abpumpen, über den Tag hin dann allerdings bei jeder Sitzung immer weniger. Spätnachmittags und abends ließ die Milchmenge pro Pumpsitzung immer deutlich nach, ein Phänomen, das ich auch bei meinen direkt gestillten Kindern beobachtet habe: Sie wollten abends sehr oft und mit kurzen Abständen an die Brust, wahrscheinlich weil nicht so viel Milch da war. Das liegt daran, dass der gegen Abend schon müde und gestresste Körper einfach nicht so viel Milch produziert, während die Entspannung während des Nachtschlafs die Produktion positiv beeinflusst.

In der Tabelle sind unsere Aufzeichnungen eines Tages gezeigt.

Da es mir nicht gelang, Noels gesamten Milchbedarf mit Muttermilch zu decken, praktizierte ich fast während der gesamten Pumpstillzeit das sogenannte Zufüttern nach Bedarf, ergänzte also die fehlende Muttermilch mit Pre-Nahrung, ein Fläschchen am Tag. Vermutlich hätte ich durch häufigeres oder noch diszipliniertes Abpumpen die gesamte benötigte Menge an Muttermilch erreichen können, aber da die beiden älteren Geschwister auch ab und zu ihre Bedürfnisse „an die Mami bringen" wollten, verschob sich bei mir öfter die eine oder andere Pumpsitzung nach hinten – und oft genug schlief ich beim nächtlichen Füttern im Bett ein, sodass die nächtliche Session gänzlich ausfiel, was sich natürlich auf lange Sicht mit einer geringeren Milchmenge rächte.

Pumpstill-Protokoll von Noel im Alter von 4 Monaten

Uhrzeit (ca.)	Nährhandlung	Menge
6:30	Füttern	130 ml
7:00	Abpumpen	220 ml
9:00	Füttern	125 ml
10:00	Abpumpen	130 ml
12:00	Füttern	120 ml
13:00	Abpumpen	120 ml
14:00	Füttern	120 ml
17:00	Abpumpen	70 ml
17:30	Füttern	110 ml
19:30	Füttern (künstl. Milchnahrung)	120 ml
20:00	Abpumpen	110 ml
22:00	Abpumpen	40 ml
0:30	Füttern	125 ml
1:00	Abpumpen	120 ml
3:00	Füttern	140 ml
Tagesmenge an abgepumpter Milch: 810 ml		
Getrunkene Tagesmenge: 990 ml		

Wenn also Ihr Spaltbaby besonders viel Aufmerksamkeit benötigt, wenn Sie noch die größeren Geschwister versorgen müssen oder einfach nur zu erschöpft sind, um die regelmäßigen Pumpzeiten einzuhalten, und aus diesen Gründen weniger Milch haben, sollten Sie das einfach akzeptieren und Ihrem Baby die Menge an Muttermilch geben, die eben verfügbar ist. Machen Sie sich bewusst: Jeder Tropfen ist wertvoll für Ihr Baby, auch wenn es nicht voll muttermilchernährt wird – schon ein einziger Tropfen Muttermilch enthält ca. 4000 lebende Zellen! Es lohnt sich also durchaus, auch nur eine Mahlzeit täglich abzupumpen und zu füttern, wenn Sie es nicht öfter schaffen. Was Ihr Baby am dringendsten braucht in seinem ersten Lebensjahr, ist eine möglichst entspannte Mutter. Wenn Sie also durch Abpumpen nicht die gesamte benötigte Milchmenge abdecken können, füttern Sie lieber künstliche Nahrung zu, als sich völlig an der Pumpe zu verausgaben und sich womöglich Vorwürfe zu machen, weil Sie sich für eine schlechte Mutter halten.

Das gilt übrigens auch, falls Sie sich aufgrund der äußeren Umstände von vornherein gegen das Abpumpen entschieden haben oder wenn Sie nach einigen Wochen merken, dass es Ihnen einfach zuviel wird! Auch wenn künstliche Milchnahrung nach wie vor nicht die Qualität der Muttermilch erreicht (und ja auch gar nicht erreichen kann), ist sie für Ihr Baby allemal besser als Muttermilch in Verbindung mit einer permanent erschöpften und ausgelaugten Mutter, die am liebsten Milchpumpe samt Zubehör aus dem Fenster schmeißen würde. Gerade wenn Ihr Spaltbaby noch ältere Geschwister hat, die schließlich auch ein Recht auf Ihre Zuwendung haben (und immerhin müssen ja auch sie die Ankunft ihres fehlgebildeten Geschwisterchens verarbeiten), oder wenn Sie vor Erschöpfung nicht mehr aus noch ein wissen, mag es besser sein, das Abpumpen aufzugeben. Egal, wie Sie Ihr Baby letztendlich ernähren: Die Ernährungsform Ihres Babys macht keine Aussage über Ihre Fähigkeiten als Mutter und ist absolut kein Anlass für Schuldgefühle irgendwelcher Art! Wichtig ist, dass Sie, Ihr Baby und Ihre Familie mit der Lösung zufrieden sind und im Alltag gut damit zurechtkommen. Das ist dann eben für Sie der einzig richtige und gangbare Weg, auch wenn Sie vielleicht lieber einen anderen genommen hätten.

Ein Wort zu den Nächten

Dass die Nächte mit einem Baby anstrengend sein können, ist eine Binsenweisheit. Dass ein Stillbaby weit weniger anstrengend ist als ein Flaschenkind, macht auch so langsam die Runde: eine Stillmami muss nicht mitten in der Nacht Pulver und abgekochtes Wasser zusammenmixen und korrekt temperieren. Sie hat die Nahrung ohne Vorbereitung sofort parat! Noch praktischer ist es, wenn das Baby nicht nur im Elternschlafzimmer, sondern direkt mit im Bett der Eltern schläft (Familienbett oder Co-Sleeping). Mit ein bisschen Übung muss Mama dann nicht einmal richtig wach werden zum Stillen – im Liegen stillt es sich für Mutter und Baby äußerst bequem und kuschelig, und das Beste ist: Beide können dabei ganz entspannt wieder einschlafen, ohne dass die Nachtruhe großartig gestört gewesen wäre. Diesen Vorteil kann ein Pumpstill-Paar leider nicht genießen. Trotzdem profitieren ein Spaltbaby und seine Mutter ganz besonders vom engen nächtlichen Kontakt – und zwar nicht nur, weil es die Bindung der Mutter an ihr Kind fördert und weil das Baby sich so ganz besonders geborgen fühlen kann. Wenn Mutter und Baby eng beisammen schlafen, gleichen sich ihre Schlafrhythmen, d. h. der Wechsel von Tiefschlaf- und leichteren REM-Schlaf-Phasen, einander an. Das hat den Vorteil, dass die Mutter zur selben Zeit leichte Schlafphasen hat wie ihr Baby und nicht mitten aus dem Tiefschlaf gerissen wird, wenn das Baby aufwacht und trinken möchte. Dadurch wacht auch die Mutter leichter auf und findet nach dem Füttern und Abpumpen auch wieder leichter in den Schlaf, weshalb sie sich unterm Strich morgens ausgeruhter fühlt, als wenn sie und ihr Baby getrennt geschlafen hätten. Beim gemeinsamen Schlaf erwacht die Mutter zudem meist schon bei den ersten Anzeichen des Hungers (Unruhigwerden, Suchbewegungen des Kindes mit dem Kopf, leise Lautäußerungen), nicht erst beim vollen Hungergebrüll. So kann sie schnell die Muttermilch erwärmen und ihr Baby füttern, noch bevor dieses ungnädig laut brüllt und dadurch hellwach wird. Sogar das Füttern kann im Bett stattfinden! Da ich meine ersten beiden Kinder stets nachts im Liegen gestillt hatte, wobei sie immer leicht und schnell wieder einschliefen, wollte ich auf diesen Vorteil auch bei meinem mit der Flasche ernährten Sohn nicht verzichten und fütterte ihn kurzerhand im Liegen mit dem SpecialNeeds Feeder, wobei ich selbst neben ihm im Bett lag und ihn dabei im Arm hielt, seinen Kopf in meiner Armbeuge. Meistens schlief er dabei ein, sodass ich mich nach dem Füttern leise aus dem Bett schleichen und mich für die nächtliche Pumpsitzung an die Milchpumpe setzen konnte – vorausgesetzt, dass ich nicht auch beim Füttern eingeschlafen war, was leider gar nicht so selten vorkam.

Zwar wurden in den letzten Jahren einige Infoblätter verschiedener Organisationen zur sogenannten „sicheren Schlafumgebung" für Säuglinge veröffentlicht, die unter Berufung auf verschiedene Studien davor warnten, das Baby mit ins elterliche Bett zu nehmen, da dies das Risiko für den plötzlichen Säuglingstod (SIDS) erhöhe. Tatsächlich lässt der Aufbau dieser Studien aber auch ganz andere Interpretationen der Ergebnisse zu. Die Angst, die Eltern könnten das Baby im Schlaf überrollen oder es könne im Schlaf unter die Bettdecke rutschen, ist unbegründet. Eltern wie auch Baby sind mit Mechanismen ausgestattet, die so etwas verhindern. Andere Forschungsergebnisse deuten darauf hin, dass das gemeinsame Schlafen SIDS verhindern kann, da die Vitalgeräusche der Eltern (Atmen, Herzschlag) das Baby bei eventuellen Atemaussetzern dazu animieren, die Atmung wieder aufzunehmen. Ihr Baby schläft sicher bei Ihnen im Bett, sofern

- Sie weder Alkohol noch Drogen konsumiert haben und Nichtraucher sind;
- die Matratze genau in das Bett passt, es also keine Lücken zwischen Matratze und Bettgestell gibt;
- das Schlafzimmer nicht zu warm (höchstens 18 Grad Celsius) und gut gelüftet ist;
- das Gesicht des Babys nicht durch lose Kissen oder Decken verdeckt wird; verzichten Sie auf alle zusätzlichen Textilien im Bett außer einer Decke und einem Kissen für jeden – Ihr Baby schläft mit unter Ihrer Decke oder in seinem eigenen Schlafsack;
- keine Lücke zwischen dem Bett und der angrenzenden Wand klafft – das Baby könnte sonst dort hinrollen und eingeklemmt werden;
- das Baby nicht auf dem Bauch liegt (Ausnahme: Babys mit Pierre-Robin-Sequenz);
- Sie nicht mit dem Baby in einem Wasserbett oder auf einem Sofa schlafen.

Vom richtigen Umgang mit Muttermilch

Es existieren verschiedene Richtlinien zur maximalen Aufbewahrungszeit von Muttermilch. Die hier folgenden Angaben basieren auf wissenschaftlichen Studien (siehe Literatur), die den Bakteriengehalt von Muttermilch zu verschiedenen Zeitpunkten nach der Gewinnung überprüften. Falls Sie anderswo andere Empfehlungen mit kürzeren Zeiträumen finden, können Sie davon ausgehen, dass diese Daten entweder veraltet sind oder/und von der Babynahrungsindustrie in Umlauf gebracht werden: Jede Muttermilchmahlzeit, die Sie wegschütten, bedeutet schließlich potenziell mehr verkauftes Milchpulver.

Muttermilch kann ohne nennenswerte Bakterienbildung gelagert werden

- bei normaler Raumtemperatur (19–22 °C): 10 Stunden
- im warmen Zimmer (25 °C): 4 bis 6 Stunden
- im Kühlschrank (0–4 °C, nicht in der Kühlschranktür): bis zu 8 Tagen
- in der Kühltasche mit Kühlelementen (15 °C): 24 Stunden
- in der Tiefkühltruhe (–19 °C): mindestens 6 Monate

Tatsächlich ist der Bakteriengehalt nach 8 Stunden bei Zimmertemperatur und nach 8 Tagen im Kühlschrank geringer als direkt nach dem Abpumpen – dank bestimmter Substanzen, die das Bakterienwachstum hemmen. Viel länger als ein paar Stunden sollte Muttermilch jedoch nicht im Zimmer stehen. Die darin enthaltenen Fette zerfallen, was den pH-Wert der Milch beeinflusst und sie dann schneller sauer werden lässt. Eingefrorene Milch sollte nach dem Auftauen, am besten im Kühlschrank, nur noch maximal 24 Stunden aufgehoben und nicht noch einmal eingefroren werden. Zum schnelleren Auftauen wie auch zum schonenden Erwärmen eignet sich am besten laufendes warmes Wasser; komfortabel wärmen lässt sich die Milch im Wasserbad (am besten mit dem elektrischen Fläschchenwärmer). Bitte Muttermilch niemals zum Kochen bringen!

Wenn sich die Sahne oben abgesetzt hat oder Sie die Temperatur prüfen wollen, rühren Sie die Milch vorsichtig um und schütteln Sie sie nicht. Schütteln zerstört die Molekülstruktur der Eiweiße, die dann in ihre Bestandteile (die Aminosäuren) zerfallen und so ihre speziellen schützenden Eigenschaften verlieren können. Auch Erhitzen in der Mikrowelle zerstört die Zellstrukturen der Milch. Anders als künstliche Babynahrung ist Muttermilch eine belebte Flüssigkeit. Behandeln Sie sie bitte pfleglich!

Falls Sie einmal vergessen haben, eine „Ladung" Milch mit Datum zu versehen und nicht mehr sicher sind, ob sie noch verwendbar ist, seien Sie beruhigt: Verdorbene Milch werden Sie ganz sicher an ihrem unverkennbar ranzigen Geruch erkennen. Manchmal kann Milch, die Sie aufbewahrt haben, einen leicht metallischen oder auch seifigen Geschmack entwickeln. Dann haben wahrscheinlich die Enzyme damit begonnen, die Muttermilchfette aufzuspalten, was aber nicht bedeutet, dass die Milch verdorben ist und weggeschüttet werden muss. Solange Ihr Baby sich nicht an dem Geschmack stört, können Sie sie ruhig verwenden. Mag es diese Milch nicht, und „neigt" Ihre Milch zu solch erhöhter Enzymtätigkeit, kann es helfen, wenn Sie die Milch direkt nach dem Abpumpen kurz stark erhitzen (aber nicht kochen!) und dann sofort schnell im Kühlschrank herunterkühlen und anschließend einfrieren. Das stoppt die Enzymaktion, kann aber auch zu Nährstoffverlust führen.

Müssen bereits erwärmte Milchreste verworfen werden?

Muttermilch ist äußerst keimresistent. Das haben verschiedene Studien (siehe Literatur) bewiesen. So gab es bei einer Untersuchung keine deutlichen Unterschiede im Bakteriengehalt von Muttermilch, die zehn Stunden im Kühlschrank gelagert, und solcher, die zehn Stunden lang bei Raumtemperatur (20 °C) aufbewahrt worden war! Offenbar hemmen bestimmte Substanzen in der Muttermilch das Bakterienwachstum. Entgegen früherer Empfehlungen muss also übriggebliebene Muttermilch nicht verworfen werden, sondern kann wieder kühl gestellt und für die nächste Mahlzeit nochmals erwärmt werden, vorausgesetzt, Flaschen bzw. Sammelgefäße wurden sterilisiert. Das gilt jedoch nur für erwärmte, unbenutzte Milch, an der das Baby noch nicht getrunken hat – beim Trinken eingedrungener Speichel kann Bakterien in die Milch einschleppen. Wenn Sie also Muttermilch erwärmt haben, Ihr Baby aber dann doch keinen Hunger hat und die Flasche ablehnt, stellen Sie die Flasche zurück in den Kühlschrank und wärmen Sie sie später erneut auf. Den Rest einer halb leer getrunkenen Flasche müssen Sie wegschütten.

Mögliche Schwierigkeiten beim Pumpen

- *Zuwenig Milch.* Sie pumpen und pumpen und trotzdem fließt die Milch nur spärlich bzw. reicht einfach nicht aus, um den Bedarf Ihres Babys zu decken? Dafür kann es verschiedene Gründe geben. Wenn Sie, trotz langem Verweilen an der Milchpumpe, nur wenige Tropfen Milch in der Flasche haben, liegt es wahrscheinlich daran, dass der Milchspendereflex nicht ausgelöst wurde. Möglicherweise benutzen Sie auch eine nicht effektive Pumpe – lassen Sie sich von Ihrer Hebamme oder Stillberaterin bezüglich einer besseren Milchpumpe beraten. Eventuell haben Sie auch nur die Saugstärke an Ihrer Pumpe zu schwach eingestellt – oder Sie pumpen nicht lange genug ab: mindestens 20 Minuten, eher mehr, müssen Sie schon für eine Pumpsitzung einplanen. Wichtig ist auch die Größe der verwendeten Brusthauben (Ja, die gibt es tatsächlich in mehreren Größen!). Sind die Hauben zu groß für Ihre Brustwarzen, ist der Druck auf die Milchseen zu schwach und sie können nicht effektiv geleert werden. Für diesen Fall gibt es z. B. bei den Medela-Pumpen kleinere Brusthauben oder Verkleinerungsstücke, die in die normalen Hauben eingelegt werden. Vielleicht gehören Sie auch zu den Frauen, die einfach nicht gut genug auf die unnatürliche mechanische Stimulation durch die Pumpe ansprechen. Versuchen Sie, durch Brustmassagen oder das gelegentliche Ausstreichen von Hand (beides kann Ihnen Ihre Stillberaterin oder stillerfahrene Hebamme zeigen) die Stimulation Ihrer Brust zu verbessern, das hat oft einen positiven Effekt auf die Milchmenge. Manche Frauen kommen mit einer guten Handpumpe (z. B. der Avent Isis™ oder der Medela Harmony™) besser zurecht als mit einer elektrischen, da sie so den Rhythmus des Pumpens (Ansaugen/Entspannen) selbst vorgeben können, was dem natürlichen Melken eines Babys näher kommt.

- *Wunde Brustwarzen.* Sie können nicht nur durch Anlegefehler beim Stillen, sondern auch beim Abpumpen entstehen. Sehr langes Pumpen beansprucht das Gewebe stärker als häufige, dafür aber kürzere Pumpsitzungen. Wenn Sie zu wunden Warzen und deren Folgeerscheinungen wie Rissen und Schrunden neigen, sollten Sie zunächst überprüfen, ob Sie die richtige Brusthaubengröße verwenden oder ob Sie das Gefühl haben, dass Ihre Warzen beim Pumpen vielleicht gequetscht werden. Probieren Sie in diesem Fall einmal die nächste Brusthaubengröße aus. Meistens tritt nach ein bis zwei Tagen eine deutliche Besserung ein. Achten Sie außerdem darauf, die Hauben immer sorgfältig zu positionieren; sie müssen zentral auf der Brust aufliegen, damit Warze und Vorhof mittig angesaugt werden können.

  Vielen Frauen hilft es, vor und nach dem Abpumpen die Brustwarzen dünn mit hochgereinigtem Lanolin (Wollfett) einzureiben (z. B. mit Lansinoh oder Elanee Brustwarzensalbe), welches das Gewebe geschmeidiger macht, dem Austrocknen vorbeugt und zudem vor dem Stillen/Pumpen nicht abgewaschen werden muss. Überhaupt sollten Sie darauf verzichten, die Brust vor dem Abpumpen abzuwaschen, damit zerstören Sie nur den natürlichen Säureschutzmantel der Haut. Wichtiger ist eine gründliche Reinigung der Pumpsets! Nach dem Pumpen auf der Warze verbliebene Milchreste sollten Sie unbedingt dort trocknen lassen, der hohe Fettgehalt der Muttermilch schützt ebenfalls effektiv vor Austrocknung und sie wirkt außerdem leicht entzündungshemmend! Haben Sie schon Risse im Warzengewebe, welche unter Umständen auch immer wieder blutig aufplatzen, behandeln Sie diese am besten auch vor und nach dem Abpumpen mit Lanolinsalbe und tragen Sie zwischen den Pumpzeiten sogenannte Brustschilde (auch Brustwarzenschutz genannt) im BH. Das sind kleine Schalen aus Plastik mit eingearbeiteten Luftlöchern, die über den Brustwarzen liegen, ohne diese zu berühren. Dadurch kann die Luft frei an den Warzen vorbei zirkulieren und außerdem „klebt" der BH so nicht jedes Mal an den wunden, eventuell mit Lanolinsalbe eingeriebenen Brustwarzen fest (um beim nächsten Öffnen die

Brustschilde

gerade verheilten Stellen wieder erneut aufzureißen). Erhältlich sind Brustschilde u. a. von den Firmen Avent oder Medela. Aber Vorsicht: Da die Schilde relativ fest auf den Brüsten sitzen, verursachen sie, wenn sie rund um die Uhr getragen werden, bei manchen Frauen leicht Milchstau. Achten Sie also unbedingt darauf, ob Ihre Milchgänge verhärten oder anschwellen, und lassen Sie die Schilde dann sofort weg!

Übrigens: Wenn einmal ein wenig Blut aus einer aufgesprungenen Brustwarze mit in die abgepumpte Milch gelangen sollte, so ist das überhaupt nicht schlimm und kein Grund, die betroffene Milch wegzuschütten. Auf diese Weise kann Ihr Baby sogar seinen Eisenhaushalt etwas aufbessern. Mit den oben genannten Maßnahmen sollten Ihre wunden Warzen schnell besser werden, allerdings kann es einige Wochen dauern, bis sie vollständig abgeheilt sind. Falls die Beschwerden dennoch andauern oder erst einige Wochen nach Beginn der Pumpstillzeit auftreten, liegt möglicherweise eine Pilzinfektion vor (Soor), die ärztlich behandelt werden sollte.

Ernährung mit der Flasche

Auch die Flaschenernährung kann für ein neugeborenes Spaltbaby eine Herausforderung sein und ist oft mit Anfangsschwierigkeiten verbunden. Mit den geeigneten Hilfsmitteln gelingt es aber fast immer, diese in den Griff zu bekommen. Bei ernsten Trinkproblemen stecken meistens andere Faktoren dahinter, wie etwa eine Schluckstörung oder eine allgemeine Muskelschwäche, die auf jeden Fall beim Kinderarzt abgeklärt werden sollten. Babys mit einer Pierre-Robin-Sequenz können aufgrund ihrer Zungenrücklage sehr große Trinkprobleme haben, aber auch bei ihnen kann, bis auf wirklich schwere Fälle, mit den geeigneten Maßnahmen eine orale Ernährung ohne Sonde erreicht werden.

Das Trinken aus herkömmlichen Saugern stellt für Spaltkinder ein ähnliches Problem dar wie das Ansaugen der Brustwarze beim Stillen: Aufgrund ihrer Gaumenspalte können sie ganz einfach nicht saugen, weshalb herkömmliche Flaschensauger grundsätzlich nicht für sie geeignet sind. Zwar hört man von vielen Eltern, dass ihr Kind einen solchen benutzt (hat), dann allerdings meist mit selbst vergrößertem Saugerloch. Bis zur Entwicklung des SpecialNeed Feeders im Jahr 1984 war das im Grunde auch die einzige Möglichkeit, ein saugschwaches Baby mit der Flasche zu ernähren, und alternative Fütterrmethoden waren noch kaum bekannt, weshalb

Eltern, die ihr Spaltbaby vor den 1990er Jahren bekamen, sich oft mit Schrecken an die mühsame Ernährung in den ersten Monaten erinnern. Das Problem an dem „Trick" mit dem vergrößerten Saugerloch: Das Baby ist nicht in der Lage, den Milchfluss zu unterbrechen, weshalb der Mundraum leicht überflutet werden kann, mit der Folge, dass es in Panik gerät und sich verschluckt. Dadurch kann Flüssigkeit in die Lunge geraten kann (Aspiration). Zudem bietet diese Art des Trinkens dem Baby keine Gelegenheit, seine Mundmuskulatur zu trainieren, da ihm die Milch ja fast ohne Eigenleistung einfach in den Mund rinnt. Weil beim operativen Spaltverschluss aber die falsch ansetzenden, gespaltenen Muskeln in Position gebracht und vereinigt werden müssen, ist es wichtig, dass sie zum Zeitpunkt der OP gut ausgebildet sind – das erleichtert dem Chirurgen seine Arbeit erheblich! Auch für die spätere Sprachentwicklung ist das Training der Mundmuskulatur wichtig.

Besser als ein normaler Flaschensauger mit selbst vergrößertem Loch ist daher in jedem Fall eine speziell für Spaltkinder entwickelte Trinkhilfe wie der SpecialNeeds Feeder, oder zumindest ein Saugermodell, das den natürlichen Verhältnissen an der Brust möglichst nahe kommt. Solche Sauger haben idealerweise eine runde, große Lippenauflage und ein langes Saugerteil (wie z. B. die Sauger von Playtex oder Avent). Auch daraus können Spaltbabys nicht wirklich „saugen", aber durch ihre natürlichere, brustwarzenähnliche Form können sie zumindest ansatzweise auf die Ausmelkbewegung des Babys reagieren.

Der SpecialNeeds Feeder (ehemals Haberman Feeder)

Zu verdanken haben wir den Haberman/SpecialNeeds Feeder dem Engagement einer betroffenen Mutter, der britischen Designerin *Mandy Haberman*. Als ihre Tochter Emily 1980 mit Stickler-Syndrom und einer Pierre-Robin-Sequenz mit Gaumenspalte geboren wurde, was dem kleinen Mädchen die typischen Trinkprobleme bescherte, wurde ihr klar, „dass das Nähren, das Füttern, den wesentlichen Teil der Mutter-Kind-Beziehung ausmacht" – und dass nicht nur die Ernährung des Kindes, sondern gerade die Bindung zwischen Mutter und Kind empfindlich gestört wird, wenn es mit dem Trinken nicht klappt. Nicht dazu bereit, sich mit der Rolle der hilflosen Mutter abzufinden, begann *Mrs. Haberman* damit, die komplexe Mechanik des Trinkens von Säuglingen zu erforschen. Mit Hilfe von Cineradiographien (Röntgenstrahlfilmen) stillender Babys konnte sie sich ein deutliches Bild davon machen, wie ein Säugling die durch das Saugvakuum im Mund langgezogene Brustwarze mit dem Unterkiefer gegen das Gaumendach presst, um dann die Milchseen von unten mit der Zunge auszustreichen. Das einzigartige Design des SpecialNeeds Feeders imitiert genau diese

SpecialNeeds Feeder

Technik und ermöglicht es dem Spaltbaby, auch ohne Aufbau eines Saugvakuums die Flasche selbstständig zu leeren, durch Bewegungen von Unterkiefer und Zunge. Und das funktioniert so: Der Feeder besteht aus vier Komponenten, die zum Reinigen auseinandergenommen werden können, nämlich einem Milchreservoir aus Silikon, dem Ring, durch den dieses gesteckt und dann auf die Flasche geschraubt wird, und dem zweiteiligen Ventil (eine dünne Silikonmembran, die an einem Kunststoffplättchen befestigt wird). Das Ventil trennt Milchreservoir und Flasche. Vor dem Füttern wird die Luft durch Zusammendrücken aus dem Reservoir gepresst und die Flasche dann mit dem Reservoir nach unten gehalten, woraufhin automatisch Milch aus der Flasche in das Reservoir hineinläuft. Die Milch kann aufgrund des Ventils nicht zurück in die Flasche fließen, sondern nur in eine Richtung, in das Reservoir hinein. Beim Trinken läuft die Milch, während das Baby das Milchreservoir leert, kontinuierlich weiter nach. Auf diese Art bildet sich nicht, wie bei herkömmlichen Saugern, ein Vakuum in der Flasche, gegen welches das Baby dann antrinkt. Es muss lediglich auf das kleine, 29 ml fassende Milchreservoir einwirken, das so auch die allergeringste Saugtätigkeit unterstützt, nicht auf eine ganze Flasche. Zudem imitiert die am Ende langgezogene, spitze Form des Milchreservoirs die Form der Brustwarze im Mund, sodass das Baby mit derselben Bewegung wie beim Stillen den „Sauger" mit der Zunge ausstreichen kann, indem es sie gegen seine Kieferleisten oder, was dem natürlichen Bewegungsablauf noch näher kommt, gegen seine Gaumenplatte (als künstliches Gaumendach) presst.

Durch ein variables 3-stufiges Schlitzsystem im Sauger/Milchreservoir lässt sich außerdem die Stärke des Milchflusses variieren, von leichtem Tröpfeln bis hin zu einem normalen satten Fluss, je nachdem, welche Markierungslinie auf dem Saugerteil beim Füttern nach oben zeigt. Der Trinkschlitz verschließt sich zwischen den einzelnen Kieferbewegungen, sodass der Rachenraum des Babys nie überflutet werden kann. Wenn das Baby noch zusätzliche Hilfe braucht, können Sie leicht auf das flexible Milchreservoir drücken, um dem Baby so ein wenig Milch in den Mund zu spritzen; dann allerdings bitte immer abwarten, bis das Baby die Milch heruntergeschluckt hat, bevor die nächste Portion kommt. Es besteht sonst die Gefahr, dass Flüssigkeit in die Lunge des Babys gelangt und es die Milch einatmet (aspiriert). Bei Muttermilchfütterung ist das nicht so dramatisch, wesentlich ungünstiger ist dies bei Säuglingsmilchnahrung: Die in ihr enthaltenen künstlichen Antigene reizen die Bronchien und können im schlimmsten Fall eine sogenannte Aspirationspneumonie auslösen, eine besonders schwere Form von Lungenentzündung. Einem ansonsten gesunden LKGS-Baby sollte daher nicht auf diese Art „geholfen" werden, es kann den Sauger ohne Probleme allein ausstreichen lernen! Bei der Handhabung des Feeders können manchmal Probleme auftreten:

– *Milch läuft aus.* Ein immer wieder auftretendes Problem ist auslaufende Milch. Anscheinend ist der Feeder für eine Flüssigkeitstemperatur von exakt 37 °C ausgelegt. Ist die Milch nur ein klein wenig wärmer oder kälter, tritt zwischen Flasche und Schraubring Milch aus – was bei abgepumpter Muttermilch natürlich mehr als ärgerlich ist. Da hilft nur genaues Temperieren der Mahlzeit mit einem Thermometer. Es kann auch helfen, vor dem Füttern eine Mullwindel um den Übergang zwischen Flasche und Ring zu wickeln, dann werden es oft nur ein paar Tropfen und das Auslaufen endet rascher.

- *Milch läuft nicht nach.* Eigentlich soll beim Füttern die aus dem Reservoir-Sauger ausgetrunkene Milch kontinuierlich durch neue Milch aus der Flasche ersetzt werden – einmal befüllt, füllt sich das Reservoir beim Trinken automatisch auf. Manchmal klappt dieser Vorgang allerdings nicht und das vom Baby geleerte Reservoir füllt sich nicht wieder. Die Lösung: auf dem unteren Rand des Schraubringes kann man einen oder mehrere leicht erhabene Punkte sehen und ertasten. Das Plättchen für das Ventil wiederum hat an einer Seite einen kleinen senkrechten Schlitz. Beim Einsetzen des Plättchens in den Schraubring sollte darauf geachtet werden, dass der Schlitz auf den Punkt bzw. die Punkte des Ringes zeigt, dann ist das Ventil korrekt positioniert und die Milch wird wie gewünscht nachlaufen. Auch bei zu kalter Milch oder anderen kalt getrunkenen Flüssigkeiten (Wasser oder Tee) füllt sich das einmal geleerte Reservoir oft nicht wieder – da hilft dann leider nur wiederholtes Nachfüllen.

- *Sauger kaputt?* Wie alle Flaschensauger ist auch das Trinkreservoir des Special-Needs Feeders ein Verschleißteil und sollte selbstverständlich regelmäßig ersetzt werden. Allerdings franst der Trinkschlitz des Saugers leider oft schon nach kurzer Zeit an den Seiten aus und reißt ein, bis statt des kurzen Schlitzes ein riesiges S-förmiges Loch im Sauger prangt. Dann muss er auf jeden Fall ersetzt werden, da erstens nun die Gefahr besteht, dass der Rachenraum des Babys mit Milch überflutet wird, und außerdem kein nennenswertes Training der Mundmuskulatur mehr stattfindet. Es verlängert die Lebensdauer der Silikonsauger (der Milchreservoirs), wenn Sie sie in der Spülmaschine reinigen, da das Säubern von Hand mit einer Saugerbürste eine zusätzliche mechanische Belastung für den Trinkschlitz bedeutet. Überprüfen Sie die „Sauger" bitte regelmäßig auf Materialschäden, vor allem, wenn Ihr Baby schon Zähne hat – nur allzu leicht kann es dann aus Versehen kleine, manchmal äußerst scharfkantige Stückchen Silikons abbeißen und hinunterschlucken, wodurch es zu Verletzungen kommen kann.

Obwohl viele Kinder den Feeder auch ohne Gaumenplatte benutzen können, bildet er bei den meisten doch zusammen mit der Platte ein unschlagbares Team. Gerade bei doppelseitigen Spalten, aber auch bei einseitigen vollständigen LKGS mit breiten Lippen-Kieferspalten, fehlt oft an der entscheidenden Stelle das nötige Gewebe, um die Bewegungen des Unterkiefers effektiv nach oben hin „aufzufangen". Die Gaumenplatte simuliert einen vollständigen Kieferbogen, der die Lücke zwischen beiden Kiefersegmenten überbrückt, sodass das Baby mit ihrer Hilfe auch von oben auf das Milchreservoir des SpecialNeeds Feeders einwirken kann.

Unser Arzt/unsere Logopädin rät vom SpecialNeeds Feeder ab – warum?

Während die Qualität der rein medizinischen Betreuung bei LKGS sich immer mehr verbessert hat, ist die Ernährung von Babys mit Spalte (leider genau wie die Säuglingsernährung im Allgemeinen) ein von Medizinern oft vernachlässigtes Thema. Schuld daran ist vor allem die Milchnahrungs- und Babyzubehörindustrie, die ihre Pulvermilch und ihre Flaschen und Sauger verkaufen möchte.

Eine andere Ursache liegt im alltäglichen Sprachgebrauch: Das Wort „saugen" in Verbindung mit Babys sorgt leider für große Verwirrung. Wir sagen „Säugling", „Saugreflex", „das Baby saugt an der Brust". Niemand stellt das in Frage, auch nicht Kinderärzte, viele Hebammen und anderes Fachpersonal. Ein Baby saugt, Punkt. Und dabei stellen wir uns das so ähnlich vor wie das Trinken aus einem Trinkhalm. In Bezug auf Flaschenfütterung stimmt das sogar – durch den Sog, den das Baby aufbaut, zieht es die Flüssigkeit aus der Flasche. Das ist übrigens nicht besonders anstrengend. Auf das Trinken an der Brust lässt sich diese Vorstellung des Saugens nicht übertragen. Trotzdem gehen viele Logopäden davon aus, dass der unnatürliche, reine Saugvorgang beim Fläschchenfüttern der „normale" ist. Diesen müssten Babys ihrer Meinung nach lernen, damit die Mundmuskulatur optimal auf das Sprechen vorbereitet wird.

Was beim Saugen aus der Flasche geschieht, ist jedoch nicht der „physiologische", also von der Natur vorgesehene Vorgang. Von der Natur vorgesehen ist das Stillen an der Brust, und das funktioniert eben nur teilweise durch Saugen. Es ist eine komplexe Saug-Kau-Schluckbewegung und stellt das optimale, bestmöglich sprachvorbereitende Bewegungsmuster der Mundmuskulatur dar. Genau dieses Bewegungsmuster ermöglicht der SpecialNeeds Feeder. Beim Saugen aus herkömmlichen Saugern erfolgt kein Training von Zunge und Kiefermuskulatur, sie werden fast nicht beansprucht: Durch das Saugvakuum fließt die Nahrung fast von allein aus der Flasche. Die Zunge macht keine rhythmischen Bewegungen, sondern wird unten an den Mundboden gedrückt, wo sie dann mehr oder weniger passiv liegenbleibt.

Leider sind manche Mediziner und Sprachtherapeuten in dieser Hinsicht nicht auf dem neuesten Stand, was auch an dem oft veralteten Inhalt der Lehrmittel liegt, zumal sich viele Erkenntnisse, gerade über die „physiologischen", also körperlich normalen Vorgänge bei der frühkindlichen Ernährung, sehr langsam verbreiten. Das Wissen um die Mechanik des Stillens ist kaum bekannt bzw. scheint auch nicht wirklich von Interesse zu sein; das wiederum hat seine Ursache in der mangelnden Stillkultur im deutschsprachigen Raum. Anders als alle herkömmlichen Trinksauger wurde der SpecialNeeds Feeder speziell entwickelt, um das Bewegungsmuster beim Stillen genau zu imitieren. Wenn ein Kind also nicht stillen kann, ist der SpecialNeeds Feeder eigentlich die zweitbeste Wahl – für alle Kinder, nicht nur für die mit Spalte. Der einzige Punkt, in dem der SpecialNeeds Feeder wegen seiner eher schmalen Lippenauflage nicht sehr vorteilhaft ist, ist der Lippenschluss. Aber dabei ist im Vergleich zur mütterlichen Brust jeder Sauger zweite Wahl.

Babys, die mit dem SpecialNeeds Feeder gefüttert wurden und gelernt haben, ihn durch Ausstreichen zu leeren, können tatsächlich oft erst einmal nicht „richtig" saugen. Das gilt aber auch für manche brusternährten Kinder ohne Spalte.

Andere (Spezial-)Sauger und Trinksysteme

Andere für Spaltkinder erhältliche Trinksauger, wie der Gaumenspaltsauger und Lippenspaltsauger von NUK, berücksichtigen nur eingeschränkt die besondere Anatomie einer Gaumenspalte und haben sich in der Praxis nicht bewährt. Sie unterscheiden sich lediglich in der Form von herkömmlichen Saugern, können aber die Saugschwäche bei Gaumenspalten nicht wirklich kompensieren. Bei einer reinen Lippenspalte ist ein spezieller Sauger unnötig und zudem genauso unvorteilhaft für die Zungenlage wie ein normaler Sauger. Babys mit Lippenspalte sollten also am besten gestillt oder, wenn die Mutter das nicht möchte, mit dem SpecialNeeds Feeder oder einem herkömmlichen Flaschensauger mit möglichst breiter Lippenauflage, z. B. von Avent, gefüttert werden. Eine bei manchen Babys beliebte Variante ist das Trinksystem von Playtex, bestehend aus einem flaschenähnlichen Behälter, in den vorsterilisierte Plastikbeutel eingehängt werden. Zwar gehört auch zu diesem System ein normaler Sauger (immerhin mit relativ breiter Lippenauflage, was für Babys mit Lippenspalte grundsätzlich von Vorteil ist), dafür kann man aber dem Baby beim Trinken durch vorsichtiges Drücken auf den flexiblen Beutel helfen. Bei großen Trinkproblemen ist dies eine gute Überbrückungsmöglichkeit, wenn (noch) kein SpecialNeeds Feeder zur Verfügung steht. Auch zur langsamen Umgewöhnung und zum Saugtraining nach dem (frühen) Gaumenverschluss eignet sich das Playtex-System gut. Die Beutel werden auch von vielen Müttern gern zum Einfrieren abgepumpter Milch genutzt, allerdings sollte dann auf separate Lagerung geachtet werden, damit die Beutel nicht durch den Kontakt mit anderem Gefriergut (spitze Ecken von Plastikbeuteln etc.) beschädigt und mit Bakterien kontaminiert werden.

Säuglingsmilchnahrung

Wenn es mit dem Stillen nicht geklappt hat und Sie auch nicht (mehr) abpumpen, oder wenn die abgepumpte Muttermilch nicht ausreicht, um den Bedarf Ihres Babys zu decken, müssen Sie eine künstliche Muttermilchersatznahrung verwenden. Bitte stellen Sie diese im Interesse Ihres Kindes nicht selbst her, auch wenn dazu immer noch Rezepte kursieren – die Zutaten müssen so fein aufeinander abgestimmt, die Hygiene so streng eingehalten werden, dass es kaum möglich ist, in der eigenen Küche eine zufriedenstellende Milchnahrung zusammenzubasteln, ganz abgesehen davon, dass es aufwendig und schon daher für die ohnehin zeitintensive Ernährung eines mit Spalte geborenen Säuglings ungeeignet ist. Industriell gefertigte Ersatznahrung stellt die einzige vernünftige Alternative dar. Aber welche der im Handel erhältlichen Milchen sollte man verwenden?

Künstliche Säuglingsmilch wird angeboten als Anfangsnahrung (Stufe „Pre" und Stufe 1) und Folgemilch (die Stufen 2 und 3). Die verschiedenen Stufen unterscheiden sich hinsichtlich ihrer Zusammensetzung, vor allem aber in der Eiweiß-Aufbereitung: Sie sind, wie die Pre-Nahrung, entweder volladaptiert, d. h. das gesamte Kuhmilcheiweiß ist so bearbeitet, dass seine Struktur den Eiweißmolekülen in der Muttermilch ähnelt, oder, wie alle anderen Stufen, teiladaptiert, was bedeutet, dass nur noch ein Teil vom Kuhmilcheiweiß der menschlichen Milch angenähert wurde. „1er"-Milchen enthalten zusätzlich Stärke, was sie sämiger macht und das Baby mehr sättigen soll, „2er"- und „3er"-Nahrungen können außerdem Industriezucker statt milcheigener Laktose und chemische Aromastoffe enthalten, dafür fehlen manche Vitamine und Mineralstoffe. Schon der Begriff „Stufe" in Verbindung mit der Nummer suggeriert, dass nach „Pre" auf jeden Fall „1" kommen muss und dann „2" usw. – aber das entspricht nicht den Tatsachen. Wenn überhaupt, dürfen Säuglingsnahrungen der Stufe 2 und 3 ausschließlich beim älteren Säugling im Rahmen einer Mischkost gegeben und die auf der Packung angegebene Höchstmenge der täglichen Milchmahlzeiten sollte nicht überschritten werden, sonst drohen Übergewicht und gesundheitliche Schäden.

Manche an die oft künstlich aromatisierte, süße Folgemilch gewöhnte Kinder lehnen dann später sogar den Geschmack von Kuhmilch ab. Besser ist es, auf diese völlig überflüssigen Milchnahrungen ganz zu verzichten und das gesamte erste Jahr hindurch bei der Anfangsnahrung zu bleiben. Entweder bei der „1er"-Milch, wobei angemerkt werden muss, dass auch diese durch ihren Stärkezusatz „leere" Kalorien enthält und es erforderlich ist, die vom Hersteller festgelegten Trinkmengen nicht zu überschreiten oder besser noch bei der im Eiweiß wenigstens etwas mehr der Muttermilch angepassten „Pre"-Milch. Sie kann von Anfang an wie Muttermilch ganz nach Bedarf des Babys gefüttert werden und enthält neben der milcheigenen Laktose keine anderen Kohlenhydrate. Auch im Beikostalter ist Pre-Milch völlig ausreichend für die Bedürfnisse Ihres Babys, alle anderen Stufen sind aus ernährungsphysiologischer Sicht überflüssig! Sie existieren lediglich aus dem einen Grund, nämlich einer Verbesserung der Verkaufszahlen der Milchnahrungsindustrie: Da die teiladaptierten Nahrungen wesentlich günstiger in der Herstellung sind, erhöht sich bei diesen Produkten die Gewinnspanne.

Ein Wort zur sogenannten hypoallergenen (HA-)Milchnahrung: Das in ihr enthaltene Kuhmilcheiweiß ist stärker in kleinere Bestandteile aufgespalten als in herkömmlicher Ersatznahrung. Bei Kindern mit erblichem Allergierisiko soll so verhindert werden, dass das Immunsystem das Kuhmilcheiweiß als fremd erkennt und bei erneutem Kontakt eine übersteigerte Abwehrreaktion auf das betreffende Eiweiß zeigt (also allergisch reagiert). Ob hypoallergene Nahrung tatsächlich das Entstehen einer Allergie verhindern oder ihren Schweregrad mildern kann, ist zum jetzigen Zeitpunkt noch nicht erwiesen! Zudem ist HA-Nahrung teurer als herkömmliche Säuglingsmilchnahrungen, und die bei der Eiweiß-Aufspaltung freigesetzten Aminosäuren verleihen ihr einen leicht bitteren Geschmack, was bei den meisten, von Natur aus auf den durch den hohen Milchzuckeranteil sehr süßen Muttermilchgeschmack geprägten Babys überhaupt nicht gut ankommt. Im schlimmsten Fall trinken sie zuwenig von der bitter schmeckenden Milch – bei einem ohnehin anfänglich meist eher spärlich trinkenden Spaltbaby ein böser Nebeneffekt.

Ernährung nach dem Lippen- und dem Gaumenverschluss

Manches klappt jetzt besser

Nach der Lippenplastik ändert sich eigentlich grundsätzlich nicht viel an der Ernährungssituation Ihres Kindes. Saugen kann es auch jetzt noch nicht, dazu ist ein intaktes Gaumensegel erforderlich, und auch dann muss das Kind die ihm bislang unbekannte Funktion des Saugens erst noch erlernen. Die vereinigte Lippe samt Muskulatur ist aber längst nicht nur eine ästhetische Wiederherstellung. Erstmals kann das Baby nun einen Mundschluss herstellen, wodurch ihm das Trinken mit der gewohnten Trinkhilfe bzw. Sauger leichter fallen kann. Da die Lippenspalte nichts mit dem Stillerfolg zu tun hat, ermöglicht der Lippenverschluss Babys mit Weichgaumenspalte natürlich auch nicht plötzlich das Stillen. Manche Mütter beobachten jedoch, dass ihre Babys, insbesondere Stillkinder mit isolierter Lippenspalte, nach dem Lippenverschluss plötzlich weniger spucken; möglicherweise haben sie vorher durch die offene Lippe einiges mehr an Luft mitgeschluckt.

Nach dem Gaumenverschluss sollte keine Milch mehr aus der Nase austreten, wenn sie es dennoch tut, kann das ein Hinweis auf ein eventuelles Restloch im Gaumen sein. Es kann aber auch nur darauf hindeuten, dass das Baby ein ungünstiges Schluckmuster hat, das sich mit der Zeit oder unter logopädischer Behandlung normalisiert.

Da der Gaumen jetzt „dicht" ist, haben Sie vielleicht die Erwartung, dass Ihr Baby von einem Tag auf den anderen saugen und/oder gestillt werden kann. So einfach ist das leider nicht. Auch wenn die gespaltene Segelmuskulatur nun zu einer intakten Schlinge vereinigt ist, dauert es jedoch etwas, bis der bis dato untrainierte Muskel seine Aufgaben übernehmen kann. Zudem können auch bei optimalem OP-Ergebnis niemals alle Muskelfasern so vereinigt werden, dass das Segel dann genauso arbeitet wie eines, das nie gespalten war. Mit 60–80 % der Funktionsfähigkeit eines gesunden Segels hat Ihr Kind schon ein hervorragendes Ergebnis, aber auch dann kann es etwas dauern, bis es lernt, das Gaumensegel so anzuspannen, dass ein Saugvakuum entsteht.

Babys mit Gaumenspalte, die bis zum Gaumenverschluss immer wieder an die Brust angelegt oder mit einem Brusternährungsset gefüttert wurden, mit der Fütterungssituation an der Brust also vertraut geblieben sind, können mit viel Geduld nach dem Gaumenverschluss lernen, ohne Hilfsmittel an der Brust zu trinken. Mit der Flasche ernährte Babys lassen sich, wie die Erfahrung zeigt, nach sechs Monaten (oder länger) ohne Brust leider oft nicht mehr auf das Stillen ein – ob es bei Ihnen klappt, können Sie natürlich nur herausfinden, wenn Sie es auch versuchen!

Beikost

Da der Verschluss der Lippe oft um den 6. Lebensmonat herum stattfindet, machen sich viele Eltern Gedanken um die Einführung von Beikost, mit der ja üblicherweise im 2. Lebenshalbjahr begonnen wird. Sie sind unsicher, ob sie vor oder nach dem Lippenverschluss mit der Gewöhnung an festere Nahrung beginnen sollen und ob die Operation einen Einfluss auf das Essverhalten des Kindes hat. Das lässt sich verneinen. Wenn Ihr Baby Interesse an Beikost erkennen lässt und auch die üblichen Zeichen von Beikostreife zeigt (es kann frei sitzen, den Kopf sicher halten, der Zungenstreckreflex, mit dem das Baby die festere Nahrung sofort wieder aus dem Mund befördert, hat sich abgeschwächt), können Sie auch mit halbfester Nahrung beginnen, sei es vor oder nach dem Verschluss der Lippe. Der Verschluss des Gaumens spielt da schon eine größere Rolle. Solange der Gaumen noch unverschlossen ist, kann Nahrung in die Nase gelangen. Trotzdem kann auch schon vor dem Gaumenverschluß mit Beikost begonnen werden.

Der Brei sollte dann nicht zu fest sein, gefüttert wird am besten in leicht schräger Position, z. B. auf Ihrem Schoß, den Kopf in Ihrer leicht geneigten Armbeuge, oder halb aufrecht in der Babywippe. Das reduziert die Menge an Nahrung, die direkt aus der Mundhöhle in die Nase gerät. Wenn das Baby eine Gaumenplatte hat und diese gut sitzt, sollten Sie zunächst unbedingt versuchen, mit eingesetzter Platte zu füttern, auch das hält den Brei aus der Nase. Obwohl viele Babys Milch in der Nase noch tolerieren, sieht es bei halbfester Nahrung schon anders aus – dies irritiert manche Babys so sehr, dass sie das Füttern verweigern. Lassen Sie es in diesem Fall locker angehen, verdünnen Sie den Brei und versuchen Sie es in regelmäßigen Abständen wieder – so hat Ihr Kind eine Chance, sich langsam an das ungewohnte Gefühl für Mund und Magen zu gewöhnen. Manche Babys mümmeln auch mit offenem Gaumen gerne an Brotrinden, Keksen oder Bananen und lernen rasch, diese so zu essen, dass die Spalte nicht stört. Allerdings sollte man sie dabei niemals unbeaufsichtigt lassen – sie können sich nicht nur verschlucken, wie Kinder ohne Spalte auch, sondern gerade Keksstücke können sich in der Segelspalte verfangen, was nicht unbedingt sehr gefährlich, in jedem Fall aber unangenehm ist. Da müssen Mama oder Papa sofort zum Herausangeln zur Stelle sein.

Sie müssen übrigens nicht nach dem 6. Monat mit Beikost beginnen, und es muss auch keine industriell hergestellte Gläschenkost sein, auch wenn sich diese Vorstellung, zur Freude der Babynahrungshersteller, allgemein etabliert hat. Manche Babys zeigen mit vier Monaten Zeichen von Beikostreife, manche mit sechs Monaten, viele Babys lehnen noch länger festere Kost ab – oder sie mögen zwar gern mal etwas anderes als Milch, aber bitte was „Richtiges" wie die Großen, keine Möhrenpampe! Zwar wird gern damit argumentiert, dass ein Baby im zweiten Lebenshalbjahr zusätzlich Eisen benötigt. Das trifft durchaus zu für Babys, die ausschließlich Säuglingsnahrung erhalten. Muttermilchernährte Kinder haben meist einen ausreichenden Eisenvorrat, da das Eisen in der Muttermilch nahezu vollständig verwertet werden kann. Wenn Ihr Baby also mit sechs Monaten keinen Brei essen mag, dann lassen Sie es dabei. Es wird schon von selbst auf den Geschmack kommen.

Viele Babys mögen lieber Fingerfood, das sie selbst festhalten können. Bieten Sie Ihrem Kind z. B. eine Banane an, eine gekochte Kartoffel, ein Stück Brot oder ein paar Erbsen – damit fördern Sie auch die Feinmotorik. Daneben bekommt es eben noch Muttermilch bzw. Pre-Milchnahrung, soviel es will. Das macht vermutlich nicht nur Ihrem Baby viel Spaß, sondern ist auch weniger aufwendig für Sie und fördert den Familienzusammenhalt, weil Sie von Anfang an alle gemeinsam am Tisch sitzen und das Gleiche essen, auch wenn das Baby noch nicht alles essen kann, was zu Ihrer Mahlzeit gehört. Selbstständig Frisches am Familientisch zu essen und mit allen Sinnen die Nahrung zu begreifen, ist eine ganz andere Erfahrung für ein Kind, als von Mama oder Papa den Löffel in den Mund geschoben zu kriegen und mehr oder weniger passiv hinunterzuschlucken, was darauf ist. Das Selbermachen verstärkt die sensorischen Erfahrungen im Mundbereich, was für ein mit Spalte geborenes Kind nur von Vorteil sein kann.

Von der Flasche zur Tasse

Sobald Milch nicht mehr die alleinige Nahrungsquelle ist, müssen Säuglinge auch andere Flüssigkeit, am besten einfaches Wasser zu sich nehmen. Viele Eltern geben auch dieses zunächst in der gewohnten Form, meist der Flasche mit dem Sauger, mit dem das Baby auch bislang gefüttert wurde. Nötig ist das aber nicht, und auch nicht wünschenswert – allzu groß ist die Gefahr, dass die Nuckelflasche beim größeren Baby zum ständigen Begleiter wird. Zähne, die dauerhaft mit Flüssigkeit umspült werden, entwickeln aber allzu leicht Karies – für Spaltkinder, bei denen manche Zähne oft nicht angelegt sind, besonders gefährlich, denn sie brauchen so viele Zähne wie möglich, damit der Zahnarzt gegebenenfalls Prothesen für fehlende Zähne daran befestigen kann. Daher sollte Ihr Baby so schnell wie möglich lernen, aus einer Tasse zu trinken, was mit ein bisschen Übung und nach einigen „Totalunfällen" meist schneller gelingt als man denkt – nur in der Übungsphase muss ein wenig öfter am Tisch aufgewischt werden. Ein großes Plastiklätzchen schützt zumindest die Kleidung ihres Kindes, wenn es trinken übt.

Trinkbecher

Für unterwegs sind tropffreie Becher mit Deckel, die man einfach mit in die Wickeltasche packen kann, natürlich praktischer. Leider müssen die meisten davon durch kräftiges Saugen geleert werden. Das allerdings fällt vielen Kindern mit Segelspalte auch nach der Operation schwer; es dauert oft noch ein bisschen, bis das Gaumensegel seine natürlichen Funktionen zufriedenstellend erfüllen kann. Außerdem haben viele Kinder mit einer Segelspalte niemals erfahren, was „saugen" bedeutet und wie es überhaupt geht. Mit Geduld und spielerischem Üben lernen es zwar früher oder später alle Kinder, z. B. durch Strohhalmspiele oder Trinken aus dem Tetrapack, auf das Sie zunächst als Hilfestellung drücken, um die Flüssigkeit nach oben zu bringen. Bis es soweit ist, müssen Sie aber nicht auf einen tropffreien Becher verzichten. Den Trinkbecher von Nuby z. B. (auch erhältlich in dm-Drogeriemärkten unter dem Namen „babylove Trink-Lernbecher") kann Ihr Kind auch ohne Saugen leeren, durch Kieferbewegungen, ähnlich wie beim SpecialNeeds Feeder. Dafür sorgt das große, weiche Silikonmundstück mit speziellem Ventil, außerdem ist es ebenso dicht wie andere Ventilbecher. Aber auch mit anderen Bechern kann Ihr Kind zurechtkommen – da hilft am besten Ausprobieren.

Kann und soll ein Spaltkind schnullern?

Während viele Eltern sich den Babyalltag ohne den immer verfügbaren Tröster gar nicht vorstellen können, kritisieren andere die Fixierung des Babys auf ein Objekt oder warnen vor möglichen Zahnfehlstellungen infolge des Schnullergebrauchs. Tatsache ist: Das gewohnheitsmäßige Lutschen an einem Beruhigungssauger (oder auch am Finger!) kann zu Gebissanomalien führen, und zwar zu einem Vorkippen der oberen Schneidezähne, zu einem frontal offenen Biss oder, wenngleich seltener, auch zu einem Kreuzbiss (= unzureichendes Ineinandergreifen der Seitenzähne). Latent bestehende orofaziale Dysfunktionen, also Störungen im Mundbereich wie z. B. eine offene Mundhaltung oder Schluckschwierigkeiten, können durch den häufigen Gebrauch eines Schnullers gefördert werden.

Tatsache ist aber auch, dass solche durch das Nuckeln verursachten Störungen, die zudem nur bei sehr häufigem oder dauerndem Schnullergebrauch entstehen, normalerweise von selbst wieder ausheilen, wenn das Kind spätestens im 3. Lebensjahr vom Schnuller entwöhnt wird. Außerdem entwickeln die meisten Spaltkinder ohnehin die ein oder andere Fehlstellung der Zähne und benötigen fast immer eine kieferorthopädische Behandlung – ob sie nun als Baby geschnullert haben oder nicht. Ebenso Tatsache ist, dass der Saugtrieb zu den stärksten Instinkten zählt, die der Mensch von der Evolution mit auf den Weg bekommen hat. Er sichert, gemeinsam mit anderen angeborenen Reflexen, dem Menschenbaby das unmittelbare Überleben. Ohne Saugen keine Nahrung! Kein Wunder also, dass die als lustvoll erfahrenen Bewegungen mit dem Mund für das Baby auch außerhalb der Mahlzeiten einen hohen Stellenwert einnehmen. Das nicht nutritive Saugen, also das reine, nicht ernährungsbezogene Nuckeln dient ihm auch zum Trost und zur Beruhigung, als Hilfe beim manchmal angstbesetzten Übergang aus der Wachphase in die Dämmerung des Schlafes. Da ein nicht oder nicht voll gestilltes Baby mit Spalte diesen natürlichen Saugtrieb nicht oder nicht ausreichend an der Brust befriedigen kann, halte ich es für sehr wichtig, dass es die Möglichkeit hat, ihn anderweitig auszuleben. Sie sollten ihm also unbedingt ermöglichen, an etwas zu nuckeln, wenn es das möchte! Das kann ein Schnuller sein, der eigene Daumen, aber auch ein Schmusepüppchen aus Frottee oder Seide, oder einfach eine Mullwindel. Auf solche textile Varianten greifen viele Eltern mit Spaltkindern aus zwei Gründen gern zurück: Einmal haben die meisten Babys beim Schnullern das gleiche Problem wie beim Stillen – aufgrund des fehlenden Saugvakuums haben sie Schwierigkeiten, den Schnuller im Mund zu behalten. Außerdem ist in den meisten Spaltzentren das Benutzen eines Beruhigungssaugers nach dem Lippen- und dem Gaumenverschluss nicht erlaubt, um die frischen Nähte zu schonen. Das Lutschen an einem Tuch hingegen stellt für manche Ärzte kein Problem dar, wobei das aber an den einzelnen Kliniken sehr unterschiedlich gehandhabt wird.

Ich persönlich halte es dem Baby gegenüber nicht für fair, ihm in den ersten Lebensmonaten das Nuckeln am Schnuller zu verwehren, aus bloßer Angst vor der Reaktion, wenn es ihn dann ausgerechnet in der belastenden postoperativen Situation nicht benutzen darf. Da ist eben der Einsatz der Eltern gefragt, und tatsächlich ist für die Kinder nach der OP ja so vieles neu. Sie müssen sich mit einer so ungewohnten und anderen Selbstwahrnehmung im sensiblen Mundbereich auseinandersetzen, dass der zeitweilige Verlust des Schnullers da vermutlich gar nicht so sehr ins Gewicht fällt, wie man vermuten könnte (auch wenn mein Sohn nach den ersten beiden Operationen sehr sehnsüchtig nach dem Schnuller verlangte).

Obwohl also viele Babys mit Gaumenspalte gerne schnullern würden, fehlt ihnen jedoch der richtige Sog, um den Schnuller im Mund halten zu können. Zwar gibt es ein paar Tricks, doch wie beim Stillen und Trinken entwickelt auch hier jedes Spaltkind seine eigene Strategie, es lohnt sich also, ein wenig zu experimentieren und Ihrem Baby verschiedene Schnuller anzubieten, um zu sehen, womit es am besten zurechtkommt.

Neugeborene haben (auch vor Anpassen der Gaumenplatte) meistens keine Probleme mit einem herkömmlichen „kiefergerecht" geformten Schnuller (z. B. von NUK), sofern Sie ihn für das Baby festhalten. Wenn es in der Wiege liegt, ziehen Sie einfach ein Tuch oder eine Mullwindel durch den Ring, um den Schnuller etwas zu stabilisieren, und legen Sie es neben den Kopf des Babys. Dann kann es auch ohne Saugeffekt daran nuckeln – auch wenn der Sauger ab und zu mal wegrutscht. Dieser Trick klappt aber wirklich nur in den allerersten Wochen. Sobald das Baby sich mehr bewegen kann und das Hin- und Herdrehen des Kopfes beherrscht, kann es entweder nur auf Mamas Arm nuckeln, wenn diese den Schnuller für es festhält, oder es muss lernen, den Schnuller mit Hilfe des Kiefers und der Zunge festzuhalten. Das geht besonders gut mit Hilfe der Gaumenplatte, da sie als künstliches Gaumendach fungiert und das Baby den Schnuller mit der Zunge dagegen drücken kann. Nach einiger Zeit hat sich durchs Stillen oder das Trinken die Mundmuskulatur des Säuglings so gut ausgebildet, dass es den Schnuller auch ohne Saugvakuum selbstständig im Mund behalten kann. Hilfreich ist es, wenn der dazu verwendete Sauger nicht zu klein ist, damit Zunge und Kiefer genug „Material" zur Verfügung haben, auf das sie einwirken können. Versuchen Sie es also auch einmal mit der nächsten Schnullergröße, wenn Ihr Baby Probleme hat, den Schnuller zu halten! Bei meinem Sohn hat sich, nach Versuchen mit so einigen Schnullermodellen, der reine Kautschuksauger in der runden Kirschform (z. B. von GOLDI) bewährt. Den dicken, rundlichen Saugerteil konnte er viel besser mit dem Kiefer erfassen als die eher flachen kiefergerecht geformten Schnuller. Und der größere, weiche Saugerschild aus Kautschuk mit seinem relativ breiten Rand geriet ihm nicht, wie gelegentlich die kleinen Plastikschilde anderer Sauger, unter die seitlichen Enden der Lippenspalte, wo sie dann das Zahnfleisch wund scheuerten. Auch mit anderen Saugern in Kirschform haben manche Eltern gute Erfahrungen gemacht. Der Kirschsauger ist unter Sprachtherapeuten durchaus umstritten; manche Logopädinnen lehnen ihn ab, da er eine falsche Zungenlage fördere, während andere der Auffassung sind, dass gerade Spaltkinder von dem Mehr an Stimulation, die der recht große Saugerteil bietet, besonders profitieren.

Ich bin allerdings der Ansicht, dass der seelische Aspekt des Trostnuckelns nicht unterschätzt werden darf und eine eventuelle negative Beeinflussung der Zungenlage bei gemäßigtem, also nicht ständigem Schnullergebrauch demgegenüber zu vernachlässigen ist. Wenn also ein kirschförmiger Sauger das Modell ist, mit dem sich Baby am besten trösten kann, sollte man das akzeptieren und eben auf nicht zu lange Schnullerzeiten hinarbeiten. Denn eins sollte klar sein: den wahrhaft „kiefergerecht" geformten Schnuller gibt es nicht; jedes Modell kann bei zu langer/zu häufiger Benutzung zu Gebissfehlstellungen führen. Das gilt auch für neuere, von einigen Zahnärzten empfohlene Modelle mit besonders flachem Saugteil. Die Hersteller behaupten, dass diese Modelle keine Zahnfehlstellungen verursachen, da sie der Zunge im Mund mehr Raum ließen. Dafür gibt es allerdings keine Beweise.

Es gibt vielmehr Hinweise darauf, dass jeder Fremdkörper im Babymund unvorteilhaft ist, wenn er zu lange dort verbleibt: Die Aufgabe der Zunge ist es, Nahrung so zu umfassen, dass sie hinuntergeschluckt werden kann. Bei einem Schnuller, Daumen oder einem anderen Gegenstand im Mund geht das natürlich nicht, trotzdem muss der durch das Nuckeln entstandene Speichel abgeschluckt werden. Das geschieht dann in einer für die Zunge nicht optimalen Position, und durch diesen permanent gestörten Schluckvorgang und die dadurch ausgelösten ungünstigen Zug-Druck-Verhältnisse im Mund können dann die bekannten Zahnfehlstellungen entstehen. Dabei macht es offenbar keinen großen Unterschied, ob es sich um einen wie auch immer geformten Schnuller handelt, den Daumen oder ein Schnuffeltuch. Es gilt also auch hier: gemäßigter Gebrauch des Nuckelgegenstandes ist die beste (Kompromiss-)Lösung. Gemäßigt heißt: Den Tröster wirklich nur anbieten, wenn das Baby nicht anders beruhigt oder abgelenkt werden kann. Nuckeln zum Einschlafen ist erlaubt, aber wenn das Baby schläft, versuchen Sie, den Tröster sanft aus dem Mund zu ziehen, falls es ihn nicht sogar selbst verliert.

Viele Babys entwickeln die Angewohnheit, den Schnuller selbst mit Hilfe eines Fäustchens im Mund festzuhalten. Manche bevorzugen das Daumen- oder Händchenlutschen (praktisch, weil immer verfügbar), und stopfen sich bei noch offener Lippe fast die ganze kleine Faust in den Mund – was zu einem Würgereiz führen kann (aber auch ziemlich lustig aussieht, wenn das komplette Händchen im Mund „verschwindet"). Babys mit isolierter Lippenspalte oder Lippen-Kiefer-Spalte können übrigens meist ganz normal schnullern, allerdings sollten auch sie am besten einen Schnuller mit größerem Schild benutzen, der nicht unter die Spaltränder rutschen und das Zahnfleisch verletzen kann.

Ein Wort zur sogenannten „Saugverwirrung": es wird von Hebammen und Stillberaterinnen immer wieder davor gewarnt, gestillten Babys einen Schnuller anzubieten, damit sie sich nicht etwa durch dessen Gebrauch ein vom Trinken an der Brust stark abweichendes Bewegungsmuster angewöhnen. Tatsächlich kenne ich unzählige voll gestillte Babys (darunter auch mein ältestes Kind, ohne Spalte), die gern und oft und von den ersten Lebenstagen an geschnullert haben und klar zwischen ernährungsbezogenem Brusttrinken und dem reinen nicht nutritiven Nuckeln am Schnuller unterscheiden konnten, weshalb ich persönlich fast nicht an die Existenz dieses Phänomens glaube. Auch mein mit Spalte geborener Sohn, der bis zu seinem Gaumenverschluss enthusiastisch schnullerte, leerte den SpecialNeeds Feeder mit den korrekten Melkbewegungen, die auch beim Stillen zum Tragen kommen – und verlangte zum Einschlafen dann deutlich nach seinem Schnuller, den er mit einer gänzlich anderen Bewegung bearbeitete. Womit ich natürlich nicht ausschließen will, dass es durchaus sensible Kinder gibt, bei denen der Gebrauch eines Schnullers zur Trinkverwirrung führt, insbesondere in den ersten 4 bis 6 Lebenswochen; aber gestehen wir doch auch in dieser Frage unseren Babys eine Grundkompetenz zu – sie lassen sich weniger leicht verwirren, als wir denken!

„Kriegen wir das hin?" – Der emotionale Aspekt

Die Geburt eines Babys mit einer Spaltbildung ist immer ein einschneidendes Erlebnis, vor allem, wenn sie während der Schwangerschaft nicht erkannt wurde. Sie kann eine Vielzahl von Gefühlen in Ihnen auslösen – von Freude über das neue Familienmitglied über Angst und Hilflosigkeit bis hin zu Schuld und sogar Wut. Manchmal überwiegt das eine Gefühl, manchmal das andere, oder Sie fühlen vielleicht alles gleichzeitig! Diese emotionale Achterbahnfahrt ist normal. Obwohl Ihnen natürlich bewusst war, dass es angeborene Krankheiten und Behinderungen gibt, haben Sie, wie alle Eltern, vermutlich nicht damit gerechnet, dass es ausgerechnet Sie treffen könnte. Egal, ob Sie dieses unvorhergesehene Ereignis völlig aus der Bahn wirft oder ob Sie sich relativ schnell wieder „fangen": Um die Spalte ihres Kindes seelisch verarbeiten zu können, müssen Sie einen typischen Trauer- bzw. Anpassungsprozeß durchlaufen, den so oder ähnlich alle Eltern erleben, wenn sie ein Kind mit einer Besonderheit bekommen.

Das Baby ist da – und nun?

Der amerikanischen Psychiaterin und Sozialpädagogin *Nancy B. Miller* fiel bei der Arbeit mit Müttern behinderter Kinder auf, dass die Eltern, während sie die Beeinträchtigung ihres Kindes bewältigten, alle ähnliche Gefühle und Einstellungen durchleben. Auch wenn dank der hervorragenden modernen Behandlungsmöglichkeiten heute kein mit Spalte geborenes Kind mehr als bleibend behindert gelten kann: Zunächst müssen Sie sich an das neue Leben mit ihrem unübersehbar fehlgebildeten Kind gewöhnen. Die von *Dr. Miller* beschriebenen vier Stadien der Anpassung – Überleben, Suchen, Normalisierung, Trennung – verdeutlichen, dass es sich dabei um einen allmählichen und völlig normalen Vorgang handelt. Deshalb möchte ich sie Ihnen im ersten Teil dieses Kapitels kurz vorstellen, als eine Art Rettungsleine, die Ihnen sagt: „Meine Gefühle sind normal, und sie gehen wieder vorbei!" Wann immer Sie glauben, dass Ihnen alles über den Kopf wächst, machen Sie sich bewusst: Ihre derzeitigen Schwierigkeiten sind nur eine Phase auf Ihrem Weg zurück in einen normalen, selbstbestimmten Alltag, in dem die Spaltbildung Ihres Kindes nicht mehr das alles beherrschende Thema darstellt.

Diesen Weg gehen Sie und Ihr Partner zwar mehr oder weniger allein, allerdings stehen da auch viele Leute am Wegrand: Ihre anderen Kinder, Ihre Eltern und Geschwister, Freunde, Nachbarn und Bekannte, Ärzte und anderes medizinisches Personal und auch völlig Fremde. Gerade wenn Ihr Kind eine gespaltene Lippe hat, werden Sie sich darauf gefasst machen müssen, dass all diese Menschen auf ihr Kind verschiedene Reaktionen zeigen werden. Das können positive, negative, hilfreiche, unsichere, einfühlsame, taktlose, aufbauende oder verletzende Reaktionen sein. Der zweite Teil des Kapitels soll Sie auf solche Begegnungen vorbereiten und Ihnen Möglichkeiten aufzeigen, wie Sie am besten damit umgehen können.

„Überleben" – Ein Schritt nach dem anderen

Es gibt Eltern, die sich nach einem kurzen anfänglichen Schreck bald mit der Spaltbildung ihres Kindes abfinden und nachfolgende Schwierigkeiten, z.B. bei der Ernährung, mehr oder weniger gelassen angehen. Die meisten Eltern berichten jedoch zunächst von einem „Schock". Der Schockzustand ist eine normale körperliche Reaktion, mit der sich Ihr Organismus davor schützt, dass ein schreckliches Erlebnis Sie völlig überwältigt. Sie wissen zwar noch nicht genau, was diese Diagnose für Sie und Ihr Kind bedeuten wird, aber Ihnen wird schlagartig klar, dass Ihr Baby sich in einer zunächst bedrohlichen Situation befindet, über die Sie nicht die geringste Kontrolle haben. Sie finden sich ohne irgendwelche Vorkenntnisse in die Ihnen vollkommen fremde Welt der Gesichtsfehlbildungen geworfen und müssen sich und Ihr Kind irgendwie sicher durch diesen Irrgarten führen. Damit beginnt die Phase des Überlebens.

Reaktion statt Aktion

In der Überlebensphase fühlen Sie sich vor allen Dingen hilflos und ausgeliefert. Um Sie herum hat angespannte oder sogar hektische Aktivität eingesetzt: Ihr Baby wurde vielleicht in die Kinderklinik verlegt, Termine in anderen Kliniken wurden gemacht, es wurden Maßnahmen erörtert oder schon durchgeführt, von denen Sie nur hoffen können, dass sie auch wirklich sinnvoll sind. Die Erklärungen des Kieferchirurgen verwirren Sie nur noch mehr, weil Sie gar nicht so genau wissen, wo und was der „weiche Gaumen" eigentlich ist. Obwohl die Stillberaterin Ihnen gesagt hat, Sie sollten Ihr Baby einfach anlegen, gelingt es überhaupt nicht, und Sie kommen zu dem Schluss, dass Sie etwas falsch machen. Das angebotene Fläschchen nehmen Sie daher dankbar an, aber nicht einmal damit klappt es, also wird das wohl schon richtig sein mit der Magensonde.

Ihr Mangel an Informationen lässt Ihnen keine Wahl, als auf Angebote und Aktionen anderer zu reagieren, anstatt selbst aktiv tätig zu werden. Und obwohl Sie natürlich froh darüber sind, dass all diese Spezialisten da sind, um Ihrem Baby zu helfen, drängt Sie das in die Rolle des hilflosen Zuschauers. Normalerweise sind Eltern von

Anfang an in der Lage, Ihr Kind kompetent zu betreuen – und Sie schaffen nicht einmal einfachste Dinge, wie z. B. Ihr Baby zu füttern! Dieser totale Verlust an Kompetenz und Kontrolle kann zur Folge haben, dass Sie sich als Versager fühlen, und Ihnen so die Bindung zum Baby erheblich erschweren. Machen Sie sich bewusst: momentan reagieren Sie nur, konzentrieren sich so gerade eben auf das, was als Nächstes anliegt. Aber das ist auch gut so! Erst einmal muss das Nötige getan werden. Das Baby muss trinken und zunehmen, es braucht vielleicht eine Gaumenplatte, die Ohren und die inneren Organe müssen gecheckt werden. Machen Sie mit, vertrauen Sie Ihrem Ärzteteam, und machen Sie sich bitte später keine Vorwürfe, wenn Sie eine Maßnahme mitgetragen haben, die sich im Nachhinein als unnötig herausstellte. Hinterher ist man immer schlauer. Wichtig ist nur, dass das Ziel erreicht wurde: ein stabiles, gesundes, selbstständig trinkendes Baby. Sobald diese Grundvoraussetzungen erreicht sind, haben Sie die anfängliche Krise schon halb überstanden und können sich in Ruhe den größeren Aufgaben widmen, die vor Ihnen liegen, nämlich der Frage, wo, wann und wie Ihr Baby operiert werden soll. Damit beginnt rein praktisch schon das zweite Anpassungsstadium, das der Suche.

Weitere häufige Gefühle in der „Überlebensphase" können sein:

- *Stress.* Ein Neugeborenes, das vielleicht zunächst nicht richtig trinkt und zunimmt, egal wie sehr Sie sich bemühen, etwas „hineinzukriegen", dazu noch die Sorgen darum, wie es weitergeht und wie das Baby wohl die Operationen überstehen wird – das ist Stress pur. Schlaflosigkeit, extreme Müdigkeit, Kopfschmerzen, Appetitlosigkeit können die Folge sein. Sobald Sie ein wenig Routine im Umgang mit Ihrem Baby entwickelt haben, sollten diese extremen Stressreaktionen langsam wieder verschwinden.

- *Ablehnung.* Viele Eltern können den Anblick einer gespaltenen Lippe nur schwer ertragen und lehnen ihr Baby mehr oder weniger ab. Ihr Baby kommt Ihnen vielleicht fremd vor, Sie finden keinen „Zugang" zu ihm und denken manchmal, es wäre besser gewesen, wenn es nie geboren worden wäre. Gleichzeitig schämen Sie sich dieser Gefühle und sind überzeugt, eine schlechte Mutter zu sein, weil Sie Ihr Kind nicht lieben können, obwohl Sie sich doch nichts sehnlicher wünschen, als dass diese Liebe sich endlich einstellen könnte. Keine Angst – das wird sie. Instinktive Ablehnung ist ein biologisches Erbe aus den Anfängen der Menschheit, als fehlgebildete und kranke Babys keine Überlebenschance hatten und es besser war, wenn erst gar keine Bindung zu dem Neugeborenen entstand, das ja ohnehin sterben würde. Zum Glück können sich Babys mit Spalte heute völlig normal entwickeln, und Sie können ganz leicht den Weg zu Ihrem Baby finden. Bindung und Liebe entstehen durch Nähe. Suchen Sie so oft wie möglich Körper-, besser noch Hautkontakt. Duft- und Berührungsreize verstärken die Ausschüttung mütterlicher Hormone, und je länger Sie Ihr Baby anblicken, desto weniger wird die Spalte Sie erschrecken, sondern eher den Wunsch in Ihnen wachrufen, es beschützen zu wollen. Auch wenn es etwas dauert – Sie werden Ihr Kind umso mehr lieben, und nach dem Lippenverschluss vielleicht sogar das breite Lächeln vermissen!

- *Verdrängung und Ablenkung.* Auch dies ist eine Schutzmassnahme: anstatt sich aktiv mit der Spalte auseinanderzusetzen, sind manche Eltern fast ein bisschen froh, wenn ihr Baby noch in der Klinik bleiben muss und sie nicht allein für die Pflege verantwortlich sind. Vielleicht stellen Sie sich vor, was wäre, wenn Ihr Baby keine Fehlbildung hätte oder wünschten, Sie könnten die Zeit ein Stück zurückdrehen in die Zeit der Schwangerschaft, als noch alles „in Ordnung" war.

- *Wut, Schuld und Aggression.* Vor allem, wenn Sie all die anderen gesunden Neugeborenen in der Klinik sehen, kann sich sehr schnell Wut breitmachen, Wut über den schwierigen Start Ihres Babys, den Sie sich so ganz anders vorgestellt hatten, Wut über die himmelschreiende Ungerechtigkeit, dass es ausgerechnet Sie getroffen hat. Wut auf sich und insgeheim vielleicht auch auf Ihren Partner, obwohl Ihnen eigentlich klar ist, dass Sie beide keine Schuld trifft. Am liebsten würden Sie wild um sich schlagen, schämen sich dessen aber gleichzeitig.

- *Angst, Verwirrung und Sorge.* Auch wenn Ihre Ärzte Ihr Bestes getan haben, um Sie über die Spaltbildung zu informieren – Sie sind dennoch verwirrt und brauchen noch Zeit, um zu verstehen, was auf Ihr Kind zukommen wird. Schon das ist beängstigend genug – und oft bekommen Sie nicht einmal klare Aussagen über den weiteren Behandlungsweg, wissen nicht, welcher Schritt als nächstes kommt. Sie haben Angst vor den Operationen, Angst vor weiteren Tests (und eventuell weiteren Fehlbildungen beim Kind), Angst vor dem Anpassen der Gaumenplatte, und dahinter lauert noch die Sorge um die Entwicklung und Zukunft des Kindes – wird es sich normal und gut entwickeln, wird die Spalte ihm später Schwierigkeiten machen?

- *Einsamkeit und Isolation.* Nach der Geburt und auch in den ersten Wochen zu Hause überkommt Sie womöglich das Gefühl, der einsamste Mensch auf der Welt zu sein. Es kommt Ihnen so vor, als ob niemand nachvollziehen kann, was in Ihnen vorgeht, weder die Ärzte und Schwestern in der Klinik, die ja „nur" ihren Job machen, noch Ihre Familie und Ihre Freunde. Sie werden es leid, immer wieder medizinische Zusammenhänge zu erklären, und irgendwann ziehen Sie sich vielleicht ganz von Ihren normalen Kontakten zurück, weil Ihnen das alles zuviel wird. Weil Sie die echten oder vermeintlichen Blicke auf Ihr Kind beim Einkaufen nicht mehr aushalten, bleiben Sie lieber zu Hause. Obwohl Sie damit unzufrieden und unglücklich sind, verlassen Sie das Haus nur noch zu den Arztterminen Ihres Kindes und fragen sich, ob Sie jemals wieder ein normales Leben mit sozialen Kontakten führen werden. Keine Angst – das werden Sie!

- *Selbstmitleid.* Sie mögen zwar nicht stolz darauf sein, aber es gibt auch Momente, in denen Sie sich selbst sehr leid tun. Der Fütterstress, die Gaumenplatte, die Suche nach einer Klinik für die Operationen, das alles hängt Ihnen mächtig zum

Hals heraus. Wenn Ihnen jemand sagt, wie toll Sie das alles meistern, können Sie auf dieses Lob zunächst gut verzichten – viel lieber hätten Sie ein Baby, bei dessen Anblick die Leute nicht überrascht und erschrocken reagieren.

- *Trauer und Traurigkeit.* Sie betrauern in den ersten Wochen nicht nur den Verlust Ihres perfekten Traumkindes. Sie sind auch traurig für Ihr Baby, das es erst einmal so schwer hat. Sie sind traurig, weil Sie nicht stillen können, traurig, weil manche Familienangehörige ablehnend auf Ihr Kind reagieren, traurig, dass Ihre Freunde nicht so recht nachvollziehen können, welche Auswirkungen die LKGS auf Ihr Kind und die ganze Familie hat.

- *Dankbarkeit und Freude.* Von Anfang an werden Sie, der Spalte zum Trotz, immer wieder Momente erleben, in denen Sie einfach nur froh und glücklich über Ihr Kind sind. Gerade wenn es Ihr erstes Kind ist, überwiegt die Freude darüber, nun endlich Mutter zu sein, und das Staunen über diesen kleinen Menschen, der durch Sie in der Welt ist. Auch wenn Sie es zuerst von anderen nicht gerne hörten: Irgendwann wird Ihnen klar, dass Sie froh und dankbar sind, ein Baby mit „nur" einer Spalte zu haben, und dass es Sie weitaus schlimmer hätte treffen können.

All diese Gefühle sind vollkommen normal. Vielleicht durchleben Sie alle davon, oder nur einige, manche kürzer, manche intensiver, aber keines davon ist richtig oder falsch. Sie müssen sich nicht dafür schämen, dass Sie auf eine bestimmte Weise auf Ihr Kind reagieren; jede Empfindung ist einfach nur der nächste Schritt auf dem Weg in die Normalität. Versuchen Sie, sich bewusst zu machen, was Sie fühlen, und lassen Sie diese Gefühle zu. Erlauben Sie sich geradezu, so zu fühlen! Sie müssen sowieso da durch, denn Gefühle liegen außerhalb unserer Kontrolle. Wie wir damit umgehen, können wir jedoch beeinflussen. Wenn Sie also Wut spüren, dann seien Sie mal fünf Minuten lang so richtig wütend! Gehen Sie aus dem Zimmer, Ihr Kind muss Ihren Wutanfall ja nicht unbedingt mitbekommen, und schreien Sie, hauen Sie in Kissen und Polstermöbel, beleidigen Sie aus voller Kehle die Menschen, auf die Sie eine Wut haben. Wenn Sie besorgt sind, holen Sie sich eine Tasse Kaffee, setzen Sie sich aufs Sofa und hängen eine halbe Stunde lang intensiv Ihren sorgenvollen Gedanken nach. Wenn Sie traurig sind, nehmen Sie Ihr Kind auf den Arm und trauern ganz bewusst z. B. um die Flitterwochen mit Ihrem Baby, die Sie nicht so unbeschwert erleben konnten wie andere Mütter. Wichtig ist, dass Sie nach dem intensiven Gefühlserlebnis wieder in die „reale" Welt zurückfinden. Meist fällt das ganz leicht, weil Sie sich wie befreit fühlen, nun, da Sie auch negative Empfindungen einmal herauslassen konnten.

Auch nach der Überlebensphase, wenn Sie die medizinischen und emotionalen Aspekte der Spalte gemeistert haben, können manche der oben genannten Gefühle plötzlich wieder auftauchen, etwa wenn wieder eine Operation ansteht oder Ihnen eine Freundin von der Geburt ihres gesunden (oder gerade nicht gesunden) Kindes erzählt. Aber dann werden Sie schon genug Erfahrung haben, um solche Gefühle einsortieren und anerkennen zu können – um dann souverän mit Ihrem Familienalltag weiterzumachen.

Wege in den Alltag

"Suchen" – Sie werden aktiv

Irgendwann nach der Geburt erkennen Sie, dass es nicht ausreicht, einfach nur zu reagieren, sondern dass Sie selbst aktiv werden müssen und wollen. Damit treten Sie in die „Suchphase" ein. Während der „Überlebensphase" haben Sie wahrscheinlich alle Ratschläge und Hinweise von außen einfach übernommen und nicht lange hinterfragt. Das war auch gut so, denn Ihr Baby musste versorgt werden und Sie waren weder emotional noch vom Wissensstand her in der Lage, selbst Entscheidungen zu treffen. Bald wird Ihnen jedoch klar, dass das Pflegepersonal auf der Entbindungsstation nicht unbedingt viel Erfahrung mit Spaltbabys hat und es vielleicht noch andere Möglichkeiten gibt, Ihrem Kind zu helfen. Sie haben gelernt, dass es verschiedene Behandlungskonzepte gibt und es sinnvoll ist, Ihr Kind nicht auf jeden Fall in der nächstgelegenen Kieferklinik operieren zu lassen, sondern sich verschiedene Krankenhäuser anzusehen. Durch Lektüre, Gespräche mit anderen Eltern und den Kontakt zu einem erfahrenen Spaltteam gewinnen Sie langsam einen kleinen Überblick über die nötigen Behandlungsschritte, und auch wenn Sie noch nicht über alle Antworten verfügen, können Sie inzwischen die richtigen Fragen stellen. Jeder kleine Erfolg, den Sie und Ihr Baby verbuchen können, stärkt Sie und gibt Ihnen ein wenig Kontrolle über die Situation zurück. Vielleicht treffen Sie aufgrund Ihrer Eigeninitiative nun erstmals Ärzte, die sich mit Spalten auskennen, und entdecken, dass es wirklich Hilfe „da draußen" gibt. Das macht neuen Mut und lässt Ihre anfängliche Hilflosigkeit schwinden. Sie können Vertrauen fassen zu „Ihrem" Spaltteam und, noch viel wichtiger, gewinnen das Vertrauen in Ihren eigenen Instinkt wieder zurück.

Diese „äußere" Suche nach den optimalen Behandlungsmöglichkeiten kann zeitweise auch frustrierend sein, da gerade bei LKGS die Konzepte der einzelnen Kliniken so stark voneinander abzuweichen scheinen. Wie sollen Sie sich da als medizinischer Laie zurechtfinden? Und schlussendlich kostet das Suchen auch viel Zeit und Kraft: Sie sitzen stundenlang in Wartezimmern, wälzen spätabends Fachliteratur und telefonieren Spezialisten durch. Womöglich wirft man Ihnen irgendwann vor, dass Sie es übertreiben und es ruhiger angehen lassen sollen! Aber das kommt schon irgendwann von ganz allein. Insgesamt werden Sie als Familie von der Suche profitieren, sowohl was die konkrete Behandlung, als auch die Akzeptanz der Spalte angeht.

Trauer zulassen – Fragen stellen

Parallel zur „äußeren" Suche nach Informationen legen Sie Ihre innerliche Schockreaktion ab und beginnen, sich auch emotional aktiv mit der Fehlbildung Ihres Babys auseinanderzusetzen. Nachdem sich die widersprüchlichen Gefühle der Anfangszeit ein wenig gelegt haben, können Sie sich selbst vielleicht auch erstmals ihre Trauer eingestehen und mit anderen darüber reden. Sie verdrängen nicht mehr, sondern sind bereit, sich auch negativen Gefühlen zu stellen und etwas dagegen zu unternehmen. Vermutlich gehen Ihnen auch viele Grundsatzfragen durch den Kopf, in Bezug auf die Wertvorstellungen und Ziele, nach denen Sie Ihr bisheriges Leben ausgerichtet hatten. Typische Fragen der inneren Suche sind z. B:

- Bin ich eine gute Mutter/Vater, sprich: Kann ich alles Notwendige und das Richtige tun, damit die Spalte sich möglichst wenig auf die normale Entwicklung meines Kindes auswirkt? Kann ich dabei trotzdem auch noch den Geschwistern gerecht werden?

- Wird die Fehlbildung Einfluss haben auf die Beziehung zu meinem Partner, zu meinen anderen Kinder, zu unserer ganzen Familie, zu unseren Freunden, und wenn ja, welchen?

- Muss ich meine weitere Lebensplanung jetzt neu überdenken – beeinflusst die Spalte meines Kindes meine Entscheidung, noch weitere Kinder zu bekommen oder wieder arbeiten zu gehen? Wird die Behandlung der Spalte viel Raum in unserem Leben einnehmen?

- Kann überhaupt irgendjemand verstehen, was die Spalte meines Kindes für mich bedeutet und was ich bisher durchgemacht habe, wird jemand nachvollziehen können, welche Ängste und Sorgen mir der Gedanke an die bevorstehenden Operationen bereitet?

- Wird mein Kind hübsch aussehen? Werde ich damit zurechtkommen, dass es vielleicht ein nicht ganz perfektes Aussehen haben wird? Wird es selbst damit zurechtkommen?

- Wird mein Kind ein normales, erfülltes Leben haben? Wird es in der Schule Schwierigkeiten bekommen, wird es normal sprechen können, wird es von seinen Mitschülern ausgrenzendes Verhalten erleben müssen? Wird es einen Partner finden, heiraten und Kinder bekommen? Werden meine Enkelkinder die Spalte erben?

- Darf ich noch glücklich sein und mein Leben genießen, obwohl mein Kind es vielleicht manchmal schwer haben wird?

- Warum hat (gerade) unser Kind eine Spalte? Bin ich schuld daran? Wer ist schuld daran? Werde ich jemals aufhören, darüber nachzudenken?

Einfache Antworten auf diese Fragen gibt es nicht. Vielleicht können Sie sie bald für sich klären, vielleicht erst nach einigen Jahren, vielleicht auch niemals. Wenn Sie sich mit Ihren Gedanken und Emotionen auseinandersetzen, lernen Sie oft Dinge über sich selbst, die Ihnen vorher nicht bewusst waren – ungeahnte Stärke, oder auch beängstigende Seiten wie Fähigkeit zu großer Wut oder eine Tendenz, sich als Opfer zu fühlen, anstatt selbst aktiv zu werden. Nichts davon ist positiv oder negativ, es sind einfach Ihre Gefühle. Sie haben genauso das Recht darauf, schwach, traurig, unglücklich und wütend zu sein, wie stark und zuversichtlich. Das ist erlaubt! Es hilft Ihnen, sich über das ganze Spektrum Ihrer Gefühle klarzuwerden, anstatt sich in ihnen zu verlieren. Im Laufe der Zeit wird Ihnen bewusst werden, dass Sie manche Dinge vielleicht überbewertet haben. Damit möchte ich nicht sagen, dass Ihre Sorgen und Ängste keine Berechtigung hätten. Aber gerade bei einer Spaltfehlbildung, anders als bei anderen Beeinträchtigungen, klären sich manche der drängenden Fragen irgendwann ganz von selbst. Die Zeit arbeitet für Sie! Mit jedem weiteren Schritt der Behandlung, den Sie und Ihr Kind hinter sich bringen, wird Ihnen deutlicher, dass es zwar nicht leicht ist, das eigene Kind in die Obhut der Chirurgen zu geben und viele lästige Arzttermine zu haben, dass Ihr Kind aber ansonsten gesund und glücklich aufwachsen kann und keine schwerwiegenden Einschränkungen zurückbehalten wird. Manche Fragen werden sicher trotzdem ab und zu wieder an die Oberfläche kommen, z. B. wenn nach längerer Pause wieder eine OP ansteht – oder wenn Ihr erwachsenes Kind selbst Kinder plant. Das ist ein Teil Ihrer Aufgabe: Sich nicht zu sehr auf die Spalte zu fixieren, aber dennoch zu akzeptieren, dass sie von nun an ein Teil Ihres Lebens ist.

Wir sind nicht allein!

Auch wenn Sie zu den Menschen gehören, die lieber allein mit ihren Gedanken sind, kann eine Ausnahmesituation wie die Geburt eines Babys mit Spalte Sie vielleicht doch an Ihre Grenzen bringen. Hilfreich ist der Austausch mit anderen Eltern, die auch ein Kind mit einer Spaltbildung bekommen haben, vor allem, wenn das Kind schon größer ist. Von ihren Erfahrungen und Tipps können Sie sehr profitieren. Oft fällt es leichter mit anderen betroffenen Eltern über Ihre Fragen und Gefühle zu reden als mit Menschen, die bisher nicht mit Spaltbildungen in Berührung gekommen sind. Kontakt zu anderen Eltern finden Sie beispielsweise über Ihr Spaltzentrum.

Manchmal gibt es Elterninitiativen, die sich um „neue" Eltern kümmern, Sie zu Hause besuchen oder regelmäßige Treffen veranstalten. Die Selbsthilfevereinigung für Lippen-Gaumen-Fehlbildungen (Wolfgang-Rosenthal-Gesellschaft) vermittelt Ihnen gern den Kontakt zu anderen betroffenen Eltern in Ihrer Region. In jedem Bundesland gibt es außerdem Kontaktpersonen, die ebenfalls Treffen oder auch Vorträge zu bestimmten Themen rund um die Spalte veranstalten. Auch übers Internet können Sie andere Eltern kennenlernen, z. B. bei www.lkgs.net, einem von Eltern gegründeten Internetforum, in dem Selbstbetroffene und Eltern sich zu allen Fragen zu LKGS austauschen und unterstützen und auch private Treffen im realen Leben veranstalten. Das kann vor allem während der ersten Zeit nützlich sein, aber auch später, wenn Ihr Kind in eine neue Phase der Behandlung eintritt, ist es gut, ein kleines Netzwerk anderer betroffener Eltern zu haben, die Sie kontaktieren können, wenn Sie neue Fragen haben – oder einfach zwischendurch ein wenig deprimiert sind.

So wie Du bist! – Bonding und Akzeptanz

Nach dem Schock, nach der Wissenssuche und den inneren Fragen werden Sie allmählich in ruhigeres Fahrwasser geraten. Sie haben gesehen, dass Sie nicht allein mit der Fehlbildung fertig werden müssen, dass es viele andere Kinder mit Spaltbildungen gibt und Sie auf den großen Erfahrungsschatz Ihres Spaltteams zurückgreifen können. Ihnen wurde zwar auch, vielleicht zum ersten Mal, klar, dass es in der Medizin keine einfachen, schnellen und perfekten Lösungen gibt und dass Ärzte auch nur Menschen sind und so manches nicht wissen. Sie haben aber auch einiges dazugelernt, sind kompetent in Sachen Spalte geworden und haben an emotionaler Kompetenz gewonnen: Sie haben sich in einer Weise für Ihr Kind eingesetzt, die Sie sich selbst vielleicht nie zugetraut hätten. Sie haben festgestellt, dass zwar einiges auf Sie zukommt, dass vieles aber gar nicht so schlimm ist, wie vorher befürchtet. Und vor allem haben Sie Ihr Kind lieben gelernt und es hat sich eine tragfähige Bindung zwischen Ihnen und Ihrem Baby entwickelt. Sie haben gelernt, es so wie es ist zu akzeptieren – mit seiner Fehlbildung. Viele Eltern identifizieren sich in dieser Phase so sehr mit ihrem Kind mit Spalte, dass sie vor den OPs sogar die (unbegründete) Angst haben, ihr Kind sei nach der Operation so verändert, dass sie es nicht mehr wiedererkennen könnten! Auch wenn immer wieder Zeiten kommen werden, in denen Sie sich wünschen, Ihr Kind wäre ohne Spalte zur Welt gekommen, haben Sie nun doch Ihr Baby mit allen seinen Eigenheiten angenommen – ein wichtiger Schritt. Denn nur wenn die Spalte nicht verdrängt wird, sondern selbstverständlich angenommen, kann die ganze Familie ein normales, gesundes Verhältnis dazu entwickeln.

Reaktionen auf die Spaltbildung

Die Geschwister

Alle Eltern, mit denen ich gesprochen habe, berichten einhellig, wie selbstverständlich die Geschwisterkinder ihre neugeborenen Brüder und Schwestern mit Spalte in die Familie aufgenommen haben. Die sichtbare Lippenspalte ist für die meisten Kinder überhaupt kein Grund, das neue Baby abzulehnen – sie ist für sie einfach nicht so wichtig. Sachliche, kindgerechte Erklärungen der Eltern werden ohne Probleme verstanden und akzeptiert, das Baby wie ein gesunder Neuankömmling behandelt – die üblichen Eifersuchtsanfälle inbegriffen. Die intensive Pflege des

Spaltbabys, vor allem in Hinsicht auf die Ernährung, kann natürlich die Eifersucht verstärken oder sogar zu starker Ablehnung führen – seit das doofe Baby da ist, sitzt Mama nur noch an der blöden Milchpumpe! Auch die emotionale Belastung der Eltern wird von den älteren Kindern genau registriert und kann verwirrend und beängstigend sein: Wieso weint die Mama denn dauernd, vorher hatten sich doch alle so auf das Baby gefreut! Mehr noch als bei Babys ohne Beeinträchtigung ist es daher sehr wichtig, auch noch Zeit für die „Großen" aufzubringen. Schließlich bekommen sie auch mit, dass etwas nicht stimmt, und haben auch das Bedürfnis nach Zuwendung. Lassen Sie auch die Großeltern das Baby betreuen und widmen Sie sich bewusst Ihren älteren Kindern. Oder, wenn das organisatorisch nicht geht oder Sie es emotional nicht schaffen, sich den Großen zuzuwenden, erklären Sie ihnen, dass sich im Moment leider viel um das Baby dreht, dass das aber ganz bestimmt bald wieder anders wird. Beziehen Sie die Geschwister mit ein: Bitten Sie sie, sich mit dem Baby zu beschäftigen, während Sie abpumpen. Wenn es geht, lassen Sie sie das Baby einmal füttern oder die abgepumpte Milch in den Kühlschrank bringen. Vergessen Sie nicht, ausgiebig zu loben!

Max, doppelseitige LKGS, schmust mit seinen Geschwistern.

Elisei (vorn), doppelseitige LKGS, und seine Geschwisterbande

Auch wenn Sie einige Wochen oder Monate lang weniger Zeit haben, sich ganz direkt und ausschließlich dem älteren Kind (oder Kindern) zu widmen: Verbal können Sie immer Kontakt aufnehmen. Hören Sie beim Abpumpen zu, was die Große aus der Schule erzählt, oder lesen Sie dem Älteren dabei ein Bilderbuch vor. Richten Sie eine „Milchkiste" ein, in der Sie neues oder besonders begehrtes Spiel- und Beschäftigungsmaterial für die Großen deponieren und die nur während des Abpumpens oder Fütterns hervorgeholt wird. Tragen Sie Ihr Kind zwischen den Fütter- und Pumpzeiten im Tragetuch – und gehen Sie dann mit Ihrem großen Kind auf den Spielplatz! Spielen Sie ein Brettspiel mit ihm, während das Baby in Ihrem Arm spielt, oder lassen Sie das Baby im Arm des älteren Kindes schlafen. Damit stärken Sie auch die Bindung der Geschwister untereinander. Alle Kinder können voneinander profitieren: Ihrem mit Spalte geborenen Kind kann gar nichts besseres passieren, als dass es Geschwister hat, mit denen es von Anfang an soziales Verhalten erprobt und mit denen es die normalen Konkurrenzkämpfchen unter Kindern ausfechten kann. Das stärkt für später, wenn es sich auch außerhalb der Familie behaupten muss. Ihre anderen Kinder lernen schon sehr früh, dass es Menschen mit Besonderheiten gibt – und dass man mit einer Besonderheit trotzdem ganz normal leben kann. Sie entwickeln oft schon früh hohe Sozialkompetenz und darauf aufbauend ein starkes Selbstbewusstsein.

Oft fühlen sich Eltern Ihren anderen Kindern gegenüber schuldig und geben allen Wünschen der „Großen" nach, weil sie das Gefühl haben, sie für Versäumnisse und enttäuschte Erwartungen entschädigen zu müssen. Dabei ist das gar nicht notwendig. Die Geschwister sind durchaus in der Lage, sich an die neue Situation anzupassen und zu akzeptieren, dass die ganze Familie nun eine schwierige Zeit hat – vor allem wenn Sie ihnen erklären, dass auch wieder ruhigere Tage kommen werden. Denken Sie vor allem aber an eins: So sehr Sie sich auch bemühen, perfekte Eltern zu sein, es wird Ihnen nicht gelingen. Versuchen Sie es gar nicht erst. Mit ein wenig Gelassenheit wird Ihr gemeinsames Familienleben für alle entspannter sein. Viel wichtiger, als dass Sie allen Kindern gleich viel Zeit und Aufmerksamkeit widmen, was ohnehin gar nicht geht, ist, dass sich Ihre Kinder trotz allen Schwierigkeiten grundsätzlich geliebt und angenommen fühlen. Das klappt leichter, wenn Sie ein paar wesentliche Dinge beachten:

- *Schaffen Sie eine positive, von Offenheit geprägte Atmosphäre.* Auch wenn es im Stress schwerfällt: Die Grundstimmung bei Ihnen zu Hause sollte liebevoll, verständnisvoll, optimistisch und stabil sein. Wenn das nicht (immer) klappt: Offenheit ist genauso wichtig. Erklären Sie den Kindern, warum Sie gestresst und gereizt sind, und dass Sie sich Sorgen machen! Ihre Kinder werden das verstehen, Ihre Ehrlichkeit schätzen und sich dadurch ernster genommen wissen.

- *Pflegen Sie das Gespräch mit Ihren Kindern.* Die Geschwister bekommen die neugierigen Blicke und so manchen Kommentar über das Aussehen des Babys mit. Beantworten Sie ihre Fragen, und hören Sie ihnen zu – egal, ob es um die Spalte oder um ganz andere Dinge geht. Geben Sie ihnen Informationen über die Spalte und ihre Behandlung, die sie verstehen können, aber würdigen Sie noch viel mehr die ganz normalen Alltagserlebnisse, von denen Ihre Kinder Ihnen erzählen. Dadurch bekommt die Spalte ihren (nicht allzu hervorgehobenen) Platz in ihrem Leben, und Ihre Kinder empfangen das Signal, dass das Leben

weitergeht und sie genauso wichtig sind wie vor der Geburt des Babys.
- *Zeit für Gefühle.* Auch die Geschwister machen Phasen der Anpassung an die neue Situation durch und können ebenso ambivalente Gefühle in Bezug auf das Baby haben wie Sie selbst. Ermutigen Sie Ihre Kinder, ihre Gefühle auszudrücken, auch wenn es Ihnen schwerfällt, etwa wenn das Geschwister Dinge sagt wie: „Die Lara sieht aber irgendwie hässlich aus." Erlauben Sie nicht nur sich selbst sondern auch ihren Kindern negative Gefühle, und werten Sie sie nicht – aber erkennen Sie durch das Gespräch darüber die Berechtigung solcher Gefühle an. Eine sachliche Antwort wie „Laras Mund wird bald im Krankenhaus operiert, damit er normal aussieht und sie gut sprechen lernen kann" reicht als Erwiderung aus.

Geschwister fördern Sprachkompetenz!

Verwandte, Freunde, Bekannte

Nach der Geburt eines Babys mit Spalte ist Ihr Verhältnis zu Ihren Verwandten und Freunden oft erst einmal schwierig. Die Reaktionen der anderen auf Ihr Kind und ihr Verhalten Ihnen gegenüber entspricht möglicherweise nicht immer Ihren Erwartungen. Vielleicht ist Ihr weiterer Familienkreis nicht so hilfsbereit, wie Sie gehofft hatten, oder aber es drängen sich alle viel zu sehr hinein, stellen Ihre Entscheidungen und Ihren Umgang mit dem Kind infrage.

Manche Ihnen nahestehende Personen lassen es an Takt fehlen, ignorieren die Fehlbildung einfach oder wollen die enormen Konsequenzen einer Spaltbildung nicht wahrhaben. Verwandte ziehen sich zurück, Freunde melden sich seltener oder geben Ihnen nicht das Maß oder die Form von Zuwendung, die Sie sich wünschen. Bedenken Sie: Die Situation ist für Ihre Familienangehörigen und Freunde genauso neu und schwierig wie für Sie selbst. Es muss erst ein neuer „Modus" des Umgangs eingeübt werden, und der ist für Ihr Umfeld gerade dann besonders schwer zu finden, solange Sie selbst noch nicht so genau wissen, wie Sie mit allem umgehen sollen und mitunter noch sehr wechselhafte Gefühle Ihrem Kind gegenüber haben.

Gerade am Anfang sind Sie sehr empfindlich oder sogar überempfindlich, im Grunde kann es Ihnen niemand recht machen, jede Reaktion auf Ihr Kind ist „falsch" oder hat in Ihren Augen einen Haken. Sie ahnen es: Auch das ist nur eine Phase und geht vorbei. Nach jeder Geburt müssen sich alle Beziehungen und Rollen neu definieren und einspielen; wenn das Baby eine Besonderheit hat, ist dieser Vorgang eben etwas komplexer und dauert länger. Sie haben es dabei aber in der Hand, diesen

Anpassungsprozess erheblich zu beschleunigen und sein Ergebnis zu verbessern, indem Sie die Initiative ergreifen:

- *Geben Sie die Richtung vor.* Ihre Verwandten und Freunde sind unsicher, wie sie mit Ihnen und Ihrem Kind umgehen sollen. Zeigen Sie ihnen, was angemessen ist! Alles, worüber Sie selbstverständlich und offen reden, ist auch für alle anderen kein Tabu mehr. Führen Sie die korrekten Begriffe für die Spalte ein, reden Sie über die Operationen, lassen Sie sich bei der Pflege des Kindes über die Schultern schauen. Geben Sie den anderen quasi eine Anleitung, die sie befolgen können. Sie nehmen ihnen so ihre Berührungsängste, und die Situation wird sich für alle entspannen.

- *Sorgen Sie für Informationen.* Meist trauen sich die Menschen in Ihrer Umgebung nicht von sich aus, Sie auszufragen. Es liegt also an Ihnen, Informationen anzubieten, damit man sich auf die Situation einstellen kann. Nur wenn alle in etwa den gleichen Wissensstand haben, können Missverständnisse vermieden werden. Natürlich kann sich nicht jeder so in die Materie einarbeiten wie Sie selbst es vermutlich tun werden, aber ein paar grundlegende Fakten reichen schon aus.

- *Formulieren Sie Ihre Bedürfnisse.* Wenn Sie Ihrem Umfeld nicht mitteilen, was Sie erwarten, kann sich auch niemand darauf einstellen. Vielleicht wollen Ihre Eltern oder Geschwister Sie liebend gerne unterstützen, aber sie wissen nicht, auf welche Weise, oder ob Sie das überhaupt wollen. Brauchen Sie tatkräftige Hilfe, etwa im Haushalt, bei der Betreuung der Geschwister oder der Suche nach Informationen, formulieren Sie das so konkret wie nur möglich. Sie werden erstaunt sein, wie bereitwillig man Ihnen Hilfe gewähren wird, sobald Sie zu erkennen geben, dass Sie sie brauchen.

- *Zeigen Sie Verständnis.* Gerade Ihren engeren Familienangehörigen müssen Sie, genau wie sich selbst, ein wenig Zeit zugestehen, die Geburt des Babys zu verarbeiten. Die Spaltbildung ist für sie genauso ein Schock, auch wenn es sie nicht ganz so direkt betrifft. Versuchen Sie, sich in ihre Lage zu versetzen und über unangemessene Reaktionen erst einmal großzügig hinwegzusehen. Oft passen sich auch Großeltern, andere Verwandte und Freunde schnell an die neue Situation an, vor allem, wenn sie Informationen über Spaltbildungen bekommen.

Leider kommt es auch vor, dass Sie nach der Geburt Ihres Babys mit Spalte den Kontakt zu manchen Freunden verlieren, und dass die Beziehung zu manchen Verwandten sich danach verschlechtert oder gar abreißt, weil Ihre jeweilige Einstellung zu der neuen Lebenssituation einfach zu unterschiedlich war. Auf Distanz zu gehen ist immer dann besser, wenn die Beziehung zu bestimmten Personen Sie zu sehr belastet. Ihre Kinder und Ihr Partner haben Vorrang. Können Konflikte oder Unsicherheiten wirklich nicht geklärt werden, belassen Sie es (zunächst) dabei. Vielleicht ist später, wenn die ersten Hürden genommen sind, mehr Zeit, sich um diese Probleme zu kümmern – oder Ihre Wege trennen sich eben dauerhaft. Leben ist Veränderung. Oft vertieft sich dadurch die Beziehung zu anderen Familienmitgliedern und es entwickeln sich neue Freundschaften.

Mit negativen Reaktionen umgehen

Viele Eltern mit Spalte geborener Kinder gehen durchs Leben, ohne je ein unangenehmes Erlebnis im Zusammenhang mit der Spaltbildung gehabt zu haben. Leider berichten aber auch viele Eltern von taktlosen Kommentaren und sogar unverhohlener Ablehnung. Auch wenn die Zeiten vorbei sind, in der die Geburt eines Spaltkindes mit mehr oder weniger offener sozialer Ächtung der betroffenen Familien verbunden war, löst der Anblick eines Babys mit offener Lippenspalte immer noch vielfältige Reaktionen aus. Sie müssen damit rechnen, dass Ihr Baby vor der Operation oft neugierig, mitleidig oder erschrocken angesehen wird. Sie nehmen wahr, dass hinter Ihnen getuschelt wird: „Habt Ihr das Baby da gesehen?", und man Ihnen offenes Mitleid entgegenbringt, „Das arme Würmchen!". Die Reaktionen zeugen von Unwissenheit über die Fehlbildung selbst, „Was haben Sie denn mit dem Kindchen gemacht – ist es hingefallen?", aber auch über den üblichen Behandlungsweg, „Haben Sie das denn immer noch nicht machen lassen?".

Völlig fremde Menschen sparen nicht an Schuldzuweisungen, „Wie kommt denn das? Haben Sie in der Schwangerschaft etwa getrunken?" und an „guten" Ratschlägen, „Sie müssen ja nicht mit ihr rausgehen, bevor das weggemacht wurde". Auch wenn es schwerfällt, kann ich Ihnen nur raten, solche Äußerungen nicht allzu ernst zu nehmen. Die beste Reaktion Ihrerseits wäre in jedem Fall eine kurze Erklärung zu Spalten – aber darauf werden sie in diesen Situationen keine wirkliche Lust haben. Aufklärung ist wichtig – aber mit den eigenen Kräften hauszuhalten auch. Verkraften Sie gerade jetzt die Auseinandersetzung mit so etwas nicht, dann müssen Sie sich (und Ihr Kind) schützen. Drehen Sie sich freundlich lächelnd, aber bestimmt in eine andere Richtung, oder geben Sie eine schlagfertige oder patzige Antwort, falls Ihnen eine einfällt. Es kann auch helfen, sich schon vorher ein kleines Repertoire an „Retourkutschen" zurechtzulegen, die Sie bei Bedarf anbringen können. Sparen Sie sich erklärende Worte lieber für Gelegenheiten auf, bei denen Sie eher das Gefühl haben, dass eine Antwort sich lohnt. Die gibt es nämlich durchaus!

Manche Bemerkung, die zunächst verletzend klang, entsteht nur aus Unsicherheit und Verlegenheit, und sicher auch aus Neugier. Und warum auch nicht? Etwas über Spaltfehlbildungen zu erfahren, wenn man noch nichts oder nicht viel darüber weiß, kann schließlich auch bereichernd sein. Auf höfliche Fragen kann man höflich antworten, oft entspinnt sich dann ein kleines Gespräch oder es stellt sich heraus, dass man Ihnen nur Mut zusprechen wollte. Je mehr Erfahrungen Sie unterwegs sammeln, desto eher werden Sie die Reaktionen anderer (und die jeweilige Motivation dafür) einschätzen können.

Nach dem Verschluss der Lippe erleben viele Eltern es als befreiend, mit ihrem Baby endlich nicht mehr so aus der Menge herauszustechen. Narben, flache Nasen und leicht verzogene Nasenflügel sind bei Weitem nicht so auffällig wie eine offene Lippenspalte und werden oft gar nicht wahrgenommen.

Machen Sie sich bewusst: Oft steckt hinter Bemerkungen auch der vielleicht unbewusste Wunsch, von Ihnen Hinweise darauf zu bekommen, welches Verhalten angemessen wäre, so etwas wie eine „Gebrauchsanleitung für Eltern mit Spaltkind". Sie haben damit die Chance, den Charakter der Situation zu bestimmen. Wenn Sie es schaffen, ruhig und sachlich zu bleiben, ist der Stachel spitzer Bemerkungen oft ganz plötzlich verschwunden.

Was kann ich für mein Baby tun?

Das Gefühl kennen wohl alle Eltern: Wenn es unserem Kind schlecht geht, dann möchten wir ihm gerne helfen. Bei einem Baby mit Spalte befinden sich die Eltern aber nun in der unbefriedigenden Situation, dass sie wenig bis gar nichts dazu beitragen können, die Lage ihres Kindes wesentlich zu verbessern. Zwar obliegt Ihnen die oft schwierige und langwierige Ernährung des Babys und Sie erfahren starke Gefühle des Stolzes und der Befriedigung, wenn ihnen diese gelingt. Aber was die konkrete Rehabilitation des Babys, die operative Behandlung der Spalte angeht, sind die Eltern doch eher außen vor. Gerade bei den wichtigsten Aspekten der Spaltversorgung müssen sich die Eltern aufs Warten und Hoffen beschränken – und aufs Trösten und Aufpäppeln nach überstandener OP – ein undankbarer Job. Es ist also nicht verwunderlich, dass viele Eltern von Spaltkindern sich bisweilen als hilflose Zuschauer fühlen, den Ärzten und dem Behandlungsplan nahezu „ausgeliefert".

Ich möchte Ihnen daher einige Möglichkeiten aufzeigen, wie Sie sich aktiv an der Therapie Ihres Kindes beteiligen und sich dabei ihm im gemeinsamen Tun und Erleben annähern können. Das dient nicht nur ganz direkt der Gesundheit Ihres Babys, es stärkt auch die Bindung zwischen Ihnen beiden und gibt Ihnen, so ganz nebenbei, ein Stück dessen zurück, was Sie nach der Geburt vielleicht schon verloren glaubten: nämlich Ihre Kompetenz als Mutter bzw. als Vater.

Die Eltern-Kind-Beziehung stärken

So wichtig auch die medizinische Versorgung Ihres Kindes ist – genauso wichtig ist, dass Ihre Beziehung zu ihm eine stabile Basis hat. Vor allem, wenn Sie nach der Geburt zunächst zwiespältige Gefühle Ihrem Baby gegenüber haben/hatten, es vielleicht sogar ablehnten, ist es für Sie als Mutter oder Vater besonders wichtig, aktiv an dieser Beziehung zu arbeiten. Das drückt sich aus im ganz normalen Miteinander, im Knuddeln, Schmusen, liebevollen Pflegen, häufigem Blickkontakt, in ausreichender

Ansprache, im Singen und Spielen. All dies mag Ihnen selbstverständlich erscheinen. Eine Studie aus den 1980er Jahren, in der das Verhalten von Müttern gegenüber ihren Kindern mit bzw. ohne Gesichtsfehlbildungen im ersten Lebensjahr verglichen wurde, zeigt deutliche Unterschiede: Die Mütter der Babys mit Fehlbildung berührten ihre Babys seltener, lächelten sie seltener an und hatten seltener direkten Blickkontakt zu ihnen als die Kontrollgruppe mit normal aussehenden Kindern. Laut einer anderen Studie gingen Mütter von Babys mit Spalte seltener auf eine Lautäußerung ihres Babys ein und sprachen auch von sich aus weniger mit ihm. Bemerkenswert dabei ist, dass sich die Mütter der Kinder mit Fehlbildung in beiden Studien dieser Störungen der Mutter-Kind-Beziehung überhaupt nicht bewusst waren.

Dabei wissen wir dank der neueren Erkenntnisse der Entwicklungspsychologie, wie wichtig häufiger Körper- und Hautkontakt für das Baby ist. Es ist darauf gepolt, bestimmte Reize von Ihnen zu empfangen – Stimulation der Haut, rhythmische Reize durchs Hochgehoben- und Getragenwerden, akustische Reize durch Ihre Stimme, die ihm schon aus der Schwangerschaft vertraut ist, und optische Reize durch das Betrachten Ihres Gesichts. All diese Reize spielen eine wichtige Rolle beim Entstehen neuer Nervenbahnen. Erfährt das Baby all dies nicht in ausreichendem Maße, kann es sein volles Entwicklungspotenzial nicht ausschöpfen – ganz davon abgesehen, dass auch Sie selbst einige beglückende Momente verpassen, wenn Sie sich, sei es bewusst, sei es eher unbewusst, Ihrem Baby nicht voll zuwenden (können). Grund genug, sich Gedanken zu machen, wie Sie aktiv die Bindung an Ihr Kind stärken können. Das wird es für Sie beide auch leichter machen, belastende Situationen wie Operation und Krankenhausaufenthalt besser zu bewältigen.

Grundlegende Bedürfnisse stillen

Die für unsere Mütter und Väter teils noch selbstverständliche Vorstellung, ein Baby sei im ersten Vierteljahr „dumm", müsse so bald wie möglich einen bestimmten Fütter- und Schlafrhythmus „lernen" und ruhig auch mal schreien, um die „Lungen zu kräftigen", wurde in den letzten Jahren widerlegt. Wir wissen, dass das Gehirn eines Menschen sich nie wieder so rasant entwickelt wie in den ersten 100 Tagen seines Lebens und dass schon ein Neugeborenes von der Natur mit einer erstaunlichen Fähigkeit ausgestattet wurde, die sein Überleben sichern soll: der Fähigkeit, Gefühle und Zärtlichkeit bei anderen Menschen hervorzurufen. Sein niedliches, weiches Aussehen signalisiert seine Hilflosigkeit und Schutzbedürftigkeit. Die zufriedenen Geräusche, die es beim Füttern oder Schmusen von sich gibt, lassen seine Attraktivität für die Mutter wachsen. Es aktiviert ein uraltes Programm der Evolution, das bei der Mutter und anderen Personen das Bedürfnis auslöst, es zu umsorgen, es zu tragen und zu wiegen, mit ihm zu sprechen und zu spielen – und ihm dadurch genau die Anregungen zu bieten, die es für eine normale Entwicklung braucht. Es ist von Geburt an ein zutiefst soziales Wesen!

Wir lernen dies aus den Erkenntnissen der Entwicklungspsychologen und besinnen uns auf das überlieferte Wissen vieler Naturvölker, die instinktiv die Bedürfnisse Ihrer Babys nach ausgiebigem Körperkontakt befriedigen, ohne das westliche „Verwöhngespenst" im Nacken. Hierzulande werden allerdings noch viele Mütter, manchmal gegen die eigenen Instinkte, von den alten Vorurteilen geplagt. Um es einmal in aller Deutlichkeit zu sagen: Babys kann man nicht verwöhnen. Das Gegenteil ist der Fall: Bedürfnisse, die gestillt werden, vergehen! Babys schreien nicht, weil sie ihre Lungen kräftigen müssen oder uns tyrannisieren wollen. Ihr Schreien ist ein Notsignal, mit dem sie ihre grundlegenden Bedürfnisse sicherstellen. Oft schreit ein Baby nur deswegen, weil wir seine sanfteren Zeichen der Kommunikation, sein Strampeln, sein leises Lautieren, nicht aufmerksam genug wahrgenommen oder ignoriert haben. Und oft nehmen wir diese sanften Kommunikationsversuche nicht wahr, weil unser Baby einfach nicht dicht genug bei uns ist, so wie seine (und unsere!) biologische Programmierung es vorsieht. Eigentlich haben Babys nur wenige grundlegende Bedürfnisse:

- *Körperkontakt.* Ein Baby möchte in den meisten Fällen nicht oder nicht dauernd allein in seinem Bettchen oder auf der Krabbeldecke liegen. Es möchte sich am liebsten am Körper seiner Bezugsperson aufhalten, gehalten und getragen werden. Der Körperkontakt mit Ihnen vermittelt ihm Sicherheit, denn es riecht Sie und spürt Ihren Herzschlag und weiß so: „Ich bin nicht allein. Mein Überleben ist gesichert." Seiner biologischen Bestimmung nach ist das menschliche Baby kein Nesthocker, der den ganzen Tag wartet, während die Mutter Nahrung besorgt, und auch kein Nestflüchter, der sofort nach der Geburt der Mutter nachlaufen kann. Es ist, wie die meisten anderen Primaten auch, ein Tragling, der den direkten Körperkontakt zur Mutter sucht. Die schaukelnden Bewegungen beim Tragen beruhigen es und lassen es leicht einschlafen, denn es weiß: „Solange ich bewegt werde, solange bin ich sicher." Das ist auch ein Grund dafür, warum Babys Wiegen und schaukelnde Kinderwagen lieben! Liegt ein Baby längere Zeit ohne Bewegungsanregung und direkten Körperkontakt in einem leisen Zimmer, so kommt das bei ihm so an: „Ich liege still, allein und höre nichts. Man hat mich verlassen!" Es weiß ja nicht, dass Sie im Zimmer nebenan sind, und greift zur einzigen Notfallmaßnahme, die es kennt: Es schreit. Körperkontakt und Bewegung, am besten in Kombination, sind oft gerade zum Beruhigen unruhiger Babys ein Zaubermittel. Schläft das Baby bei der Mutter, spürt es ihre Vitalzeichen (Herzschlag, Atmung) und kann sich ebenfalls sicher fühlen. Nebenher sichert der Körperkontakt auch noch das Bedürfnis des Babys nach Wärme – am Körper der Mutter und oder einer anderen Bezugsperson wird sein Wärmehaushalt ohne jeden Aufwand perfekt reguliert.

- *Nahrung nach Bedarf.* Stillen ist für ein Menschenbaby die einzige natürliche Ernährungsform. Es erwartet von Natur aus, häufig, wann immer und so lange es will, gestillt zu werden. Muttermilch ist in ihrer Zusammensetzung genau auf häufiges Füttern nach Bedarf abgestimmt. Der 4-Stunden-Rhythmus ist eine Mär

– erfunden von einem Kinderarzt im 19. Jahrhundert, der herausfand, dass Kuhmilch etwa 4 Stunden braucht, um das kindliche Verdauungssystem zu passieren. Muttermilch ist aber viel schneller verdaut, und außerdem bedeutet Stillen und Nuckeln für das Baby auch Beruhigung und Trost. Es möchte selbst bestimmen, wann und wie oft es Nahrung und Trost braucht, und kann sich an Muttermilch, anders als an künstlicher Säuglingsnahrung, auch nicht „überessen". Normale Abstände sind zwei bis drei Stunden, manche Babys möchten zeitweise sogar alle anderthalb Stunden an die Brust. Das Argument „frische Milch darf nicht auf angedaute" ist hinfällig: Schon in der Mundhöhle wird von den dort lebenden Bakterien mit der Verdauung begonnen. Steht keine Muttermilch zur Verfügung, füttern Sie Pre-Milchnahrung – sie kann ebenfalls nach Bedarf gegeben werden. Häufiges Füttern in kurzen Abständen ist völlig normal. Babys, die häufig trinken möchten, sind nicht verwöhnt, sondern zeigen ein normales, gesundes, artgerechtes Verhalten.

Alles andere, was das Baby braucht, ergibt sich aus der Erfüllung dieser beiden Bedürfnisse – eigentlich schon allein aus ausreichendem Körperkontakt. Ein Baby, das so oft wie möglich Zeit am Körper seiner Mutter verbringt, wird automatisch eher und häufiger gestillt, bei Bedarf schneller gesäubert und gewickelt und erlebt viel mehr direkte oder indirekte Kommunikation. Die Mutter lernt, sich besser auf seine konkreten Bedürfnisse (Hunger, Müdigkeit, Neugier) einzustellen, und das Kind wird durch die prompte Erfüllung seiner Bedürfnisse in seiner „Richtigkeit" als Person bestätigt, es fühlt sich sicher, geborgen und lernt, dass seine Signale beantwortet werden. Eine wichtige Erkenntnis für die spätere Sprachentwicklung, die ja eigentlich jetzt, in der allerersten Interaktion mit der Mutter, bereits begonnen hat.

Das Gefühl der Sicherheit und des „Richtigseins" ist für alle Babys wichtig, aber noch viel wichtiger für Babys, die mit einer Spalte geboren wurden. Es muss belastende Situationen überstehen und wird vielleicht mehr Schwierigkeiten beim Erlernen von Kommunikation und Sprache haben und sollte von Anfang an die besten Voraussetzungen haben, sich im engen und liebevollen Kontakt mit seinen Bezugspersonen optimal zu entwickeln.

Wie lässt sich dies im Alltag verwirklichen?

– *Tragen Sie Ihr Baby!* Jedes Baby wird, zumindest ein bisschen, getragen: zu Hause, treppauf, treppab, zum Wickeltisch, ins Bettchen, ins andere Zimmer, nur so zum Spaß, im „Fliegergriff", wenn es Blähungen hat usw. Das ist noch ausbaufähig – mit einem Tragetuch. Das setzt sich immer mehr durch, es hat sein Image als Öko-Zubehör schon lange verloren und ist DAS Hilfsmittel für eine liebevolle, praktische und bedürfnisorientierte Betreuung. Ohne mein Tragetuch wäre ich in meinem Alltag mit drei Kindern verloren gewesen – schon mein erstes Kind weigerte sich, auf seiner Krabbeldecke herumzuliegen und forderte sein Bedürfnis nach Körperkontakt lautstark ein. Das Binden zu lernen ist überhaupt nicht schwierig, wenn Sie eine gute Bindeanleitung haben und jemanden, der es Ihnen einmal zeigt, etwa Ihre Hebamme, Still- oder Trageberaterin. Mit einem einzigen Tuch können Sie je nach Lage Ihr Baby vor dem Bauch, auf der Hüfte oder sogar auf dem Rücken tragen – gut gebunden funktioniert das schon bei den ganz Kleinen. Damit stillen Sie nicht nur sein Kontaktbedürfnis und liefern ihm wertvolle passive Bewegungsanreize für seine Gehirnentwicklung, Sie fördern durch den Spreiz-Anhock-Sitz im Tuch auch noch eine gesunde Hüftentwicklung und, wun-

Auch im zweiten Lebensjahr können Babys noch im Tuch getragen werden – und bei den Wanderungen der Großen mitmachen.

derbarer Nebeneffekt – Sie haben beide Hände frei und können mit Baby im Tuch endlich all die kleinen Haushaltsarbeiten erledigen, die sonst allzu leicht liegen bleiben, weil Sie zu sehr mit dem Beruhigen Ihres schreienden Babys beschäftigt waren! Auch für Spaziergänge gibt es nichts Schöneres. Bei kaltem Wetter können Sie das Baby mit unter Ihre Jacke nehmen, das wärmt besser als das dickste Plumeau. Sie können ohne Angst vor Treppen mit Ihrem Baby U-Bahn fahren, und Babys mit Lippenspalte sind im Tuch vor neugierigen Blicken geschützt. Sogar vor dem Blick der Mutter: Als es mir in den ersten Wochen noch sehr schwer fiel, meinen Sohn anzublicken, habe ich ihn oft ins Tuch gesetzt. So konnten wir beide die Nähe zueinander genießen, ohne dass ich immer wieder auf sein mir noch fremdes Aussehen gestoßen wurde – es war für mich eine Art Auszeit von der Spalte, die mir ein langsames Annähern ermöglichte. Falls Sie Ihr Baby zwar gerne tragen möchten, sich mit einem Tuch aber partout nicht anfreunden können, greifen Sie auf eine gute Tragehilfe zurück – also auf eine mit breiten, gepolsterten Tragegurten für Sie selbst und einem breiten Steg, damit die Beinchen des Babys die wichtige Spreiz-Anhock-Haltung einnehmen kann. Empfehlenswert sind z. B. „ERGObaby Carrier" oder der „Glückskäfer"-Babytragesack. Bei Tragetüchern achten Sie auf eine diagonale Webart, damit das Tuch Ihr Baby optimal stützen kann. Bitte tragen Sie Ihr Baby niemals mit dem Gesicht nach vorn vor dem Bauch. (Ausnahme: die ersten Tage nach der Lippen-OP!) Die Haltung, die es dann einnimmt, wirkt sich ungünstig auf Rücken und Hüften aus.

- *Füttern Sie Ihr Baby nach Bedarf!* Bei Kindern mit Lippen- oder Lippen-Kiefer-Spalte, die gestillt werden können, ist das gar kein Problem. Überlassen Sie Ihrem Baby völlig die Führung! Es weiß selbst am besten, wie viel Nahrung es braucht und wann. Wenn Sie pumpstillen, ist die Bedarfsernährung schon schwieriger.

Sie müssen gut organisieren, damit Sie genug Muttermilch zur Verfügung haben. Reicht die abgepumpte Milch nicht, oder soll/muss Ihr Baby künstliche Milchnahrung bekommen, dann füttern Sie Pre-Milch, denn diese darf ganz nach Bedarf gegeben werden. Bei allen anderen Nahrungen dürfen Sie eine bestimmte Menge nicht überschreiten, das kommt dem natürlichen Nahrungsbedürfnis Ihres Babys nicht entgegen.

- *Lassen Sie Ihr Baby bei Ihnen schlafen!* Das Bedürfnis Ihres Babys nach körperlicher Nähe endet nicht mit dem Einschlafen. Im Gegenteil, gerade im Schlaf braucht ein menschlicher Säugling die Gewissheit, nicht allein und in Sicherheit zu sein. Sicherheit spenden Ihr Herzschlag, der Duft Ihrer Haut und Ihrer Milch, die leisen Geräusche und sachten Bewegungen, die Sie während des Schlafens machen. Am besten schläft das Baby in Ihrem Schlafzimmer, optimal wäre in Ihrem Bett. Babys, die gemeinsames Schlafen gewohnt sind und die auch im Krankenhaus nach den Operationen bei der Mutter schlafen, sind weniger quengelig, benötigen weniger Schmerzmittel und stecken die OP-Erfahrung oft besser weg. Entgegen mancher Empfehlungen gibt es auch keine Hinweise darauf, dass gemeinsames Schlafen das Risiko des plötzlichen Säuglingstods (SIDS) erhöht (siehe Kapitel Stillen).

- *Gehen Sie zuverlässig auf die Signale Ihres Babys ein!* Kommunikation im Säuglingsalter geschieht mit dem ganzen Körper. Jeder Blick, jede Berührung, jedes Geräusch, ja sogar die Nahrungsaufnahme ist Kommunikation für das Baby. Je intensiver Sie auf Ihr Baby eingehen und sich mit ihm beschäftigen, desto besser können Sie beide sich aufeinander einstellen. Sie entwickeln ein intuitives Verständnis dafür, was Ihr Baby braucht und was es Ihnen „sagen" will, und durch das zuverlässige, umgehende Erfüllen seiner Bedürfnisse lernt das Baby, dass es durch Kommunikation etwas bewirken kann. Es empfindet sich nicht mehr als hilflos, da es Sie durch seine Signale zur Handlung bewegen kann. Dadurch bildet sich schon in dieser ersten Zeit das Selbstwertgefühl Ihres kleinen neuen Menschen heraus. Ihr Baby entwickelt eine positive Grundeinstellung zum Leben, und es kann sich vertrauensvoll an Sie binden. Schon bald werden seine Kommunikationszeichen subtiler, es beginnt Sie anzulächeln und angenehme Laute zu produzieren, wenn es Sie sieht. Das stärkt wiederum nicht nur Ihre gegenseitige Beziehung, sondern ist die direkte Vorstufe gesprochener Kommunikation. Je mehr Ihr Baby die Erfahrung macht, dass es von anderen Menschen verstanden wird, desto leichter wird es ihm später fallen, sozial mit Ihnen und anderen Menschen zu interagieren. Da viele Spaltkinder später in irgendeiner Form Probleme mit der gesprochenen Sprache haben, ist diese frühe Kommunikationserfahrung eine wertvolle Basis, um solche Schwierigkeiten selbstbewusst und zuversichtlich zu meistern.

„Unter die Leute!" – Babymassage, PEKiP und Co.

Auch Mütter, deren Baby völlig gesund auf die Welt kam, erleben bei aller Verliebtheit ins Baby nach den allerersten Wochen manchmal eine gewisse Isolation. Alle Verwandten waren da und haben das Neugeborene bestaunt, der Urlaub des Partners ist vorbei, es kehrt wieder ein wenig Alltag ein. Das ist durchaus etwas Gutes. Da die erste Zeit mit der Spalte schwer war, sind Sie wahrscheinlich heilfroh darüber, allmählich zu einer gewissen Routine mit dem Baby zu finden. Doch gerade wenn Sie vor der Geburt gearbeitet haben oder mit ihren älteren Kindern sehr unternehmungslustig waren, fällt Ihnen nun vielleicht die Decke auf den Kopf. Sie möchten mal wieder raus, andere Menschen treffen und sich mit etwas anderem beschäftigen als immer nur mit der Spalte Ihres Kindes. Oft jedoch, insbesondere bei Lippenspalten oder vollständigen LKGS, ist die Spalte gerade der Grund, dass Sie sich nicht nach draußen trauen. Sie fürchten die (echten oder eingebildeten) Blicke der Leute und haben Angst, dass Sie ständig in Erklärungsnot sein werden, „Nein, sie hatte keinen Unfall, die Spalte ist angeboren!" Noch vor zwei oder drei Jahrzehnten gab es besonders in ländlichen Gegenden manche Eltern, die vor der ersten Operation nicht ein einziges Mal mit ihrem Kind vor die Tür gegangen sind. Auch wenn das natürlich eine extreme Reaktion ist.

Es ist ganz verständlich, wenn Sie zunächst ein wenig Angst davor haben, mit Ihrem Baby am ganz normalen Leben „draußen" teilzunehmen. Mein Rat an Sie lautet trotzdem: Überwinden Sie sich, gehen Sie raus, genießen Sie die Babyzeit! Davon können Sie und Ihr Baby nur profitieren. Es ist ganz egal, wohin Sie gehen und was Sie machen. Ein Einkaufsbummel mit Baby im Tuch, Picknick im Park, einfach nur Spazierengehen – Sie werden sehen, dass Sie womöglich gar nicht so sehr auffallen wie befürchtet. Natürlich kann es immer Situationen geben, in die man lieber nicht geraten wäre, unbedachte Bemerkungen, auf die man hätte verzichten können. Aber mit der Zeit legt man sich ein dickeres Fell zu und freut sich über schöne Begegnungen und Momente echter Anteilnahme – denn die gibt es ja auch!

Wenn Sie vorhatten, mit Ihrem Baby ein spezielles Angebot zu nutzen, z. B. Babymassage oder PEKiP, Krabbelgruppe oder Babyschwimmen, dann tun Sie das ruhig! Die Bewegungsstimulationen, der Haut-zu-Haut-Kontakt tun Ihrem Kind gut, und Ihnen tut der Kontakt zu den anderen Müttern gut. Ich hatte solche Angst vor dem ersten PEKiP-Kurs, den ich mit meinem zwei Monate alten Sohn besuchte – wie würden die anderen Mütter auf uns reagieren? Bei der Vorstellungsrunde ergriff ich dann als erste das Wort, um es schnell hinter mich zu bringen, und erzählte ein Stück unserer Geschichte. Alle waren aufgeschlossen und interessiert, stellten ein paar Fragen zu Spalten und dem Behandlungsverlauf – und damit war es dann gut. Bei mir war ein Knoten geplatzt – nach acht Wochen fast völliger Isolation und des emotionalen Stillstands hatte ich endlich wieder das Gefühl, dass mein Leben auch mit einem Baby mit Spalte weitergehen würde – etwas anders als vorher, aber nicht weniger glücklich.

Mit Ihrem Baby in die „Öffentlichkeit" zu gehen, hat übrigens nicht nur eine persönliche, sondern auch eine politische Dimension. Nur wenn man den Menschen Gelegenheit gibt, LKGS-Babys und ihre Familien wahrzunehmen und kennenzulernen, kann sich das Wissen über Spalten und die vorurteilsfreie Kenntnis ihres besonderen Aussehens auch verbreiten. Vielleicht können sie den Rest von Stigma verlieren, der ihnen heute noch anhaftet. Sie haben die Chance, etwas dazu beizutragen!

Weitere Möglichkeiten der Förderung

Auch wenn ein mit Spalte geborenes Baby nicht „krank" ist, so gibt es doch einige Hilfestellungen, von denen manche Kinder sehr profitieren können. Was im jeweiligen Einzelfall hilfreich ist, sollte idealerweise das behandelnde Ärzteteam im Rahmen der Spaltsprechstunde entscheiden. In der Praxis sieht es aber meist leider noch so aus, dass die rein medizinische Behandlung im Vordergrund steht. Das ist schon ein großer Fortschritt, immerhin ist es noch nicht lange und auch nicht überall selbstverständlich, dass ein Baby mit Spaltbildung eine umfassende, interdisziplinäre Betreuung erhält. Für alles, was über chirurgische, kieferorthopädische und HNO-Behandlung hinausgeht, sind zumindest zum gegenwärtigen Zeitpunkt oft einfach keine Kapazitäten vorhanden. Dazu kommt, dass vielen Ärzten Therapieformen wie z. B. *Castillo Morales* noch gar nicht bekannt sind oder sie sich nicht vorstellen können, dass ein Einjähriges schon sinnvoll logopädisch behandelt werden kann.

Darum ist es so wichtig, dass Sie selbst die Initiative ergreifen, wenn Sie glauben, dass Ihr Baby frühzeitig gefördert werden sollte – etwa wenn es trotz Gaumenplatte und geeigneten Trinkhilfen große Trinkprobleme hat oder seine Sprache sich nicht altersgemäß entwickelt. Fragen Sie in diesem Fall gezielt bei Ihrem Kinderarzt nach, nehmen Sie Kontakt auf zu einer Frühförderstelle oder einem Logopäden mit entsprechender Zusatzausbildung (*Castillo Morales*, myofunktionelle Therapie) und vereinbaren Sie ein unverbindliches Beratungsgespräch. Manchmal können Außenstehende Ihr Kind objektiver einschätzen als Sie selbst. Wenn Sie gemeinsam mit Ihren Ärzten/Therapeuten zu dem Schluss gekommen sind, dass eine bestimmte Therapie für Ihr Kind sinnvoll wäre, lassen Sie sich bitte nicht von anderen einreden, dass diese nicht nötig sei oder dass Sie Ihr Baby zum „Therapieobjekt" machen. Ihr Kind wurde mit einer anatomischen Besonderheit geboren, die zu bestimmten Problemen führen kann, auch wenn es eine optimale medizinische Versorgung erhält. Diese Probleme so weit wie möglich zu beheben oder von vornherein zu vermeiden, ist Ihre erste elterliche Pflicht. Ihr Kind kann noch nicht für sich selbst eintreten! Vor allem im sprachlichen Bereich sind Versäumnisse im Kleinkindalter manchmal schwer aufzuholen.

Doch zu dieser Pflicht gehört noch eine Aufgabe: Gelassen hinzunehmen, wenn etwas (noch) nicht behoben werden kann, und diese Gelassenheit dann auch Ihrem

Kind zu vermitteln. Wenn Sie völlig selbstverständlich mit Ihrem Kind zur Therapiestunde gehen, wird es auch kein Problembewusstsein entwickeln und sich „anders" vorkommen – gerade für sehr kleine Kinder ist Therapie vor allem Massage, Spiel und Turnen, also Spaß! Und wenn Sie gelassen hinnehmen können, dass es noch dauern wird, bis Ihr Kind Verständliches von sich gibt, und bis dahin andere Formen der Kommunikation nutzen, dann wird Ihr Kind das auch akzeptieren.

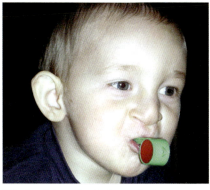

Elisei trainiert seine Luftstromlenkung.

Sie müssen also die im Folgenden vorgestellten Förderungsvorschläge und Therapien nicht „abarbeiten" und Angst haben, dass Sie etwas verpassen könnten. Sie sollten aber wissen, dass es diese Möglichkeiten gibt, und im Bedarfsfall auch nicht zögern, sie zu nutzen.

Die orofaziale Regulationstherapie nach Castillo Morales

Die orofaziale Regulationstherapie, kurz ORT, ist ein ganzheitliches Therapiekonzept für Kinder (und Erwachsene) mit Wahrnehmungs- und Bewegungsschwierigkeiten im Bereich von Gesicht, Mund und Rachen (orofazial: Mund und Gesicht betreffend). Die Muskeln im orofazialen Bereich werden gezielt stimuliert, und zwar ganz direkt durch Berührung und Massage der am Saugen, Kauen und Schlucken beteiligten Muskulatur; gleichzeitig wird die gesamte Körperhaltung des Kindes stabilisiert. Ziel der Behandlung ist die Anbahnung von normalen oder zumindest annähernd normalen Bewegungsabläufen.

Entwickelt wurde das Konzept von *Rodolfo Castillo Morales,* einem argentinischen Rehabilitationsarzt. Während seiner Ausbildung in Madrid lernte er bereits bekannte Therapiekonzepte für neurologische und motorische Störungen kennen, die Bobath- und die Vojta-Therapie, und gründete dann in Cordoba (Argentinien) ein Behandlungszentrum für Kinder. Geprägt wurde seine Arbeit vor allem von den Schwierigkeiten, in einem relativ armen Land mit unterentwickelter Infrastruktur den Ärzten und Patienten die Bedeutung von Rehabilitation für Behinderte deutlich zu machen, aber auch von seinen Erfahrungen mit dem Leben der lateinamerikanischen Ureinwohner. Während seiner längeren Aufenthalte bei verschiedenen Eingeborenenstämmen konnte er beobachten, wie selbstverständlich und mit welch einfachen Mitteln diese Menschen die Körpersinne ihrer Säuglinge anregen: durch ständigen Körperkontakt, Tragen und Stillen wird das Baby optimal stimuliert, seine Grundbedürfnisse befriedigt.

Ähnliche Beobachtungen beschrieb in den 1970er Jahren auch schon die Autorin *Jean Liedloff*, deren Buch „Auf der Suche nach dem verlorenen Glück" bis heute unzählige Mütter in der westlichen Welt – auch mich selbst – dazu gebracht hat, ihre Babys wieder vermehrt am Körper zu tragen. *Castillo Morales* legt folgerichtig genauso viel Wert auf eine ganzheitliche Betrachtung des Menschen, auf Förderung der Wahrnehmung, Motorik und Kommunikationsfähigkeit sowie auf das gezielte Behandeln einzelner Störungsbilder. Schwerpunkte der Behandlung von Kindern mit Lippen-Kiefer-Gaumenspalten sind die Verbesserung der Nahrungsaufnahme, der Kommunikation, wie z. B. der Sprach-/Sprechentwicklung, und die begleitende Unterstützung kieferorthopädischer Maßnahmen. Besonders wichtig ist dabei natürlich das Training bestimmter Bereiche wie etwa der Gaumensegelmuskulatur und des Lippenringmuskels, vor allem wenn diese nach der operativen Vereinigung ihre natürlichen Funktionen aufnehmen sollen. Um dies zu erreichen, werden aber nicht nur isolierte Bereiche, sondern alle miteinander interagierenden Muskelkomplexe stimuliert und zwar indem durch Zug, Druck, Streichen und Vibration bestimmte motorische Punkte im Gesicht angeregt werden, bis der gesamte orofaziale Bereich aktiviert ist. Spezielle Übungen wie Zahnfleisch-, Gaumen-, und Zungenmassage können die Schluckfunktion verbessern und sich positiv auf übermäßigen Speichelfluss oder einen stark ausgeprägten Würgereflex auswirken. Die Anregung der gespaltenen Lippenringmuskulatur führt dazu, dass diese vor der Operation besser ausgebildet ist, was dem Chirurgen die Feinarbeit an den spaltseitig falsch ansetzenden Muskelfasern erleichtern kann. Die Dehnung des Lippengewebes durch sanften Zug und Vibration verringert nach der OP die Spannung auf der frischen Naht, was letztlich auch zu einem ästhetisch gelungeneren Operationsergebnis und zu weniger Schmerzen beim Kind führt.

Es muss kritisch angemerkt werden, dass die Wirksamkeit des Castillo-Morales-Konzeptes bislang noch nicht in einer geplanten, systematischen Studie nachgewiesen wurde. Es gibt allerdings zahlreiche Fallberichte von *R. Castillo Morales* selbst sowie verschiedene Studien zum Einfluss von orofazialer Stimulation auf Kinder mit zerebraler Lähmung, bei denen nach 6-monatiger Behandlung eine Verbesserung von Mundatmung, Lippenschluss, Zungenbeweglichkeit und Schluckmuster festzustellen war. Eine offizielle Stellungnahme der Gesellschaft für Neuropädiatrie kommt zu der vorsichtigen Einschätzung, dass die ORT „ein Mosaikstein innerhalb eines Gesamtbehandlungskonzeptes bei Kindern mit Störungen der Mundschluss-, Saug-, Kau- und Schluckfunktion" sein kann. Gerade bei Spaltbildungen des Gesichts und bei Pierre-Robin-Sequenz macht es also durchaus Sinn, diesen Mosaikstein ins Behandlungskonzept der Kinder einzubauen.

Nicht zu unterschätzen ist außerdem die Tatsache, dass auch die Eltern von der ORT profitieren können. Jenseits vom naturgemäß eher „technisch"-chirurgisch orientierten Ansatz des Spaltteams, der darauf zielt (und zielen muss), so bald wie möglich die fehlerhafte Anatomie des Kindes zu korrigieren, finden Sie als Eltern bei der Castillo-Morales-Therapie vielleicht erstmals einen Ansprechpartner, der die

Ihren Ärzten vielleicht eher nebensächlich erscheinenden Ernährungsschwierigkeiten kennt und ernst nimmt. In ruhiger Atmosphäre, für anderthalb Stunden einmal losgelöst von allem Alltäglichen mit dem Baby, von Fütterstress und OP-Angst, ist während der Behandlung des Kindes hier auch einmal Gelegenheit, zur Ruhe zu kommen und sich ein Stück Ihrer kurzen, aber ereignisreichen Geschichte mit Ihrem Baby von der Seele zu reden. Das Baby wird, sofern es das zulässt, während der Stimulation vom Therapeuten gehalten, der ihm durch die Muskelspannung des eigenen Körpers Stabilität verleiht und es durch Unterstützen des Kopfes mit der Hand in die „motorische Ruhe" bringt. Gerade wenn ein Baby oft unruhig war, ist es für die Mutter beeindruckend zu sehen, wie es im Schoß des Therapeuten buchstäblich zur Ruhe kommt, ihn aufmerksam betrachtet und die mundmotorischen Übungen, die ja immerhin in einem sehr sensiblen Körperbereich stattfinden, nicht nur toleriert, sondern sichtlich genießt.

Für mich persönlich war die erste Therapiestunde nach dem Castillo-Morales-Konzept mit meinem zwei Monate alten Sohn einer der ersten Momente, in dem ich ihn durchweg positiv und ohne innere Spannung betrachten konnte. Nicht nur durch seine baldigen Fortschritte beim Trinken und die aufschlussreichen Hinweise auf die Funktionen seiner Muskulatur, auch wegen der herzlichen Aufnahme im Therapiezentrum haben die wöchentlichen Besuche damals wesentlich dazu beigetragen, unsere Mutter-Kind-Beziehung zu stabilisieren. Auch aufgrund dieser persönlichen Erfahrungen hoffe ich, dass die in der Praxis schon bewährte Therapie bald auch durch entsprechende Evaluationsstudien in ihrer Wirksamkeit bestätigt wird, damit sie tatsächlich ein selbstverständlicher Baustein im Mosaik der interdisziplinären Spaltbehandlung wird und Eltern nicht aus Zufall, sondern gezielt mit dieser Therapieform in Kontakt treten können.

Logopädische Frühförderung

Dass die funktionellen Beeinträchtigungen durch eine LKGS zu Sprechauffälligkeiten führen können und dass betroffene Kinder von einer möglichst früh beginnenden Förderung im sprachlichen Bereich profitieren, gilt unter Sprachtherapeuten inzwischen als gesichert. Durch angemessene Übungen, die das Zusammenspiel von Mundmuskulatur, Atemtechnik und Gehör fördern, können mögliche Auffälligkeiten möglichst früh behandelt werden – oder treten, im günstigsten Fall, gar nicht erst auf. So früh wie möglich heißt eigentlich von Geburt an, zunächst einfach dadurch, indem Sie Ihrem Baby möglichst vielfältige Bewegungsanreize und Gelegenheit zur Kommunikation geben – auch wenn es noch etwas dauert, bis es sich selbst sprachlich äußern wird. Singen, Fingerspiele und Bilderbücher anschauen sind kommunikationsfördernd und machen zudem noch Spaß! Mit etwa anderthalb können Sie Ihr Kind allmählich auch etwas gezielter fördern.

Für eine regelrechte logopädische Therapie ist es dann vielleicht noch ein wenig klein, aber Sie könnten eine Logopädin aufsuchen, die Ihr Kind beim Spielen und

Lautieren beobachtet, eventuelle Auffälligkeiten vermerkt und Ihnen einen kleines Repertoire an speziell auf Ihr Kind abgestimmten Übungen mit nach Hause gibt, die Sie dann als spielerische Ansätze in Ihren Familienalltag integrieren können. Ein wenig Hintergrundwissen über die Funktionen des Sprechapparates kann natürlich auch nicht schaden. Manche Spaltzentren arbeiten zu diesem Zweck mit einer LKGS-erfahrenen Logopädin zusammen oder entwickeln spezielle Frühförderungsprojekte für LKGS-Kinder und ihre Eltern, die nach Abschluss der Primäroperationen, frühestens aber mit anderthalb Jahren bei Elternabenden und gemeinsamen Eltern-Kind-Treffen praktische Fördermaßnahmen kennenlernen und unter der fachkundigen Anleitung der Logopädin ausprobieren können. Unsicherheiten und Fragen in Bezug auf bestimmte Übungen können so direkt vor Ort geklärt werden.

Leider sind solche innovativen Ansätze eher noch die Ausnahme als die Regel. Für Eltern, deren Kinder nicht in den Genuss einer eigens organisierten logopädischen Frühförderung kommen, bleibt nur die Eigeninitiative. Übungen zur Sprachförderung speziell zu LKGS finden Sie beispielsweise in dem sehr hilfreichen Buch „Lippen-Kiefer-Gaumen-Segelspalten" von *Sandra Neumann;* falls Sie in Ihrer Region keinen Sprachtherapeuten finden, der Sie bei der Frühförderung Ihres Kindes unterstützen kann, fragen Sie im nächsten sozialpädiatrischen Zentrum (SPZ) oder einer anerkannten Frühförderstelle nach. Selbst wenn man dort keine Erfahrungen speziell mit LKGS hat, kann man Sie sicher bei der Suche nach einer Logopädin unterstützen.

Babyzeichen/Gebärdenunterstützte Kommunikation (GuK)

Babyzeichen lernte ich schon kennen, als mein ältester Sohn, *David*, geboren wurde. Damals erschien das Buch „Babysprache" von *Linda Acredolo* und *Susan Goodwyn,* zwei amerikanische Verhaltensforscherinnen, die herausgefunden hatten, dass schon 8–12 Monate alte Babys in der Lage sind, sich mit einfachen Gesten, die bestimmte Worte symbolisieren, zu verständigen und diese Zeichen sowohl verstehen als auch selbst aktiv anwenden. Als junge Mutter, von neuen Ideen begeistert, griff ich dieses Konzept sofort auf und begleitete fortan jede meiner Handlungen nicht nur mit erklärenden Worten, „So, jetzt gehen wir raus, ich hole deine Mütze!", sondern auch mit einer entsprechenden Geste für das jeweilige Schlüsselwort; bei „Mütze" etwa legte ich die flache Hand auf meinen Kopf. Andere Zeichen waren „essen" (Hand zum Mund führen), „trinken" (Hand zur Faust, Daumen an die Unterlippe legen), „Buch" (beide Hände nebeneinander halten, Handflächen zeigen nach oben). Nach drei Monaten beherrschte mein dann 14 Monate alter Sohn mindestens 30 verschiedene Zeichen für Dinge aus seiner alltäglichen Lebenswelt, über die wir uns „unterhalten" konnten, obwohl er außer „Mama" „Papa" und „da" noch kaum ein Wort sprach. Er hatte sichtlich Spaß an unseren „Gesprächen" und genoss es, gezielt um Dinge bitten zu können, etwa darum, etwas vorgelesen zu bekommen (mit dem Zeichen für „Buch"). Auch Zweiwortsätze „formulierte" er („Katze weg") und benannte im Alter von 15 Monaten sogar ein abstraktes Gefühl wie „Angst" (auf die Brust klopfen).

Sie finden das erstaunlich? Dabei benutzt jedes Baby mindestens ein oder zwei Babyzeichen, ohne dass es ihnen bewusst ist: „winke-winke", „nein" (Kopfschütteln) und „ja" (nicken) kann schon bald jeder kleine Krabbler. Uns Eltern ist nur nicht bewusst, wie ausbaufähig diese Fähigkeiten sind, oder anders gesagt, wie klug unsere Kinder sind, auch wenn sie noch Probleme mit den komplexen muskulären Vorgängen haben, die zum Sprechen notwendig sind. In den USA sind „baby signs" längst Allgemeingut, immer mehr Mütter genießen diesen Einblick in die „Denke" ihres Babys. Kurse im „Baby signing" werden so selbstverständlich angeboten wie Krabbelgruppen und Geburtsvorbereitungskurse. Hierzulande wird man bislang eher belächelt, wenn man Babyzeichen nutzt, und so freute ich mich einfach über die Fortschritte meines Sohnes, der anhand der Zeichen sich auch schnell das gesprochene Wort eroberte, mit zwei Jahren perfekte Satzgefüge beherrschte und sich mit vier Jahren selbstständig das Lesen beibrachte. Auch meine Tochter lernte, sich schon früh mit Hilfe von Babyzeichen zu verständigen.

Nach der Geburt meines Spaltkindes war ich aber zunächst leider zu sehr mit der Spalte beschäftigt, um an Babyzeichen zu denken. Erst als sich aufgrund seiner Mittelohrschwerhörigkeit der Beginn des Sprechens deutlich verzögerte und er immer frustrierter wurde, weil er sich nicht verständlich machen konnte, fielen mir die Babyzeichen wieder ein, und ich begann postwendend mit ihm zu üben. Schon nach wenigen Tagen hatte er es begriffen und eignete sich schnell ca. 20 Zeichen an, die er verstand, von denen er aber nur etwa die Hälfte auch selbst benutzte, aber das reichte schon aus, um uns den Alltag sehr zu erleichtern! Obwohl er heute, mit drei Jahren, viel und recht verständlich spricht, benutzt er manchmal zur Verstärkung noch ab und zu ein Zeichen, ohne sich dessen bewusst zu sein, so wie andere Leute mit den Schultern zucken – etwa das Zeichen für „mehr", wenn er gerne noch mehr Schokolade haben möchte (und ich schon abgelehnt habe...)! Seit 2005 gibt es auch das sehr hilfreiche „Kleine Lexikon der Babyzeichen" von *Vivian König*, das mit vielen wunderschönen Fotos zeigt, wie viel Spaß es macht, wenn Baby und Eltern sich mit Zeichen verständigen können – und wie einfach es geht! Das von Frau König entwickelte Eltern-Kind-Programm „Zwergensprache" bietet inzwischen in vielen Städten in ganz Deutschland Mutter-Kind-Kurse für Babyzeichen an (nähere Informationen finden Sie unter www.babyzeichensprache.de).

Eine andere Methode, die zwar vorrangig für sprachbehinderte Kinder entwickelt wurde, aber im Prinzip genauso funktioniert wie die Babyzeichen, ist die GuK, gebärdenunterstützte Kommunikation. Entwickelt wurde sie von *Dr. Etta Wilken*, nachzulesen in ihrem Buch „Sprachförderung bei Kindern mit Down-Syndrom". Beiden Ansätzen ist gemeinsam, dass die Gebärde oder das Zeichen das gesprochene Wort nicht ersetzen, sondern begleiten. Die Zeichen werden also stets nur in Zusammenhang mit dem entsprechenden Wort benutzt und auch nur, solange das Kind noch nicht über die gesprochene Sprache verfügt. Sobald es sich durch sprachliche Laute verständigen kann, werden die Zeichen mehr und mehr in den Hintergrund treten und schließlich verschwinden. Ein Zeichen kann in konkreten Situationen eingeführt werden, also z. B. „Mütze" beim Anziehen. Babys und Kleinkinder ahmen gerne nach und verknüpfen schon bald Wort und Geste. Diese Verbindung von visueller und auditiver Information unterstützt die sprachliche Wahrnehmung. Die Gebärden sind leichter zu lernen als Wörter und verschaffen dem Kind Erfolgserlebnisse. Kommunikation mit anderen Menschen wird nicht länger als frustrierend erlebt, sondern als sinnvoll und beglückend, und bereitet die Entwicklung der gesprochenen Sprache optimal vor.

Welche Zeichen Sie benutzen, spielt keine Rolle. Sie können sich an den oben genannten Büchern orientieren oder sich ganz eigene Zeichen ausdenken. Sobald Ihr Baby den Sinn der Zeichen verstanden hat, wird es vielleicht auch beginnen, Zeichen für seine speziellen Bedürfnisse abzuwandeln, oder es ergeben sich einfach Zeichen aus ganz bestimmten Alltagssituationen. Die Hauptsache ist, dass Sie, Ihr Baby und die ganze Familie Spaß an den Zeichen haben. In Stress oder Übungsdrill sollte das allerdings nicht ausarten, das hätte genau den gegenteiligen Effekt von dem, was Sie erreichen wollen: Nämlich dass Ihr Baby gerne mit Ihnen kommuniziert. Wovon jedes (gesunde) Baby profitiert, ist für Kinder mit LKGS eine optimale Möglichkeit, sich mit Erfolgserlebnissen anstatt Frust die Grundlagen der Kommunikationsfähigkeit anzueignen und sich schon früh als eigenständiger kleiner Mensch in der Familie zu behaupten.

Allgemeine Frühförderung

Frühförderung ist ein Sammelbegriff für Hilfeangebote, die von Kindern mit Behinderungen oder Entwicklungsauffälligkeiten und -verzögerungen in Anspruch genommen werden können. Laut der im BGB geregelten Frühförderungsverordnung steht jedem Kind unter fünf Jahren, das behindert oder von Behinderung bedroht ist, Frühförderung zu. Viele Eltern wissen gar nicht, dass sie mit ihrem Kind Angebote der Frühförderung nutzen können, oder was genau eigentlich Frühförderung bedeutet. Die Frühförderstellen und sozialpädiatrischen Zentren bieten folgende Hilfen an:

- Früherkennung und -diagnostik
- Beratung und Anleitung der Eltern
- heilpädagogische Fördermaßnahmen

Ein ganzheitliches Konzept soll die Entwicklung des Kindes in seinem Tempo und nach seinen Möglichkeiten fördern, um drohende Störungen so gut es geht aufzufangen oder gar zu vermeiden. Dabei geht es nicht um das Einüben bestimmter Fertigkeiten, sondern um sensorische, motorische, kognitive und soziale Anregungen, die einer möglichst normalen Entwicklung den Weg bahnen sollen.

Die Frühförderung kann mobil bei Ihnen zu Hause stattfinden, wo Ihr Baby in der vertrauten Umgebung vielleicht offener für erste Förderangebote ist. Eine Heil- oder Sozialpädagogin oder auch Physiotherapeutin, je nachdem, wie genau Ihr Kind gefördert werden soll, kommt dann zu Ihnen.

Oder Sie gehen mit Ihrem Kind in die Frühförderstelle, wo Sie die dort vorhandene Infrastruktur nutzen können, sei es in Form von qualifiziertem Personal (in vielen Häusern arbeiten beispielsweise Logopädinnen mit spezieller Zusatzausbildung in myofunktioneller Therapie oder auch *Castillo Morales*, die Sie bei der Ernährung unterstützen können) oder von Räumlichkeiten (Turnhalle, Snoezel-Raum, spezielle Spielmöglichkeiten). Oft gibt es Mutter-Kind-Gruppen, in denen nicht nur Ihr Baby in geschützter Umgebung soziales Erleben erproben kann, sondern wo auch Sie andere Eltern kennenlernen können, die genau wie Sie mit ein paar Schwierigkeiten zu kämpfen haben. Manchmal kann es eine große Erleichterung sein, sich mit seinem besonderen Kind nicht so völlig allein auf der Welt zu fühlen. Gerade im sprachlich-sozialen und emotionalen Bereich können Kinder mit LKGS, die ja schon als kleine Menschen die körperlichen und seelischen Strapazen einer oder mehrerer Operationen überstehen müssen, negative Erfahrungen mit Hilfe der Frühförderung verarbeiten.

Therapeutisches Reiten hilft, über den Beckenboden auch die mit diesem direkt verbundene Gaumensegelmuskulatur anzuregen.

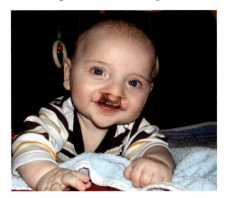

Corvin, 5 Monate. So strahlend kann nur ein Baby mit Spalte lächeln.

Damit will ich natürlich nicht sagen, dass jedes mit Spalte geborene Kleinkind unbedingt Förderung braucht. Die allermeisten entwickeln sich durch liebevolle Unterstützung in der Familie wunderbar und benötigen keine weiteren Therapien. Haben Sie aber den Eindruck, dass Frühförderung Ihnen und Ihrem Kind gut tun könnte, dann nehmen Sie das ruhig in Anspruch! Ein unverbindliches Beratungsgespräch wird sicher schnell klären, ob und in welcher Form Frühförderung für Ihre Familie Sinn macht.

Der Alltag mit der Spalte – Besondere Pflegefragen

Mundhygiene

Reinigen der Spalte

Im Bereich der Gaumenspalte sammeln sich beim Baby oftmals mit Speichel vermischte Milchreste, die in langen, zähen Fäden buchstäblich in der Spalte hängenbleiben. Oft verursachen sie bei den Atemzügen des Babys ein leicht rasselndes Geräusch (Karcheln), sodass es klingt, als sei Ihr Baby erkältet. Ein Großteil dieser Milchschleimfäden wird meistens schon beim Herausnehmen der Gaumenplatte mit entfernt. Ob Sie den verbleibenden Rest entfernen, hängt von der Milch ab, die Ihr Baby bekommt: Die körpereigenen Stoffe der Muttermilch reizen die Schleimhäute nicht und werden vom Körper schnell resorbiert, müssen also nicht unbedingt entfernt werden. Auf jeden Fall entfernen sollten Sie

- größere Reste von künstlicher Milchnahrung, da das in ihr enthaltene artfremde Eiweiß die empfindlichen Schleimhäute reizt,
- jeden Rest, der Ihr Baby beim Atmen behindert oder zu vermehrtem Husten führt,
- kleinere, stark verkrustete Reste von künstlicher Milchnahrung an den Gaumenspalträndern und den oberen Zahnleisten,
- jegliche Reste von Haftcreme nach jedem Herausholen der Gaumenplatte.

Zum Säubern benutzen Sie am besten eine sterile Mullkompresse oder ein sauberes, dünnes Baumwolltuch, das Sie sich um Ihren Zeigefinger wickeln. Frische Milchschleimfäden lassen sich am besten mit einem trockenen Tuch entfernen. Eingetrocknete Krusten weichen Sie mit einem in lauwarmes Wasser getränkten Tuch auf. Neigt Ihr Baby zu Schleimhautentzündungen oder zu Mundsoor, können Sie das Reinigungstuch auch vorher in nichtalkoholisiertes Rosenhydrolat tauchen – es hat eine entzündungshemmende Wirkung. Bitte benutzen Sie zur täglichen Reinigung keine Wattestäbchen oder Watteträger – damit könnten Sie allzu leicht Ihr Baby verletzen.

Borkenbildung an der Lippe

Die Haut an den Lippenspalträndern neigt dazu auszutrocknen, harte Borken zu bilden und sich schuppig abzulösen. Das ist unangenehm für Ihr Baby, sieht außerdem nicht schön aus und macht es zudem anfälliger für Herpesviren. Sie können ganz einfach vorbeugen, indem Sie die Lippenränder täglich mit Lanolin oder Bienenwachssalbe einfetten. Vaseline und andere Cremes auf Mineralölbasis sollten Sie lieber nicht verwenden – sie erschweren den Stoffwechsel der Haut und können so oft eine Verschlimmerung des Hautbildes bewirken.

Wenn der äußere Rand der Gaumenplatte an der Lippe scheuert, passt sie vermutlich nicht mehr und oder ist im Gegenteil noch zu neu. Sie muss dann natürlich nachgearbeitet werden. Die gereizte oder aufgescheuerte Haut behandeln Sie dann mit einer Wundsalbe, z. B. Bepanthen®.

Zähnchenpflege

Kariesvorbeugung ist bei Kindern mit einer Spaltbildung besonders wichtig, denn sie sind auf jeden Zahn angewiesen, vor allem, wenn einzelne Zähne im Spaltbereich nicht angelegt sind. Schon die Milchzähnchen sollten Sie daher wie bei allen Kleinkindern regelmäßig, d. h. am besten nach jeder Mahlzeit, mindestens aber zweimal täglich mit einer weichen Kinderzahnbürste putzen und das Kind auch selbst putzen lassen, das erhöht den Spaßfaktor! Ob man schon bei den Kleinen Zahnpasta verwenden sollte und ob diese dann Fluorid enthalten sollte oder nicht, darüber gehen die Meinungen auseinander. Wenn Sie die allerersten Zähne gründlich mit Wasser und Bürste putzen und Zahnpasta erst dann benutzen, wenn Ihr Kind sie ausspucken kann, sollte das ausreichen. Viele Zahnärzte befürworten die orale Gabe von Fluorid, manche lehnen dies als nutzlos ab. Besprechen Sie mit das mit Ihrem Kinderarzt und Ihrem Zahnarzt.

Die Gaumenplatte

Handhabung/Reinigung

Wenn Ihr Baby eine Gaumenplatte bekommt, wird Ihr Kieferorthopäde Ihnen sicher genau erklären, wie Sie die Platte pflegen und handhaben müssen. Haben Sie keine Hemmungen beim Einsetzen und Herausnehmen; es ist wirklich ganz einfach – die Platte ist ja exakt dem Kiefer Ihres Babys nachgeformt und kann eigentlich gar nicht „falsch" eingesetzt werden. Am besten lassen Sie es sich, wenn Sie unsicher sind, ein paar Mal zeigen und probieren es selbst direkt noch beim Arzt aus. Gereinigt wird die Platte nach jeder Mahlzeit unter fließendem Wasser mit einer Zahnbürste – sie darf nicht ausgekocht werden! Spülen Sie sie auch jedes Mal gründlich ab, wenn das Baby sie ausgespuckt hat, damit reduzieren Sie das Risiko, dass Ihr Baby sich einen Mundsoor einfängt. Alle paar Tage können Sie sie in warmes Essigwasser legen, um eventuelle Kalkablagerungen, die durch den Speichel des Babys entstehen, zu beseitigen.

Solange Ihr Baby die Platte trägt, kann es zu Druckstellen in der Mundschleimhaut kommen, allerdings sind diese selten; meist treten solche auf, wenn eine Platte gerade neu angepasst wurde und noch nicht ganz richtig sitzt. Der Kieferorthopäde kann da schnell Abhilfe schaffen. Bemerkbar machen sich Druckstellen vor allem dadurch, dass das Baby zwar Hungerzeichen zeigt, dann aber die Flasche unter Geschrei ablehnt und vor Schmerz das Gesicht verzieht, sobald es zu trinken versucht; zu sehen sind sie als weiße Stellen in der Mundschleimhaut. Achtung: Weiße Flecken, die beim Versuch, sie wegzuwischen, leicht zu bluten beginnen, deuten eher auf Mundsoor und müssen mit einem Antipilzmittel behandelt werden.

Haftcreme oder: Die Suche nach der verlorenen Platte

Da die Gaumenplatte, wenn es möglich ist, nicht im Mund befestigt werden sollte – sie dient als hervorragendes „Trainingsgerät" für die Babyzunge – bleibt es dann natürlich auch nicht aus, dass sie ab und zu aus dem Mund verschwindet. Zwar hält die Platte durch Sogwirkung und die Zunge des Babys meistens gut, aber manchmal fällt sie eben doch heraus bzw. Ihr Baby entwickelt eine gute Zungenbeweglichkeit und befördert sie absichtlich aus dem Mund. Solange Ihr Baby noch nicht mobil ist, macht das wenig Probleme – dann findet sich die Platte meist schnell auf der Babydecke wieder oder zumindest nur an den Orten, wo Sie selbst Ihr Kind hingetragen haben.

Der erhöhte Aktionsradius eines kleinen Krabblers führt allerdings dazu, dass Sie die Platte an allen möglichen und unmöglichen Stellen suchen dürfen, es sei denn, Sie beobachten Ihr Baby wirklich ununterbrochen beim Spielen. Beim Spazierengehen draußen ist auch schon so manche Platte verloren gegangen, was mehr als ärgerlich ist, vor allem, wenn Ihr Baby zu denen gehört, die nach der anfänglichen Gewöhnungszeit nicht mehr ohne Platte trinken wollen. Viele Spaltzentren empfehlen daher von vornherein, die Platte mit Hilfe von Haftcreme im Mund des Babys zu befestigen. Nachdem mein Mann einmal in der Dämmerung den gesamten Weg vom Spielplatz bis zu unserem Haus nach der Gaumenplatte unseres Sohnes absuchen musste (und sie zum Glück auch fand!), beschlossen wir, die Platte in der Wohnung nicht zu befestigen, um unserem Sohn Gelegenheit zum Zungentraining zu geben, außerhalb des Hauses aber auf Nummer Sicher zu gehen. Mit diesem Kompromiss sind wir gut gefahren, allerdings benutzten wir zum Befestigen keine Haftcreme, sondern Haftpulver. Anders als Haftcreme kann man es nicht so leicht überdosieren: Die überschüssige Haftcreme legt sich allzu leicht in die hohlgelegten Stellen der Platte, wo eigentlich nur der Kiefer des Babys hingehört. Außerdem löst sich das Pulver nach einigen Stunden durch den Speichel von selbst auf, sodass nur minimale Rückstände von der Platte entfernt werden müssen, vom Kieferkamm fast gar keine. Da ist Haftcreme hartnäckiger, die klebt auch gerne mal am Kiefer und muss dann mit einem in warmes Wasser oder Kochsalzlösung getauchtes Tüchlein abgewischt werden, was oft gar nicht so einfach ist. Manche Kieferorthopäden empfehlen die Befestigung mit Haftcreme, weil die Platte so im Mund stabiler sei; möglicherweise liegt eine Instabilität aber vielleicht eher daran, dass die Platte nicht (mehr) gut genug passt und neu angepasst bzw. ausgeschliffen werden muss.

Im Übrigen hilft alles Befestigen nichts, wenn das Baby die Gaumenplatte partout nicht im Mund haben will. Dann wird es sie nämlich nach draußen schieben, Haftcreme hin oder her. Oft ist es phasenweise ein interessantes Spiel, die Platte immer wieder auszuspucken – das kann auch bald wieder langweilig werden. Manche ältere Babys lehnen die Platte irgendwann auch ganz ab. Dann bleibt nichts übrig, als das zu akzeptieren.

Wenn Milch/Nahrung aus der Nase austritt

Den meisten Babys mit Gaumenspalte läuft irgendwann einmal, manchen häufig oder immer, anderen eher seltener, beim Trinken oder auch nach der Mahlzeit die Milch wieder aus der Nase. Dieses nasaler Reflux genannte Phänomen ist ganz normal und liegt an der fehlenden Trennung von Mund- und Nasenhöhle, wodurch aufgestoßene Milch nicht wie bei gesunden Kindern in den Mund, sondern eben weiter in die Nase läuft. Obwohl auch das Tragen der Gaumenplatte dies nicht völlig verhindert, da sie die Gaumenspalte ja nicht komplett abdichtet, hält sie doch einen Großteil hochgebrachter Milch aus der Nase heraus. Bei meinem Sohn war für mich das schwallartige Austreten von Milch vor allem aus dem spaltseitigen Nasenloch ein sicheres Indiz dafür, dass er seine Gaumenplatte ausgespuckt hatte.

Die Milchspur aus der Nase ist zwar zunächst ein ungewohnter Anblick, scheint aber die meisten Babys überhaupt nicht zu stören und schadet auch nicht. Im Gegenteil, wenn das Baby mit Muttermilch ernährt wird, hat der kleine Fluss durch die Nase den positiven Nebeneffekt, die bei Spaltkindern generell etwas trockenen Schleimhäute zu befeuchten und verstopfter Nase vorzubeugen: Viele Hebammen empfehlen ja ohnehin, Säuglingen bei leichtem Schnupfen etwas Muttermilch in die Nase zu träufeln. Bei Flaschennahrung sollten Sie ihrem Baby nach starkem nasalem Reflux das betreffende Nasenloch mit etwas Kochsalzlösung (Apotheke) spülen, da Reste der aus nicht körpereigenem Eiweiß bestehenden Nahrung sich leicht dort ablagern und die Schleimhäute reizen können, was das Kind wiederum anfälliger für Infektionen macht. Zum Spülen einfach dem Baby in halbaufrechter Haltung mit einer Einwegspritze ein paar Tropfen in das Nasenloch geben. Auch nach dem Gaumenverschluss beobachten viele Eltern einen mehr oder weniger stark ausgeprägten Reflux bei ihren Kindern und sind dann verständlicherweise sehr beunruhigt wegen eventueller „Restlöcher" (Fisteln) im Gaumen. Unbeabsichtigt verbliebene Restlöcher kommen recht häufig vor, sind aber nicht weiter tragisch, solange sie keine großen funktionellen Probleme machen; oft entscheidet sich der MKG-Chirurg sogar dagegen, sie wiederum in einem eigenen Eingriff mit Narkose und allen damit verbundenen Risiken zu schließen.

Ist ein Restloch zu groß bzw. verursacht es zu große funktionale Probleme, muss das Spaltteam entscheiden, ob, wann und wie es verschlossen werden soll.

Wenn Nahrung ab und zu den Weg durch die Nase nimmt, kann das ein Hinweis auf ein Restloch sein, muss es aber nicht. Alle Menschen haben eine natürliche Verbindung zwischen Mund- und Nasenraum. Ein gelegentlich auftretender nasaler Reflux kann also auch durch ein ungünstiges Schluckmuster verursacht werden oder, ganz banal, durch einen Schupfen – das Nasensekret nimmt dann einfach dünnflüssige Nahrungsreste mit auf den Weg. Falls Sie bei Ihrem bereits am Gaumen operierten Kind ein Restloch vermuten, fragen Sie am besten Ihren Chirurgen oder Kieferorthopäden danach; nicht immer ist ein Restloch ohne Weiteres zu sehen.

Schnupfen

Schnupfen ist für alle Babys lästig, da die verstopfte Nase ihre Fähigkeit, gleichzeitig trinken und atmen zu können, stört und sie dann oft mit Trinkstreik reagieren. Für Spaltkinder ist er aus verschiedenen Gründen noch störender, da durch die Spalte verstärkt Sekret in den Rachen laufen kann. Die Behandlung bei noch offener Spalte ist schwierig, da durch einen weit offenen Naseneingang und die Kiefer- und Nasenbodenspalte nur schwer Nasentropfen so eingeträufelt werden können, dass sie auch dorthin gelangen, wo sie hin sollen. Bei einseitigen Spalten besteht auf der Nicht-Spaltseite oft eine Verengung des Nasengangs, weil die Nase insgesamt zur Spaltseite hin verzogen ist, sodass auch dort das Verabreichen von Nasentropfen kaum gelingt.

Leider schlägt ein Schnupfen vielen Babys sofort auf die Ohren, da die bei einer Gaumenspalte ohnehin gestörte Belüftung durch den Schnupfen noch weiter behindert wird, daher ist eine freie Atmung sehr wichtig! Hilfreich sind daher vor allem Maßnahmen, welche die Atemwege durch Dampfwirkung befreien. Das Inhalieren mit Kochsalzlösung oder einem milden abschwellenden Mittel hilft schnell; wenn Ihr Baby oft Schnupfen hat und erkältet ist, fragen Sie Ihren Kinderarzt nach einem Inhalationsgerät. Mit einer speziellen Maske können Sie ihr Baby einfach und sicher inhalieren lassen.

Elisei, 3, kann schon ganz allein inhalieren.

Ohrprobleme

Mittelohrentzündung und Paukenerguss

90 % aller Kinder mit Gaumenspalte haben aufgrund des gespaltenen Segelmuskels und der daraus resultierenden fehlenden Belüftung des Mittelohrs immer wieder Flüssigkeit in der normalerweise mit Luft gefüllten Paukenhöhle. Ein solcher Paukenerguss begünstigt wiederum die Entstehung von Mittelohrentzündungen. Bis zur Gaumensegel-OP und oft auch noch darüber hinaus kann die Belüftung des Mittelohrs nur mit einer Paukendrainage und der anschließenden Einlage von Paukenröhrchen erreicht werden (siehe Kapitel Medizinische Versorgung: Das Gehör). Trotzdem kann Ihr Kind auch nach der Paukendrainage anfällig für Ohrentzündungen bleiben. Manchen Spaltkindern schlägt jeder Schnupfen sofort auf die Ohren. Daher ist es wichtig, bei einer Erkältung konsequent abschwellende Nasentropfen zu verwenden, um für bessere Belüftung zu sorgen und so einer Entzündung vorzubeugen. Kommt es zu einer bakteriellen Mittelohrentzündung, kommt Ihr Kind um ein Antibiotikum nicht herum: Bei Spaltkindern kann die Entzündung leicht chronisch werden und schwerwiegendere Erkrankungen des Ohres verursachen. Meist wird Ihr HNO-Arzt es zunächst mit einem lokal wirkenden Antibiotikum probieren, um den Organismus Ihres Kindes nicht zu sehr zu belasten. Dieses verabreichen Sie in Tropfenform direkt ins Ohr. Erst wenn das keine Besserung zeigt, muss Ihr Kind ein orales Antibiotikum nehmen. Unterstützend können Sie Ihrem Kind Zwiebelsäckchen auf die Ohren packen – dieses alte Hausmittel hat eine schmerzlindernde und leicht entzündungshemmende Wirkung.

Baden/Schwimmen nach Paukendrainage

Wenn Ihr Kind mit Paukenröhrchen versorgt ist, hat man Ihnen in der Klinik vielleicht die Empfehlung gegeben, Ihr Kind nur noch mit einem Ohrschutz, etwa mit Ohrstöpseln oder einem eng anliegenden Badestirnband ins Wasser zu lassen, da sonst durch die Röhrchen Wasser ins Ohr eindringen könne. Viele HNO-Ärzte halten solche Maßnahmen beim Schwimmen gehen inzwischen allerdings für überflüssig. Verschiedene Studien haben gezeigt, dass der Wasserdruck beim normalen Schwimmen und oberflächlichen Tauchen viel zu gering ist, als dass Wasser durch die sehr engen Röhrchen gepresst werden könnte. Lediglich beim Baden mit Badezusatz, beim Haare waschen und beim Baden in sehr verschmutztem Wasser ist Vorsicht geboten.

Wer Paukenröhrchen hat, badet sicherer mit Ohrschutz.

Seife und Schmutzpartikel verringern die Oberflächenspannung des Wassers, das dann eventuell doch in die Röhrchen gelangen kann. In diesen Fällen ist ein Ohrschutz also durchaus sinnvoll.

Vorbereitung auf die OP

Krankenhaus-Checkliste: Was muss mit zur OP?

Als ich mit meinem Sohn für die Erstoperationen ins Krankenhaus ging, kam ich mir vor, als hätten wir einen mehrwöchigen Urlaub geplant, so viel Gepäck hatten wir dabei. Mein Mann, der das ganze Zeug in mehreren Gängen vom Parkplatz bis in unser Krankenzimmer schleppen musste, sagte keinen Ton – aber seine Skepsis, ob wir all diese Dinge wirklich benötigen würden, war ihm trotzdem deutlich anzusehen. Natürlich haben wir nicht alles gebraucht – aber was tatsächlich sinnvoll ist, stellt sich ja meist erst im Nachhinein heraus.

Viele der Dinge, die Sie täglich brauchen, sind in der Klinik oft schon vorhanden: Windeln, Pflegeprodukte, Milchpumpe, Säuglingsnahrung, Kleidung; fragen Sie am besten schon vorher auf der Station nach, was Sie selbst mitbringen müssen und ob Sie z. B. die Kosten für selbst mitgebrachte Windeln vom Krankenhaus erstattet bekommen; in dem Fall die Quittung für Windeln oder Säuglingsnahrung aufbewahren. Nach Erfahrung vieler Eltern kann es sinnvoll sein, u. a. folgende Dinge mit in die Klinik zu nehmen:

- *Kinderwagen.* Schaukelnde Bewegung beruhigt, das trifft auf die meisten Babys schon im „Normalzustand" zu, erst recht aber auf frisch operierte. Für meinen Sohn, der sonst nur auf meinem Arm einschlafen wollte, war der (bewegte) Kinderwagen während des Klinikaufenthalts der einzige Ort, an dem er zur Ruhe kam. Meist fuhr ich ihn draußen oder auf den Fluren spazieren, bis er eingeschlafen war, und ließ ihn dann auch den Rest der Nacht im Wagen schlafen, denn das ungewohnte Krankenhausbett tolerierte er nicht. Voraussetzung hierfür ist natürlich, dass das Baby noch nicht mobil ist! Allerdings sollte es, wenn Ihr Baby Armmanschetten erhält, damit es nicht an den operierten Bereichen kratzt, ein Kinderwagenmodell mit fester Babywanne sein, kein Kombi-Sportwagen mit Softtragetasche, sonst hat das Baby mit den Armschienen nicht genug Platz. Eine gute Federung erhöht zudem den Schaukel- und somit auch den Beruhigungseffekt.

- *Geeignete Kleidung.* Insbesondere nach der Lippen-OP ist es heikel, dem Kind etwas über den Kopf zu ziehen, weshalb Sie auf jeden Fall Oberteile bevorzugen sollten, die sich vorn öffnen lassen oder einen sehr weiten Halsausschnitt haben. Lange Ärmel sind praktisch, am besten auch eine Nummer größer als das Kind momentan braucht: so kann man die Ärmel, falls Ihr Kind Armschienen trägt, gut unter diese ziehen und unten über das Ende der Schienen klappen. Wenn Sie den Stoff dann mit Klebeband (fragen Sie die Schwestern danach!) an den Schienen befestigen, können sie nicht mehr über das Handgelenk rutschen und dieses wundscheuern. Für Ausfahrten brauchen Sie, falls Ihr Kind schon zu groß ist, um es im Wagensack zu verpacken, eine Jacke – auch diese am besten eine Kleidergröße mehr. Ziehen Sie Ihrem Kind die Jacke verkehrt herum an, mit dem Reißverschluss hinten, so lässt sie sich ganz leicht über die nicht biegbaren Armmanschetten ziehen.

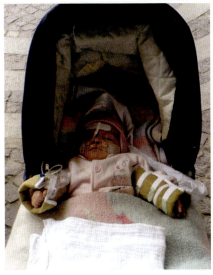

Laura-Marie schläft nach ihrer OP am liebsten im Kinderwagen.

- *Gewohnte Trinkhilfe.* Auch wenn auf der Station Babyflaschen vorhanden sind, dann aber meist nicht der Special-Needs Feeder bzw. eben der Sauger, mit dem Ihr Baby üblicherweise trinkt. Nehmen Sie also ausreichend viele davon mit, auch wenn Ihr Kind nach der OP zunächst eine Magensonde erhält. Schließlich muss es am Abend vor der OP ja auch trinken, und nicht wenige Kinder ziehen sich die Magensonde nach einigen Tagen selbst aus Versehen heraus und dürfen dann auch meist versuchen, selbst zu trinken, bevor eine neue gelegt wird. Erkundigen Sie sich, ob es auf der Station eine Möglichkeit zum Sterilisieren gibt, oder nehmen Sie, falls Sie eines besitzen, Ihr eigenes Sterilisationsgerät von zu Hause mit. Eine Infektion durch verunreinigte Sauger ist das letzte, was Ihr frisch am Mundbereich operiertes Kind jetzt gebrauchen kann.

- *Gewohnte Tröster.* Auf ihren Schnuller müssen am Lippen-/Gaumenbereich operierte Babys in den ersten Tagen nach der OP zwar meistens leider verzichten, aber ein Schnuffeltuch oder eine Mullwindel sind vielleicht erlaubt. Trösten kann auch ein liebgewordenes Kuscheltier oder Spielzeug, die Spieluhr mit vertrauter Melodie, ein T-Shirt, das nach Mama duftet, eine CD mit vertrauter Einschlafmusik, das gewohnte Mobile, das zu Hause über dem Bett hängt, das vertraute ätherische Öl, das auch daheim in die Duftlampe kommt – eben alles, was Ihr Kind mit seinem Zuhause, mit Geborgensein verbindet. Gerade Duft und Musik, falls die Zimmersituation in der Klinik es erlaubt, kann auch auf Sie selbst sehr entspannend wirken.

- *Eventuell ein Babytragetuch oder andere geeignete Tragehilfe* (z. B. ERGObaby Cartier). Die Nähe zur Mutter und der Wechsel der Umgebung, wenn Sie mit ihrem frisch operierten Baby im Tuch spazieren gehen, können von Unbehagen und Schmerzen ablenken. Armstulpen können auch einmal weggelassen werden, wenn das Tuch so gebunden wird, dass die Stoffbahnen über die Schultern des Babys geführt werden. Allerdings fühlen sich meist nur Babys im Tuch wohl, die das schon von klein auf kennen; ein sechs Monate altes Baby, das nach der OP zum ersten Mal im Tuch getragen wird, könnte auch ungehalten reagieren. Außerdem sollte eine im Binden unerfahrene Mutter ihre ersten Versuche mit dem Tuch oder mit der Tragehilfe lieber nicht an einem gerade operierten Baby durchführen! Zu beachten ist außerdem: Aus physiologischer Sicht sind nur die Trageweisen zu empfehlen, bei denen das Kind nicht nach vorn schaut; genau diese muss man aber nach der Lippen-OP mit Vorsicht anwenden, da manche Babys das Gesicht doch gern mal in Mamas Busen vergraben. In diesem Falle, wenn Tragen das Baby stark beruhigt und auch vielleicht längerem Schreien vorbeugt, kann man für die Tage nach der OP aber sicher eine Ausnahme machen und das Baby mit dem Gesicht nach vorn tragen, sodass die frische Lippennaht nicht gefährdet wird.

- *Still- bzw. Lagerungskissen.* Ein Krankenhausbett kann auf Dauer unbequem werden, wenn Sie längere Zeit mit Baby im Arm darauf sitzen müssen. Sie werden froh sein, sich mit Hilfe eines Stillkissens bequem abstützen zu können. Auch beim Sondieren ist es hilfreich: Sie können das Baby in das zum umgekehrten U zusammengelegte Kissen betten, das Köpfchen leicht aufrecht auf dem Kissen, und sich dann davor setzen und bequem sondieren, ohne dass das Baby wegrollen kann.

Der große Tag – Und die Nacht davor

Aus eigener Erfahrung kenne ich die widersprüchlichen Gefühle, die einem schon Wochen oder Monate vor den Operationen durch den Kopf gehen. Einerseits freut man sich auf den Eingriff – auf das neue Gesicht des Babys, auf die Fortschritte, die es danach in seiner Entwicklung machen wird, und auch ganz einfach darüber, dass man's hinter sich gebracht hat. Gleichzeitig ist da aber auch Angst. Ein Baby oder Kleinkind in die Obhut der Chirurgen zu geben, ist für uns Eltern niemals leicht, egal wie sehr Sie Ihrem Ärzteteam vertrauen und wie gut Sie sich vorbereitet haben. Vielleicht sorgen Sie sich darum, dass bei der Narkose etwas schiefgeht, Ihr Kind zu viel Blut verliert und schwer geschädigt wird oder gar stirbt! Manche Eltern haben regelrecht Albträume vor den Operationen oder fürchten, Ihr Kind nach dem Lippenverschluss womöglich nicht mehr wiederzuerkennen! Und obwohl Ihnen eigentlich klar ist, dass die Risiken gering sind und Ihr Kind in guten Händen ist, ist der Moment, in dem Sie es im Narkoseraum oder vor dem OP-Saal allein lassen müssen, doch sehr schwer. Als ich meinen Sohn zum ersten Mal nach der Narkoseeinleitung allein lassen musste und die Tür zur OP-Schleuse sich mit einem dumpfen

Knall hinter mir schloss, stiegen sofort die Tränen auf – in dieser Situation Herr seiner Gefühle zu sein, ist fast unmöglich. Daher ist es gut, wenn Sie zumindest am Tag der OP nicht allein in der Klinik sind – zu zweit wartet sich's besser.

Die Nacht vor der OP wird für viele Mütter und Väter zum sorgenvollen Höhepunkt. Die kreisenden Gedanken, die ungewohnte, nachts oft unruhige Umgebung in der Klinik sorgen für Schlaflosigkeit. Wenn das Wetter es zulässt, machen Sie abends mit Ihrem Kind noch einen Spaziergang übers Klinikgelände. Die frische Luft wird Sie beide müde machen. Vielleicht fragen Sie sich, ob Sie Ihr Baby zum Füttern noch einmal wecken sollen, da es ja am nächsten Morgen (sofern es einen frühen OP-Termin bekommen hat) nichts mehr zu sich nehmen darf. Mein persönlicher Rat: Machen Sie sich diesen Stress lieber nicht. Der normale Tagesablauf Ihres Kindes gerät noch früh genug durcheinander. Sie können versuchen, es abends so spät wie möglich zu füttern. Wenn es ohnehin nachts noch aufwacht, um zu trinken, gut – wenn es schläft, lassen Sie es schlafen. Auch wenn Sie nicht schlafen können, tut Ihnen eine ruhige Nacht gut. Je ausgeruhter Sie beide sind, desto besser werden Sie die Tage nach der OP verkraften.

OP konkret – So läuft es ab

Vor der OP

Je nach Klinik müssen Sie entweder ca. 2 Wochen vor der geplanten Operation in die Klinik kommen, um die Aufnahmeformalitäten zu regeln, das Vorgespräch mit dem Anästhesisten zu führen, ein Blutbild erstellen und die Ohren untersuchen zu lassen, um zu sehen, ob Paukenröhrchen erforderlich sind. Oft wird das aber auch am Tag direkt vor der OP erledigt, vor allem wenn Sie eine weitere Anfahrt haben. Denken Sie daran, dass Ihr Kind zum OP-Zeitpunkt keinen Infekt, vor allem der Atemwege, haben darf, da dies zu Komplikationen während der Narkose führen kann. Auch wenn Sie schon alles für den Tag der OP organisiert haben und nicht wissen, wie Sie eine Terminverschiebung bewältigen sollen: Verheimlichen Sie bitte nicht, wenn Ihr Kind einen Infekt hat. Damit gefährden Sie es nur unnötig. Spaltoperationen sind keine lebensnotwendigen Eingriffe, und es hat für Ihr Kind keine Nachteile, wenn Lippe oder Gaumen ein paar Wochen später verschlossen werden als geplant. Eine Impfung sollte mindestens sechs Wochen zurückliegen und auch nach der OP frühestens wieder nach sechs Wochen durchgeführt werden. Wenn bei Ihrem Kind eine Arzneimittelunverträglichkeit vorliegt oder es wegen eines Herzfehlers eine antibiotische Prophylaxe braucht, stellen Sie bitte sicher, dass das OP-Team darüber informiert ist.

Der ungefähre Ablauf bei Spaltoperationen

Babys und Kleinkinder werden, wann immer es geht, direkt morgens als erste operiert, damit sie nicht zu lange nüchtern auf ihren Eingriff warten müssen. Das Pflegepersonal wird Sie wecken, auch wenn Sie vermutlich ohnehin kein Auge zugetan haben, und Ihrem Kind ein leichtes Beruhigungsmittel verabreichen. Es bekommt einen OP-Kittel und wird dann zum Operationssaal gebracht. In den meisten Kliniken können Sie Ihr Baby bis dorthin begleiten und sogar bei ihm bleiben, bis es unter Narkose ist. Das Bettchen kommt mit, damit es nach dem Eingriff hineingelegt werden kann, aber Ihr Kind muss vorher nicht darin transportiert werden – es wird sicher viel ruhiger sein, wenn Sie es auf dem Arm tragen. Zur Narkoseeinleitung, entweder per Infusion oder per Maske, muss es hingelegt werden, aber Sie können es berühren und streicheln, liebevoll mit ihm sprechen oder ihm etwas vorsingen. Sobald es schläft, müssen Sie es dem OP-Team anvertrauen und die nächsten Stunden irgendwie herumbringen. Wenn die OP beendet ist, wird man Sie verständigen und Sie können es meist direkt im Aufwachraum begrüßen. Säuglinge unter einem Jahr werden häufig routinemäßig 24 Stunden lang auf der Intensivstation beobachtet, auch dann können Sie bei Ihrem Kind bleiben. Sind die Nachwirkungen der Narkose abgeklungen, dürfen Sie Ihrem Kind ein wenig klares Wasser oder Tee sondieren. Lassen Sie sich das Sondieren ruhig einmal zeigen, wenn Sie unsicher sind. Das Personal ist Ihnen dabei sicher gern behilflich – es ist nicht nur Ihrem Kind lieber, wenn Sie es selbst versorgen, es spart auch den Pflegern und Schwestern Zeit, wenn Sie baldmöglichst das Füttern übernehmen.

Gestillte Babys können nach Ihrer Lippen-OP direkt wieder an die Brust: Sie bewegen beim Stillen nicht die Oberlippe, sondern vor allem den Unterkiefer, eine nahtschonendere Ernährungsweise gibt es kaum.

Wenn Ihr Baby sehr trockene oder gar aufgesprungene Lippen hat und sondiert werden soll, können Sie sie nach Rücksprache mit dem Pflegepersonal vorsichtig mit einem in Tee getränkten Watteträger benetzen, das lindert das Trockenheitsgefühl. Verträgt das Baby Tee oder Wasser, kann es auch vorsichtig eine erste kleine Milchmahlzeit bekommen. Muttermilch wird nach der Narkose bestens vertragen, Säuglingsnahrung sollte ggf. zunächst verdünnt gegeben werden, da sie den Magen stärker belastet und viele Kinder auf die Narkose mit Übelkeit reagieren.

Spätestens nach 24 Stunden können Sie, sofern es keine Auffälligkeiten gibt, mit Ihrem Kind auf die Station.

Die Narkose

In den meisten Fällen wird die Vollnarkose bei Säuglingen und Kleinkindern heute ohne piekende Infusion eingeleitet, indem das Kind das Narkosegas über eine Maske einatmet. Zwar brauchen auch kleinere Kinder in jedem Fall einen intravenösen Zugang, über den während der OP bestimmte Medikamente verabreicht wer-

Max direkt vor seinem Lippenverschluss.

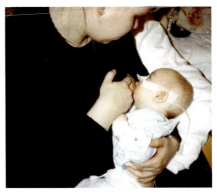
Leonie darf sofort nach der OP an der Brust trinken.

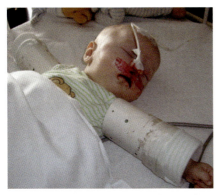
Max direkt nach der OP: alles gut überstanden!

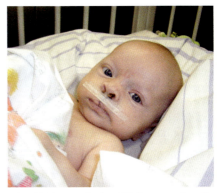
Max 11 Tage nach der OP: jetzt werden die Fäden gezogen.

den; dieser wird jedoch erst gelegt, wenn die Narkose schon wirkt. Wird doch von Anfang an per Infusion eingeleitet, bekommt Ihr Kind vor der OP eine betäubende Salbe (Emla-Creme) an der späteren Einstichstelle aufgetragen, damit es den Einstich nicht spürt. Während der Narkose überwacht der Anästhesist kontinuierlich Herz, Kreislauf und Atmung Ihres Kindes und sorgt dafür, dass es während der OP nicht auskühlt. Noch während der Narkose werden schmerzstillende Medikamente verabreicht, damit Ihr Kind schmerzfrei aufwachen kann. Im Aufwachraum, wo es noch ein bis drei Stunden überwacht wird, kann es langsam zu sich kommen. Meistens besteht die Möglichkeit, dass Sie bereits dort sein können, bevor es erwacht; seien Sie nicht erschrocken, wenn es von den Narkosemitteln noch müde und verwirrt ist und Sie vielleicht nicht sofort erkennt. Manche Kinder sind nach dem Erwachen sehr unruhig, schreien und weinen – das kann auch eine Nebenwirkung der Narkose sein, die aber bald wieder abklingt.

Das frisch operierte Kind

Wie lange müssen wir in der Klinik bleiben?

Die Dauer des Klinikaufenthalts nach den OPs ist je nach Klinik unterschiedlich lang. Manche Chirurgen haben gern länger ein Auge auf den Heilungsprozess ihrer kleinen Patienten und behalten sie 10 bis 14 Tage da, andere sind davon überzeugt, dass die Kinder in ihrer vertrauten Umgebung am schnellsten genesen und lassen sie schon nach zwei oder drei Tagen wieder nach Hause gehen. Wurde kein selbstauflösendes Nahtmaterial verwendet, müssen die Fäden gezogen werden, entweder am Ende des Klinikaufenthalts oder bei einem eigenen Termin, ca. 10 Tage nach der Operation. Rechnen Sie mit durchschnittlich sieben Tagen Klinikaufenthalt.

Wann Ihr Baby entlassen werden kann, hängt natürlich vor allem davon ab, ob alles komplikationslos gelaufen ist, es die Narkose gut vertragen hat und wieder selbstständig trinkt. Argumente für eine frühere Entlassung sind unbestreitbar ein höherer Wohlfühlfaktor beim Baby, aber auch bei den Eltern – zu Hause unterliegen Sie keinem festen Zeitplan und können Ihr Baby selbstständig versorgen. Die oftmals nach den OPs auftretenden abendlichen Einschlafprobleme sind zu Hause womöglich weniger ausgeprägt, und wenn doch, müssen Sie wenigstens nicht mit Ihrem schreienden Baby im Flur auf- und ablaufen, aus Rücksicht auf etwaige Zimmergenossen. Andererseits können, wenngleich selten, auch ein paar Tage nach der OP noch Komplikationen auftreten, wie z. B. eine Infektion im frisch operierten Bereich oder Ernährungsprobleme, die sich erst ein paar Tage später abzeichnen. Frühe Entlassung bedeutet in manchen Fällen auch eine fehlende Nachsorge.

Falls Sie mit Ihrem Baby also schon früh entlassen wurden und Sie wegen etwas unsicher sind, z. B. wie viel und welche Schmerzmittel Sie Ihrem Kind geben dürfen oder wenn es eventuell eine kleine Nachblutung hat, scheuen Sie sich bitte nicht, sofort Kontakt mit Ihrem MKG-Chirurgen aufzunehmen und das Problem abzuklären! Wenn Sie schon Kinder haben, kann es zu Hause schwierig sein, über der Betreuung der Geschwister den Bedürfnissen ihres genesenden Babys gerecht zu werden, zumal in den ersten Wochen doch rigoros darauf geachtet werden sollte, dass der operierte Bereich geschützt ist und nicht durch das Spielen mit spitzen oder harten Gegenständen oder durch Stürze verletzt wird: Reißt etwas wieder auf und muss erneut operiert werden, ist das nicht nur eine Belastung für Ihr Kind, sondern wird sich auch negativ auf das OP-Ergebnis auswirken.

Da kann es entspannender sein, die Betreuung der Geschwister durch den Papa oder die Oma zu organisieren und sich in der Klinik einmal ganz ungestört dem Baby zu widmen. Das kann zwar mitunter sehr anstrengend sein, da die meisten Babys während des Heilungsprozesses doch eher schlecht gelaunt sind, vor allem abends. Dafür können Sie sich aber auch einmal ganz ohne Haushaltspflichten oder andere Ablenkungen mit Ihrem Baby beschäftigen, ihm vorlesen, spazieren gehen, schmusen, soweit es dazu aufgelegt ist, und so den Klinikaufenthalt zu einer positiven Erfahrung besonderer Nähe machen. Und die Freude, wieder daheim zu sein, ist dann hinterher umso größer.

Ernährung mit und ohne Sonde

Ein Punkt, an dem sich immer wieder die Geister scheiden, ist die Ernährung des Babys nach der OP. Viele Kliniken legen grundsätzlich nach Eingriffen im Spaltbereich eine Nasen-Magensonde, über die das Baby für die Dauer des Klinikaufenthalts ernährt wird. Andere Ärzte hingegen gestatten von Anfang an eine orale Ernährung mit Becher oder Löffel, damit die Muskulatur und mit ihr die frische Wundnaht möglichst ruhig bleibt, oder sogar mit dem gewohnten Flaschensauger; wörtliches Zitat eines MKG-Chirurgen: „Das muss die Naht abkönnen!" Beide Seiten berichten von jeweils guten Erfahrungen und führen überzeugende Argumente an. Die Gegner der Sondenernährung etwa betonen eine bessere Akzeptanz des „normalen" Fütterns bei den Eltern und eine schneller Gewöhnung an die neuen Mundverhältnisse nach der OP. Befürworter der Sonde weisen darauf hin, dass eine konsequente Schonung der operierten Bereiche durch die Magensonde vor Infektionen schützt, für möglichst spannungsfreie Wundnähte sorgt und so auch für weniger schwerwiegende Vernarbung und nicht zuletzt dem Baby Schmerzen erspart.

Die Praxis zeigt, dass die meisten Babys und Kleinkinder mit der kurzzeitigen Ernährung durch die Sonde überhaupt kein Problem haben. Sie sieht für uns Eltern bedrohlich aus – immerhin kommt da ein Schlauch aus Ihrem Kind! Machen Sie sich jedoch klar, dass dies ein subjektiver, gefühlsmäßig bestimmter Eindruck ist. Die Sonde hilft Ihrem Kind, eine unangenehme Situation besser zu überstehen. Sie wird noch während der Narkose gelegt, sodass Ihr Kind nichts davon merkt, und auch während sie liegt, spürt Ihr Kind sie kaum. Die Verbandsplatte, die bei vielen nicht sondierten Kindern über dem operierten Gaumenbereich angelegt wird, kann da viel störender sein. Der aus der Nase ragende dünne Tubus wird am Nasenausgang festgeklebt, dann übers Ohr zum Hinterkopf geführt und dort wieder festgeklebt, damit das Baby sich die Sonde nicht selbst ziehen kann. Trotzdem schaffen viele kleine Patienten im Laufe des Klinikaufenthalts diesen Trick, wonach meistens versucht wird, sie vorsichtig oral zu füttern, damit keine neue Sonde mehr gelegt werden muss.

Das Sondieren ist einfach und schnell gelernt, das können Sie sofort selbst übernehmen: Aus einer großen Einwegspritze drücken Sie Milch oder spezielle Sondennahrung langsam in den Schlauch. Beginnen Sie nach der OP bzw. dem OK des Anästhesisten zunächst mit einer kleinen Menge, und wenn Ihr Baby das gut verträgt, orientieren Sie sich an der Menge, die es normalerweise bei einer Mahlzeit zu sich nimmt. Für ältere Babys, die eigentlich schon Beikost erhalten, eignet sich auch gut fertiger Früchte-Trinkbrei zum Sondieren. Nach Beendigung der Mahlzeit spritzen Sie ein wenig klares Wasser oder Fencheltee nach, um die Sonde zu spülen, da sie sonst leicht verstopft. Mein Sohn hatte im Alter von 6 und 14 Monaten jeweils nach seinen OPs für acht Tage eine Magensonde und kam sehr gut damit zurecht – sein

Blick während des Sondierens drückte zwar deutlich Erstaunen über das Sättigungsgefühl ohne Trinkvorgang aus, aber er ließ es sich ruhig und geradezu dankbar gefallen. Manche Eltern sind gezwungen, außer Sichtweite Ihres Kindes zu essen, um keinen Futterneid zu wecken, andere Kinder sind offenbar eher froh, den operierten Bereich nicht benutzen zu müssen, und haben keine Schwierigkeiten damit, anderen beim Essen zuzusehen. Wenn Ihr sondiertes Kind bald nach der OP wieder selbst trinken oder essen möchte, können Sie das ja nach Rücksprache mit Ihrem Chirurgen ohne Weiteres ausprobieren, noch während die Sonde liegt.

Viele Eltern berichten, dass Ihr Baby in den Tagen oder sogar Wochen nach der Lippen- oder Gaumen-OP sehr wenig und nur ungern Nahrung zu sich nahm und erst allmählich wieder zum alten „Pensum" zurückfand. Da kann es ein beruhigender Gedanke sein, dass es wenigstens während der Sondenernährung ein kleines Polster anlegen konnte, sodass es während der Gewöhnung an sein neues Mundgefühl nicht völlig entkräftet wird.

In jedem Fall ist die Nährsonde nach der OP eine hilfreiche Maßnahme und sollte nicht zu den wichtigsten Kriterien für die Auswahl einer Klinik zählen.

Eine lippen- und gaumenschonende Ernährungsform für nicht sondierte Kinder, oder auch zu Hause, wenn Ihr Baby noch keine neue Platte hat oder einfach noch nicht wieder mit dem gewohnten Sauger trinken will, ist der SoftCup von Medela, den Sie vorsichtig an die Unterlippe setzen. Viele Kinder schaffen damit den Übergang, und es geht weniger daneben als beim Füttern mit dem Löffel.

Armstulpen

Der frisch operierte Bereich am Mund des Kindes, sei es die Lippe oder der Gaumen, ist sehr empfindlich und muss vor jeder Manipulation geschützt werden – sonst steht im schlimmsten Fall das gute Endergebnis auf dem Spiel. Gleichzeitig schmerzt, juckt und spannt es aber – und ohnehin ist der Mund im Baby- und Kleinkindalter ein wichtiger Erfahrungsbereich, mit dessen Hilfe das Kind wichtige sinnliche Erfahrungen macht. Kein Wunder, dass die meisten Babys die ungewohnte Quelle des Unwohlseins in ihrem Mund erkunden wollen. Daher ist es an den meisten Kliniken üblich, den Kindern für die Dauer des Klinikaufenthalts Armstulpen (auch Armmanschetten genannt) anzuziehen: Röhren aus Kunststoff, die über die Arme gestreift und hinterm Rücken zusammengebunden werden. So können die Kinder die Arme nicht beugen und mit der Hand nicht den Mund erreichen. Die Pulloverärmel können über die Stulpen geschlagen und dann festgeklebt werden, so verrutschen sie nicht. Bis auf die Beugefähigkeit des Ellenbogengelenks ist die Beweglichkeit aber nicht eingeschränkt. Die Kinder gewöhnen sich sehr schnell an die Stulpen und können trotzdem auf dem Rücken liegend oder sitzend spielen und sogar durchs Zimmer krabbeln, sobald sie sich etwas besser fühlen, wobei Sie dabei jedoch sehr aufpassen müssen, dass Ihr Baby nicht umfällt, Stürze auf das Gesicht wären das letzte, was es nun brauchen könnte. Im Großen und Ganzen beeinträchtigt diese Maßnahme die Kinder überhaupt nicht, machen Sie sich also bitte keine großen Sorgen, wenn Ihr Kind nach der Operation solche Armstulpen bekommen soll.

Zwar gibt es auch Kliniken, wo die Kinder ihre Arme frei bewegen dürfen; laut Aussagen vieler Eltern lassen die Babys ihre frischen Nähte meist in Ruhe. Mir persönlich wäre das Risiko einer Verletzung zu hoch gewesen, zumal mein Sohn bei jedem Umziehen die Händchen sofort in Richtung Mund wandern ließ, sobald die Manschetten weg waren. Eine Woche leicht eingeschränkte Bewegungsfreiheit schien mir ein geringer Preis für eine gute, ohne zusätzliche Störung verheilende Wunde. Das individuelle Risiko bei Ihrem Kind müssen Sie aber selbst einschätzen.

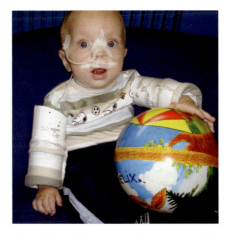

Armstulpen schützen – und stören gar nicht beim Spielen.

Schmerzen

Die Schmerztherapie wird je nach Klinik unterschiedlich gehandhabt. Oft ergänzt der Anästhesist die Vollnarkose durch eine zusätzliche örtliche Betäubung, sodass Ihr Kind nach der Operation relativ schmerzfrei erwachen kann. Bei Bedarf erhält es schmerzstillende Mittel. Wieder auf der Station, können Sie selbst sicher am besten einschätzen, ob Ihr Kind Schmerzen hat, die Schwestern und Pfleger werden Ihnen dann ein Zäpfchen geben, das Sie ihm verabreichen können. Manche Kliniken arbeiten mit einer „Schmerzpumpe", auch Schmerzcomputer genannt. Damit können Sie selbst per Knopfdruck Ihrem Kind eine bestimmte Dosis Schmerzmittel verabreichen, wobei natürlich vorher festgelegte Abstände eingehalten werden. So können Sie sofort reagieren, wenn Sie bemerken, dass Ihr Kind verstärkte Schmerzen hat. Eine Überdosierung ist nicht möglich.

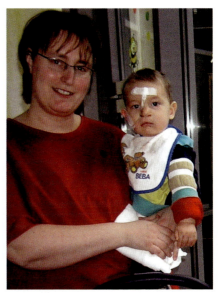

Mit Mama spazieren gehen lenkt vom Unwohlsein ab.

Die Erfahrung zeigt, dass die meisten Kinder nur kurz, vielleicht am ersten und höchstens noch am zweiten Tag nach der OP Schmerzmittel benötigen. Danach fühlen sie sich zwar unwohl, die frischen Nähte können jucken oder brennen, verursachen aber kaum mehr Schmerzen.

Pflege der Lippennarbe

Zur Pflege der äußeren Narbe nach der Lippen-OP wird Ihr Chirurg Ihnen sicher eine Empfehlung geben. In der Regel können Sie nach dem Ziehen der Fäden damit beginnen, ein- oder zweimal täglich vorsichtig eine milde Heilsalbe, z. B. Bepanthen® Augen- und Nasensalbe dünn aufzutragen. Sobald die Narbe völlig verheilt ist, können Sie auch ein spezielles Silikon-Gel auftragen (z. B. Dermatix®). Viele Eltern und Betroffene haben die Erfahrung gemacht, dass die Narbe davon glatter und flacher wird, oft sogar noch Jahre nach der OP. Da solche Salben relativ teuer sind, bitten Sie Ihren Chirurgen oder Kinderarzt um ein Rezept.

Wieder zu Hause

Nach der Rückkehr aus dem Krankenhaus kann es etwas dauern, bis sich die alltäglichen Lebensrhythmen Ihres Kindes wieder einspielen. Das Trinken oder Essen klappt vielleicht noch nicht wie erwünscht, das ist normal. Wenn es keine Gaumenplatte mehr hat oder die neue Platte noch nicht fertig ist, weigert sich Ihr Baby vielleicht, aus seinen vertrauten Saugern zu trinken. Unser Sohn hing so an seiner Platte, dass der Kieferorthopäde ihm nach der Gaumen-OP noch einmal eine anfertigen musste, obwohl sie nun nicht mehr nötig gewesen wäre – er wollte nicht ohne trinken. Wenige Wochen später entwöhnte er sich dann selbst von der „Placebo"-Platte. Lassen Sie Ihrem Baby Zeit, sich an sein neues Mundgefühl zu gewöhnen! Flößen Sie ihm vorsichtig Flüssigkeit ein, wenn es nicht wie gewohnt trinken will, z. B. mit dem SoftCup von Medela. Sein weiches Mundstück irritiert die frische Lippennaht nicht, außerdem wird möglichst wenig verschüttet.

SoftCup

Auch der Schlafrhythmus ist bei vielen Babys nach der OP gestört, manche schlafen mehr, die meisten leider eher weniger als vorher und zu anderen Zeiten. Oft scheinen die Babys die unangenehmen Erlebnisse in der Klinik nachts zu verarbeiten: Sie wachen öfter weinend auf oder haben abends Probleme, ruhig in den Schlaf zu finden. Tagsüber sind die Kinder aber meist ausgeglichen und fröhlich. Diese Verarbeitungsphase kann einige Wochen dauern und ist völlig normal. Ich habe kaum ein mit Spalte geborenes Kind kennengelernt, dessen Eltern nicht von solchen schwierigen Phasen nach den OPs berichten. Spätestens nach ein paar Wochen normalisiert sich aber langsam alles wieder. Haben Sie in dieser Zeit unbedingt Verständnis für Ihr Kind, trösten Sie es, begleiten Sie es beim Einschlafen, halten Sie es fest, wiegen Sie es hin und her, wenn es schreit. Sie zeigen ihm so, dass Sie seine Gefühle verstehen und dass es in Ordnung ist, wenn es diese Gefühle ausdrückt. Nur wenn es das Erlebte verarbeiten kann, wird es Ihr Kind auch nicht belasten.

Ihre Hilfe ist gefragt!

Ein paar Worte an die Familie und Freunde der neuen „Spalteltern"

Vielleicht haben Sie dieses Buch gekauft oder geliehen, weil in Ihrem näheren Umkreis ein Baby mit einer Spalte erwartet wird oder bereits geboren wurde. Damit haben Sie schon den wichtigsten Schritt getan: Das junge Elternpaar braucht jetzt dringend Menschen, die Verständnis für seine Situation haben, und es nicht noch mit eigenen Fragen und Ängsten belasten und die dem mit Spalte geborenen Kind offen und selbstverständlich begegnen. Das geht umso besser, je mehr Sie über die Fehlbildung wissen.

Möglicherweise haben die betroffenen Eltern Ihnen das Buch auch in die Hand gedrückt oder dieses Kapitel kopiert – quasi als Wink mit dem Zaunpfahl, sich mehr mit der Spaltfehlbildung ihres Kindes auseinanderzusetzen. Nehmen Sie das nicht als Kritik; die Eltern sind in den ersten Wochen und Monaten in einer emotionalen Ausnahmesituation, da kann es leichter sein, ein Buch sprechen zu lassen, anstatt die eigenen Gefühle und Bedürfnisse selbst zu formulieren. In jedem Fall gibt es einiges, was Sie tun können, um die Eltern zu entlasten und die zunächst oft schwierige Zeit nach der Ankunft eines Spaltkindes zu entschärfen.

Die erste Begegnung

Besonders bei einer äußerlich sichtbaren Spaltbildung kann es für die Eltern schwer sein, ihr Baby voller Stolz zu zeigen. Sie haben sich vielleicht selbst noch nicht an den ungewohnten Anblick der Spalte gewöhnt und fürchten sich vor den Reaktionen auf ihr Kind. Das Begrüßen des neuen Babys in der Familie, sonst ein glücklicher und froher Moment, ist voller Anspannung und unausgesprochener Ängste.

Wenn es geht, bereiten Sie sich auf diesen ersten Besuch vor. Besorgen Sie sich Informationen über Spaltbildungen und ihre Therapie, mit Hilfe dieses Buches oder den Broschüren der Selbsthilfevereinigung für Lippen-Gaumen-Fehlbildungen (Wolfgang-Rosenthal-Gesellschaft). Wenn man noch niemals vorher eine Lippen-Kiefer-Gaumenspalte gesehen hat, kann dies ein erschreckender Anblick sein, gerade im Gesicht eines hilflosen kleinen Neugeborenen. Betrachten Sie die Fotos offener Spalten in diesem Buch, besuchen Sie Internetseiten wie www.lkgs.net oder www.widesmiles.org – dort finden Sie viele Fotos von Babys mit Spalte. Machen Sie sich mit dem Aussehen einer Spalte vertraut, dann ist für Sie der erste Schreck weniger groß und Sie können den Eltern gefasst gegenübertreten. Gratulieren Sie den Eltern zur Geburt Ihres Babys, bringen Sie ein Geschenk mit oder einen Kuchen, Blumen oder Luftballons – genauso, wie sie es bei der Geburt eines Babys ohne Fehlbildung machen würden. Vielleicht haben Sie zusätzlich dazu eine Idee, wie sie den Eltern zeigen können, dass Sie die Besonderheit der Situation erkennen und Ihnen gerne beistehen möchten. Das kann eine CD mit Entspannungsmusik sein, eine liebevoll gebastelte Glückwunschkarte mit einem besonderen Spruch oder Gedicht oder eine selbstgestaltete Geburtskerze.

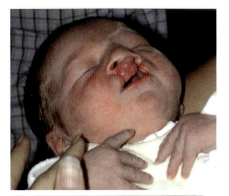

Wenn Sie das Baby dann zum ersten Mal sehen, behandeln Sie es wie jedes neu angekommene Baby: Betrachten Sie es, fragen Sie die Eltern, ob sie es einmal halten dürfen, streicheln Sie es, sagen Sie den Eltern, wie hübsch Sie seine Augen finden, seine schöne rosige Haut oder seinen dichten Haarschopf. Bewundern Sie zu allererst den neuen Erdenbürger – aber scheuen Sie sich bitte auch nicht, die Fehlbildung zu erwähnen. Wenn sie die Spalte ignorieren und so tun, als wäre alles in Ordnung, könnte das bei den Eltern so ankommen, dass Sie sich nicht

Florian, geboren mit doppelseitiger LKGS

für ihre Sorgen interessieren. Vielleicht kennen Sie einen Menschen mit Spalte, dessen OP-Ergebnis so gut ist, dass man nichts mehr sieht? Oder haben von Kindern mit LKGS gehört, die die Behandlung schon hinter sich haben und perfekt sprechen können? Erzählen Sie den Eltern davon!

Falls Sie keine ermutigenden Geschichten für die Eltern haben, sagen Sie ihnen einfach, dass Sie besorgt sind, aber überzeugt, dass die Eltern das schaffen werden, und dass Sie das Baby auch mit seiner Spalte wunderschön finden – aber übertreiben Sie es auch nicht. Können Sie das Baby (noch) nicht aufrichtig bewundern, sagen Sie lieber gar nichts. Eine Umarmung ist eine Botschaft, die immer verstanden wird, auch wenn Ihnen im Moment vielleicht die richtigen Worte fehlen. Wenn Ihnen danach ist, weinen Sie ruhig mit den Eltern. Sie zeigen Ihnen dadurch, dass Sie mit ihnen fühlen und ihre Besorgnis verstehen und teilen. Wichtig ist nur, dass Sie sich danach auch wieder fassen und die Eltern nicht noch zusätzlich mit ihren eigenen Ängsten belasten.

Bitte nicht!

- Es hilft den Eltern nicht, wenn Sie versuchen, die Spalte „kleinzureden" und ihre berechtigten Sorgen abzutun mit einem „Es wird schon alles gut, macht Euch mal keine Sorgen". Für eine ganze Weile wird alles eben überhaupt nicht „gut" sein. Auch wenn Sie gelesen haben, wie gut Spaltfehlbildungen heute behandelt werden können – vor den Eltern liegt dennoch zunächst ein harter Weg. Gestehen Sie ihnen zu, angesichts der Verantwortung, die ihr Baby mit sich bringt, erst einmal überwältigt, mutlos und verzweifelt zu sein und den Verlust ihres „perfekten" Wunschkindes angemessen zu betrauern.

- Begriffe wie „Hasenscharte", „Wolfsrachen" und „Missbildung" geistern leider immer noch durch das öffentliche Bewusstsein. Den meisten Menschen ist gar nicht bekannt, dass es medizinische bzw. neutrale Bezeichnungen dafür gibt oder dass diese Begriffe die betroffenen Menschen verletzen. Bitte vermeiden Sie die oben genannten Ausdrücke – für Mütter und Väter kann es sehr verletzend sein, wenn ihr kleines, süßes Baby damit belegt und so auf seine äußerliche Entstellung reduziert wird. „Lippen-Kiefer-Gaumenspalte", „Lippenspalte", „Gaumenspalte", „Fehlbildung", „mit Spalte geborenes Baby": Diese Begriffe sind neutral und nicht mit abergläubischen Fabeln aus der Volkskunde behaftet. Benutzen Sie lieber diese.

- Erzählen Sie den Eltern bitte keine Horrorgeschichten von Kindern, die aufgrund ihrer Spalte extrem schwerhörig sind oder unverständlich sprechen. Das macht es ihnen unnötig schwer, sich voll und ganz auf die Behandlung ihres Kindes einzulassen. Sie wollen nicht hören, was alles schiefgehen kann – sie brauchen jetzt vor allem Unterstützung in der optimistischen Grundeinstellung, dass sie und ihr Kind die Spalte in den Griff kriegen können.

- Versuchen Sie nicht, die Eltern moralisch zu beschämen mit der Aussage, dass sie ja noch „Glück gehabt" hätten und es viel Schlimmeres gebe als eine Spalte. Das mag objektiv zutreffend sein. Für die Eltern jedoch ist ihr Baby mit seiner Spaltfehlbildung im Moment das Schlimmste, was ihnen passieren konnte, und das reale Unglück, mit dem sie und kein anderer jetzt fertig werden muss. Relativieren wird sich alles ganz von allein, wenn die Eltern aus der „Trauerphase" herauswachsen.

- Fragen Sie die Eltern nicht über die Ursachen einer Spaltbildung aus. Machen Sie der Mutter keine Vorhaltungen, auch nicht andeutungsweise, dass sie durch irgendein Verhalten während der Schwangerschaft die Spalte verursacht haben könnte, und fangen Sie, falls Sie mit dem Baby direkt verwandt sind, nicht an, über mögliche weitere Anzeichen für eine Erblichkeit innerhalb Ihrer Familie nachzugrübeln. Die Ursachen für Spalten sind komplex und vielfältig und bis jetzt nur wenig erforscht. Niemand hat Schuld an der Spalte des Kindes. Versuchen Sie, die Spalte einfach als Webfehler der Natur zu betrachten und konzentrieren Sie sich darauf, was nun konkret bewältigt werden muss.

- Versuchen Sie, nicht zusammenzuzucken oder zurückzuschrecken, wenn Sie das Baby zum ersten Mal sehen. Sie werden sich schnell an sein etwas ungewöhnliches Aussehen gewöhnen. Wenn Sie sich Zeit nehmen, das Gesicht des neuen kleinen Menschen intensiv anzusehen, wird die Spalte Ihnen schon bald fast gar nicht mehr auffallen und hinter den übrigen Gesichtszügen in den Hintergrund treten.

- Rat-schläge sind auch Schläge! Machen Sie sich nicht selbst zum Experten für Spalten, indem Sie den Eltern sagen, wo und wie sie ihr Kind behandeln lassen sollen – es sei denn, Sie sind Arzt oder haben sonstige Erfahrungen mit Spaltkindern. Wertvoll hingegen sind Kontaktadressen von Selbsthilfegruppen, anderen Eltern von Spaltkindern oder Hinweise auf Bücher, Broschüren, Webseiten oder anderes Infomaterial.

- Wenn Sie Ihre Kinder zum ersten Besuch beim neuen Baby mitnehmen wollen, und dazu rate ich ausdrücklich, schließlich wird das Baby auch ein Teil ihres Lebens sein, bereiten Sie sie unbedingt auf die Spalte des Kindes vor! Kleineren Kindern können Sie einfach sagen, dass der Mund des Babys im Bauch nicht richtig zusammengewachsen ist und dass die Ärzte das nach und nach in Ordnung bringen werden. Ältere Kinder sollten Sie darauf hinweisen, dass das Baby bis auf die Spalte ein ganz normales Baby ist, mit dem sie ganz normal umgehen können, auch wenn es fremdartig aussieht. Erklären Sie ruhig, dass die Eltern im Moment vielleicht traurig über die Spalte sind, auch wenn das Kind nach seinen Operationen ein völlig normales und gesundes Leben führen kann.

- Sagen Sie den Eltern nicht, dass Sie wüssten, wie sie sich fühlen, es sei denn, Sie haben selbst ein Kind mit einer Spalte. Sagen Sie lieber, dass Sie sich vorstellen können, wie beängstigend die Situation für sie sein muss.

- Überlegen Sie genau, was Sie sagen. Worte können verletzen – und einmal gesagt, nicht so leicht wieder vergessen gemacht werden.

- Wenn Sie schon ins Fettnäpfchen getreten sind und eine verletzende oder unpassende Bemerkung gemacht haben oder wenn Ihre gutgemeinten Worte bei den Eltern ganz anders angekommen sind, als Sie beabsichtigt haben, dann gehen Sie nicht einfach darüber hinweg. Entschuldigen Sie sich für ihre verletzenden Worte mit einem Brief oder im persönlichen Gespräch, versuchen Sie zu erklären, dass Sie einfach nicht mit der Situation umzugehen wussten und dass es Ihnen leid tut. Dafür werden die Eltern sicher Verständnis haben – sie selbst sind ja auch verunsichert. Lassen Sie nicht zu, dass wegen einer unbedachten Äußerung in einer schwierigen Situation Ihre Beziehung zu den Eltern sich verschlechtert oder gar abreißt. Gerade in den ersten Jahren, wenn die wichtigen Primäroperationen anstehen, brauchen die Eltern jede tatkräftige und moralische Unterstützung, die sie kriegen können.

Ich bin für Euch da!

Es gibt viele Eltern, die mit der Spaltbildung ihres Kindes gut zurechtkommen und kaum Probleme haben, sie zu bewältigen. Sehr oft sind das die Familien, die schon in der Schwangerschaft davon wussten. Vielleicht haben die Eltern Ihnen damals schon mitgeteilt, welche Besonderheit das Baby mitbringen wird und was das konkret bedeutet. Eltern, die gut informiert und vorbereitet sind, werden es Ihnen leicht machen, sie auf ihrem Weg zu begleiten.

Viele Eltern stehen jedoch in den ersten Tagen, Wochen oder gar Monaten unter Schock. Sie müssen nicht nur eine verwirrende Flut von Informationen über eine Fehlbildung aufnehmen und verstehen, über die sie bisher fast nichts wussten, und sich um ein Baby kümmern, dessen Ernährung sich womöglich schwierig und aufwendig gestaltet – sie erleben vor allem Gefühle von Hilflosigkeit, „Was können wir bloß tun, um unserem Kind zu helfen? Wir kennen uns doch mit Spalten nicht aus!", Schuld, „Warum bekommen ausgerechnet wir ein Kind mit einem solchen Problem? Haben wir es auf irgendeine Weise verursacht?" und vor allem Trauer.

Es mag Ihnen seltsam vorkommen, anlässlich der Geburt eines ansonsten völlig gesunden Babys von Trauer zu sprechen – ist das angemessen? Niemand ist gestorben, dem Baby geht es soweit gut. Tatsächlich haben die Eltern aber einiges zu betrauern, vor allem natürlich das Traumbild ihres „perfekten" Babys, das sie sich mehr oder weniger unbewusst während der Schwangerschaft gemacht haben. Die wenigsten werdenden Eltern rechnen wirklich damit, dass etwas schief gehen könnte, und müssen akzeptieren, dass sie kein äußerlich makelloses Kind bekommen haben. Viele Mütter trauern um die Innigkeit des Stillens, um die freudige ruhige Begrüßung im Kreißsaal, um die Unbeschwertheit der ersten Stunden und Tage. Viele Väter machen sich sofort Sorgen um die Zukunft des Kindes, fragen sich, ob es sich sozial integrieren, in der Schule zurechtkommen, einen Job finden wird.

All diese Gefühle und Gedanken sind normal und haben ihre Berechtigung. Alleine damit fertig zu werden, kann sehr schwierig sein! Zeigen Sie den Eltern, dass Sie Anteil nehmen und dass Sie für sie da sind, wenn sie Beistand brauchen. Geben Sie ihnen Gelegenheit, auch und gerade negative Gefühle zuzulassen und mit Ihnen durchzusprechen. Versuchen Sie, die Eltern nicht zu beschwichtigen und zu beruhigen, und werten Sie das Gesagte nicht. Über die eigenen Empfindungen reden zu können, hilft, diese zu relativieren – vielleicht nicht sofort, aber in jedem Fall auf längere Sicht. Manchen Eltern hilft eine einmalige „Beichte", z. B. von negativen

Gefühlen dem Baby gegenüber, damit es schon wieder besser klappt; andere müssen sich immer wieder ihre Gefühle und die Erlebnisse kurz nach der Geburt von der Seele reden. Es gibt auch Eltern, oft sind das Väter, die überhaupt nicht über ihre Gefühle reden möchten. Ihnen reicht es, wenn Sie einfach da sind, und sei es nur, um gemeinsam fernzusehen oder spazierenzugehen – dann tun Sie genau das! Ein bestimmter Eltern-„Typ" versucht, quälende Gedanken oder unangenehme Emotionen zu verdrängen, und stürzt sich mit aller Kraft in die Versorgung des Babys und die Hausarbeit, um sich nicht damit auseinandersetzen zu müssen – und manche Mutter steht unter dem (subjektiven) Eindruck, jetzt ja keine Schwäche zeigen zu dürfen und der Umwelt unbedingt beweisen zu müssen, dass sie alles mit Links schafft, obwohl sie sich insgeheim liebend gern einfach einmal bei Ihnen ausheulen würde!

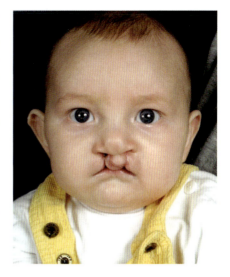

Elisei mit 4 Monaten

Vertrauen Sie Ihrem Gefühl, wie Sie die Eltern und eventuell auch die Geschwister am besten begleiten und unterstützen können. Bieten Sie ruhig von selbst das Gespräch an und achten Sie auf Signale der Eltern – vielleicht möchten sie gern mit Ihnen reden, trauen sich aber nicht, Sie um ein Gespräch zu bitten. Akzeptieren Sie aber auch, wenn die Eltern (noch)

Elisei mit 3 Jahren

lieber in Ruhe gelassen werden möchten. Wenn Sie das Gefühl haben, dass Ihr/e Verwandte/r oder Freund/in übermäßig lange in einem Schockzustand verharrt und alleine nicht hinausfinden kann oder sogar depressiv auf Sie wirkt, fragen Sie behutsam nach, ob es nicht ein vernünftiger Schritt sein könnte, sich professionelle Hilfe durch einen Psychotherapeuten oder Familienberater zu suchen.

Helfende Hände

Die Ankunft eines neuen Babys ist Grund zur Freude, kann aber trotzdem anstrengend sein, schließlich müssen sich alle in der Familie an einen neuen Rhythmus gewöhnen. Kommt dann noch ein gesundheitliches Problem dazu, bleibt für die vielen alltäglichen Arbeiten, die rund ums Haus anfallen, einfach keine Zeit mehr. Die Eltern sind rund um die Uhr damit beschäftigt, ein Baby zu füttern, das nicht saugen kann, müssen viele Arzttermine wahrnehmen oder Kliniken besichtigen, die Pflege von Mundbereich und Gaumenplatte erlernen, und dann gibt es da ja vielleicht noch die Geschwister, deren Alltag mit Kindergarten und Schule weitergeht und die ja auch die Ankunft eines Geschwisterchens verarbeiten müssen, das ihre Eltern noch viel mehr für sich beansprucht, als sie befürchtet hatten. Da bleibt einiges an Arbeit liegen. Hier kommt Ihr Einsatz – suchen Sie sich aus der folgenden Liste etwas heraus, was Sie können und gern tun, helfen Sie allein oder mobilisieren Sie Nachbarn oder Verwandte für größere Aufgaben. Jede noch so kleine Hilfe zählt – natürlich immer nur im Einverständnis mit den Eltern. Gibt die Mutter z. B. zu verstehen, dass Sie sich zwar über Hilfe freut, sie ihre Küche oder ihren Wäscheschrank aber lieber selbst in Ordnung bringt, akzeptieren Sie das! Mit einem handfesten Krach über Kleinigkeiten ist schließlich niemandem geholfen. Und auch wenn die Eltern es nicht so gerne mögen, dass Ihnen jemand unter die Arme greift, können Sie trotzdem mit einigen Kleinigkeiten dafür sorgen, dass die ersten Wochen und Monate mit dem neuen Baby nicht nur von Stress und Sorge bestimmt sind:

– Nehmen Sie den Eltern einmal das Baby ab. Stundenlanges Füttern und nächtliches Abpumpen von Muttermilch ist eine der erschöpfendsten Aufgaben überhaupt. Gehen Sie mit dem gerade gefütterten Baby eine kleine Runde spazieren, damit die Eltern einmal in Ruhe ein wenig Zeit miteinander oder mit den älteren Geschwistern verbringen können oder die Mutter Gelegenheit hat, ein wenig versäumten Nachtschlaf nachzuholen. Es kann wohltuend und beruhigend auf Mutter und Vater wirken, wenn sie sehen, dass ihr besonderes Kind sehr wohl auch von anderen Personen als ihnen liebevoll und kompetent betreut werden kann. Haben Sie keine Angst vor Gaumenplatten, Nährsonden oder besonderen Saugern! Der Umgang mit solchen Hilfsmitteln ist schnell gelernt. Die Besonderheit wird dadurch, dass auch Sie das Baby betreuen können, für die Eltern weniger bedrohlich und einzigartig.

– Kümmern Sie sich um die älteren Geschwister, spielen Sie mit ihnen oder machen Sie einen schönen Ausflug. Die Eltern haben für so etwas momentan keine freien Kapazitäten und den Kopf nicht frei, außerdem werden sie ein wenig Zeit alleine mit dem Baby genießen. Ein Übernachtungsbesuch bei Oma und Opa macht den „Großen" Spaß, verhilft auch ihnen zu ein wenig mehr Zuwendung und verschafft den Eltern mehr „Luft" zur Bewältigung des häuslichen Chaos.

– Wo wir schon beim Chaos sind: Zetteln Sie kurzerhand einen Hausputz an! Eine saubere, glänzende Wohnung ändert zwar nichts an der Spalte des Babys, aber man fühlt sich darin doch wesentlich wohler und eher in der Lage, die täglichen Herausforderungen durch die Spaltbildung zu meistern.

- Erledigen Sie den Wocheneinkauf für die Familie oder bringen Sie Essen mit, das die Eltern einfrieren und aufwärmen können. Einkaufen und Kochen sind logistische Anstrengungen, denen sie im Moment einfach nicht gewachsen sind. Laden Sie sich kurzerhand zu einem Abendessen bei der betroffenen Familie ein, das Sie selbst zubereiten, und räumen Sie hinterher natürlich auch die Küche wieder auf!

- Waschen und bügeln Sie die Wäsche! Gerade bei Spaltkindern, die oft Milch wieder hochbringen, fällt viel Schmutzwäsche an. Bügelwäsche können Sie auch gut mit zu sich nach Hause nehmen und fix und fertig wieder bei den Eltern abliefern, so können Sie helfen, ohne sich eventuell mit Ihrer Anwesenheit aufzudrängen. Hilfe ist wichtig, aber private Zeit der Ehepartner füreinander auch.

- Falls die Eltern einverstanden sind, recherchieren Sie ein bisschen. Besorgen Sie Infomaterial, suchen und vermitteln Sie den Kontakt zu einer Stillberaterin, einer Selbsthilfegruppe, zu anderen betroffenen Eltern. Hilfreiche Adressen und Weblinks finden Sie im Anhang dieses Buches.

Aufmerksam bleiben!

Nach dem Schock der Geburt und der ersten Wochen stabilisiert sich die Situation. Die Eltern bekommen die Ernährung des Babys mit geeigneten Mitteln in den Griff und gewöhnen sich allmählich an die Spalte ihres Kindes und an die besondere Fürsorge, die es braucht, und werden durch die tägliche Routine sicherer im Umgang sowohl mit dem Baby als auch mit allen Themen rund um die Spaltbildung. Auch Sie beobachten vermutlich nicht ohne Erleichterung, dass wieder etwas wie Alltag in das Leben der Familie einkehrt. Trotzdem brauchen die Eltern nach wie vor Ihre Unterstützung und Anerkennung.

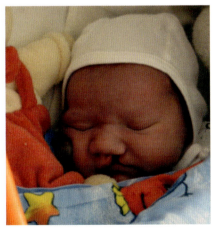

Julia, einseitige LKGS, schlummert friedlich.

Die Ernährung, auch wenn eine geeignete Trinkmethode gefunden wurde, kann zeitaufwendig bleiben. Vor allem wenn die Mutter das Baby trotz Gaumenspalte zum Stillen anlegt und nachfüttert oder rund um die Uhr Muttermilch abpumpt, kann sie schnell an den Rand der Erschöpfung geraten. Neben der Sorge um die Zukunft des Kindes geht es auch ganz konkret darum, das richtige Spaltzentrum für die Operationen zu finden. Das Baby hat viele Termine: Es muss vermutlich regelmäßig zum Kieferorthopäden, zum HNO-Arzt oder zur Krankengymnastik. Das alles, und vielleicht noch die Betreuung der Geschwister unter einen Hut zu kriegen, ist eine keineswegs selbstverständliche, großartige Leistung. Sagen Sie das den Eltern ruhig ab und zu einmal! Ein wenig Anerkennung von außen kann neue Kraft geben. Halten Sie unbedingt regelmäßigen Kontakt zu den Eltern, vor allem, wenn die ersten Operationen anstehen.

Ein kleines Baby in die Obhut der Chirurgen geben zu müssen, ist eine der schwersten Aufgaben für eine Mutter und einen Vater. Auch wenn man sich bewusst macht, dass der Eingriff dem Baby hilft und dass es in den besten Händen ist, bleibt eben doch die Anspannung und die Angst, dass etwas schiefgehen könnte bei der Vollnarkose oder dass das Baby nach der OP Schmerzen ertragen muss. Schon Wochen vor dem Termin hoffen und bangen die Eltern, dass das Kind nicht kurz vor dem festgelegten Termin krank wird und die Operation verschoben werden muss und sie diese Berg- und Talfahrt der Gefühle noch einmal durchmachen. Stehen Sie in dieser Zeit den Eltern zur Seite! Betreuen Sie während der tatsächlichen OP-Zeit die Geschwisterkinder, sodass Mutter und Vater gemeinsam ihr Kind zum Operationssaal begleiten und gemeinsam das Ende der OP erwarten können. Ist die Mutter (oder der Vater) alleinerziehend oder einer der beiden Partner aus dringenden Gründen verhindert, wenn z. B. der Vater am Tag der OP keinen Urlaub nehmen konnte, bieten Sie unbedingt an, diese Zeit mit ihr oder ihm zu verbringen. Nichts ist deprimierender und beängstigender, als ganz allein im Krankenhaus zu sitzen, auf das eigene Kind zu warten und sich auszumalen, was während des Eingriffs alles passieren könnte.

Nach der Operation und sobald der kleine Patient wieder einigermaßen fit ist, freuen sich sowohl die Eltern als auch das Baby ganz bestimmt über Ihren Besuch im Krankenhaus: Damit drücken Sie Ihre Anteilnahme aus und bringen außerdem willkommene Abwechslung in den Klinikalltag, der gerade den ganz kleinen Patienten oft schnell langweilig wird. Auch von Unbehagen durch die frischen, spannenden Nähte lenkt Ihre Anwesenheit das Baby vielleicht ab – noch mehr, wenn Sie dann noch ein neues, interessantes Spielzeug mitbringen, am besten etwas Weiches, damit das Baby sich damit nicht in der operierten Mundregion verletzen kann.

Rufen Sie Mutter oder Vater im Krankenhaus oder zu Hause an und erkundigen Sie sich nach dem Heilungsverlauf. Wenn das Baby wieder zu Hause ist, kommen Sie vorbei und bewundern Sie, wenn es der Lippenverschluss war, das neue Aussehen des Kindes, wobei ich das vermutlich gar nicht schreiben müsste, denn meistens sind die Reaktionen auf ein Baby mit einer frisch operierten ehemaligen Lippenspalte durchweg positiv. Dass die Narbe noch gerötet ist, ist normal, sie wird mit der Zeit verblassen.

Falls Sie nicht mehr genau wissen, was noch an Behandlungsschritten für das Kind ansteht, fragen Sie ruhig nach, die Eltern freuen sich über Ihr Interesse – vorausgesetzt, es ist ehrlich. Wer immer wieder nach der nächsten OP fragt, obwohl die Eltern schon oft erklärt haben, wie es weitergeht, signalisiert so eher sein Desinteresse, denn sonst hätten Sie sich das ja auch mal merken können! Gleiches gilt für das Operationsergebnis: Natürlich freuen sich alle Eltern, wenn das Aussehen des Kindes gelobt wird. Allerdings können Sätze wie „Das ist ja wirklich toll geworden, man sieht ja nichts mehr!" auf die Dauer nerven, denn das Kind ist nicht nur seine operierte Spalte. Nach der OP kann und soll diese Aussage ruhig gemacht werden, sie ist ja auch eine Bestätigung für die Eltern, aber damit sollte es auch gut sein, es sei denn, die Eltern thematisieren die Spalte ausdrücklich. Eigentlich ist es doch viel spannender zu sehen, wie toll das Baby schon krabbeln kann und wie viele Haare es inzwischen bekommen hat.

Julia, ehemalige einseitige LKGS

Bleiben Sie dem Kind und den Eltern ein aufmerksamer, einfühlender Ansprechpartner, dann werden Sie schon von selbst merken, wann das Thema der Spalte hinter dem alltäglichen Leben zurücktritt und wann wieder einmal eine Phase kommt, in der sie für kurze Zeit wieder etwas wichtiger wird – und seien Sie offen für beides, dann liegen Sie eigentlich immer richtig!

Ausblick

Ein langer Weg ohne Abkürzung

> *Life is what happens to you
> while you're busy making other plans.*
>
> (John Lennon)

Direkt nach der Geburt unseres jüngsten Sohnes hatte ich mir nicht vorstellen können, dass wir jemals wieder ein ganz normales Leben führen würden und dass er jemals ein ganz normales Kind sein würde. Seither sind drei Jahre vergangen, und Noel, unser Nesthäkchen, ist der ganze Stolz unserer Familie, mal humorvoller Entertainer und mal ruhender Pol. Wir haben schon einen weiten Weg hinter uns: Operationen, Mittelohrentzündungen und Paukenergüsse, viele an der Milchpumpe verbrachte Stunden, Logopädie, kieferorthopädische Behandlung, Ärger über verletzende Äußerungen von Mitmenschen, Ehekrisen, Tränen, Wut und Schmerzen genauso wie Freude über gelungene OPs, kompetente Betreuung, unerwartete Unterstützung, Anteilnahme, Spaß, Glück und Lebensfreude. Der Blick in die Zukunft zeigt, dass ein gutes Stück Weg noch vor uns liegt. Welche Stationen im Einzelnen am Wegrand liegen werden, wissen wir noch nicht. Abkürzungen gibt es nicht, so sehr wir uns das zeitweise gewünscht hätten. Wir kennen aber nun die Richtung und können zuversichtlich nach vorn blicken. Und was viel wichtiger ist: Zu beiden Seiten dieses Wegs, und auch für lange Strecken mittendrin, bleibt unendlich viel Raum für unseren Sohn, ein ganz normaler Junge mit ganz normalen Bedürfnissen, Wünschen, Träumen, Ängsten zu sein; Zeit genug, um sich zu einem reifen und ausgeglichenen Menschen zu entwickeln. Die Vorfreude darauf und der Stolz, ihn ein Stück seines Wegs begleiten zu dürfen, wiegen alle Belastungen und schwierigen Phasen für mich tausendmal auf.

Bis jetzt sind wir mit seinem operativen Ergebnis sehr zufrieden. Ob das so bleibt und ob unser Sohn das später einmal genauso sehen wird, vermag niemand zu sagen. Ein wenig Angst, dass er seine LKGS einmal als etwas Belastendes empfinden wird, bleibt natürlich, aber wir können nur hoffen, ihm eine gute Basis aus Vertrauen und Selbstvertrauen mitzugeben, die ihn über mögliche Krisen hinwegträgt.

Wann immer Sie selbst in einer Krise stecken: Vergessen Sie bei aller Verantwortung für Ihr Kind nicht, dass Sie nicht für eine Zukunft ohne Spalte leben. Ihr Leben, und das Ihres Kindes, ist hier und jetzt, ob mit sichtbarer Spalte oder ohne. Die Spalte, auch nachdem sie längst operiert ist, wird in Ihrem Leben und in dem Ihres Kindes immer präsent sein, ob Sie wollen oder nicht. Ob die Spalte auf Sie und Ihr Kind auch lange nach den OPs emotionalen Druck auf Sie ausüben kann und Sie sich von ihr belasten lassen, das liegt ganz allein in Ihrer Hand.

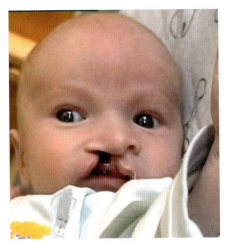
Noel, 8 Tage alt

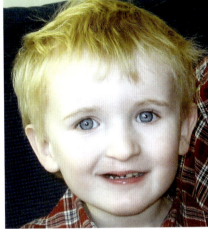
Noel, 3 Jahre

Noel (Mitte) mit seinen Geschwistern

Anhang

Nützliche Adressen

Allgemein

- Selbsthilfevereinigung für Lippen-Gaumen-Fehlbildungen e.v. (Wolfgang-Rosenthal-Gesellschaft), Hauptstraße 184, 35625 Hüttenberg. Telefon: 06403/5575, E-Mail: wrg-huettenberg@t-online.de, Homepage: www.lkg-selbsthilfe.de
- Kindernetzwerk e.v. für kranke und behinderte Kinder und Jugendliche in der Gesellschaft, Hanauer Straße 15, 63739 Aschaffenburg. Telefon: 06021/12030, E-Mail: info@kindernetzwerk.de, Homepage: www.kindernetzwerk.de
- IFUS e.V. – Initiativkreis zur Förderung und Unterstützung für Spaltträger, Flemmingstraße 2, 09116 Chemnitz, Telefon: 0371/33333782, E-Mail: ifus-chemnitz@spaltkind.de, Homepage: www.spaltkind.de
- Initiativkreis Lippen-Kiefer-Gaumenspaltbetroffene Würzburg e.V., Tannenstraße 3, 97273 Kürnach, Telefon: 09367/1254, E-Mail: info@lkg-initiative.de, Homepage: www.lkg-initiative.de
- Arbeitsgemeinschaft Freier Stillgruppen (AFS), Bornheimer Straße 100, 53119 Bonn, Tel. 0228/3503871, Homepage: www.afs-stillen.de
- La Leche Liga Deutschland, Postfach 650096, 81214 München, Info-Hotline: 06851/2524, Homepage: www.lalecheliga.de
- BDL – Berufsverband Deutscher Laktationsberaterinnen IBCLC e.V., Saarbrückener Straße 157, 38116 Braunschweig, Telefon: 0531/2506991, E-Mail: bdl-sekretariat@t-online.de, Homepage: www.dufis.de/hh/bdl-stillen.de

Internetadresssen

- www.lkgs.net – Forum für Eltern und Selbstbetroffene
- www.lkg-selbsthilfe.de – Homepage der Selbsthilfevereinigung für Lippen-Gaumen-Fehlbildungen e.V. (Wolfgang-Rosenthal-Gesellschaft)
- www.stillunterstuetzung.de – Homepage der Stillberaterin Márta Guóth-Gumberger mit besonderem Schwerpunkt Stillen von saugschwachen Babys/Adoptivbabys und Brusternährungsset
- www.castillomoralesvereinigung.de – Homepage der Deutschen Castillo-Morales-Vereinigung, u. a. mit Therapeutenliste

- www.lkgstillen.ch – Homepage der auf Spaltbabys spezialisierten Stillberaterin IBCLC Ch. Herzog-Isler
- www.home.qualimedic.de/~juliane/pump-stillen.html – Sehr hilfreiche private Site einer Mutter mit ausführlichen Informationen zum Pumpstillen
- www.lkgs.info – Homepage der Oldenburger LKGS-Elterngruppe
- www.lkg-inititive.de – Homepage des Initiativkreises LKG-Betroffene Würzburg e.V.
- www.horstn.de – Homepage der WRG-Regionalgruppe Halle-Saalkreis
- www.prs-selbsthilfe.de – Private Site einer Mutter mit Informationen zur Pierre-Robin-Sequenz
- www.pierrerobin.org – Site einer amerikanischen Organisation für Kinder mit PRS
- www.kindernetzwerk.de – u. a. Bestellmöglichkeit von Informationen zu LKGS und Syndromen mit LKGS
- http://anhaltspunkte.vsbinfo.de – Anhaltspunkte für die soziale Gutachtertätigkeit im sozialen Entschädigungsrecht und nach dem Schwerbehindertenrecht, laufend aktualisierte Version
- www.widesmiles.org – Amerikanische Site mit vielen Infos und Ressourcen
- www.mandyhaberman.com – Homepage der britischen Erfinderin des Special-Needs Feeders
- www.leona-ev.de – Verein für Eltern chromosomal geschädigter Kinder – mit sehr umfangreicher Linksammlung zu vielen Syndromen und Einzelsymptomen syndromaler Erkrankungen
- www.kids-22q11.de – Verein für Eltern von Kindern mit einer Mikrodeletion des Chromosoms 22 q 11 (DiGeorge-Syndrom, Velokardiofaziales Syndrom)
- www.breastfeeding.com und www.kellymom.com – Zwei umfangreiche und ambitionierte amerikanische (englischsprachige) Online-Portale für alle Themen rund ums Stillen, Abpumpen von Muttermilch und Stillprobleme
- http://www.ds-infocenter.de/seiten/GuK/GuK_Wilken.htm – Informationen zu gebärdenunterstützter Kommunikation (GuK)
- www.babyzeichensprache.com – Bei „Zwergensprache" finden sich Informationen über Babyzeichen und Babyzeichen-Kurse in ganz Deutschland
- www.babyzeichen.de – Private Seite mit Infos zu Babyzeichen
- www.geschwister-behinderter-kinder.de – Der Arbeitskreis Geschwisterkinder bietet viele Infos und Texte über die Bedürfnisse der Geschwister von besonderen Kindern

Literatur- und Quellenverzeichnis

- Acredolo L, Goodwyn S (1999) Babysprache. Wie Sie sich mit Ihrem Kleinkind unterhalten können, bevor es sprechen lernt. Rowohlt, Reinbek
- Andrä A, Neumann H-J (Hrsg) (1996) Lippen-, Kiefer-, Gaumenspalten. Einhorn-Presse, Reinbek
- Arbeitsgemeinschaft Freier Stillgruppen (Hrsg) (1993) Stillen und Stillprobleme. Stuttgart
- Arbeitsgemeinschaft Freier Stillgruppen (Hrsg) (1998) Die physiologischen Grundlagen der Säuglingsernährung. Würzburg
- Arbeitsgemeinschaft Freier Stillgruppen (Hrsg) (2004) Stillen mit Handicap. Stillzeit 4
- Bardach J, Morris H L (eds) (1990) Multidisciplinary management of cleft lip and palate. Saunders, Philadelphia
- Beck C et al. (1997) Eltern-Kind-Gruppen mit Spaltkindern. Ein logopädisches Behandlungskonzept im Aufbau. L.O.G.O.S. Interdisziplinär 4: 274–77
- Benkert B (2001) Das besondere Stillbuch für frühgeborene und kranke Kinder. Urania, Freiburg
- Berkowitz S (2006) The cleft palate story. Slack, Thorofare/New Jersey
- Beys B (1993) Eltern behinderter Kinder lernen neu leben. Rowohlt, Reinbek
- Borucki L C (2005) Breastfeeding mothers' experience using a supplemental feeding tube device: finding an alternative. Journal of Human Lactation 21: 429–38
- Braumann B et al. (2002) Three-dimensional analysis of morphological changes in the maxilla of patients with cleft lip and palate. Cleft Palate Craniofacial Journal 39: 1–11
- Brodsky L et al. (1992) Craniofacial anomalies. An interdisciplinary approach. Mosby, St. Louis
- Bundeszentrale für gesundheitliche Aufklärung/BzgA (Hrsg) (2001) Stillen und Muttermilchernährung. Grundlagen, Erfahrungen und Empfehlungen. Gesundheitsförderung konkret Bd 3. Köln
- Burglehaus Maria T (2002) Stop singing, people might hear you. My cleft book. Burglehaus Publishing, Alberta
- Castillo Morales R (1998) Die Orofaziale Regulationstherapie. Pflaum, München
- Castillo Morales R (2000) Castillo Morales-Konzept: Die motorische Ruhe. Ergotherapie und Rehabilitation 5: 20–24
- Charkins H (1996) Children with facial difference. A parents' guide. Woodbine House, Bethesda/Maryland
- Clausnitzer R (2002) Kieferorthopädische Grundlagen für Logopäden und Sprachtherapeuten. Modernes Lernen, Dortmund
- Campis L B et al. (1995) The role of maternal factors in the adaptation of children with craniofacial disfigurement. Cleft Palate Craniofacial Journal 32: 55–61
- Fritsche O, Kestner K (2006) Diagnose hörgeschädigt – Was Eltern hörgeschädigter Kinder wissen sollten. Kestner, Guxhagen
- Glynn L, Goosen L (2005) Manual expression of breast milk. Journal of Human Lactation 21: 184–85
- Gruman-Trinkner C T (2001) Your cleft-affected child. The complete book of information, resources, and hope. Hunter House, Berkeley
- Gruman-Trinkner C T (2000) A special gift. A devotional for mothers of children with unique challenges. Thomas Nelson, Nashville
- Guóth-Gumberger M, Hormann E (2004) Stillen. So versorgen Sie Ihr Baby rundum gut. Gräfe & Unzer, München
- Guóth-Gumberger M (2006) Stillen mit dem Brusternährungsset. Broschüre der Deutschen Hebammenzeitschrift
- Hartmann P E et al. (2005) The use of ultrasound to characterize milk ejection in women using an electric breast pump. Journal of Human Lactation 21: 421– 428
- Herzog-Isler C, Honigmann K (1996) Lasst uns etwas Zeit. Wie Kinder mit einer Lippen- und Gaumenspalte gestillt werden können. Broschüre der Medela-AG, Zürich

- Hill P et al. (1999) Effects of pumping style on milk production in mothers of non-nursing preterm infants. Journal of Human Lactation 5(3): 209–16
- Honigmann K (1998) Lippen- und Gaumenspalten. Das Basler Konzept einer ganzheitlichen Betrachtung. Huber, Bern
- Hormann E (1998) Stillen eines Adoptivkindes und Relaktation. La Leche Liga, München
- Hotz M (1983) Orofaziale Entwicklung unter erschwerten Bedingungen. Fortschritte der Kieferorthopädie 44: 257–71
- Jensen R (1996) The handbook of milk composition. Academic Press, London
- Kallenbach K (Hrsg) (1998) Kinder mit besonderen Bedürfnissen. Spiess, Berlin
- Kaufmann T U et al (1999) Wasserschutz nach Paukenröhrcheneinlage: notwendig oder obsolet? Swiss Medical Weekly 129: 1450–5
- Kirkilionis E (1999) Ein Baby will getragen sein. Alles über geeignete Tragehilfen und die Vorteile des Tragens. Kösel, München
- Klunker C, Rätzer A (2005) Therapie bei Gaumensegelstörungen. Schulz-Kirchner, Idstein
- König V (2005) Kleines Wörterbuch der Babyzeichen. Mit Babys kommunizieren bevor sie sprechen können. Kestner, Guxhagen
- Kreusch T (1999) Aktuelles Behandlungskonzept der Lippen-Kiefer-Gaumenspalten. Pädiatrische Praxis 55: 681–95
- Kroschel-Lang B (2005) Frühförderung bei Lippen-Kiefer-Gaumensegel-Spalte: Das Kölner Eltern-Kind-Projekt. Gesichter 2: 2–6
- Kübler A, Mühling J (1998) Leitlinien für die Mund-, Kiefer- und Gesichtschirurgie. Springer, Berlin
- La Leche Liga Schweiz (Hrsg) (2004) Das Handbuch für die stillende Mutter. Zürich
- La Leche Liga (Hrsg) (1995) Mit Spalte geboren – und gestillt. BuLLLetin 20
- Liedloff J (1989 The continuum concept. Addison Wesley, New York
- Ludwig B et al (2007) Erfahrungsbericht zur konservativen kieferorthopädischen Erstversorgung von vier Neugeborenen mit typisch ausgeprägter Trias der Pierre-Robin-Sequenz. Fortschritte der Kieferorthopädie 68(1): 56–61
- Masaracchia R (2005) Gespaltene Gefühle. Lippen-, Kiefer-, Gaumenspalten: Ein Elternratgeber. Oesch, Zürich
- Meier B (2001) Aspekte zur Langzeitstabilität operierter Kieferspalten bei LKG-Spaltpatienten. Zahnarzt und Praxis 4: 94–102
- Meintz Maher S (1990) Lösungsmöglichkeiten für Saug- und Stillprobleme. La Leche Liga, München
- Mitoulas L R et al. (2004) Efficacy of breast milk expression using an electric breast pump. Journal of Human Lactation 18: 344–52
- Miller N B (1997) Mein Kind ist fast ganz normal. Leben mit einem behinderten oder verhaltensauffälligen Kind. Trias, Stuttgart
- Neumann S (2000) Frühförderung bei Kindern mit Lippen-Kiefer-Gaumen-Segel-Fehlbildung. Die Möglichkeit der Prävention von Sprechauffälligkeiten. Schulz-Kirchner, Idstein
- Neumann S (2001) Lippen-Kiefer-Gaumen-Segelspalten. Ein Ratgeber für Eltern. Schulz-Kirchner, Idstein
- Odent M (2000) Geburt und Stillen. Über die Natur elementarer Erfahrungen. C. H. Beck, München
- Opitz C (2002) Kieferorthopädische Behandlung von Patienten mit Lippen-Kiefer-Gaumen-Spalten. Quintessenz, Berlin
- Otterbach A (2005) Eric hat eine Lippen-Gaumenspalte. Malbuch für Kinder. Eigenverlag der Wolfgang-Rosenthal-Gesellschaft, Hüttenberg
- Penner Z et al. (2005) Aufholen oder Zurückbleiben: Neue Perspektiven bei der Frühintervention von Spracherwerbsstörungen. Forum Logopädie 6: 6–15
- Pfeifer G (Hrsg) (1982) Lippen-Kiefer-Gaumenspalten. Thieme, Stuttgart
- Pollmächer A, Holthaus H (2005) Auf einmal ist alles anders. Wenn Kinder in den ersten Jah-

ren besondere Förderung brauchen. Reinhardt, München
- Pradel W et al. (2006) Das interdisziplinäre Behandlungskonzept von Patienten mit Lippen-Kiefer-Gaumenspalten am Universitätsklinikum Dresden. Ärzteblatt Sachsen 5
- Prentice A (1996) Constituents of human milk. Food and Nutrition Bulletin 17
- Sader R (2003) Chirurgische Sprechunterstützung bei Gaumenspaltpatienten – die Levatorunterstützungsplastik als neuer operativer Ansatz. Gesichter 2: 2–9
- Schwenzer N et al. (1998) Lippen-Kiefer-Gaumenspalten. Deutsches Ärzteblatt 95: 2262–2267
- Shibui T et al. (2007) Adult patients with cleft palate who did not undergo palatoplasty for more than 50 years: report of four cases. Japanese Journal of Oral and Maxillofacial Surgery 59: 78–82
- Shprintzen R J (1992) The implications of the diagnosis of Robin sequence. Cleft Palate Craniofacial Journal 29: 205–9
- Smith W L et al. (1985) Physiology of sucking in the normal term infant using real time ultrasound. Radiology 156: 379–81
- Steininger R (2004) Wie Kinder richtig sprechen lernen. Sprachförderung – ein Wegweiser für Eltern. Klett-Cotta, Stuttgart
- Uhlemann T (1990) Stigma und Normalität. Kinder und Jugendliche mit Lippen-Kiefer-Gaumenspalte. Vandenhoeck + Ruprecht, Göttingen
- Voy E D (2004) Wie viel Krankenhaus muss sein? Das Hattinger Lippen-Kiefer-Gaumenspalten Behandlungskonzept. Gesichter 3: 2–6
- Voy E, Berner-Bartsch S (2004) Moritz hat eine Lippen-Kiefer-Gaumenspalte. Ein Bilderbuch nicht nur für Erwachsene und Betroffene. Eigenverlag der Altstadt-Klinik, Hattingen
- Willershausen-Zönnchen B, Keller G (1999) Abformungen im Säuglings- und Kleinkindalter. In: Maiwald H-J (Hrsg) Kinderzahnheilkunde. Grundlagen, erfolgreiche Konzepte und neue Methoden der Kinderbehandlung in der Zahnarztpraxis, Bd. 3, Teil 8. Spitta, Balingen
- Wohlleben U (2004) Die Verständlichkeitsentwicklung von Kindern mit Lippen-Kiefer-Gaumen-Segelspalten. Eine Längsschnittstudie über spalttypische Charakteristika und deren Veränderung. Schulz-Kirchner, Idstein
- Wolfgang-Rosenthal-Gesellschaft (Hrsg) (2003–2005) Informationsreihe zu Lippen-Gaumenfehlbildungen, Hefte 1–11, Hüttenberg
- Woolridge M W (1986) The anatomy of infant sucking. Midwifery 2: 164–71
- Zschiesche S (1980) Kieferorthopädische Behandlungsmöglichkeiten von Säuglingen mit Pierre-Robin-Syndrom. Fortschritte der Kieferorthopädie 41: 474–480
- Zschiesche S (1982) Gedanken zum Umgang mit Spaltpatienten. Fortschritte der Kieferorthopädie: 74–81

Zu Aufbewahren von Muttermilch, Seite 101 ff

- Barger J, Bull P (1987) A comparison of the bacterial composition of breast milk stored at room temperature and stored in the refrigerator. International Journal of Childbirth Education 2
- Hamosh M (1996) Breast feeding: Unraveling the Mysteries of Mother's milk. Medscape Woman's Health eJournal
- Hamosh M et al. (1988) Breast feeding and the working mother: effect of time an temperature of short-term storage on proteolysis, lipolysis, and bacterial growth in milk. Pediatrics 81
- Pittard W et al. (1985) Bacteriostatic qualities of human milk. Journal of Pediatrics 107

Online-Quellen

- Braumann B et al. Prächirurgische kieferorthopädische Frühbehandlung von Patienten mit LKG-Spalten. http://wodan.meb.uni-bonn.de/forsch/gebiete/psio.htm
- Flaig J (2005) Untersuchung möglicher Einflüsse auf die Tubenfunktion bei Kindern mit (Pierre)Robin-Sequenz. Dissertation, Tübingen. http://deposit.d-nb.de/cgi-bin/dokserv?idn= 977832864&dok_var=d1&dok_ext=pdf&filename=977832864.pdf
- Jahn H (2003) Neues und Bewährtes in der Ätiopathogenese und Therapie der Pierre-Robin-Sequenz. Dissertation, Halle-Wittenberg. http://deposit.ddb.de/cgi-bin/dokserv?idn= 970628773&dok_var=d1&dok_ext=pdf&filename=970628773.pdf
- Keindl R (2003) Begleitfehlbildungen bei Kindern mit Lippen-Kiefer-Gaumenspalten, Dissertation, München. http://deposit.ddb.de/cgi-bin/dokserv?idn= 972058044&dok_var=d1&dok_ext=pdf&filename=972058044.pdf
- Mangold E. Beschreibung des Forschungsprojektes „Genetische Epidemiologie und molekulargenetische Untersuchungen bei Patienten mit orofazialen Spalten (Lippen-Kiefer-Gaumenspalten)" an der Universität Bonn. http://bonn.humgen.de/pdf/Mangold_Projektskizze_lang.pdf
- Sautermeister J (2006) Wirksamkeit eines neuen Therapiekonzeptes in der Behandlung von Säuglingen mit Pierre-Robin-Sequenz. Dissertation, Tübingen. http://w210.ub.uni-tuebingen.de/dbt/volltexte/2006/2424/pdf/Doktorarbeit_Sautermeister_2006.pdf
- Schaedler A (2002) Untersuchungen zum Sprachentwicklungsverlauf von Kindern mit Lippen-, Kiefer-, Gaumenspalten im Alter von 0–16 Jahren. Dissertation, Berlin. http://edoc.hu-berlin.de/dissertationen/schaedler-annette-2002-06-26/PDF/Schaedler.pdf

Stichwortverzeichnis

A
Ablehnung	120
Adhäsion	43
Alveolarkamm	8
Anpassen der Gaumenplatte	44
Antibiotika	153
Arbeitsgemeinschaft Freier Stillgruppen (AFS)	39
Armmanschetten	154
Armschienen	155
Armstulpen	162
Aspiration	105
Ausmelken	43
Aussprache	66

B
Babyzeichen	144
Basler Konzept	53
Beckenkamm	58
Behandlungskonzepte	25, 40, 50
Beikost	112, 161
Belüftung des Mittelohrs	35, 63
Bonding	23, 87, 126
Brainstem Electric Response Audiometry (BERA)	64
Brust	24
Brusternährungsset	79, 80
Brusthauben	91, 102
Brusthütchen	80
Brustschilde	103
Brustwarze	24, 73, 74

C
Castillo-Morales-Therapie	36, 141
Co-Sleeping	99
Columella	9, 57
Columellaplastik	19, 57

D
DanCer Hold	24, 77
Doppel-Pumpset	28, 91, 93, 96
Drahtextension	48
Druckstellen	45, 150

E
Einfrieren von Muttermilch	92
Einzeitiger Verschluss	53, 56
Elterninitiativen	125
Endokarditis-Prophylaxe	50
Erstversorgung	40
Eustachische Röhren	62

F
Fehlbiss	18
Fingerfeeding	28, 81
Fingerfood	113
Fisteln	151
Fluorid	149
Folsäure	13
Football-Haltung	78
Frühförderung	143, 144, 146

G
Gaumendach	42, 56, 73
Gaumenplatte	24, 35, 42, 56, 69, 75, 107, 149, 151, 172
Gaumensegel	7
Gaumensegelmuskulatuur	11
Gaumensegelspalte	32
Gaumenverschluss	56
Gewichtszunahme	76
Glossoptose	47

H
HA-Nahrung	110
Habermann Feeder, siehe auch SpecialNeeds® Feeder	24
Haftcreme	43, 148, 150
Haftpulver	150
Harter Gaumen	8
Hartgaumenplastik	57
Herzfehler	12, 49
HNO-Arzt	38
Hörtest	63
Humangenetiker	39
Hypernasalität	18, 59

I
Infusion	158
Inhalieren	152
Interdisziplinäre Therapie	40
Isolierte Lippenspalte	10
Isolierte Spalte	11

K
Kieferfehlstellung	42
Kieferkamm	58
Kieferklinik	26
Kieferorthopäde	28, 38
Kieferorthopädische Frühbehandlung	42, 45, 69
Kiefersegmente	58
Kieferspaltenverschluss	58
Kirschsauger	116
Körperkontakt	135, 136, 141
Korrekturoperationen	53
Kreuzbiss	69

L
Latham-Apparatur	47
Levatorunterstützungsplastik	59
Lippen-Kiefer-Gaumen-Segelspalten (LKGS)	7
Lippenheftung	55
Lippenkorrektur	58
Lippenlaute	55, 67
Lippenplastik	54, 55, 65
Lippenringmuskel	54, 55, 58
Lippenrot	57
Lippenweiß	57
Logopäde	38, 143
Logopädische Therapie	59, 66, 143
Luftröhrenschnitt	48

M
Magensonde	24, 155, 161
Mehrzeitiger Verschluss	51
Mikroformen	7
Mikrogenie	47
Milchgebiss	69
Milchproduktion	74
Milchpumpe	74, 90, 93, 96
Milchreste	102
Milchspendereflex	73, 74, 75, 94, 96
Mittelohr	60
Mittelohrentzündung	62, 65, 153
Mund-Kiefer-Gesichts-Chirurg	37
Mund-Nasen-Trennplatte	42
Mundsoor	150

Mutter-Kind-Beziehung	30
Muttermilch	87, 101, 135

N
Nachfüttern	75, 81
Narbe	54, 58, 164
Narbenzüge	52
Narkose	65, 156, 157, 158
Nasaler Reflux	17, 151
Näseln	67
Nasenboden	19
Nasenflügel	19, 54
Nasenkorrektur	19
Nasenscheidewand	10
Nasensteg	9, 57
Nasenstegverlängerung	19, 57
Nasentropfen	152, 153
Neugeborenen-Hörscreening	63

O
Oberkieferdehnplatte	70
Oberkieferwachstum	42, 70
Offenes Näseln	18, 59
Ohrschutz	153
Organultraschall	50
Oroakustische Emissionen (OAE)	63
Orofaziale Regulationstherapie	141
Osteoplastik	58
Oxytocin	75
Oxytocinreflex	94

P
Pädaudiologe	38, 63
Paracentese	65
Paukendrainage	65, 153
Paukenerguss	62, 63
Paukenröhrchen	35, 38, 63, 153
Phoneme	62
Pierre-Robin-Sequenz (PRS)	12, 23, 36, 47, 48, 49, 50, 104, 142
Plötzlicher Kindstod (SIDS)	100, 138
Positionieren der Brustwarze	76
Prämaxilla	9
Prävention	14
Pre-Nahrung	110
Primäroperation	36
Prolabium	54
Pumpset	91
Pumpstillen	28, 87, 89, 91, 93

Stichwortverzeichnis

R
Restlöcher 67, 151, 152

S
Saugen 43, 73, 108, 111, 114, 172
Sauger 82, 104, 108, 109
Säuglingsmilchnahrung 84, 109
Saugschluss 24, 74
Saugvakuum 24, 43, 73, 79, 105, 108, 115
Saugverwirrung 117
Schallleitungsschwerhörigkeit 17, 62, 64
Schmerztherapie 163
Schnitttechniken 53
Schnuller 114, 116, 117, 155
Schnupfen 152
Schock 23
Schwerbehindertenausweis (SBA) 71
Segelfortsatz 49
Segelplastik 57
Segelspalte, siehe auch Gaumensegelspalte 9
SIDS 100, 138
SoftCupTM 83, 162
Sondenernährung 162
Soor 104
Sozialpädiatrisches Zentrum (SPZ) 144
Spaltzentrum 39, 60
SpecialNeeds® Feeder 17, 24, 83, 100, 105, 108
Spongiosa 58
Sprachentwicklung 17, 38
Sprachklang 66
Sprechunterstützende Operation 59
Stickler-Syndrom 12, 49
Stillberaterin 39
Stillen 72
Stillhilfsmittel 28
Stillhütchen 80
Stillpositionen 74
Subkutane Lippenspalte 7, 10
Submuköse Gaumenspalte 7, 11
Syndrom 11, 39

T
T-Röhrchen 65
Tragetuch 128, 135, 136
Tragling 135
Trauer 122, 123, 170
Trinkbecher 114
Trinkhilfsmittel 17
Trinkplatte 43
Trommelfell 60
Tubenbelüftungsstörung 65
Tübinger Atmungsgaumenplatte 49

U
Ultraschalluntersuchung 26
Umstellungsosteotomie 59
Unvollständiger Lippenschluss 58
Uvula 8

V
Vakuum 11
Van-der-Woude-Syndrom 13
Velopharyngeale Insuffizienz 59, 67
Velopharyngoplastik 59, 69
Velum, siehe auch Gaumensegel 8
Velumplastik 57
Verbandsplatte 161
Vererbungsrisiko 14
Vomer 10

W
Wachstumsstörungen 50, 52, 53, 59
Wechselgebiss 70
Weicher Gaumen 7
Wolfgang-Rosenthal-Gesellschaft
 (WRG) 21, 27, 37, 125, 166
Wunde Brustwarzen 103

Z
Zahnfehlstellungen 116
Zahnspange 58
Zungenlage 42, 52
Zungenstreckreflex 112
Zwiebelsäckchen 153
Zwischenkiefer 9, 47